JOHN SAUL

In den Klauen des Bösen

Roman

Deutsche Erstausgabe

WILHELM HEYNE VERLAG
MÜNCHEN

HEYNE ALLGEMEINE REIHE
Nr. 01/8673

Titel der Originalausgabe
DARKNESS
Aus dem Amerikanischen übersetzt
von Gerhard Beckmann
Redaktion: Werner Bauer

Printed in France 1993
Umschlagillustration: Tom Hallman
Umschlaggestaltung: Atelier Ingrid Schütz, München
Satz: Compusatz GmbH, München
Druck und Bindung: Brodard & Taupin

ISBN 3-453-06181-0

PROLOG

Die Finsternis war wie ein Grab: nur das Pochen des eigenen Herzens verriet Amelie Coulton, daß sie lebte.

Sie hätte nicht herkommen dürfen – das wurde ihr jetzt mit erschreckender Gewißheit klar. Sie hätte zu Hause bleiben sollen in der winzigen Hütte, die nur einen Meter über den dunklen Wassern der Moorlagune stand. Dort wäre sie zwar allein, doch wenigstens sicher gewesen – und das Baby auch, das sich unablässig in ihrem Bauch regte und sie mit den Füßen stieß, so daß sie vor Schmerz zusammenzuckte.

Amelie Coulton war aber nicht zu Hause geblieben, und nun spürte sie ringsum im Dunkel Gefahr lauern. Es mußte diese Gefahr sein, die ihr Baby so unruhig machte.

Sie fühlte sich beobachtet, doch nicht von Augen, die sie gewohnt war, nicht von Tieren, die – Nahrung suchend – nachts im Moor durch Schilf und Ufergebüsch umherstreunten und immer hellwach blieben im Dunkel, weil andere noch hungriger waren.

Diese Art von Augen war Amelie gewohnt. Seit den frühen Kindertagen waren die Tiere des Moores Freunde. Später hatte sie gern im Dunkel des mütterlichen Hauses gesessen, um durch die scheibenlosen Fenster zu schauen und die Augen im Mondschein aufleuchten und funkeln zu sehen.

Wie gern wäre sie oft mit den Opossums und Waschbären bei Nacht durch die Sümpfe gewandert! Und hatte es doch nie getan – weil sie wußte, daß im nächtlichen Moor nicht nur Tiere auf Jagd gingen.

In den Schatten lauerten die Kinder des Schwarzen Mannes.

Wer sie waren, hatte Amelie bisher nicht erfahren, nur

daß sie dort waren; die Mutter hatte von ihnen erzählt und sie immer wieder ermahnt, sich vor dem Moor zu hüten.

»Tot sin'se«, hatte die Mutter gewarnt. »Un' wenn du ihn' zu nah kommst, pack'n se zu und geb'n dich auch'm Schwarzen Mann.«

Deshalb war Amelie nachts immer in der Hütte geblieben, hatte sich im Dunkeln nie ins Freie gewagt, wo namenlose Schrecken lauerten.

Bis zu diesem Abend, als ihr Mann ausgegangen war – auf ihre Frage wohin, hatte er sie nur mit einem leeren Blick seiner blauen Augen bedacht, die ihr manchmal solche Angst einjagten, daß ihr ein Schauder über den Rücken lief. Als er gegangen war, hatte sie die Öllampe heruntergeschraubt und war die Leiter ins Kanu hinuntergeklettert.

Amelie hatte ihm folgen können, weil sein Boot ein Kräuseln auf dem stillen Wasserspiegel der Lagune im Moor hinterließ und ihre Ohren über dem leisen Getön der Frösche und Insekten das Quietschen der Ruderriemen hörten.

Sie wußte nicht, wie lange sie ihm schon gefolgt war, als sie das ferne Glühen wahrnahm, doch als sie den Flackerschein von Feuer im Dunkel sah, hatte sie ihr Kanu instinktiv aufs Ufer zugesteuert und sich mucksmäuschenstill unter dem tiefen Schatten des Laubwerks, das über dem Ufer herabhing, treiben lassen.

Da waren andere Boote eingetroffen, und sie hatte die Insassen beobachtet, die sie aber nicht bemerkten.

Es waren die Kinder des Schwarzen Mannes, die stumm im Dunkel jagten.

Amelie hatten sie nicht bemerkt, weil sie den Blick fest auf das Feuer gerichtet hielten.

Als ihre Boote vorübergeglitten waren und am Ufer der Insel hielten, wo das Feuer brannte, schob Amelie sich behutsam weiter vor – und nun konnte sie sie klar und deutlich sehen.

Sie standen im Halbkreis ums Feuer, schwarze Silhouetten gegen die leuchtende Glut, unbeweglich, wie gebannt von den Flammen.

Amelie redete sich ein, das müsse eine Täuschung sein, die schmale Gestalt dort in der schweigenden Gruppe könne nicht ihr Mann sein. Doch das ungepflegte Haar, das bis fast auf die Schultern herabfiel, war unverkennbar; sie hatte ihm morgens versprochen, es zu schneiden. Ihr zog sich der Magen zusammen.

Nein!

Das konnte einfach nicht wahr sein. Wenn George Coulton zu den Kindern des Schwarzen Mannes gehörte, hätte sie es doch bestimmt gewußt.

Aber wie?

Wie hätte sie ihn denn von den anderen Kindern im Moor unterscheiden können?

Die Gestalt rührte sich, einmal nur, ganz leicht. Der Feuerschein erhellte das Gesicht. Seine Augen schienen sich in die Dunkelheit zu bohren, nach ihr zu suchen, als ob er wüßte, daß sie hier stand.

Sie duckte sich erschauernd ins Boot und hielt den Atem an.

Das Baby bewegte sich, als spüre es die Gefahr. Amelie streichelte den Bauch, bis es sich beruhigte, doch ihr Blick ruhte unverändert auf dem Kreis der Schattenfiguren am Feuer, bis eine neue Gestalt aus dem Dunkel unter den Bäumen in die Lichtung trat.

Ein Streichholz flammte auf, wurde an eine Kerze gehalten. Ein zweites. Ein drittes. Die Dochte brannten hell. Und dann drehte die Gestalt sich um, und eine Welle des Schreckens flutete über Amelie.

Es war der Schwarze Mann, der im Kerzenlicht schweigend vor einem Altar stand. Er war ganz in Schwarz gekleidet, sein Gesicht verhüllt.

Seine Stimme trug laut und vernehmlich über die stillen Wasser. »Gebt mir, was mein ist!«

Ein Mann und eine Frau traten vor. Amelie stockte der Atem, als das Licht der Altarkerzen auf ihre Gesichter fiel. Sie hielt die Hand vor den Mund, um sich nicht zu verraten. Sie kannte die zwei, hatte sie ihr Leben lang gekannt: Quint und Tammy-Jo Millard.

Die beiden hatten erst vor wenigen Monaten geheiratet. Am Abend vor ihrer Hochzeit war Amelie bei Tammy-Jo gewesen, so wie umgekehrt Tammy-Jo Amelie Gesellschaft geleistet hatte, bevor sie von George zum Traualtar geführt worden war. Und gestern, zur Geburt des Babys, war Amelie von der Hütte, die sie mit George teilte, im Kanu die eine Meile zur Hütte gefahren, wo Tammy-Jo mit Quint lebte, um Tammy-Jos Hand zu halten und ihr während der Wehen mit einem feuchten Tuch die Stirn abzureiben.

Tammy-Jos Wehen hatten Amelie erschreckt, doch nicht halb so sehr wie der Anblick von Tammy-Jo, die jetzt mit dem Baby an der entblößten Brust neben Quint vor dem Schwarzen Mann stand.

Der Schwarze Mann streckte die Arme aus.

»Gebt mir, was mein ist!« Seine Stimme scholl über das Wasser. Die Worte trafen Amelie wie Hammerschläge.

Schweigend übergab Tammy-Jo ihr Neugeborenes in die Hände des Schwarzen Mannes, der sich umdrehte und es auf den Altar legte wie ein Opfer und die Decke löste, in die es gewickelt war. Der Schein der Kerzen fiel auf den unbedeckten, blassen kleinen Leib.

Aus den Falten seines Gewandes zog der Schwarze Mann einen Gegenstand, den Amelie erst erkennen konnte, als er das Licht zurückwarf – ein Messer.

»Wem gehört dieses Kind?« fragte der Schwarze Mann und hob die Klinge über dem nackten Baby.

»Es gehört Euch«, sagte Tammy-Jo, deren Blick auf dem Schwarzen Mann ruhte, mit tonloser Stimme, und die junge Frau im Kanu erschauerte, weil sie sein kaltes Lächeln fühlen konnte, obwohl sein Gesicht verborgen war.

Sie wollte sich wegdrehen – und vermochte es nicht. Sie war von dem Mann im schwarzen Gewand wie gebannt, der das Messer über dem Kind auf dem Altar hielt. Die Kerzen flackerten. Die Spitze der Waffe funkelte im Licht.

Sie begann sich zu senken.

Sie schwebte über dem Kind.

Es schrie kurz auf, als die gleißende Klinge ihm in die Brust drang.

Unwillkürlich stieg ein Laut hoch in Amelies Kehle, leise, ein Schreckensruf, den sie fast so schnell wieder unterdrückte, wie der Schwarze Mann das Schreien des Kindes beendet hatte.

Der Schwarze Mann schaute hoch, blickte über Feuer und Wasser herüber, als ob seine unerkennbaren Augen sie umfaßten und er sich ihre Erscheinung ins Gedächtnis prägte.

Mein Baby! dachte sie. *Er will auch mein Baby.*

Lautlos tauchte sie das Paddel ins Wasser und stieß vom Ufer ab, doch die Blicke des Schwarzen Mannes schienen ihr zu folgen und sie einzufangen.

Nein, nicht sie – das Baby in ihr!

Sie wendete das Kanu und tauchte bereits in die vermeintlich schützende Dunkelheit ein, als sie die Stimme des Schwarzen Mannes ein letztes Mal vernahm.

»George Coulton«, fragte die dunkle Stimme, »wann wirst du mir bringen, was mein ist?«

In der folgenden Stille hörte Amelie ihren Mann antworten, mit klarer, monotoner Stimme: »In der Nacht der Geburt werd ich's bringen.«

1

Kelly Anderson konnte ihn fühlen. Sie spürte, daß er sie suchte, ihr näherkam.

Seit Kelly sich erinnern konnte, war er da. Schon als kleines Baby, lange bevor sie laufen oder sprechen konnte, hatte sie ihn erblickt.

In ihren Träumen war sein Gesicht mit den schrecklichen, zum bösartigen Grinsen verzerrten Zügen aus dem Dunkel des Schlafs auf sie zugekommen; seine Finger, wie Krallen eines Raubvogels, hatten nach ihr gegriffen. Sie war schreiend aufgewacht; ihre Mutter war herbeigestürzt, hatte sie aus dem Körbchen gehoben, gewiegt und ihr beruhigend zugeflüstert, alles sei gut.

Es waren die ersten Wörter, die sie gelernt hatte.

Alles ist gut.

Jetzt war sie sechzehn Jahre alt und konnte sich noch genau erinnern, wie sie das Wort damals ausgesprochen hatte.

Gut.

Aber sie hatte es nie ganz geglaubt, damals nicht, als ihr die Mutter zuflüsterte, daß sie in Sicherheit sei und nur einen bösen Traum gehabt habe, und auch jetzt nicht, wenn sie ihn sogar im Wachzustand näherkriechen spürte...

Was wollte er nur von ihr?

Sie wußte nichts über die schreckliche Gestalt ihrer Alpträume, weder, wer sie war, noch, woher sie kam.

Sie wußte nur, daß sie immer abwartend in der Nähe blieb und irgend etwas von ihr wollte.

So nah wie in dieser Nacht war er ihr noch nie gekommen. Kelly wälzte sich unruhig im Bett.

Es war eine drückende Nacht, für Anfang Juli extrem

heiß und schwül. Kelly meinte fast zu ersticken. Die Hoffnung, daß bei geöffnetem Fenster ein wie immer schwacher Luftzug die Haut kühlen und den Wahnsinn vertreiben könnte, von dem sie sich bedroht fühlte, hatte sich nicht erfüllt.

Kein Zweifel: Es mußte Wahnsinn sein.

Es gab gar keinen grauenhaften Mann, der nach ihr griff.

Das alles war bloße Einbildung.

Das war früher schon die Meinung ihrer Mutter und dann die Auffassung der Ärzte gewesen, die sie behandelt hatten.

Der Mann, der sie verfolgte, existierte nur in ihrem Bewußtsein.

Sie hatte ihn vor langer, langer Zeit irgendwann einmal erfunden und hätte ihn längst wieder vergessen haben müssen.

Mit einem Arzt hatte sie sich wöchentlich eine ganze Stunde lang unterhalten und auf sein Drängen hin zu begreifen versucht, warum sie den Mann erfunden hatte. Der Arzt hatte den Standpunkt vertreten, die ganze Geschichte habe mit ihrer Adoption zu tun – anstelle des richtigen Vaters, den sie nie kennengelernt hatte, habe sie sich eine Vaterfigur ausgedacht. Kelly hatte dem Arzt allerdings nicht geglaubt; denn wenn sie sich einen Vater ausgedacht hätte, so bestimmt nicht das entsetzliche Bild ihrer Träume. Und warum hatte sie sich dann nicht auch eine Mutter erdacht? Und im übrigen hatte sie den Mann schon gesehen, bevor sie wußte, daß sie ein Adoptivkind war.

Als der Alptraum nicht aufhören wollte und Kelly ahnte, daß er nie verschwinden würde, hatte sie nicht mehr über die Ursache nachgedacht, sondern dem Psychiater einfach erzählt, er sei verschwunden. Damit hörten wenigstens die Sitzungen auf.

Fünf Jahre hatte sie ihn gar nicht mehr erwähnt. Doch

das furchterregende Bild, das sie nachts im Traum erschreckte, war deshalb keineswegs fort.

Sie weinte nicht mehr, wenn er im Dunkel der Nacht plötzlich auftauchte; sie informierte ihre Mutter nicht mehr, wenn sie plötzlich einen Blick von ihm erhaschte.

Sie redete fast überhaupt nicht mehr, weil sie Angst hatte, sich zu versprechen und ihre Eltern, die Lehrer und jugendlichen Bekannten herausfinden könnten, daß sie verrückt war.

Denn genau das war sie.

Verrückt.

Und sie war die einzige, die um dieses furchtbare Geheimnis wußte.

Doch damit sollte es an diesem Abend vorbei sein.

Sie beendete das ziellose Herumirren im Haus und ging in das kleine Schlafgemach, das ihr eigenes Zimmer war, seit sie sich erinnern konnte. In der Enge dieses Zimmers schien die Schwüle der Nacht noch drückender. Kelly betrachtete die wenigen Gegenstände an der vergilbten Wand.

Ihr kam alles so ausgelaugt vor, das abgenutzte Mobiliar war nicht einmal neu gut gewesen.

Wie sie selbst: ausgelaugt, abgenutzt und nie gut.

Kelly hatte die Wände erst vor wenigen Monaten mit Plakaten überdeckt – seltsame, düstere Bilder der Bands, deren Schallplatten sie sammelte, ohne sie oft zu spielen.

Noch ein Geheimnis: Ihr waren die Bands völlig egal; ihr gefiel diese Musik nicht; nicht einmal die Poster mochte sie wirklich. Aber sie verdeckten die tristen Wände, so wie ihre Kleidung – meist schwarz mit Metallknöpfen und großen häßlichen Nadeln – ihre schmerzliche innere Leere und Einsamkeit verhüllen sollte.

Außer, daß Kelly gar nicht mehr allein war.

Sie konnte das Baby, das in ihr wuchs, beinahe spüren.

Woher kam das Baby nur?

Von diesem Mann? Hätte er sich in einer Nacht im Schlaf heranschleichen und sie nehmen können?

Hätte sie das aber nicht bemerken müssen? Wäre sie davon nicht aufgewacht? Hätte sie ihn nicht gespürt?

Nein, hätte sie nicht.

Sie hätte es verdrängt; sie hätte sich geweigert zu merken, was da vor sich ging; denn wenn sie sich gestattet hätte, es bewußt zu erleben, hätte sie geschrien.

Und mit dem Schreien hätte sie die Eltern geweckt, und dann hätten die Eltern gewußt, wie verrückt sie war.

Nein, sie mußte geschwiegen, mußte sich zurückgezogen haben in den Schlaf, als der Mann sie nahm. Aber sie wußte, daß er dagewesen war, wußte, was er getan hatte.

Sie wußte es seit einem Monat, seit ihr morgens immer übel wurde. Sie hatte gegen die Übelkeit angekämpft in ihrer Angst, daß die Eltern ahnen könnten, was mit ihr geschehen war.

Als im letzten Monat ihre Periode ausgeblieben war, hatte Kelly einen Plan gefaßt.

Wie sie auf diesen Plan gekommen war, wußte sie nicht. Doch jetzt war der Zeitpunkt gekommen. Sie war im Haus allein, und sie war fest entschlossen. Sie hatte das Gefühl, schon immer gewußt zu haben daß es mit ihr so enden würde – daß sie eines Nachts, wenn sie sich selbst nicht mehr ertragen konnte, allem ein Ende setzen würde.

Sie verließ den Raum, ohne das Licht zu löschen, und betrat das kleine Bad, das ihr Schlafzimmer von dem der Eltern trennte. Einige Minuten lang stand sie im Finstern und betrachtete sich im Spiegel. Das schwache Licht, das aus dem Gang hereindrang, fiel nur auf die eine Hälfte ihres Gesichts. Sie konnte eins ihrer Augen erkennen, die, wie ihre Mutter immer behauptete, grün waren, obwohl sie genau wußte, daß sie hellbraun waren.

Das Auge starrte aus dem Spiegel zurück, und Kelly

hatte plötzlich die merkwürdige Empfindung, daß sie gar nicht die eigene Spiegelung sah. Das da im Spiegel war jemand anderer, ein Mädchen, das sie kaum kannte.

Eine Fremde.

Eine Fremde, deren Züge älter wirkten als ihre eigenen sechzehn Jahre, deren Haut die Fahlheit des Alters angenommen hatte.

Sie sah ein lebloses Gesicht ohne Freude und Erwartung der Jugend, das Gesicht der Waise, die sie in Wahrheit war, was immer ihre Adoptiveltern ihr auch weismachen wollten.

Und dann schob sich ein anderes Bild über ihre abgedunkelte Schulter.

Es war der Mann, den Kelly schon allzuoft im Traum erkannt hatte, im Wachzustand jedoch immer nur ganz flüchtig und verschwommen. Jetzt sah sie ihn klar und deutlich.

Er war alt, die Haut hing lose, die Augen saßen tief in den Höhlen. Er lächelte ihr zu, mit zurückgezogenen Lippen, die gelbliche Zähne entblößten.

Kelly hielt den Atem an und drehte sich herum.

Außer ihr war niemand im Zimmer.

Sie streckte die Hand aus, machte Licht, und sofort war die Trübseligkeit vorbei. Sie stand einen Moment still, mit pochendem Herzen, doch dann ließ der wilde Pulsschlag nach. Sie brachte ihre Angst mit dem gleichen entschlossenen Willen unter Kontrolle, mit dem sie in den letzten Jahren ihre Verrücktheit beherrscht hatte, und wandte sich wieder dem Spiegel zu.

Er war immer noch da, gierte sie an, das alte, häßliche Gesicht war verzerrt, die krallenartigen Finger griffen ihr an die Kehle.

»Nein!« schrie Kelly. »Aufhören!«

Ihre Hände ballten sich zu Fäusten. Sie schlug in den Spiegel, der zersprang. Das Glas fiel zu Boden, doch eine schwertförmige, rasiermesserscharfe Scherbe blieb im

Rahmen stecken, in der Kelly noch immer das Gesicht ihres Peinigers erkannte, der sie verspottete, auslachte, nach ihr griff.

Ein neuer, wortloser Schrei kam in ihr hoch. Ein letzter Schrei der Angst hallte durch das Haus, als Kelly das Bruchstück aus dem Rahmen riß.

Sie packte es mit beiden Händen, betrachtete es, als sei sie hypnotisiert, hob es empor. Jetzt war die Zeit gekommen. Mit einer raschen Bewegung stieß sie sich die spitze Scherbe in den Leib, weil sie wild entschlossen war, das Leben des Ungeheuers zu beenden, das in ihr wuchs.

Sein Leben und das ihre.

»Also, das war echt Zeitverschwendung!« seufzte Mary Anderson, als sie sich in den Beifahrersitz des fünf Jahre alten Chryslers zwängte, und bereute es sofort – es war auf die Hitze dieser Nacht in Georgia zurückzuführen, darauf, daß sie sich fünf Stunden lang Mühe gegeben hatte, nett zu Menschen zu sein, die sie weder gut kannte noch mochte. Aber es war ihr nun einmal herausgerutscht, und bevor sie eine Entschuldigung hervorbringen konnte, legte Ted los.

»Das hätte wirklich nicht sein müssen, wenn du dich bloß um ein bißchen Höflichkeit gegenüber diesen Menschen bemüht hättest!« Er ließ den Motor an, legte den Gang ein und hörte mit Befriedigung das Quietschen der Reifen, als er den Wagen auf die Straßen von Atlanta jagte. Er warf Mary einen Blick zu. Er wartete nur auf einen Anlaß, die Tirade fortzusetzen, die ihm seit einer Stunde auf dem Herzen lag – seit Bob Creighton ihm nämlich erklärt hatte, er habe trotz seiner *persönlichen* Hochachtung für Ted bei seiner Baufirma für ihn keine Stelle. ›Persönliche Hochachtung‹, wie? Verdammter Quatsch – Bob würde dem eigenen Schwager die Stelle des Bau-Aufsehers zuschustern; daß Ted besser qualifiziert war, war dem völlig schnuppe. Und so ging es immer – es kam auf Beziehungen an, nicht auf Können, sondern darauf, wem man in den Arsch kroch oder mit wem man sich gut stellte...

Er wurde in seinen Gedanken unterbrochen, weil er spürte, wie Mary ihm zärtlich die Hand drückte. »Tut mir leid«, sagte sie leise und, ganz als hätte sie seine Gedanken lesen können, fuhr sie fort: »Wenn du meine Meinung wissen willst: Er hat dir nie eine faire Chance geben wollen. Er hat die Stelle doch immer für Elaines Bruder reserviert.«

»Aber warum hat er uns dann heute abend eingeladen?« wollte Ted wissen. Seine Wut war wie weggeblasen und hatte einer Niedergeschlagenheit Platz gemacht, die Mary noch viel schmerzhafter empfand.

Sie drückte seine Hand fester. »Weil er deinen Rat haben wollte! Eine Stunde nach unserer Ankunft ist mir das klargeworden – er hat von dir nur wissen wollen, was *du* mit dem Sumpfgebiet auf dem Grundstück des Kondominiums machen würdest. Er weiß, woher du kommst. Er weiß genau, wieviel du weißt. Und er hat dir nicht einmal eine Stelle anbieten müssen, um es zu erfahren – er hat es umsonst bekommen.«

»Wie dumm!« stieß Ted hervor, entzog sich Marys Hand und schlug auf das Armaturenbrett ein. »Warum hast du mich nicht gebremst? Warum hast du...«

Mary konnte plötzlich nicht anders; sie mußte lachen. »Dich bremsen! Wann habe ich dich je von etwas abhalten können? Außerdem bist du nicht dumm – im Gegenteil, du bist clever. Nur manchmal ein bißchen generös, das ist alles. Du verschenkst Ideen, die du verkaufen könntest, und dann fragst du dich, warum niemand deine Ideen kaufen will. Und nun widersprich mir nicht, Ted – du weißt genau, daß ich recht habe.«

Als er verbissen schwieg, fuhr sie fort: »Bitte, Ted, nun entspann dich mal! Hör auf, dir so viele Sorgen zu machen und auf die ganze Welt wütend zu sein. Du hast bisher noch immer eine Stelle gefunden. Es wird diesmal bestimmt nicht anders sein.«

»Jawohl«, knurrte Ted, »und bis dahin hält meine Tochter mich für unfähig, und meine Frau...«

»Deine Frau liebt dich«, brachte Mary den Satz für ihn zu Ende. »Und wenn Kelly den Eindruck erweckt, als ob sie dich für unfähig hielte, gibt sie damit wenigstens zu, daß du existierst. Falls du es noch nicht gemerkt haben solltest – mit mir spricht sie nicht einmal mehr.«

Ted lächelte dünn. »Vielleicht solltest du darüber froh sein. Dann sagt sie dir wenigstens nicht, wie doof du bist, weil du etwas gegen rosarote Haare hast.«

»Die Sache mit dem Haarfärben«, seufzte Mary, »ist drei Monate her. Übrigens – hast du denn nicht gesehen, mit was für Kindern sie zusammen ist? Ein paar von denen haben sogar violettes Haar und tragen einen Ring in der Nase.«

»Was haben die bloß im Kopf? Wissen sie denn nicht...«

»Sie wollen anders sein, das ist alles«, unterbrach Mary. »Das ist bei den meisten einfach nur Teil des Großwerdens. Aber bei Kelly...«

Sie schwieg. Ted steuerte den Wagen in die Einfahrt. Beim Anblick des Hauses runzelte Mary die Stirn. Es war hell erleuchtet. Sie hätte erleichtert sein sollen; normalerweise war das Haus dunkel und leer, wenn sie nach Mitternacht heimkam. Aber ganz abgesehen von dem Licht – sie konnte Kellys Nähe förmlich spüren.

Und sie spürte, daß da etwas nicht in Ordnung war.

Sie blieb im Wagen sitzen und machte keine Anstalten, die Tür zu öffnen, als Ted den Motor abgeschaltet hatte. Ihr Unbehagen wuchs.

»Mary?« fragte Ted schließlich. »Was ist denn los?«

Die Worte riefen Mary in die Wirklichkeit zurück. Sie tastete nach dem Türgriff, stieg aus, bewegte sich über den gesprungenen Steinweg und blieb vor der Haustür stehen. Sie hätte die Tür öffnen sollen – Kelly dachte eigentlich nie dran, abzuschließen – und tat es doch nicht. Sie streckte Ted den Arm entgegen, als er nachkam, um auch ihn mehr oder weniger vom Betreten des Hauses abzuhalten.

»Was ist los?« wiederholte er.

»Ich... weiß nicht«, flüsterte sie. »Da stimmt etwas nicht. Ich kann es spüren.«

Über Teds Gesicht breitete sich ein Grinsen; er sprach plötzlich schleppender. »Was sollte denn nicht in Ordnung sein? Ich bin arbeitslos, meine Tochter haßt mich, und meine Frau meint, ich verschenke alles, was ich besitze.« Er packte den Knauf. Die Tür flog auf.

Er wollte schon eintreten, zögerte – nun spürte auch er eine merkwürdige Kälte. Das Grinsen verging ihm, als er über die Schwelle trat. »Kelly?« rief er laut.

Schweigen.

Das Haus wirkte jedoch keineswegs leer und verlassen.

»Vielleicht ist sie in ihrem Zimmer«, sagte Ted ohne Überzeugung.

Mary überwand die Furcht, die sie inzwischen gepackt hatte, und rannte zu Kellys Zimmer, doch im Flur vor dem Bad stand sie still.

Der Schrei blieb ihr in der Kehle stecken. Sie erstarrte. Ihre Tochter lag in einer Blutlache regungslos auf dem Boden, mit einer großen Scherbe des Spiegels in der Hand.

»Kelly? Oh, nein – Kelly, *neeeiiin*...« Der Schrei erstarb, bevor er ihr richtig über die Lippen gekommen war. Sie trat vor, ließ sich auf die Knie nieder, starrte hilflos auf die leblose Gestalt der Tochter hinab; und da erst spürte sie Ted hinter ihrem Rücken. »Tu etwas!« flüsterte sie. »Ruf die Ambulanz!«

Sie spürte plötzlich, wie erschöpft sie war. Es mußte der Schock sein. Nein! befahl sie sich. Kelly braucht dich!

Jetzt nur nicht heulen! Nur nicht ohnmächtig werden! Kümmere dich um deine Tochter!

Sie öffnete Kellys rechte Hand. Das Glasstück fiel heraus und zersplitterte auf dem Boden. Kellys Handteller blutete. Angesichts des strömenden Blutes fühlte Mary sich seltsamerweise auf einmal besser. Und dann wußte sie auch warum.

Wäre Kelly tot gewesen, hätte das Bluten aufgehört.

Mary riß ein Handtuch vom Wandhalter, band es um Kellys verletzte Hand und begann ihr die blutverschmierte Kleidung vom Leib zu reißen.

Sie entdeckte eine weitere Wunde am Rumpf – ein tiefer Einschnitt. Kelly hatte ihn mit der linken Hand zugehalten, als sie blutend auf dem Boden lag. Mary nahm die Hand ihrer Tochter von der Wunde, wischte das Blut ab und suchte nach Glas. Als sie keine Splitter entdeckte, drückte sie das Handtuch an die Bauchverletzung. Als sie aufblickte, stand Ted aschfahl in der Tür.

»Sie lebt«, hauchte Mary. »Hast du...?«

»Ich habe die Polizei angerufen«, erwiderte Ted. »Sie schickt eine Ambulanz. Ich...« Sein Blick wanderte von Mary zum bleichen Gesicht der Tochter, und seine Augen füllten sich mit Tränen. »Sie darf nicht sterben!« flüsterte er. »Lieber Gott, laß sie nicht sterben!« Er ließ sich neben seiner Frau nieder und nahm Kellys Hand. Die Zeit schien stillzustehen. Eine unheimliche Ruhe senkte sich über das Haus.

In der Ferne hörten sie Sirenen näherkommen.

Mary spürte die Erschöpfung wie einen Schmerz, als sie sich im Allgemeinen Krankenhaus in Atlanta von dem Kunstledersofa erhob. Sie lief zur Eingangstür. Es dämmerte. Hatte sie wirklich die ganze Nacht dagesessen?

Natürlich nicht.

Die Andersons waren erst nach ein Uhr früh im Krankenhaus eingetroffen. Wenigstens zwei Stunden lang war

Mary nervös vor der Notfallstation auf und ab geschritten, bis der Arzt – an seinen Namen konnte sie sich nicht mehr erinnern – herausgekommen war, um ihr mitzuteilen, daß Kelly sich außer Lebensgefahr befand. Die Bauchwunde, die so böse ausgesehen hatte, war nicht tief; lebenswichtige Organe waren durch den Glassplitter, mit dem Kelly sich gestochen hatte, nicht verletzt worden. Sie hatte eine Menge Blut verloren, aber die Wunden waren genäht.

Sie lebte, sie war bei Bewußtsein – und Mary und Ted hatten sie besuchen dürfen.

Ted hatte Mary gestützt. Mary war verwundert, daß sie ausgerechnet jetzt, da sie wußte, daß Kelly überleben würde, zusammenbrach. Als sie fürchtete, daß Kelly stürbe, da hatte Mary sich beherrscht, sich um Kellys Wunden gekümmert, nicht eine einzige Träne vergossen, sondern einfach getan, was getan werden mußte.

Vor dem Krankenzimmer waren sie stehengeblieben. Sie hatten sich instinktiv angeschaut. Bis zu dem Augenblick hatte keiner laut beim Namen genannt, was vorgefallen war. Und wieder hielt Mary ihre Gefühle unter Kontrolle. Als sie sprach, war ihre Stimme ruhig und sicher gewesen.

»Sie hat sich umbringen wollen, Ted.«

Ted hatte den Kopf geschüttelt. »Niemals. Kelly...« Aber sie hatte ihm die Finger auf die Lippen gelegt.

»Doch. Deshalb ist sie vorher so still gewesen. Weil sie darüber nachgedacht hat. Und mehr werden wir heute nacht auch nicht tun. Wir werden nachdenken, aber wir werden nicht drüber sprechen – außer, daß Kelly darüber reden möchte. Wir wollen ihr nur das Gefühl geben, daß wir sie liebhaben und für sie da sind.«

Unruhig und bleich lag ihre Tochter im Bett, neben dem an einem IV-Stab ein Gefäß mit Blut hing, das durch ein Röhrchen zur Nadel in eine Vene an Kellys rechtem Arm geführt wurde. Kelly sah ihre Eltern aus traurigen großen Augen an wie ein verschrecktes Tier. Mary kamen die

Tränen: Kelly hatte Angst, daß die Eltern ihr böse sein könnten.

Mary drängte die Tränen zurück. Sie rang sich ein Lächeln ab. »Wie geht es dir?«

Kelly leckte sich nervös die Lippen. Ihr Blick glitt zur bandagierten Hand. »Okay.«

»Möchtest du uns etwas sagen?« fragte Ted.

Und wieder zuckte Kellys Zunge über die Lippen. Sie schüttelte den Kopf, ohne den Vater anzuschauen.

»Also, dann gibt's wohl nicht viel zu reden, nicht wahr?« sagte Ted. Kelly versank ein ganz klein wenig tiefer in den Kissen, blickte dann aber hoch.

»Seid ihr mir sehr böse?« fragte sie mit zitternder Stimme.

Ted schwieg. Mary konnte seinem Gesicht ansehen, was in ihm vorging, doch er brachte ein Lächeln zustande. »Ich wüßte nicht, was es helfen könnte, dir böse zu sein. Ich kann nur vermuten, daß du auf deine Mutter und auf mich und vielleicht sogar auf dich selbst eine Riesenwut gehabt haben mußt. Aber du brauchst wegen der Geschichte keine Angst zu haben. Du brauchst überhaupt keine Angst zu haben.« Er beugte sich über seine Tochter und gab ihr einen Kuß auf die Stirn. »Schlaf jetzt ein bißchen! Wir sind für dich da.«

Mary blieb ein paar Minuten länger und küßte Kelly auf die Wange. »Ich liebe dich.«

Kelly gab keine Antwort, sondern starrte ihre Mutter nur mit dem merkwürdigen, ausdruckslosen Blick an, den Mary noch nie hatte ergründen können. Es war ein Blick, der Mary manchmal fragen ließ, ob ihre Tochter überhaupt etwas empfand.

Das fragte sie sich an diesem Abend erneut.

An der Glastür des Eingangs drehte Mary sich um, als hinter ihr eine Tür aufging und wieder geschlossen wurde. Sie sah den Arzt näherkommen und kehrte deshalb zu dem Sofa zurück; Ted hatte sich erhoben; sie hakte sich bei ihm ein. Der Arzt gab ihnen ein Zeichen, sich zu setzen, nachdem er sich vergewissert hatte, daß sonst niemand im Warteraum war. Er nahm ihnen gegenüber in einem Sessel Platz.

»Wie steht es um Kelly?« fragte Mary. »Hat sich noch etwas...?«

Der Arzt hob beschwichtigend die Hände. »Es geht ihr gut«, sagte er und fügte, im Bewußtsein der unangemessenen Worte, rasch hinzu: »Das heißt, in Anbetracht der Umstände.«

Ted lehnte sich vor. »Hat sie darüber gesprochen, Herr Doktor...?« Ihm versagte die Stimme.

»Ich heiße Hartman. Ja, sie hat gesprochen.« Er machte eine nachdenkliche Pause, traf dann aber eine Entscheidung. »Es scheint, daß sie abtreiben wollte.«

Mary verschlug es den Atem. Als sie sich an Teds Arm klammerte, spürte sie die Muskelverkrampfung.

»Abtrei...«, hauchte sie. »Wollen Sie damit sagen, daß sie gar nicht versucht hat, sich...« Sie konnte es nicht gleich aussprechen, »...das Leben zu nehmen?«

Hartman schüttelte den Kopf. »Ich denke, beides trifft zu, Mrs. Anderson.« Er blickte von Mary zu Ted und wieder zurück. »Ich fürchte, ihre Tochter hat schwere Probleme.«

»Nicht so große Probleme, wie der Junge haben wird, der ihr das Kind gemacht hat«, erwiderte Ted zornig. »Sie ist kaum sechzehn. Wenn ich den schnappe...«

Hartman hob von neuem die Hände, diesmal aus Protest. »Beruhigen Sie sich, Mr. Anderson. Es ist nämlich so: Kelly ist gar nicht schwanger. Ich habe sie gründlich untersucht, und es gibt keinen Zweifel – soweit ich feststellen kann, hat Ihre Tochter noch nie Geschlechtsverkehr gehabt.«

Ted war die Verwirrung anzumerken. »Ich... das verstehe ich nicht. Sie haben doch gerade gesagt...«

»Ich weiß, was ich gesagt habe. Ich kann Ihnen nur eins sagen: Ihre Tochter hat *geglaubt*, schwanger zu sein. Sie hat Angst davor gehabt, es einem von Ihnen beiden zu sagen; auch weil sie nicht wußte, wann oder wie es dazu gekommen ist. Und deshalb hat sie sich umbringen wollen.«

Mary schloß die Augen, wie um Hartmans Worte nicht wahrhaben zu müssen. »Du lieber Gott!« flüsterte sie. »Warum hat sie denn nicht mit uns gesprochen?« Aber sie kannte die Antwort – wegen der Adoption. Sie hatten alles versucht und Kelly trotzdem nie von ihrer Liebe überzeugen können. Mary gestand sich nun widerwillig ein, daß Kelly vom Moment ihres Wissens um die eigene Adoption mit dem Erscheinen und dem Anspruch ihrer ›richtigen‹ Eltern rechnete und sich in der Zwischenzeit weigerte, Mary oder Ted zu lieben oder ihnen zu vertrauen. Mary traten Tränen in die Augen. »Warum hat sie uns nicht um Hilfe gebeten?«

Hartman schüttelte hilflos den Kopf. »Sie hat Angst. Und sie ist verwirrt.« Er beugte sich vor und senkte die Stimme. »Sie glaubt, man würde sie einsperren, weil sie verrückt ist. Sie behauptet, daß sie von niemandem geliebt wird und daß sie das auch gar nicht wundert.« Er schaute weg und mußte sich zwingen, den Andersons klar in die Augen zu sehen. »Sie hat gesagt, sie sei bereits tot, sie sei schon immer tot gewesen, und sie wollte einfach nicht mehr so tun, als ob sie am Leben sei.«

Mary und Ted waren entsetzt. Am Ende fragte Ted: »Was können wir für sie tun?«

»Beweisen Sie ihr, daß sie sich irrt«, entgegnete Dr. Hartman.

2

Beim ersten Läuten drehte Carl Anderson sich stöhnend auf die andere Seite; beim zweiten Klingeln des Telefons wurde er hellwach. Als er sich aufsetzte, spürte er einen Schmerz in der Hüfte. Er nahm den Hörer ab und schaute zur Uhr auf dem Nachttisch.

Halb sieben.

Er sollte inzwischen eigentlich längst angezogen mit der Zeitung in der Hand am Frühstückstisch sitzen. »Anderson.« Er nannte nur seinen Namen, mit einstudiert monotoner Stimme, die dem Anrufer keinerlei Hinweis auf seine Stimmung geben konnte; denn wie Carl vor langer Zeit gelernt hatte, konnte man am allerwenigsten dann manipuliert werden, wenn der Anrufer keine Ahnung hatte, wie man sich fühlte. Als er jetzt aber von seinem Sohn erfuhr, was sich in der Nacht ereignet hatte, war die Monotonie seiner Stimme sofort verschwunden. »O Gott«, stöhnte er. »Wird sie durchkommen?«

»Nach Meinung des Arztes ist sie in ein paar Wochen geheilt«, erwiderte Ted. »Jedenfalls die Schnittwunden.«

Carl runzelte die Stirn; sein Blick wanderte zum Bilderrahmen auf der Ankleide: die Enkelin zwischen Sohn und Schwiegertochter. Er hatte das Bild, ein Weihnachtsgeschenk, Hunderte von Malen betrachtet, und am längsten hatte sein Blick jedesmal auf Kelly verweilt, auf dem von rosaroten Locken umrahmten Gesicht, das durch den Kontrast der schwarzen Kleidung noch bleicher wirkte.

Was sein Augenmerk stets besonders fesselte, waren jedoch die Augen, die irgendwie ausdruckslos und leer schienen, als ob sie an nichts in der Welt Interesse finden könnten. Da war kein Funke von Neugier, nicht einmal Feindseligkeit.

Nur eine merkwürdige Trägheit.

Teds Stimme unterbrach Carl in seiner Grübelei. »Vater? Bist du noch da?«

»Ich bin hier«, entgegnete Carl, dessen Blick noch immer auf dem Bild ruhte. »Kann ich etwas für euch tun?«

Da war es an Ted zu schweigen, und als er schließlich das Wort ergriff, war eine gewisse Zurückhaltung hörbar. »Diese Stelle, über die wir im letzten Monat sprachen«, sagte er, »ist die noch immer frei?«

Carl war überrascht. »Und was sagt Mary dazu? Du weißt doch, wie sie über Villejeune denkt.«

»Das war vergangenen Monat«, erklärte Ted. »Nach dem Vorfall gestern abend...« Daß er den Satz nicht zu Ende brachte, erinnerte Carl an die Schwierigkeit, die er in allen Gesprächen mit seinem Sohn erlebte. Seit Bessies Tod durch Krebs hatten sein Sohn und er in einer ganz eigenartigen Schweigsamkeit zusammengelebt und -gearbeitet – wenn es Arbeit gab –, aber kaum über persönliche Dinge gesprochen. Doch Ted war immerhin bei ihm, seine Gegenwart ein Trost gewesen. Einsamkeit hatte Carl erst kennengelernt, als sein Sohn Mary geheiratet hatte und nach Atlanta gezogen war. Vor fünf Jahren hatte sich in Villejeune dann plötzlich viel getan und sein bis dahin mühsames Baugeschäft zu florieren begonnen.

Mit dem Erfolg hatte sein Versuch eingesetzt, Ted nach Villejeune zurückzulocken, ein Versuch, der bislang nichts gefruchtet hatte. Mary hatte am Tag des Umzugs geschworen, nie nach Villejeune zurückzukehren. Sie hatte die Stadt gehaßt, das Moor und alles gehaßt, was damit zusammenhing. Sie hatte Ted nur unter der Bedingung geheiratet, daß sie wegzogen. Und dabei war sie geblieben. Offenbar hatte sie nun ihre Meinung geändert.

»Die Stelle wartet«, sagte Carl, »ich habe eine Menge Arbeit, und mir fehlen Männer, die ihr Handwerk verstehen.« Dann wiederholte er aber noch einmal seine erste Frage. »Ist Mary wirklich einverstanden, Ted?«

Carl konnte die Spannung in der Stimme hören, als Ted erwiderte: »Begeistert ist sie nicht gerade. Aber sieh mal, Vater«, und dann redete er in einem Tempo los, als habe er Angst, die Worte sonst vielleicht nicht aus sich herauszukriegen, »ich bin schon seit einiger Zeit arbeitslos. Außerdem hat Kelly hier Umgang mit problematischen Jugendlichen – also, wir müssen weg. Und sonst wüßten wir nicht wohin.«

Carl empfand ein Ressentiment – sie wollten gar nicht nach Hause zu ihm, sie hatten bloß keine Alternative. Aber, sagte er sich, dann hätte er sie wenigstens bei sich. Und wenn Mary erst einmal das neue Villejeune kennengelernt hätte – wer weiß, vielleicht würde sie immer bleiben wollen.

Hier war sie schließlich geboren, wie Ted, wie Carl und wie sein Vater vor ihm auch. Hier war ihre Heimat.

»Okay«, sagte Carl laut. »Laß mich nur wissen, was ich für euch tun kann und wann ihr kommt.«

»Danke, Vater«, sagte Ted. »Es ist – also, es ist prima zu wissen, daß ich auf dich zählen kann.«

»Das ist doch selbstverständlich, mein Sohn«, sagte Carl. »Wenn man sich nicht auf seinen Vater verlassen kann, auf wen dann?«

Er legte auf und stieg aus dem Bett, duschte, zog sich an, frühstückte, alles in großer Eile, doch als er aus dem Haus in den feuchtheißen Floridamorgen hinaustrat, hatte er sich bereits mehr als vierzig Minuten verspätet.

Aber eigentlich war das nicht weiter schlimm. Da er Dr. Phillips wegen der Schmerzen aufsuchen mußte, die sich von der Hüfte aufwärts ausweiteten, war sein Tagesplan sowieso im Eimer.

Entscheidend war nur, daß Ted und Mary endlich nach Hause kämen und Kelly mitbrachten.

Während der Fahrt durchs Dorf stieg die Hitze. Villejeune war am Nordrand der Everglades den Floridasümpfen abgerungen worden, vor so langer Zeit, daß keiner das genaue Datum der Stadtgründung kannte; es war rund drei Jahrhunderte her. Villejeune hatte ein paar Höhepunkte erlebt, doch meist waren die Einwohner nur mit Mühe und Not über die Runden gekommen. Die erste Blüte setzte Anfang des neunzehnten Jahrhunderts ein, mit hektischen Plantagengründungen; lange hatten die Plantagen nicht überdauert; die stets wuchernden Sümpfe und Marschen hatten das kultivierte Land zurückerobert. Die Prohibition hatte der Gegend genutzt, die Schmugglern zahllose Schlupfwinkel bot; eine Zeitlang hatte Villejeune vom Schwarzhandel mit Rum recht gut gelebt. Und am Ende erreichte die Baulandentwicklung in Florida sogar Villejeune, jedenfalls für ein paar Monate – bis niemand mehr Land kaufen wollte, das einen Meter unter Wasser stand. Und mit der Prohibition war es in Villejeune auch mit dem Wohlstand vorbei gewesen. Im folgenden halben Jahrhundert begann ein langsamer, doch stetiger Niedergang; das Zypressenholz, aus dem die Häuser gebaut worden waren, fiel unaufhaltsam dem Klima zum Opfer, und die Menschen versuchten, so gut es halt ging, in einem Umfeld zu überleben, das so unsicher und heimtückisch war wie der Boden unter ihren Füßen.

Vor nur wenigen Jahren hatten klammheimlich dann Kalifornier in der Gegend von Orlando im Norden große Gebiete aufgekauft und aus der Marschgegend ein *Disney World* gemacht. Plötzlich begann die ganze Region aufzublühen; es dauerte gar nicht lange, bis Phil Stubbs, der sich über drei Jahrzehnte mit einem einzigen lecken Leichter und abenteuerlustigen Touristen, die unbedingt das Moor kennenlernen wollten, über Wasser gehalten hatte, sich ein neues Boot kaufen konnte und noch ein neues Boot und noch eines...

Carl Anderson hatte die Entwicklung in Orlando verfolgt, erkannt, daß sie sich nach Süden ausweiten würde und sich mit einigen Partnern in aller Eile soviel Sumpfterrain wie nur möglich gesichert. Während der letzten fünf Jahre hatte er die Optionen genutzt, das Land entwässert und Siedlungen für Pensionäre gebaut. Mit ein paar kleinen Häusern hatte er angefangen; Kondominien waren rasch gefolgt. Inzwischen war ein ganzes Netz von Kanälen entstanden; selbst die kleinste Siedlung besaß winzige Bootshäfen. Die größeren Bauten im Floridastil besaßen eigene Anlegeplätze; zur jüngsten Siedlung, seinem ganzen Stolz, sollte sogar ein Golfplatz gehören. Mit dem Verkauf dieser Anwesen hatte Carl Anderson, wie erwartet, keine Probleme gehabt – für Ruheständler war das hiesige Wetter ideal; im übrigen garantierte ihnen ein Zuhause in Villejeune den regelmäßigen Besuch von Kindern und Enkelkindern. Daß die Kleinen mehr zur Besichtigung von *Disneyland* als wegen des Besuchs der Großeltern kamen, war unerheblich. Wichtig war, daß sie kamen; und Villejeune lag Orlando nahe genug, um die Besichtigung von *Disney World* problemlos zu gestalten, und anderseits weit genug entfernt, um seine Eigenart zu wahren und nicht überlaufen zu sein. Ob das noch lange so bleiben würde, schien fraglich; doch fürs erste verdiente hier jeder einmal einen Batzen Geld; niemand aber machte so gute Geschäfte wie Carl Anderson.

Nach jahrhundertelangem Schlaf begann auch das Dorf selbst sich zu verändern. Die Häuser wurden repariert, alten Zypressenholzwänden ein neuer Anstrich verpaßt. Dazu waren neue Gebäude entstanden; als Vorsitzender des Villejeune Preservation Committee hatte Carl allerdings darauf geachtet, daß die neue Architektur sich Vorhandenem anpaßte; wenn also ein neues Geschäft eröffnete, wirkte es fast genauso alt wie die bereits bestehenden. Und Carl hatte auch die Idee gehabt, diese Geschäftsbauten mit leicht durchhängenden Böden zu konstruieren, damit sie ein wenig aus dem Lot geraten zu sein schienen, wie die älteren Geschäfte auch.

Von dieser neuen Entwicklung würde, da war sich Carl auf der Fahrt über die Ponce Avenue absolut sicher, Ted und Mary angenehm überrascht sein. Doch beim Anblick von Judd Duval vor Arlette Delongs Café wich seine gute Laune. Judd mochte es inzwischen zum Deputy Sheriff gebracht haben; für Carl war er immer noch eine Sumpfratte, und Sumpfratten konnte Carl nun einmal nicht leiden.

Aber die würde es hier wohl immer geben. Solange sich der Sumpf in unmittelbarer Stadtnähe befand, würden von Zeit zu Zeit auch Sumpfratten in der Stadt auftauchen, sich mit Vorräten eindecken und wieder in der Marsch verschwinden, wo sie in verfallenen Pfahlbauten lebten. Judd nickte Carl beim Vorbeifahren zu, und Carl erwiderte den Gruß automatisch, trotz seines Widerwillens gegen den Mann.

Wenige Minuten lag das Dorf eine halbe Meile hinter ihm. Er war erleichtert, als er seinen Truck auf den Parkplatz der Klinik fuhr, die er erst im vergangenen Jahr errichtet hatte, und den Buick von Warren Phillips schon vorfand, obwohl doch Samstag war. Bei seinem Eintreten zog Jolene Mayhew am Empfang die Brauen hoch. »Sie wollen sicherlich Dr. P. sehen«, bemerkte sie. »Ist etwas mit Ihnen passiert? Oder werden Sie bloß alt?«

Carl grinste die Krankenschwester an. »Also, ich bitte Sie, Jolene – lesen Sie denn keine Anzeigen? In Villejeune wird niemand alt. Deshalb zieht doch jeder her. Es liegt am Klima.«

»Genau«, erwiderte die Schwester spitz. »Bei über fünfunddreißig Grad und der entsprechenden Luftfeuchtigkeit! Und das schon im Juni. Wird das ein Sommer!« Sie blickte in den Kalender, der vor ihr lag. »Haben Sie einen Termin?«

»Brauch ich etwa einen Termin?« Carl sah sich mit übertriebener Neugier im leeren Wartezimmer um. »Sieht mir nicht nach Überarbeitung aus. Sie könnten schließen und mit mir zusammen nach Acapulco davonlaufen.«

»Sie sollten sich besser Ihrem Alter gemäß verhalten.« Sie deutete mit dem Kopf auf die verschlossene Tür zu Warren Phillips' Praxis. »Gehen Sie hinein. Eigentlich hätt' er heut einen freien Tag. Aber Sie kennen ihn ja. Wer in der Gegend einen Arzt braucht, weiß, wo Dr. P. zu finden ist.«

Eine Viertelstunde später hatte Phillips die Untersuchung beendet. »Abgesehen von der Hüfte noch andere Beschwerden?«

Carl richtete sich auf und schüttelte den Kopf. »Ich habe mich wunderbar gefühlt. Wie immer. Bis heute morgen dieser Schmerz einsetzte.« Er sah Phillips eine Spritze vorbereiten, legte sich wieder hin und drehte sich auf die Seite. »Eine kaputte Hüfte könnte ich jetzt wirklich nicht gebrauchen. Ted kommt nach Hause und...« Beim Einstich der Nadel zuckte er zusammen; er rieb die Wunde, als Phillips die Nadel herausgezogen hatte. »Du grüne Neune! Als hätten Sie mir direkt in den Hüftknochen gestochen.«

Phillips grinste. »Gar nicht so falsch. Kortison. In ein bis zwei Tagen sollte die Hüfte wieder in Ordnung sein. Aber hören Sie – kommt Ted wirklich nach Villejeune zurück? Ich dachte, Mary könne es hier nicht aushalten?«

Als Carl die Situation erläutert hatte, schüttelte er traurig den Kopf. »Wenn ich nur wüßte, was heutzutage mit den Kindern los ist.«

»Wenn Sie mich fragen – das ist leicht zu verstehen.« Carl zog sich die Hosen hoch und schnallte den Gürtel zu. »Die Welt ist so kompliziert geworden, daß die Kinder es mit der Angst kriegen. Und weil sie keinen Ausweg finden, nehmen sie sich das Leben.«

Phillips schien nicht sonderlich überzeugt. »Sie meinen, Ihre Enkelin hätte es aus Angst vor dem Leben getan?«

Carl lachte in sich hinein. »Die Ärzte in Atlanta haben bestimmt ein paar hübsche Fachausdrücke zur Erklärung parat. Aber wenn Kelly erst mal hier ist, wird alles wieder gut.«

Phillips Stirnrunzeln nahm zu. »Ich wünschte, Sie hätten recht.«

Da wurde Carl unsicher. »Sie meinen, ich hätte Ted nicht sagen sollen, Kelly mitzubringen?«

Der Arzt zuckte mit den Schultern. »Es ist nicht an mir, Ted zu raten, was er tun oder lassen soll. Ich meine nur, daß in dieser Stadt für Jugendliche nicht eben viel los ist.«

»Vielleicht gab's für sie in Atlanta zuviel Abwechslung«, brummte Carl. »Bei uns nehmen sich Kinder jedenfalls nicht das Leben.«

Phillips seufzte. »Hier leben aber auch nicht mehr viele Kinder, oder?« wandte er ein. »Die Stadt ist ein Zentrum für Pensionäre geworden.«

»Ja, aber man kann doch den Jungen nicht vorwerfen, daß sie weggezogen sind. Was sollten sie denn hier machen? Mit der Stadt ging es nur bergab.« Er schaute auf die Uhr. »Aber das ist ja nun vorbei.« Er grinste. »Hätten Sie geglaubt, daß ich einmal nach der Uhr leben würde? Vor zehn Jahren war ich glücklich, wenn es überhaupt Arbeit gab. Heute komme ich kaum mehr nach. Und wenn wir schon beim Thema sind«, meinte er, »morgen wäre meine reguläre Injektion an der Reihe. Könnten Sie mir die nicht gleich verpassen?«

»Warum eigentlich nicht?« meinte Phillips nach anfänglichem Zögern, ging dann zu seinem Wandschrank und holte eine kleine Phiole heraus, um eine zweite Spritze zu füllen. Eine Sekunde später stach er Carl die Nadel am Arm unter die Haut und drückte. »Das wär's«, meinte er, als er die Nadel wieder herauszog und in den Papierkorb warf. »Das sollte Sie für eine Zeitlang auf Kurs halten.«

Als Carl die Klinik verließ, verebbte der Schmerz in der Hüfte bereits. Nach der Vitaminspritze, die er schon jahrelang bekam, fühlte er sich stets zehn Jahre jünger.

Von dem, was er sich für den heutigen Tag vorgenommen hatte, ließ er sich aber auch durch ein Gefühl ewigen Lebens nicht abhalten. Er fuhr zurück in die Ponce Avenue, zu dem Haus, das er vor drei Jahren für Craig Sheffield errichtet hatte. Von diesem Nachmittag an sollte sein Sohn gleichberechtigter Partner der Anderson Construction Company sein.

Da könnte er ja auch gleich den Namen der Firma ändern lassen. Carl Anderson & Sohn. Das gefiel ihm. Nein, er hatte eine noch viel bessere Idee.

Anderson & Anderson.

So war's richtig – Vater und Sohn auch im Firmennamen als gleichwertige Partner.

Es würde doch noch ein guter Tag werden. Er fühlte sich schon wieder in Hochform, denn sein Sohn kehrte heim.

Beim Gedanken an Kelly schlug seine Stimmung allerdings wieder um. Aber auch das würde sich einrenken lassen, dachte er. Sie mußte nur aus Atlanta weg, damit würden auch ihre Probleme verschwinden. Ihm fiel sogar ein, was er für sie tun könnte. Sie brauchte einen Freund. Einen netten Jungen. Wie den Sohn von Craig Sheffield.

Doch, hier käme für sie wieder alles ins Lot, und mit dem Sommer wäre bestimmt auch Mary froh, nach Villejeune zurückgekehrt zu sein.

Eine halbe Stunde nach Carl Andersons Abschied saß Craig Sheffield über den Papieren zur Namensänderung der Anderson Construction Company an seinem Schreibtisch. Damit machte Carl seinem Sohn auch ein beachtliches materielles Geschenk. Carl war nämlich in den letzten Jahren zu einem vermögenden Mann geworden, mit einem Nettowert von über zwei Millionen Dollar, die sich mit dem Fortgang des jüngsten Siedlungsvorhabens noch wesentlich vermehren würden, und im Hinblick auf die positive Entwicklung Villejeunes war kein Ende in Sicht.

Doch während der Arbeit mußte Craig Sheffield unentwegt an die Fragen denken, mit denen Carl sich nach seinem Sohn erkundigt hatte. Das waren keine Fragen aus purer Höflichkeit gewesen; der schlaue, alte Fuchs hatte dabei etwas im Sinn. Aber was könnte das sein? fragte sich Craig. Wollte er Michael etwa einen Ferienjob anbieten? Das schien unmöglich – bei Stellenvergaben bevorzugte Carl prinzipiell Familienväter, und obwohl sich die Dinge gebessert hatten, gab es immer noch reichlich Arbeitslose. Außerdem hatte Michael sich bei Anderson bereits um Ferienarbeit beworben und aus eben den Gründen eine Absage erhalten, wie Craig nun wieder einfiel.

Michael hatte nirgends Arbeit finden können, überall die gleiche Antwort erhalten: »Ich habe im Moment gerade genug zu tun, um über die Runden zu kommen. Vielleicht im nächsten Jahr, der Aufschwung in Villejeune hält bestimmt an...«

Wie schön für Villejeune, dachte Craig, aber Michael brauchte etwas für diesen Sommer! Wenn Carl jedoch etwas für seinen Sohn tun könnte, müßte Craig seinerseits Michael doch ebenfalls helfen können. Und als Craig sich in seinem Stuhl zurücklehnte und aus dem Fenster schaute, fiel ihm tatsächlich etwas ein.

Die Touristenfahrten im Moor: Phil Stubbs.

Warum war er eigentlich nicht früher darauf gekommen? Erst in der vergangenen Woche hatte Stubbs ihm gegenüber von der Notwendigkeit einer neuen Versicherungspolice gesprochen, weil er seine Flotte um eine weiteres Boot vergrößern mußte – dafür würde er doch einen Helfer brauchen! Craig nahm den Hörer ab und wählte die Nummer. Zehn Minuten später war alles arrangiert.

Craig verließ das Büro und suchte Michael. Er fand ihn

in seinem Zimmer, mit Kopfhörern auf dem Bett liegend und in einer Zeitschrift blätternd.

»Ich hab' eventuell einen Job für dich gefunden«, sagte Craig, als Michael die Zeitschrift weggelegt und die Kopfhörer abgenommen hatte.

Michael runzelte die Stirn. »Wo? In Orlando? Dort habe ich schon überall vorgesprochen.«

»Hast du's mal mit Phil Stubbs versucht?«

Michael hob die Augen zur Decke. »Zweimal!«

»Dann versuch's noch einmal! Ich habe gerade mit ihm telefoniert. Er möchte dich sprechen.«

»Wie das?« Michael klang mißtrauisch. »Er hat mir erklärt, er hätte bereits genug Leute.«

Craig machte eine wegwerfende Handbewegung. »Er schafft sich noch ein Boot an.«

»Du hast ihn bestimmt unter Druck gesetzt!«

Craig war verstimmt. »Und wenn? Brauchst du etwa keinen Job?«

»Ich sollte selbst einen finden können!« erklärte Michael und wurde rot. »Wie muß ich mir denn vorkommen bei dem Gedanken, daß ich den Job nur kriege, weil du ihn dazu überredet hast?«

Craig wurde wütend. »Und wie wirst du dir vorkommen, wenn du das Motorrad nicht benutzen kannst, das du Mama und mir abgeschwätzt hast? Du kennst unsere Abmachung – für Versicherung und Unterhalt zahlst du selbst, sonst bist du das Fahrzeug wieder los. Ich an deiner Stelle wäre längst unterwegs zu Phil Stubbs, statt mich auf dem Bett zu flezen und mit meinem Vater zu streiten.«

Das reichte. Michael sprang vom Bett und legte die Kopfhörer in die Nachttischschublade. »Ich hab' doch nicht sagen wollen, daß ich nicht ginge ...« doch der Vater schnitt ihm das Wort ab.

»Du hast ganz recht«, fuhr er ihn an. »Du *wirst* gehen und den Job annehmen, den Phil Stubbs dir offeriert, und die Arbeit dort gewissenhaft erledigen. Verdammt, bei deiner Haltung ist es ja keine Wunder, daß dich niemand anstellen will!« Und Craig war aus dem Zimmer, bevor Michael antworten konnte.

Michael zog die zerschlissenen Jeans aus und holte ein paar saubere Seidenhosen aus dem Schrank; er nahm ein Hemd von dem Stapel, den seine Mutter auf sein Bitten nach dem Mail-Order-Katalog bestellt hatte – ein sogenanntes Fahrtenhemd mit Schulterklappen, vier Taschen vorn und zwei Taschen an den Ärmeln. Er hatte es bisher nur einmal getragen und weggelegt, nachdem er in der Schule gehänselt worden war, er sei zu knochig, um wie ein Filmstar herumzulaufen. Für Bootfahren im Moor, schien es genau das Richtige.

Er ging ins Bad, wusch sich das Gesicht und bürstete das wilde, blonde Haar, das nie in Facon bleiben wollte. Als ihm eine Locke immer wieder neu in die Stirn fiel, gab er auf. Er wollte sich schon vom Spiegel abwenden, als ihm eine Bewegung auffiel.

Er erstarrte. Er wollte es nicht wahrhaben und wußte doch, daß es da war.

Als sein Blick wie festgefroren am Glas hing, nahm hinter seiner Schulter ein Bild langsam Form an.

Ein Gesicht.

Das Gesicht eines alten Mannes mit eingesunkenen, rotumränderten Augen.

Instinktiv schloß Michael die Augen. Als er sie wieder öffnete, war das Gesicht immer noch da.

Und jetzt konnte er auch die Hände des alten Mannes sehen. Sie streckten sich nach ihm aus.

Michael stockte der Atem. Sein Herz schlug wie wild. Da flog plötzlich die Tür auf, und seine sechsjährige Schwester Jenny musterte ihn; sie stemmte die Arme in die Hüften.

»Mama sagt, du darfst nicht länger als zehn Minuten im Bad bleiben«, sagte sie.

Michaels Blick wanderte vom Spiegel zur Schwester. Er

wagte nicht gleich zu sprechen; die Stimme hätte die innere Angst verraten können. »Wenn du nicht warten kannst, mußt du das Bad unten benutzen«, gab er zurück.

»Ich will aber dieses Bad!« schimpfte Jenny. »Es gehört dir nicht allein! Ich habe genausoviel Recht wie du...«

»In Ordnung!« sagte Michael. »Dort ist das Klo. Mach nur. Mich stört das nicht beim Haarekämmen.«

Jenny bekam vor Wut ganz große Augen. »Das werde ich Mama sagen!«

Michael ging zur Tür, hob seine Schwester hoch, stellte sie in den Flur und machte die Tür vor der Nase zu. Jenny begann wütend an der Tür zu klopfen.

Michael beachtete weder ihr Klopfen noch ihr Geschrei. Er schaute noch einmal in den Spiegel.

Das seltsame Bild war fort. Er sah nur das eigene Gesicht.

Doch woher war das Bild gekommen? Hatte es überhaupt existiert?

Er war sich nicht sicher.

Andererseits: Er hatte es nicht zum erstenmal gesehen.

Er konnte sich nicht einmal erinnern, wann er es zum erstenmal gesehen hatte, so lange war es her, und es war so selten erschienen, daß er es zwischendurch vergaß. In jüngster Zeit tauchte es allerdings häufiger auf.

Manchmal war es nur wie ein Flackern im Spiegel gewesen.

Manchmal war es ihm im Traum erschienen, und er war voller Angst aufgewacht.

Inzwischen erschein es ihm nicht nur häufiger, sondern auch klarer.

Er hatte sich eine zeitlang eingeredet, es sei ein Gespenst. Er hatte einmal sogar mit seiner Mutter darüber gesprochen, die zuhörte und anschließend lachte.

»In neuen Häusern gibt es keine Geister. Da müßte

erst jemand sterben – oder, noch besser, ermordet werden. Aber falls *du* nicht heimlich jemanden umgebracht hast, trifft das auf unser Haus noch nicht zu.«

Er hatte mit ihr diskutiert, aber nicht zu lang, weil ihm das Ganze von Minute zu Minute dümmer vorkam. Trotzdem, inzwischen belästigte das Gesicht ihn immer öfter.

Er fixierte den Spiegel, wollte das Gesicht herzwingen, wie um sich zu überzeugen, daß alles nur Einbildung war. Aber außer weißen Fliesen reflektierte der Spiegel nur sein eigenes Gesicht.

Er überließ Jenny das Badezimmer, rannte die Treppe nach unten und in der Hitze des Morgens nach draußen. Doch auf dem Weg zur Garage, wo sein Motorrad stand, drehte er sich noch einmal zum Haus um.

Was mochte es mit dem Gesicht im Spiegel bloß auf sich haben?

Gehörte es real zum Haus oder existierte es nur in seinem Bewußtsein?

Als er auf das Motorrad stieg und losfuhr, kam er zu dem Schluß, daß er auf die Frage überhaupt keine Antwort wissen wollte, weil jede Antwort schrecklich gewesen wäre.

3

Kelly Anderson saß schweigend im Fond des Chrysler und starrte durchs Fenster. Die Landschaft hatte sich verändert; statt der roten Erde und der Fichten Georgias breitete sich draußen das moorige Flachland Floridas aus, aber Kelly nahm es nicht wahr. Ihre Gedanken waren nach innen gerichtet, auf die Erinnerungen an den zweiwöchigen Krankenhausaufenthalt.

Der wäre nicht nötig gewesen – ihre Verletzungen waren rasch geheilt und die Nähte auf ihrem Bauch bereits nach einer Woche entfernt worden. Man hatte feststellen wollen, ob sie verrückt war. Sie hatte die Ärzte vom Gegenteil überzeugt – obwohl sie selbst sich dessen gar nicht so sicher war. Aber der Gedanke, in einer Anstalt eingesperrt zu sein, schreckte sie noch mehr als das Bild des alten Mannes, das sie am Morgen des Selbstmordversuchs im Spiegel des Badezimmer beobachtet hatte. Und deshalb hatte sie dem Psychiater davon nichts erzählt, sondern irgendeine Geschichte erfunden. Und die Geschichte war eigentlich keine Lüge, denn Kelly *hatte* sich Sorgen gemacht wegen der Arbeitslosigkeit ihres Vaters, und sie *hatte* doch das Gefühl, nie etwas recht zu machen. Man hatte darum auch ihrer Erklärung geglaubt, sie habe sich einfach gesagt, es sei für alle am besten, wenn sie nicht lebte.

Von dem Mann ihres Alptraums hatte sie den Ärzten nichts gesagt – dafür war sie zu klug.

Sie hatte sich auch herausreden können, was das Geständnis ihrer Schwangerschaft gegenüber Dr. Hartman betraf. Das war ihr sogar nicht einmal schwergefallen – sie hatte einfach behauptet, sie habe sich in letzter Zeit oft unwohl gefühlt, und als dann die Periode ausblieb, habe sie automatisch gemeint, schwanger zu sein. Sie behauptete außerdem, eines Abends mit Freunden zusammen Alkohol getrunken zu haben, ohne sich hinterher an irgend etwas erinnern zu können, und daraufhin vermutet, mit einem Jungen ins Bett gegangen zu sein. Davon war nichts wahr – sie verabscheute Alkohol –, aber die Eltern hatten ihr geglaubt.

Und sie auch nicht eingesperrt.

Man hatte sie nach Hause geschickt, und eine Woche später hatte die Mutter ihr vom Umzug nach Villejeune berichtet.

Es war eine lange Geschichte: Der Großvater habe für den Vater Arbeit gefunden, doch Kelly wußte, daß dem nicht so war, oder falls es stimmte, war es trotzdem nicht der wahre Grund für den Umzug.

Die Eltern hatten es nur darauf abgesehen, sie aus Atlanta und von ihren Freunden wegzuschaffen.

Ihren Freunden, überlegte sie mit einem Gefühl der Leere – das war schon komisch. Sie hatte die Jungen und Mädchen ihrer Bande nämlich nie als Freunde betrachtet. Es waren für sie einfach nur Gleichaltrige; sie suchte ihre Gesellschaft, damit sie nicht völlig allein war. Sie hatte ihnen nicht viel zu sagen.

Wenn sie sich sehr viel mit ihnen unterhalten hätte, wären sie nämlich bloß darauf gekommen, wie verrückt sie war.

Vielleicht hätte sie sich einsperren lassen sollen. Dann wäre ihrer Mutter wenigstens der Umzug nach Villejeune erspart geblieben. Sie hatte frühere Worte ihrer Mutter noch im Ohr: »Ich habe es immer gehaßt. Dort schien alles nur auf den Tod zu warten. Dort hat sich nie etwas verändert. Dort war nie etwas los. Und den andern Kindern ging es genauso wie mir. Die meisten von uns konnten es gar nicht abwarten, bis wir endlich wegkonnten. Es gab ja keinen Grund zu bleiben – Villejeune war wie all die kleinen Ortschaften am Rand des Moors. Kein

Mensch hatte Ehrgeiz, niemand hatte eine Vision, einen Traum.« Jetzt hatte Kelly den Blick der Mutter dann über die vergilbende Tapete wandern sehen, über die alten Möbel, die sie nie durch neue hatten ersetzen können. Und mit einem tiefen Seufzer hatte sie sich dann an Kelly gewandt. »Aber meine Träume sind nicht in Erfüllung gegangen, nicht wahr? Und dein Vater sagt, in Villejeune sei heute alles ganz anders. Wir müssen es versuchen.« Die Mutter schien Mühe zu haben, den eigenen Worten zu glauben; das Lächeln auf ihren Lippen wirkte gezwungen. »Außerdem wird's Zeit, daß du Luftveränderung bekommst. Neue Menschen kennenlernst, Freunde findest!« Wie Messerstiche hatten Kelly die Worte getroffen. Sie hatte Schuldgefühle bekommen.

Es war ihre Schuld, daß die Mutter nach Villejeune zurück mußte.

»Verdammt noch mal, willst du nicht endlich die Aussicht genießen!«

Kelly schrak auf. Sie schenkte der Landschaft zum ersten Male Beachtung. Ihr Vater verlangsamte die Fahrt. Vor ihnen neben dem Highway erhob sich eine riesige Werbewand mit Panorama von Golfplatz, Bootshafen, Häusern und Kondominien. Auf dem Plakat stand in großen Buchstaben:

VILLEJEUNE GOLFPLÄTZE GRUNDSTÜCKE
EIN NEUES PROJEKT FÜR EIN HERRLICHES LEBEN
VON ANDERSON & ANDERSON

Die Bedeutung blieb Kelly unklar, bis sie die Stimme des Vaters vernahm. »Hättest du das für möglich gehalten? Mit keinem Wort hat er es angedeutet. Hat einfach nur gesagt, ich solle die Augen offenhalten für ein neues Projekt, an dem er arbeite.«

»Aber...« wollte Mary sagen. Ihre Worte gingen unter in Teds fröhlichem Lachen.

»Er hat wirklich ganze Sache gemacht! Er gibt mir nicht einfach eine Stelle. Er hat mich in seiner Firma als Partner aufgenommen!« Ted gab Gas. Der Wagen schoß vorwärts. Als die Mutter sich noch einmal nach dem Schild umdrehte, fiel ihr Blick auf Kelly. Sie zwinkerte ihr zu.

»Vielleicht wird jetzt alles gut«, meinte sie. »Villejeune scheint sich wirklich positiv entwickelt zu haben.«

Und diesmal klangen die Worte der Mutter ungezwungen und echt; Kelly fühlte sich seit ihrem Selbstmordversuch zum erstenmal wohl.

Zehn Minuten später hielt der Chrysler vor dem Haus von Carl Anderson. Das Gebäude war schlichtweg umwerfend. »Wirklich nicht mehr das Haus, in dem ich großgeworden bin!« sagte Ted schließlich nur.

Mary schüttelte den Kopf. Sie rührte sich noch immer nicht. Ihr Blick ruhte auf dem großen Bau mit versetzten Etagen, der sich hinter einem Landschaftsgarten von der Größe eines halben Morgens erhob. Er hatte eine breite Veranda mit einer Pergola, an der sich Bougainvilleen emporrankten; direkt vor dem Haus gab es Beete mit einer Fülle von Azaleen und Jasmin. Auf dem Rasen standen Gruppen von Palmen und ganz in der Nähe des Hauses zwei Magnolienbäume, die – ihrer Größe nach zu urteilen – umgepflanzt worden sein mußten. Das Haus selbst verfügte über mindestens fünfhundert Quadratmeter Wohn- und Nutzfläche, und wenn auch der Stil modern war, so hatte der Architekt die Konturen aufgelockert, so daß es trotz der massigen Fensterfronten gemütlich wirkte. Man konnte hinter dem Haus den Kanal sehen, der das Grundstück entwässerte: Es gab dort sogar eine kleine Anlegestelle mit einem Motorboot.

Mary sah innerlich das Haus vor sich, wo Ted mit seinem Vater gewohnt hatte, bevor sie mit ihm ausging: ein kleines Haus mit vier Zimmern, noch kleiner als ihr Haus in Atlanta, fast abbruchreif, da konnte Carl reparieren, wie er wollte. Es waren außerdem immer nur die allernotwendigsten Reparaturen gewesen, weil Carl nur ab und an Aufträge bekam und sich nie traute, das für eine umfassende Instandsetzung des Hauses erforderliche Geld auszugeben.

Und jetzt das!

Die Haustür öffnete sich. Carl Anderson kam heraus und ihnen über den Rasen entgegen. Er achtete nicht auf Mary, nicht auf Ted, sondern umarmte zuerst einmal Kelly. »Hast du dich endlich entschlossen, deinen Opa zu besuchen, wie?« fragte er und hielt sie von sich, um sie genauer zu betrachten.

Kelly reagierte befremdet. Am liebsten hätte sie ihre rechte Hand, deren Narben noch immer daran erinnerten, was sie vorgehabt hatte, hinter dem Rücken versteckt. Doch dann faßte sie sich. Sollte Großvater zu ihrem rosa Haar und ihrer schwarzen Kleidung doch sagen, was er wollte!

Er kritisierte sie jedoch nicht, sondern grinste bloß. »Ich habe schon immer einmal rosarotes Haar sehen wollen. Sieht gar nicht schlecht aus. Rosa und schwarz – das war in den fünfziger Jahren eine beliebte Farbkombination, weißt du.«

Von dem Lächeln, zu dem sich ihre Lippen verzogen, war Kelly selbst überrascht. »Meine Eltern können es nicht ausstehen«, entfuhr es ihr.

»Natürlich nicht«, antwortete Carl. »Dazu sind Eltern doch da. Ihr Lebenszweck besteht großteils darin, ihre Kinder zu kritisieren. Als dein Vater in deinem Alter war, habe ich fast nicht mit ihm sprechen wollen! Aber warum gehst du jetzt nicht erst einmal nach oben, um dir dein Zimmer anzusehen – das große Zimmer über der Garage.«

Kellys Blick wanderte zum Haus und zum Fenster über der Garage für drei Autos. Selbst von hier aus war zu erkennen, daß sich das Zimmer über die ganze Länge des Hauses hinzog; durch die dünnen Vorhänge glaubte sie an der Decke einen Ventilator zu erkennen. Sie mußte plötzlich an die schwülen Nächte in ihrem winzigen Zimmer in Atlanta denken, wo sie trotz des weit geöffneten

Fensters nachts fast erstickt wäre. Sie rannte über den Rasen ins Haus.

Vielleicht würde nun endlich doch alles gut.

Die Dämmerung brach herein. Michael Sheffield sicherte die Motorboote für die Nacht. Die übrigen Helfer waren längst fort. Phil Stubbs hatte schon nach einer Woche erkannt, daß er in Michael seinen besten Mitarbeiter hatte. Während der ersten beiden Wochen, also noch vor Ferienbeginn, war Michael jeden Tag pünktlich um halb vier erschienen. Er hatte auch nicht bloß erledigt, was ihm aufgetragen wurde, sondern zusätzliche Arbeiten übernommen. Als Stubbs ihm am zweiten Tag signalisierte, der Arbeitstag sei zu Ende, hatte Michael nur den Kopf geschüttelt. Beim Füttern der Biberratten hatte er bemerkt, daß ein Nagetier bald Junge werfen würde, und er baute dem Muttertier ein Nest außerhalb der Schauzone. »Die vielen Zuschauer würden sie nervös machen«, hatte er gesagt. »Ich mach ihr einen Kasten im Lagerraum. Vielleicht können wir nach ein paar Wochen für die Kleinen ein eigenes Gehege bauen. Eine Art Kinderzoo.«

Stubbs hatte desinteressiert mit den Schultern gezuckt, Michael gewähren lassen und die Sache vergessen. Doch zwei Wochen danach war Michael abends erneut länger geblieben. Am nächsten Morgen hatte Stubbs neben dem Käfig ein neues Gehege entdeckt. In einem Kasten mit Glasfenster saß die Biberrättin mit ihren Jungen, die inzwischen wie kleine Welpen herumtollten; Michael hatte eine Reihe fein säuberlich beschrifteter Tafeln aufgestellt, die den Lebenszyklus der kleinen Tiere erläuterten, vom Moment der Empfängnis bis zur erwarteten Lebensspanne, mit Angaben über ihre Nahrungsweise und ihre wirtschaftliche Bedeutung sowie ihrem Platz im Ökosystem des Moors. Stubbs hatte sich stirnrunzelnd gefragt, warum Michael sich all die Mühe machte, dann aber im Laufe des Tages festgestellt, daß die jungen Biberratten die meisten Schaulustigen anlockten, und auf den nachmittäglichen Bootsfahrten im Moor hatten sich die Teilnehmer mehr für Biberratten interessiert als für Alligatoren.

Von der dritten Woche an erteilte Stubbs Michael keine Anweisungen mehr, da der Junge stets fleißig arbeitete und länger blieb, meist mit dem Hinweis: »Da sind noch ein paar Dinge zu erledigen«, und am nächsten Morgen entdeckte Stubbs dann einen weiteren renovierten Käfig oder neue Anlegeseile für die Boote oder dort, wo vorher etwas schäbig ausgesehen hatte, einen frischen Anstrich. Stubbs hatte sich inzwischen daran gewöhnt, daß Michael von allen als letzter ging und sich um alles kümmerte, was die anderen vergessen hatten.

Für Michael war die Arbeit eine Art Paradies.

Er hatte schon immer gewußt, daß er sich von den übrigen Kindern irgendwie unterschied. In Jennys Alter hatte er sich angestrengt bemüht, mit den anderen Kindern zu spielen. In der Schule hatten die Klassenkameraden seine Andersartigkeit gespürt; einen echten Freund hatte er nie gefunden, niemand, mit dem er über die seltsame Leere hätte sprechen können, die in ihm gähnte und ihn zu verschlingen drohte. Er hatte im Laufe der Jahre gelernt, Normalität vorzutäuschen, über die Witze der Jungen gelacht und Gefühle simuliert, die er überhaupt nicht empfunden hatte.

Das Moor aber hatte ihn von klein auf fasziniert. Daß er doch nie einen Freund haben würde, hatte er bereits als Zehnjähriger erkannt, und deshalb war er in das Moor hinaus gegangen und hatte die sumpfigen Wasserarme und die Tiere beobachtet und die Pflanzen bestimmen gelernt. Im Moor machte ihm nichts angst, und er hatte sich auch nicht ein einziges Mal verirrt. Obwohl er wußte, daß die Wasserwege wie auch die vielen winzigen Inseln, für die meisten Menschen ein verwirrendes, furchterregendes Labyrinth darstellten, war für ihn jede Insel etwas Besonderes, kannte er jede einzelne Biegung.

Er war seinem Vater dankbar, daß er nun sogar bezahlt wurde, noch mehr Zeit in der Moorwildnis zu verbringen.

An diesem Abend wollte er auf Froschjagd gehen. In dieser Jahreszeit kamen die großen Ochsenfrösche an die Oberfläche, und er hatte bereits ein Terrarium für zwölf Frösche gebaut. Mit ein bißchen Glück würde er vielleicht eine Laichmasse entdecken und dann einen ganzen Lebenszyklus der Frösche zeigen können. Er kletterte mit einem großen Eimer, mit Fangnetz und Taschenlampe in ein Boot und setzte mit kaum hörbarem Ruderschlag ab. Das kleine Boot glitt durch das Wasser, ohne ein Lebewesen zu stören. Nach wenigen Minuten befand er sich inmitten eines Dickichts von Pflanzen, und seine Ohren nahmen die Symphonie der Insekten und Frösche im Sumpf wahr.

Da, auf einmal, begann er aus dem Inneren des Moores ein ganz neues Geräusch zu hören. Er folgte dem lockenden Ton und legte sich stärker in die Ruder. Das Boot glitt immer schneller durchs Wasser.

Kelly lag in ihrem neuen Zimmer auf dem Bett ausgestreckt und beobachtete die langsamen Drehungen des großen Ventilators an der Decke. Sie genoß das kühlende Lüftchen. Sie vermochte noch immer nicht zu glauben, daß dies ihr Zimmer sein sollte – mit Fenstern nach drei Seiten, mit einem eigenen Bad und, was besonders schön war, sogar zwei Türen. Eine Tür öffnete sich ins Innere des Hauses, die andere auf einen kleinen Absatz, von wo eine Treppe in den hinteren Hof führte. Der Raum war, wie sie vom Großvater wußte, als Gästezimmer gedacht gewesen; da selten Besuch kam, hatte sie ihn bekommen. »Mädchen in deinem Alter brauchen ein eigenes Bad«, hatte er erklärt. »Auf die Weise kannst du deine Sachen ausbreiten, ohne wem in die Quere zu kommen. Aber lauf bloß nicht weg!« hatte er mit bedeutungsschwerem Blick zur Außentür gewarnt. »Es wäre mir gar nicht recht, wenn deine Mutter verlangte, daß die Tür zugenagelt wird.«

Kelly war errötet. Konnte er Gedanken lesen? Sie versprach, nachts nicht wegzulaufen.

Kelly hatte jedoch nicht die Absicht, ihr Versprechen zu halten.

In Atlanta hatte sie schon seit zwei Jahren ganz nach Belieben kommen und gehen dürfen. In Villejeune schien allerdings nichts zum Ausgehen zu verlocken. Bei einer nachmittäglichen Fahrt durch die Stadt – falls man Villejeune überhaupt als Stadt bezeichnen konnte – hatte sie keine irgendwie interessanten Jugendlichen bemerkt. Alle sahen genauso langweilig aus wie die Typen in Atlanta.

Sie packte die restlichen Sachen aus, die den Wandschrank keineswegs füllten. Ihre Kosmetika, die in Atlanta in der obersten Schublade verstaut gewesen waren, stellte sie in den Arzneischrank. Sie rollte die Plakate aus, die sie in Atlanta von den Wänden gepellt hatte, hielt sie gegen die schönen, bunten Tapeten und stopfte allesamt in den Papierkorb. Großvater hatte das Zimmer perfekt eingerichtet.

Kelly trat ans Fenster. Sie schaute über den Rasen zum Kanal aufs Moor. Es begann zu dämmern. Finster würde es erst in etwa einer Stunde. Vielleicht könnte sie sich noch rasch ein bißchen umschauen. Auf dem Weg zur Tür erinnerte sie sich an die mahnenden Worte des Großvaters.

Ich geh doch bloß ein bißchen spazieren, sagte sie sich. Es ist ja nicht, als ob ich eine Verabredung hätte. Warum sollte mir ein Spaziergang hier verboten sein?

Sie trat durch die innere Tür und lief nach unten. Ihre Eltern saßen mit dem Großvater gemütlich zusammen. »Ist es in Ordnung, wenn ich einen Spaziergang mache?« fragte sie. Die Eltern schauten sich unsicher an. Sie glaubte ihre Gedanken zu erraten.

Wo will sie hin?
Was hat sie vor?
Wird sie Probleme bekommen?
Ob sie wieder versucht, sich umzubringen?
Die gute Laune, die während des ganzen Nachmittags geherrscht hatte, war verflogen. Sie drehte sich um. »Macht nichts«, murmelte sie und ging rückwärts wieder hinaus. Aber dann hörte sie die Stimme des Großvaters.

»Was geht hier eigentlich vor?« wollte er wissen. »Sie ist sechzehn. Warum sollte sie um sieben Uhr abends nicht spazierengehen dürfen?«

Kelly blieb wie angewurzelt stehen. Dann drehte sie sich um. Ihre Mutter schaute den Großvater ganz verängstigt an.

Ihr Vater leckte sich nervös die Lippen.

Keiner sagte ein Wort.

Der Großvater suchte ihren Blick.

»Hast du was Dummes vor?« fragte er. »Wirst du etwa in den Kanal springen?«

Kellys Augen weiteten sich vor Schreck.

»Vater!« sagte Ted scharf, doch Carl brachte ihn mit einer Handbewegung zum Schweigen.

»Jetzt hört mir einmal zu!« grollte er. »Was vor ein paar Wochen vorgefallen ist, weiß hier jeder. Aber ich begreife nicht, warum man deshalb keine einfachen Fragen stellen darf. Wenn ihr Kelly tagtäglich in jeder Minute überwachen wollt, hättet ihr sie vielleicht besser einsperren lassen sollen.«

»Carl!« sagte Mary. »Du kannst nicht verstehen...«

»Sicher nicht«, erwiderte Carl in bereits freundlicherem Ton. »Aber ihr seid unter anderem auch nach Villejeune gezogen, um Kelly eine Chance zu geben. Damit sie ein neues Leben anfangen kann. Warum nicht sofort?«

Mary ließ ihren Schwiegervater nicht aus den Augen. Er hatte ein markantes, faltenfreies Gesicht. Er sah mindestens zwanzig Jahre jünger aus, als er tatsächlich war –

vierundsechzig. Sein Haar – ein glänzendes Kastanienbraun, wie Teds – zeigte nicht einen Hauch von Grau, und seine blauen Augen strahlten wie die eines jungen Menschen, der aufbricht, die Welt zu erobern: das Resultat seines Lebenstriumphs, dachte Mary. Er hatte durchgehalten und es schlußendlich zum Erfolg gebracht. *Das* mußte ihm solche Kraft verliehen haben, die sie an ihm früher nie bemerkt hatte.

Er hatte ja recht. Sie waren – das galt für alle drei – zu einem Neuanfang hergezogen – und fingen damit am besten gleich an. Mary wandte sich ihrer Tochter zu.

»Wie lange willst du denn fortbleiben?«

Kelly wurde von einer Woge der Hoffnung erfaßt. »Gar nicht lange. Ich möchte nur zum Kanal und mir dort die Häuser ansehen, die Großvater gebaut hat.«

Mary holte tief Atem. »Also gut. Aber sei vor dem Dunkelwerden zurück, ja?«

Kelly nickte. Sie rannte – aus Angst, die Eltern könnten ihre Meinung wieder ändern – aus dem Haus, überquerte den Rasen, blieb bei Erreichen des Fußwegs kurz nachdenklich stehen und bog nach rechts. Jetzt hatte sie keine Eile mehr und schaute sich die Häuser am Kanal aufmerksam an. Sie waren viel kleiner als Großvaters Haus, weil sie von Rentnern bewohnt waren, die nicht so viel Platz brauchten.

»Ich auch nicht!« hatte Großvater am Nachmittag bemerkt. »Ich habe das Haus wohl nur deshalb so groß gebaut, weil ich es mir leisten konnte. Und dann saß ich da – ganz allein. Alte Narren sind die dümmsten. Aber jetzt scheint es sich doch gelohnt zu haben.«

Kelly lief etwa fünfhundert Meter weiter. Alle Häuser sahen sich ähnlich – es gab nur vier Varianten, und auch davon waren zwei bloß spiegelverkehrte Ausführungen der Grundtypen. Weil es Kelly langweilig wurde, begann sie sich für die Moorlandschaft jenseits des Kanals zu interessieren.

Vom Moor hatten die Eltern seit frühester Kindheit erzählt. Es sah aber ganz anders aus, als sie es sich vorgestellt hatte, gar nicht furchterregend mit verschlungenen Ranken und Schlangen und Insekten. Direkt aus der Nähe machte es ihr keine angst. Na gut, an den Zypressen rankten sich Kletterpflanzen hoch, und die Mangroven mit ihren Wurzelverästelungen kamen Kelly schon merkwürdig vor, doch irgend etwas am Moor schien ihr seltsam vertraut.

Als sie das hypnotische Sirren winziger Geschöpfe aus der Wildnis bewußt wahrnahm, verlangsamte sie ihre Schritte und blieb zuletzt horchend stehen. Sie konnte mehrere Töne unterscheiden. Über das Schwirren der Insekten stiegen Vogelstimmen, und das hohe Pfeifen von Baumfröschen bildete einen scharfen Kontrast zu den niedrigen Tönen der Ochsenfrösche.

Eine flüchtige Bewegung erregte ihre Aufmerksamkeit. Sie spähte ins Dämmerlicht. Und dann sah sie es, fast war es vom Laub verdeckt – ein Gesicht.

Und so schnell es gekommen war, war es auch wieder verschwunden, so rasch, daß Kelly schon meinte, es sei nur Einbildung gewesen.

War der Mann – der Mann den sie in ihren Träumen und an jenem Abend vor einem Monat im Spiegel gesehen hatte – etwa hierher gefolgt?

Nein.

Es war das Gesicht eines Jungen gewesen, ein richtiges, ein lebendiges Gesicht, das sie auf eine völlig unbegreifliche Weise ansprach.

Sie ließ den Blick noch einmal über das Gebiet streifen. Wenige Meter weiter entdeckte sie eine Fußgängerbrücke über den Kanal. Sie zögerte, faßte einen Entschluß: Ganz dunkel würde es erst in einer halben Stunde, und es könnte doch nur ein paar Minuten dauern, den Jungen zu finden.

Sie marschierte los.

Und beim Gehen nahm sie ein neuartiges Geräusch wahr.

Einen Ton, der sie innerlich zu führen schien.

Amelie Coulton saß im Schaukelstuhl auf der Veranda ihrer Baracke, hatte abgetragene Babykleidung im Schoß. Sie hatte nicht so geschickte Hände wie ihre Mutter. Die Nähte waren ungleichmäßig. Sie besserte eine Stelle aus, die sie selbst vor siebzehn Jahren verursacht hatte; das wußte sie von ihrer Mutter. Sie litt unter einem Gefühl der Hoffnungslosigkeit. Sie würde noch einmal von vorn anfangen müssen, und das Kleidchen hatte viele Löcher. Bis sie alle gestopft hätte, wäre das Baby bestimmt ein Jahr alt – falls es lebend zur Welt käme.

Der Abend war eigentlich Amelies liebste Tageszeit im Moor. Wenn sie ihre Arbeiten erledigt hatte und George abgehauen war, um sich mit seinen Freunden am Mondschein zu betrinken, konnte sie in ihrem Stuhl sitzen und der Wildnis ringsum lauschen. Den Tieren schaute sie immer gern zu. Da kamen manchmal Alligatoren ganz nah heran, hoben sich neben dem Haus aus dem Wasser und ruhten sich ein Weilchen aus. Sie sprach mit ihnen, und obschon sie wußte, wie albern das war, hatte sie manchmal den Eindruck, daß sie ihr zuhörten und sie verstanden. Und wenn vom Essen ein wenig übrig blieb, etwa ein Stückchen Huhn, warf sie es ins Wasser und beobachtete den Alligator, wie er die Knochen in seinem Mund zermalmte und zufrieden auf einmal verschluckte.

Doch am liebsten hatte sie die Laute des Abends. Auf den Sonnenuntergang freute sie sich jeden Tag, auf die wenigen Minuten, wenn die Tiere des Tages zur Ruhe gegangen waren, bevor die Nachtgeschöpfe des Moors ihr Lied anstimmten, dem Amelie froh zuhörte, bis sie die nie enden wollende Näharbeit wieder aufnahm.

An diesem Abend lag jedoch eine seltsam erwartungsvolle Stille in der Luft.

Das mußte wohl auch George fühlen. Er trat plötzlich durch die Tür und stellte sich neben sie, um mit seinem leblosen Blick ins Dunkel zu spähen. Amelie spürte den Zorn, aus dem heraus er sie vorher beinahe geschlagen hätte, als er sein Versprechen noch einmal wiederholen sollte.

»Der kriegt mein Baby nich'«, hatte sie mit einem Zittern in der Stimme gesagt. »Du gibst's nich' her so wie Tammy-Jo un' Quint ihrs weggegeb'n hab'n.«

»Du bis' verrückt«, hatte George ihr vor einem Monat erklärt, als die Auseinandersetzung zwischen ihnen begonnen hatte. »Du has' drauß'n im Moor nix gesehn. Das Baby is' einfach bloß gestorb'n, Amelie. Sonst is' dem überhaupt nix passiert.«

Er hatte anschließend betont, sie hätte auf der Insel am äußersten Ende des Moors nichts beobachtet; sie müßte alles geträumt haben. Und manchmal glaubte sie im beinahe; denn wenn sie die Insel suchte, konnte sie sie nicht mehr finden. Aber das Versprechen, daß er ihr Baby nicht dem Schwarzen Mann übergeben würde, hatte sie ihm trotzdem abgefordert.

»Ich kann' dir nix versprech'n«, hatte er zuerst erklärt. »Auch wenn es ihn gibt – aber es gibt ihn gar nich' –, kann ich nix tun.«

»Du mußt es mir versprech'n!« hatte Amelie verlangt. »Du versprichst mir's. Oder ich bring mich um. Du wirst schon seh'n.«

Am Ende hatte er es ihr versprochen. Doch seit diesem Versprechen – er hatte es in Anwesenheit von Tammy-Jo geben müssen, deren Gesicht so bleich geworden war, daß Amelie nun mit Sicherheit wußte: Sie hatte wirklich nichts erträumt – verhielt er sich ängstlich. So ängstlich, daß sie schon befürchtete, er würde verschwinden und sie sitzenlassen.

Und als sie an diesem Abend auf einer Erneuerung seinen Versprechens bestanden hatte, dachte sie schon, er würde sie schlagen, so wie ihr Vater sie als aufmüpfiges Kind geschlagen hatte. Aber George hatte es dann doch nicht getan. Er hatte bloß genickt, als traue er sich nicht die Worte auszusprechen. Und nun stand er neben ihr auf der Veranda, und sie merkte, wie sein Zorn in Furcht umschlug.

»Da kommt er«, murmelte George.

Sie strengte Augen und Ohren an, und ihr kroch ein Schreck über die Haut, obwohl sie nichts sah und nichts hörte. Aus den Tiefen der Finsternis tauchte schließlich ein abgrundschwarzer Schatten auf. Der Schatten erwies sich als Boot, das von Jonas Cox gerudert wurde,einem Jungen, den Amelie von Kindesbeinen kannte. Im Bug aber stand aufrecht die Gestalt des Schwarzen Mannes, dessen Gesicht ein schwarzes Tuch mit zwei Augenlöchern verdeckte. Amelie stockte der Atem. Sie dachte, das Herz stünde ihr still.

Das Boot hielt vor der Baracke an. Die Zeit schien stillzustehen, als der Schwarze Mann George Coulton fixierte. Schließlich richtete er einen Finger auf ihn.

Wortlos, wie ein Automat, kletterte George Coulton hinunter zum Boot, das gleich darauf im Dunkel entschwand, und bis auf die Tatsache, daß George nicht mehr bei ihr war, hätte Amelie nicht einmal mit Sicherheit sagen können, daß etwas vorgefallen war.

Ihr pochte das Herz bis zum Hals. Sie weigerte sich nachzudenken. Sie zwang sich, die Näharbeit wieder aufzunehmen. Doch in ihr wuchs die Gewißheit, daß ihr Baby das Kleid niemals tragen würde...

Es sei denn...

Ihr schoß ein Gedanke durch den Sinn. Sie verdrängte ihn rasch. Egal, was sie George an den Kopf geworfen hatte: Sie wollte nicht, daß er stürbe.

Das Boot stand im Wasser still. Jonas Cox hängte die Ruder ein. Er schaute zu George Coulton empor, der achtern saß; im blassen Schein des aufgehenden Monds sah George wie ein Gespenst aus. Jonas konnte die Angst spüren, die George packte. Da wußte er, daß dieser Junge, den er sein Leben lang gekannt hatte, vom Schwarzen Mann fixiert wurde.

»Du hast mir nicht gehorcht«, sagte der Schwarze Mann. Er sprach leise, doch Jonas fröstelte es.

»Ich hab' nicht...« begann George, aber der Schwarze Mann ließ ihn nicht aussprechen.

»Du gehörst mir. Du hast zu tun, was ich dir sage. Und ich habe dir nicht befohlen, Amelie Parish zu heiraten.«

»Sie kriegt mein Kind«, wimmerte George.

»*Mein* Kind«, verbesserte in der Schwarze Mann. »Eure Kinder gehören mir, so wie ihr mir gehört.«

»Un' ich werd's Euch geben«, winselte George verzweifelt.

»Du hast deiner Frau versprochen, das nicht zu tun«, stellte der Schwarze Mann fest. »Du gehörst mir, und deine Kinder gehören mir. Aus dem Grunde lebst du.«

George schwieg. Seine Augen weiteten sich. Er ahnte, was kommen würde.

»Ich dulde keinen Ungehorsam. Meine Kinder werden nichts weggeben, was ihnen nicht gehört.« Der Schwarze Mann öffnete sein Gewand und zog ein langes Messer aus der Scheide an seinem Gürtel. Er beugte sich vor. Er legte es Jonas Cox in die Hand. »Entlasse George Coulton aus dem Zirkel!« befahl er.

George erschrak, aber bevor er ein einziges Wort ausstoßen konnte, blitzte im Mondlicht das Messer in Jonas' Hand, und die scharfe Klinge drang ihm tief in die Brust.

George entrang sich ein Schrei. Der Schrei schnitt durch die Stille der Nacht, schwoll an, als der Schmerz durch den Körper raste, und verebbte in einem leisen, gräßlichen Gurgeln, als Blut aus dem Mund floß.

Seine Augen versanken in ihren Höhlen. Seine Haut verwitterte zu lederigen Falten. Die Muskeln, die eben noch fest und geschmeidig gewesen waren, erschlafften, und seine starken jungen Knochen waren auf einmal brüchig. Die Hüfte brach unter dem Gewicht des Körpers.

Auf einen wortlosen Befehl des Schwarzen Mannes drehte Jonas Cox die Klinge, drückte sie tiefer und riß sie George Coulton mitten durchs Herz.

Der Körper fiel über das Heck des Bootes ins seichte Wasser.

Jonas schaute nicht hin. Er wusch das Blut von der Klinge und reichte dem Schwarzen Mann das Messer zurück. Er tauchte die Ruder ins Wasser. Das Boot verschmolz mit der Finsternis.

Zuerst war es nur ein leiser Schreckenslaut, wie von einem Tier, das dort draußen im Dunkel überrascht worden wäre. Doch gleich darauf hörte Amelie einen Schrei des Entsetzens, der anschwoll und abbrach.

Amelie glaubte schon, daß alles vorbei sei, bis sie ein Gurgeln wie im Todeskampf vernahm, das langsam verging.

Und wieder legte sich Stille über das Moor. Amelie wagte sich nicht zu rühren, bis die Laute der Nacht sich wieder vernehmen ließen.

Für die Tiere im Moor war alles vorbei. Für Amelie hatte es es eben erst begonnen; denn der nächtliche Schrei hatte ihr klar gemacht, war geschehen war.

Sie legte das Nähzeug weg und ging ins Innere ihrer kleinen Hütte, um mit hochgehaltener Laterne wieder herauszukommen. Mühsam kletterte sie in ihr Kanu und setzte die Laterne im Bug ab. Sie löste die Leine, stieß das Boot vom Pfahl ab und begann es mit einem Ruder langsam voranzutreiben.

Sie folgte ihrem Instinkt, als sie sich durch die engen Bayous des Moores bewegte, und hatte ihr Ziel nach wenigen Minuten erreicht. Sie schaute ins Wasser, wo ein Mensch auf dem Grund lag, der Amelie aus offenen Augen anstarrte. Sie sah sofort, daß er tot war.

Der Mund stand offen, mit einem Ausdruck von Entsetzen. Aus der Wunde auf der Brust, die sich vom Herzen bis an die Kehle zog, floß noch Blut, das das Wasser ringsum verfärbte. Amelie verspürte eine seltsame Erleichterung – denn obwohl sie mit ihrer Ahnung recht gehabt hatte, hatte sie sich doch geirrt.

Sie hatte eine Leiche gesucht und gefunden. Es war aber nicht die Leiche, mit der sie gerechnet hatte. Der Tote im Wasser sah George Coulton nicht einmal ähnlich.

Sie ruderte zurück, an ihrem Haus vorbei, bis sie in der Ferne eine andere Hütte sah, die sich am Rande des Sumpfes duckte – doch diese Hütte sah der ihren nur von außen ähnlich. Durch die Fenster leuchtete elektrisches Licht. Und hier gab es Telefon.

Amelie seufzte. Es würde eine lange Nacht werden.

4

Als Kelly Anderson vor sich die Fußbrücke sah, wurde sie unsicher. War das die Brücke, über die sie gekommen war? Und was hatte sie während der letzten Stunde eigentlich gemacht?

Sie vermochte sich nicht daran zu erinnern.

Sie wußte nur eines: Als sie über die Brücke gegangen und dem Pfad gefolgt war, der sich durch das Rankenwerk der Insel schlängelte, war es noch hell gewesen. Sie hatte nicht den Eindruck, lange unterwegs gewesen zu sein; wie eine Viertelstunde kam es ihr vor; doch jetzt herrschte tiefste Nacht; hoch oben am Himmel leuchtete der Mond.

Wieso hatte sie den Anbruch der Nacht nicht bemerkt?

Sie würde Ärger bekommen. Sie konnte ihre Eltern schon hören – und sie hatte nicht nur ihr Versprechen gebrochen, sich vom Moorgebiet fernzuhalten; sie wußte nicht einmal, was sie in dieser ganzen Zeit überhaupt getrieben hatte.

Sie forschte in ihrem Gedächtnis.

Sie hatte ein Geräusch gehört, fast wie Musik: Die Töne hatten sie innerlich berührt, hatten gelockt – aber wohin?

Sie wußte es nicht.

Sie sah Bruchstücke von Bildern, die sie nicht zusammenfügen vermochte.

Sie hatte auf einmal das Gefühl, nicht allein gewesen zu sein.

Da waren ganz in ihrer Nähe noch andere Menschen gewesen.

Wer?

Sie hatte eine unklare Vorstellung von Gestalten, die

über dem Wasser an ihr vorübergetrieben waren. Irgendwohin. Die Richtung kannte sie nicht.

Sie hatte an etwas teilgenommen; es war ihr vertraut erschienen, doch das Bild war weiterhin verschwommen. Aber wer immer die Menschen in ihrer Nähe auch gewesen sein mochten – es waren Menschen wie sie.

Wie sie.

Aber inwiefern könnten sie ihr gleichen? Kelly war noch keinem Menschen begegnet, der dies Gefühl der inneren Leere kannte, das sie seit jeher quälte.

Doch der Eindruck, in dem Moor dort gleichartige Menschen gefunden zu haben, blieb. Es war wie ein Traum.

Auf der anderen Seite der Brücke blieb Kelly dann auf einmal stehen. Sie hörte das Heulen einer sich nähernden Polizeisirene. Hatten ihre Eltern die Polizei benachrichtigt? Das war doch nicht möglich – so lange konnte sie gar nicht fortgewesen sein!

Unbewußt hielt sie den Atem an, bis die Sirene verklang. Mit einem Seufzer der Erleichterung rannte sie dem Haus des Großvaters entgegen und überlegte bereits, wie sie ihr längeres Wegbleiben am besten erklären könnte.

Als sie wenige Minuten später eintrat, hörte sie vom Wohnzimmer Stimmen: Die Eltern unterhielten sich noch immer mit dem Großvater! Mit ein bißchen Glück konnte sie möglicherweise unbemerkt auf ihr Zimmer verschwinden und, falls später jemand fragte, so tun, als sei sie bereits seit einer Stunde zurück. Doch als sie an der offenen Tür vorbeikam, hörte Kelly die Mutter rufen.

»Kelly?«

Kelly war auf eine Strafpredigt gefaßt. Aber ihre Muter sah sie lediglich besorgt an. »Schatz? Alles in Ordnung? Wir haben uns schon Sorgen gemacht.«

Kelly überlegte. Dann sagte sie einfach die Wahrheit. »Es tut mir leid. Ich habe mein Zeitbewußtsein verloren, und als es auf einmal dunkel geworden war, war ich ziemlich weit von hier weg.«

Zu ihrer großen Überraschung schimpften weder Vater noch Mutter. Keiner wies darauf hin, daß sie ihr Versprechen gebrochen hatte. Sie akzeptierten ihre Erklärung – einfach so. Und in die folgende Stille sagte Kelly noch etwas gänzlich Unüberlegtes: »Mir gefällt es hier«, sagte sie. »Ich bin froh, daß wir hierher gezogen sind.« Als Kelly sich auf ihr Zimmer über der Garage zurückzog, blickte Ted seine Frau fragend an: »Was meinst du? Haben wir das Richtige getan?«

Die Antwort gab sein Vater. »Selbstverständlich«, sagte er. »Kelly gehört hier nach Villejeune. Wenn du mich fragst, war euer Umzug genau die richtige Medizin.«

Michael Sheffields Boot glitt im Bayou lautlos um eine Biegung und stieß bald danach im Dock von Phil Stubbs an. Er warf das Seil über den Pflock, stieg aber nicht gleich aus, sondern starrte auf den Eimer mit den Fröschen.

Er hatte ein halbes Dutzend Frösche gefangen.

Sie waren alle tot.

Wie seltsam – er war fast eineinhalb Stunden fortgewesen.

Inzwischen war es völlig dunkel. Michael schaute sich um. Er war verwirrt. Verwirrt und verängstigt.

Es war nicht das erstemal.

Er hatte sein Zeitgefühl schon auf vielen Entdeckungszügen ins Sumpfgebiet verloren. Und jedesmal hatte seine Mutter ihn erwartet und wissen wollen, wo er gewesen war. »Ich habe mich bloß umgesehen«, hatte er ihr jedesmal erklärt. »Ich habe mich nicht verirrt oder so etwas.«

»Du hättest binnen einer Stunde wieder zurücksein sollen!« hatte seine Mutter oft genug geschimpft. »Um Gottes willen, Michael! Du weißt doch, wie gefährlich das Moor ist!«

»Ich habe doch keine Probleme gehabt«, hatte Michael

erwidert. »Ich habe immer ganz genau gewußt, wo ich mich befand.«

Was allerdings nur halbwegs der Wahrheit entsprach – denn häufig verlor er sich inmitten der geheimnisvollen Umgebung des Sumpfes in seiner eigenen Vorstellungswelt und fand sich am Ende an einer ganz anderen Stelle wieder.

Die Stelle war ihm nie fremd oder unvertraut. Er wußte nur nicht, wie er dort hingekommen war.

Den Eltern hatte er davon nie berichtet. Er befürchtete, daß sie ihm das Moor verbieten würden.

Doch zugestoßen war ihm ja nichts. Er war von seinen tagträumerischen Ausflügen stets heil zurückgekehrt und nach dem Unterbringen der gefangenen Tiere nach Hause gegangen.

Bisher hatte er gefangene Tiere noch nie getötet.

Michael kletterte aus dem Boot, band es fest und schüttete die Frösche, deren Tod ihm unerklärlich war, ins Wasser. Sie trieben langsam auf der Oberfläche dahin.

Die Nacht war heiß und schwül. Der Vollmond leuchtete auf die Lichtung herab, wo sich Phil Stubbs' Anlage befand. Michael schaute vor dem Heimweg noch einmal rasch am Terrarium vorbei.

Das große Terrarium mit den Mokassinschlangen war abgeschlossen; auch die übrigen Schlangenbehälter waren gesichert.

Im Alligatorengehege lagen die drei großen Reptilien zur Hälfte im Wasser und hielten die im Mondschein glitzernden Augen auf ihn gerichtet. Als er sich dem Zaun näherte, hoben zwei Tiere den Kopf und bewegten sich vorsichtig.

Michael schüttelte den Kopf. »Heute abend nicht, Jungs. Ihr habt genug zu fressen gehabt. Ihr wollt doch wohl nicht fett werden, oder?«

Die Alligatoren schnellten drohend hoch und versanken wieder im Schlamm, als Michael verschwand. Vom dritten Tier, das ins Wasser glitt, blieben nur die Nase und die Augen sichtbar.

Michael gelangte zum Käfig der Biberratten und knipste die Taschenlampe an, um Wasser und Nahrungsbehälter zu überprüfen. Ein Weibchen – die Mutter der Jungen, der Michael den Namen Martha gegeben hatte – lief herbei, um ihn durch die Maschen des Drahts zu beschnüffeln. Michael knipste die Taschenlampe aus und steckte sie in die Jacke, öffnete die Käfigtür und hob das kleine Tier hoch. Es kuschelte sich in seine Hand. Er rieb das weiche Fell an seiner Backe.

»Ist doch gar nicht so schlecht, Martha, nicht wahr?« flüsterte er. »Es gibt viel zu fressen, du hast reichlich Wasser, niemand tut dir weh. Ist doch besser, als zu einem Mantel verarbeitet zu werden, meinst du nicht auch?«

Er drückte das kleine Nagetier an sich, als das Gesumm der Insekten von einer fernen Sirene übertönt wurde.

Michael blieb regungslos stehen.

Die Sirene kreischte auf, verhallte, wurde wieder laut. Michael schlug das Herz schneller. Er näherte sich vorsichtig der Straße.

Er sah das Polizei-Auto direkt auf sich zukommen.

Er erschrak.

Ihm stockte der Atem. Sein Körper verkrampfte sich.

Die Sirenenlaute verklangen in der Ferne.

Als Michaels Anspannung sich allmählich löste, merkte er, daß sein Herz wie wild klopfte.

Das Nahen des Streifenwagens hatte ihm Angst eingejagt.

Warum? Er hatte doch nichts Böses getan – er hatte noch nie mit der Polizei zu tun gehabt.

Aber soeben war bei ihm der Eindruck entstanden, sie habe es auf ihn abgesehen.

Er schloß die Augen, um die Angst zu vertreiben. Sein Puls normalisierte sich. Die eiskalten Finger, die er an die Brust gedrückt hatte, wurden wieder warm.

»Wie dumm!« murmelte er wie im Selbstgespräch, aber auch für das kleine Tier, das er in der Hand hielt. »Wer sollte sich wegen ein paar toter Frösche schon aufregen? Für Frösche braucht man doch keinen Jagdschein.«

Er senkte den Blick, weil Martha nicht auf den Klang seiner Stimme reagierte.

Seine Hände hatten sich um ihre Kehle verkrampft. Ihr Körper war steif und still.

Er erkannte – das Tier war tot. Ihm saß plötzlich ein Kloß im Hals. Die Angst, die er eben erst unterdrückt hatte, packte ihn von neuem, und er rannte zum Käfig, legte die Biberratte hinein und schloß ab.

Eine Minute später jagte er auf seinem Motorrad heimwärts durch die Nacht.

Vor der winzigen Hütte, die Judd Duval am Rande des Moors bewohnte, brachte Marty Templar das Polizeiauto zum Stehen. Sie lag ein paar Meilen außerhalb von Villejeune, abseits der Straße; von der Landseite war sie nur über einen faulenden hölzernen Damm erreichbar, dessen Planken unter Templars schwerem Gewicht zusammenzubrechen drohten. Templar konnte Duvals Haus nicht ausstehen; er haßte es fast so sehr wie die Sümpfe und kam deshalb so selten wie möglich; und jedesmal war ihm, als ob die Bäume und Büsche nach ihm griffen und ihn ersticken wollten. An diesem Abend blieb ihm jedoch keine Wahl.

»Weiß nich', was los is'« hatte Duval ihm über Funk mitgeteilt. »Aber vor mir steht Amelie Coulton und behauptet, da liegt wer im Moor.«

»Und wie zum Teufel sollen wir den heute abend noch finden?« hatte Marty protestiert. Er hatte an der Bar in Arlettes Café beim Essen gesessen, als das Funkgerät an seiner Hüfte gepiepst hatte. »Jessas, Judd – da kann man ja nicht mal bei Tageslicht etwas finden. Und bei Nacht ...« Es war zwecklos, mit Judd Duval zu argumentieren. Der würde, wie alle Sumpfratten, zu jeder Tages- und Nachtzeit ins Moor hinausfahren. Als Judd also gemeint hatte, er solle das Maul halten und seinen fetten Arsch in Bewegung setzen, hatte Marty Templar den letzten Bissen hinuntergeschluckt, gezahlt und sich zu seinem Wagen begeben. Es wäre eigentlich nicht nötig gewesen, die Polizeisirene einzuschalten – aber, verdammt, da hatte er wenigstens fahren können so schnell er wollte.

Er stakste durch den schimmernden Schlamm zum hinteren Eingang von Judds Hütte. Klopfte. Trat ein. Die Hütte besaß nur zwei Zimmer; er stand im größeren Raum, in Judds Wohnküche. In einer Ecke flimmerte der Fernseher; er war leise gestellt. Judd saß in seinem großen Lehnstuhl, Amelie Coulton auf dem durchhängenden Sofa. Sie war blaß; ihr schmales Gesicht war durch die Schwangerschaft nur ein klein wenig voller. Judd erhob sich und musterte den Kollegen mürrisch.

»Hast aber lang gebraucht«, knurrte er. »Höchste Zeit, daß wir rausfahr'n. Wird nicht mehr viel übriggeblieben sein zum Identifizieren.«

Templars Blick wanderte zu Amelie. »Sie haben ihn nicht erkannt?«

»Hab' nich' lang g'nug hingeseh'n«, sagte sie nervös. Sie wich seinem Blick nicht aus, aber ein komischer Ausdruck in ihren Augen ließ Templar an der Wahrheit ihrer Antwort zweifeln. »Ich weiß man bloß, daß er tot is'. Aus'm Wasser hat er mich angeseh'n. So, daß's mir den Mag'n umdrehte, kann ich nur sag'n.«

»Wir sollten hier nich' rumsitzen und quatschen«, meinte Judd. »Je länger wir warten, desto schwieriger wird's.«

Die drei gingen auf die Veranda. Templar sah voller Widerwillen auf das Gewirr der Büsche und Gräser. Trotz der Hitze lief es ihm kalt über den Rücken: Im Dunkel der Zweige lauerten womöglich Schlangen, die sich auf ihn fallenlassen könnten.

»Dir wird schon nix passier'n«, spottete Duval, der Marty die Angst anmerkte. »Kann sein, daß 'n Alligator auftaucht oder eine Mokassinschlange, aber nix zum Angsthaben.« Er bog sich vor Lachen, stieg von der Veranda ins Aluminiumboot, das am Geländer festgemacht war, und ließ den Motor an, während Amelie Coulton und Marty Templar sich auf der Bank in der Mitte niederließen.

»Beweg dich nach vorn, Marty«, befahl Judd, der genau wußte, wie sehr Templar Bootfahren und Sumpf haßte. »Wenn du dein Gewicht nich'n biss'n verteilst, bleibt uns noch der Propeller stecken, dann müss'n wir zu Fuß durch's Wasser.«

Templar kroch auf den kleinen Sitz im Bug, drehte sich aber so, daß er die Fahrtrichtung sehen konnte. Judd warf die Leine frei und gab Gas. Das Boot schoß los und befand sich gleich darauf inmitten eines Labyrinths von Wasserarmen.

Amelie wies den Weg. Sie kamen stetig voran durch das Gewirr von Inseln, bis Amelie mit der Rechten ein Zeichen machte zum Halten und mit der Linken nach vorn deutete. Judd schaltete den Motor aus und ließ das Boot treiben.

Amelie zeigte aufs Wasser. Marty Templar richtete den Schein seiner Taschenlampe auf das Dunkel unterhalb des Boots.

Ein Gesicht starrte ihn an.

Ein uraltes Gesicht – es war so alt und verfallen, daß Marty vermutet hätte, dieser Mensch sei bloß durch einen Zufall hier an Altersschwäche gestorben – wäre da nicht der Ausdruck des Entsetzens auf den Zügen und die Brustwunde gewesen.

»Zieh'n wir'n hoch«, sagte Duval. Er schob das Boot mit dem Ruder gegen eine kleine Insel, die nur einen Meter entfernt lag. Marty stieg aus, um das Dingi höher aus dem Wasser zu ziehen, und half dann Judd, die Leiche zu bergen.

Als sie am Inselufer lag, starrten alle entsetzt in das entstellte Gesicht. »Kennt den einer von euch?«

Amelie sah den Toten fast eine Minute lang an, bis sie den Kopf schüttelte. »Sieht nich' nach wem aus, den ich schon mal geseh'n hab'.«

Duval schüttelte den Kopf. »Sieht fast wie'n Tier aus. Aber nich' wie'n Alligator. Vielleicht 'n Panther. Davon gibt's noch immer 'n paar hier in der Gegend.«

Amelie kniff die Augen zusammen. Ihre Lippen wurden schmal. »Oder vielleicht is's doch wer.«

Ihre Worte waren kaum hörbar gewesen, doch Marty Templar wurde sofort hellwach. »Doch wer?« fragte er. »Und wer könnte das sein?«

Amelies Blick ruhte erneut auf der Leiche. Als sie die Frage des Deputy beantwortete, klang ihre Stimme unsicher. »Ich dacht', es wär' George gewesen«, meinte sie. »Als ich den Schrei hörte, war ich sicher, daß er's war.«

»George?«

»Mein Mann«, fuhr Amelie fort, die den Blick nicht von der Leiche im Schlamm nahm. »Heut' abend is' er weg'n George gekommen und hat'n sich geholt. Ich hab' mir gedacht, er würd' ihn umbringen.«

Templar machte ein finsteres Gesicht. »Wer?« wollte er wissen. »Wer ist denn gekommen?«

Amelie hob endlich den Blick und ließ ihn angstvoll auf dem Deputy ruhen. »Der Schwarze Mann«, sagte sie.

Templar drehte sich nach Judd Duval um. »Der Schwarze Mann?« wiederholte er. »Von wem redet sie eigentlich?«

Duval schüttelte den Kopf. »Nix«, meinte er. »Das is' bloß so'n altes Märchen – das wird hier im Moor schon immer erzählt. Is' aber nix dran. Nur eine verrückte Geschichte. Man meint, es sei endlich aus damit, aber dann taucht sie plötzlich wieder auf. Irgendwer geht hinaus ins Moor und kommt um, un' keiner will glauben, daß es man bloß ein Tier im Moor getan haben könnte.«

»Und was glaubt man dann?« Templar ließ nicht locker, als Duval zögerte. Die Antwort kam jedoch von Amelie.

»Der Schwarze Mann«, wiederholte sie. »Judd kann sagen, was er will. Ich hab'n geseh'n. Den gibt's echt. Un' seine Kinder auch.«

Martin Templar sah sie sprachlos an.

5

Barbara Sheffield schaute sehr betont auf die Uhr, als Michael durch den Hintereingang hereinkam. Die Verspätung war allerdings in Anbetracht seiner Erscheinung und des Geruchs seiner Kleidung sofort vergessen. »Halt!« befahl sie, bevor er vom Waschraum aus die Küche betreten konnte. »Ich schwör dir: Wenn du in dem Zeug durch die Küche läufst, mußt du den Boden selber saubermachen. Und du stinkst, als wärst du schon einen ganzen Monat tot. Um Himmels willen! Wo hast du dich herumgetrieben?«

Michael sah auf seine dreckigen Hosen hinunter; sie waren bis an die Knie voller Matsch und Kalk. Die Turnschuhe, in denen er im Moor stets barfuß ging, waren schmutzigbraun verfärbt. Er grinste seine Mutter spitzbübisch an. »Immerhin werde ich jetzt dafür bezahlt, wenn ich mich dreckig mache«, sagte er. »Ich habe Frösche gefangen.«

Barbara stieß einen Seufzer der Verzweiflung aus. »Hättest du nicht wenigsten anrufen können, daß du später kommst? Vater und Jenny sitzen schon am Tisch.« Sie warf einen Blick auf die offenstehende Tür zum Eßzimmer und senkte die Stimme. »Und wenn das noch mal vorkommt, kannst du dir dein Essen selbst machen, sagt Vater.«

Michael zog Hosen und Schuhe aus und steckte sie in die Waschmaschine. Er schüttete, ohne abzumessen, Waschpulver hinein und stellte die Maschine an. »Ist er echt böse auf mich?« fragte er.

Barbara zögerte. Es war nicht nur Craig – auch sie war wütend auf ihn. Sie hatte sogar eine Schimpfkanonade parat, doch ihr Zorn verflog bei seinem freundlichen

Grinsen. War es nicht schon immer so gewesen? Von Kindesbeinen an hatte er sie mit seinem Grübchenlächeln und seinen strahlend blauen Augen in der Hand gehabt. Er hatte allerdings auch nie große Probleme gemacht.

Bis auf den seltsam leeren Gesichtsausdruck, den sie manchmal an ihm entdeckte, wenn er sich unbeobachtet glaubte – der hatte ihr Sorgen gemacht. Und die Tatsache, daß er nie weinte – die auch. Er hatte nicht einmal als Baby geweint.

Von Geburt an war er ein problemloses Kind gewesen. Sie wußte auch jetzt eigentlich keinen Grund, ihm zu zürnen – er hatte schließlich nur länger gearbeitet, und das war fast normal, seit er den Job bei Phil Stubbs hatte. Und um seine schmutzigen Hosen und Schuhe hatte er sich immer selbst gekümmert. »Nein, er ist nicht wirklich böse auf dich«, gab sie ihm schließlich als Antwort. »Aber hättest du nicht wenigstens anrufen können?«

»Ich komme doch immer zu spät«, wandte Michael ein. »Du weißt doch, wie das ist. Wenn ich mich mit einer Arbeit beschäftige, verliere ich einfach das Gefühl für die Zeit.«

Barbara schüttelte hilflos den Kopf. »Nun dusch dich rasch, damit du in zehn Minuten unten am Eßtisch bist. Okay?«

Michael nickte, stürzte durchs Eßzimmer, rief seinem Vater und der Schwester einen raschen Gruß zu, sah, wie sein Vater den Mund aufmachte, und dachte, was immer sein Vater ihm zu sagen habe, könne bis später warten – bis dahin hätte die Mutter im übrigen alles ins reine gebracht.

Er stellte in der Dusche das Heißwasser ein, lief auf sein Zimmer, um sich auszuziehen, hüllte sich in ein Handtuch und lief wieder ins Bad. Aus der Duschkabine dampfte es; der Spiegel war bereits beschlagen. Trotzdem kam Michael beim Anblick des Spiegels die Erinnerung.

Aber wieso an diesem Abend?

Als er sich duschte und das Haar wusch und mit dem eingeseiften Waschlappen den Schweiß vom Körper rieb, hatte er plötzlich den Eindruck, daß er beobachtet würde. Er stellte das Wasser ab, horchte und schob den Duschvorhang beiseite.

Im Badezimmer war niemand.

Er kam sich lächerlich vor, stellte das Wasser wieder an und stellte sich unter den Strahl.

Doch beim Abtrocknen war das unheimliche Gefühl erneut da. Er versuchte es loszuwerden, indem er sich einredete, das sei doch bloß Einbildung.

Er wollte schon aus dem Badezimmer laufen, warf noch einen Blick auf den Spiegel und blieb stehen.

Da war *doch* etwas.

Er reichte mit dem Handtuch über das Waschbecken, um das Spiegelglas blankzuwischen.

Es verschwand so rasch, wie er es gesehen hatte.

Ein Gesicht.

Das Gesicht eines alten Mannes, der ihn anstarrte.

Das Gesicht eines Toten mit leeren Augen.

Michael stand wie gelähmt. Woher kam dieses Bild? War es Realität gewesen?

Das war doch nicht möglich – sich selbst hatte er im Spiegel nicht gesehen; stattdessen das groteske Bild des alten Mannes.

Nein, das Bild mußte durch eine komische Brechung aufgrund der Feuchtigkeit auf der Scheibe entstanden sein: ein Zerrbild seiner selbst.

Doch als er sich eiligst anzog und zur Familie an den Abendtisch setzte, konnte er das dunkle Bild im Spiegel nicht abschütteln, und nach dem Schlafengehen lag er mit einem Buch auf dem Schoß und brennender Leselampe noch lange wach.

Aber er las nicht im Buch. Er konnte den Eindruck einfach nicht verdrängen. Zweimal ging er ins Badezimmer, schloß die Tür, stellte sich vor den Spiegel und suchte nicht nur nach einer Spur des Bildes, das er gesehen hatte; er prüfte auch sein eigenes Spiegelbild und suchte darin die Züge des alten Mannes und sich selbst als verschrumpeltes Relikt seiner momentanen Erscheinung wiederzuerkennen.

Doch er sah nur die vertrauten Züge, die klaren blauen Augen, das kräftige Kinn, die Grübchen in den Wangen, die sich beim Lächeln vertieften, und sein eigenes blondes Kraushaar.

Das Bewußtsein mußte ihm abends einen Streich gespielt haben.

Schließlich legte er das Buch beiseite, knipste das Licht aus und zog die Decke hoch.

Draußen schien hell der Mond. Die Nacht war voll von der Musik der Frösche und Insekten.

Solche Nachtmusik hatte Michael bisher stets als beruhigend empfunden.

Diesmal warf er sich unruhig hin und her, ohne Schlaf finden zu können.

Und als der Schlaf kam, waren seine Träume von dem Gesicht beherrscht, das aus dem Dunkel auf ihn zuschoß, und Krallenfinger streckten sich nach ihm aus.

Unter dem Eindruck des Alptraums wachte er dreimal schweißgebadet und völlig verkrampft auf.

Beim viertenmal begann es draußen zu dämmern. Das Morgenlicht schien das Gespenst zu vertreiben.

Clarey Lambert hatte in der Nacht keinen Schlaf gefunden. Sie schien bereits über neunzig zu sein; ihr genaues Alter war ihr längst gleichgültig geworden. Wichtig war nur, daß sie noch lebte – und geistig wach blieb.

Clarey lebte fünf Meilen außerhalb von Villejeune für sich allein. Fünf Meilen Vogelflug. Mit dem Boot war es viel weiter, da mußte man sich durch die Bayous winden und nach all den Wegmarken richten, um auch wirklich bei ihr anzukommen. Zu Clareys Haus fanden in der Tat nur wenige Leute; oft vergingen Wochen, bevor sie eine Menschenseele zu Gesicht bekam. Doch wann immer ihr die Nahrungsmittel ausgingen, tauchte jemand auf und stockte ihren Vorrat an Reis, Mehl oder was ihr sonst fehlte, wieder auf. Auf der Insel hinter der Hütte hatte sie vor langer Zeit ein kleines Stück Land gerodet; dort zog sie Gumbo, Bohnen und Süßkartoffeln für den Eigenbedarf sowie einen kleinen Überschuß, für den sie im Tauschhandel mit anderen Sumpfratten bekam, was sie sonst noch brauchte.

Als das Grau der Morgendämmerung sich aufhellte, regte Clarey sich im Stuhl auf der Veranda und streckte die Glieder. Sie taten ihr weh. Alles in allem war es freilich ganz erträglich. Sie ging zu den Schuppen, wo sie die längste Zeit ihres Lebens gewohnt hatte – hier hatte sie auch ihre Kinder geboren, von denen nur noch eins lebte –, und stocherte in der glühenden Asche im Herd. Sie legte ein bißchen Zypressenholz nach und setzte den Kessel auf.

Kaffee – dick und schwarz, mit Zichorie vermischt – würde die Gicht aus den Knochen vertreiben.

Sie stand noch am Herd, als sie jemanden kommen spürte, und ging steif zurück auf die Veranda, wo sie mit unverminderter Sehkraft zu den Bayous spähte.

Keine Minute später tauchte aus dem Schilf ein Ruderboot auf und glitt über das Wasser. Im Boot saßen zwei Jungen: Beide waren noch keine zwanzig Jahre alt, beide trugen schmutzige Overalls mit einem Träger. Quint Millard legte die Riemen flach. Das Boot drehte und blieb dicht vor Clareys Veranda stehen. Von der hinteren Bank sah Jonas Cox zu Clarey empor, mit Augen, deren Blick trübe wirkte. Aber Clarey wußte, was ihn innerlich bewegte, auch wenn seine Miene es nicht verriet.

George Coulton.

»Es war nich' deine Schuld, Jonas«, tröstete sie ihn. »Du hatt'st keine Wahl. Verstehst du mich?«

Jonas zog die Stirn in Falten. »George war mein Freund. Ich wollt' nich'...«

»Du hast getan, wozu der Schwarze Mann dich zwang«, sagte die Alte. »Dagegen is' nix zu mach'n. Aber vergiß nich': Du hast überhaupt nix getan. Verstehst du mich?«

Jonas nickte stumm. Clarey wandte sich an Quint Millard. »Hast mir auch 'was zu sagen?«

»Hab' wen geseh'n letzte Nacht«, erwiderte Quint.

Clarey spannte sich. »Wen?« fragte die Alte. »Wo?«

»Am Kanal, wo die neu'n Häuser 'baut werden.«

Die Miene der Alten wurde düster. Sie wußte von dem Bauprojekt. Sie kannte den Bauträger – sie kannte in Villejeune jeden. Sie mochte Carl Anderson nicht. Nicht nur wegen des Moors, das er hier ein Stück austrocknete, dort ein Stück rodete und für all die Menschen und Tiere zerstörte, die hier seit Hunderten von Jahren friedlich lebten. Nein, für ihren Haß auf Carl Anderson gab es auch noch andere Gründe. Seinen Namen hatte sie schon übel vermerkt, bevor er sich am Moor versündigte.

»Wen?« wiederholte Clarey, obwohl sie es seit der letzten Nacht ahnte.

In der vergangenen Nacht waren die Kinder draußen gewesen und durch den Sumpf geschwärmt, zum Schutz ihres Herrn und Meisters, der George Coulton bestrafte. Und obwohl Clarey ihr Haus nicht verlassen hatte, war sie bei ihnen gewesen; sie hatte mit erweitertem Bewußtsein Fühler ausgestreckt und ihre Bewegungen verfolgt und eine neue Präsenz wahrgenommen – die Vibrationen eines Menschen, der sie suchte.

Sie und die Kinder.

Und den Schwarzen Mann.

So etwas hatte Clarey schon einmal erlebt und gewußt, wer es war.

Michael Sheffield.

Sie war Michael jahrelang gefolgt, hatte oft gespürt, wie

er im Moor unbewußt nach etwas suchte, wovon er keine genaue Vorstellung hatte. Und jahrelang hatte sie ihn ferngehalten, sich geweigert, ihn zu erfassen, ihn zu der winzigen Insel zu führen am fernen Rande des Moors, wo der Zirkel sich versammelte.

Vielleicht könnte er entkommen, wenn er nicht wußte, wer er war, und nicht an den Ritualen des Zirkels teilnahm – unbeschadet entkommen dem Umkreis des Bösen entfliehen, in den er hineingeboren war.

Letzte Nacht hatte Clarey jedoch noch eine andere Präsenz wahrgenommen, nicht so nah, daß sie außer ihr sonst noch jemand gespürt hätte, aber viel näher als je zuvor.

»Es is' 'n Mädchen«, sagte Quint. Erwartungsvoll schloß Clarey die Augen.

»Sie is' zurückgekomm'«, flüsterte sie, fast ohne zu merken, daß sie laut sprach. »Er hat's mir versproch'n, daß sie nich' zurückkomm' würde. Daß er sie in Ruh' läßt.«

Sie brach ab. Quint Millard schaute sie an.

»'s is' aber eine von uns«, sagte Quint. »Hab's gleich gemerkt.«

»Hat sie dich geseh'n?« fragte Clarey.

Quint zögerte, nickte dann aber doch, weil er wußte: Es hatte keinen Zweck, Clarey anzulügen. »Sie wollt' mir folgen. Konnt' se aber nich', sie wußt' ja nich' wie. Ich bin ganz nah geblieb'n, damit ihr nix passiert.«

Clarey entrang sich ein schweres Seufzen. »Hast du gut gemacht, Quint. Aber hört! Ich glaub', hier kommt bald die Polizei schnüffeln, und ich denk', 's wär' besser, wenn ihr beide nix sagt. Bleibt stikkum. Verstand'n?«

Quint nickte, doch Jonas kniff die Augen zusammen. »Un' was soll ich sag'n, wenn sie mich find'n?«

Clareys Lippen zogen sich verbittert zusammen. »Du sagst gar nix. Was hier passiert, geht keinen 'was an. Wenn du der Polizei 'was sagst, kann ich dir genausowenig helfen wie ich George Coulton helfen konnt'. Also, versteckt euch! Un' haltet den Mund!«

Jonas blickte schweigend in seinen Schoß. »Es is' nich' recht!«, sagte er.

Clarey fühlte mit ihm. Nein, es war nicht recht. An der ganzen Geschichte war nichts recht. Aber das machte keinen Unterschied. Die Dinge waren nun einmal nicht anders. »Geh' schon, Jonas«, sagte sie leise. »Such dir'n Versteck. Un' mach dir keine Gedanken. Es is' nich' deine Schuld.«

Jonas Cox schien unsicher, ob er ihr glauben sollte. Als er endlich nickte, stieß Quint Millard das Boot ab und legte sich in die Ruder. Das kleine Boot drehte und war gleich darauf unter dichtem Laubwerk verschwunden.

Der Kessel auf dem Herd in der Hütte begann zu kochen. Sie warf eine Handvoll Kaffeemehl in den Topf und goß Wasser darauf. Das Mehl schwamm an der Oberfläche. Clarey fügte eine Prise Salz hinzu. In fünf Minuten würde das Mehl auf den Boden sinken und der Kaffee fertig sein – genau so, wie sie ihn mochte.

Sie hatte inzwischen über einiges nachzudenken.

Sie wußte, wer das Mädchen war, das Jonas gesehen hatte. Sie hatte gebetet, daß der Tag nie kommen würde. Aber das Mädchen war zurückgekommen. Nun befand sich auch das letzte Kind im Dorf.

Der Junge und das Mädchen würden sich finden und sofort erkennen.

Und dann auch verstehen, wer sie waren.

Sie würden nach ihr suchen.

Nach Clarey und den anderen Kindern.

Und nach dem Schwarzen Mann.

Und dann würden sie in den Zirkel aufgenommen – egal, was ihr der Schwarze Mann auch immer versprochen hatte.

Das Böse, das Clarey so lange hatte eindämmen können, würde ausbrechen.

Und wenn es einmal ausgebrochen war, würde es sich nicht mehr begrenzen lassen aufs Moor...

Clarey verdrängte den düsteren Gedanken.

Hier im Moor hatte die Sache begonnen. Hier im Moor mußte sie auch enden.

Denn Clarey wußte etwas von Dingen, die nicht einmal der Schwarze Mann verstand.

Kurz nach acht fuhr Tim Kitteridge auf den Parkplatz der Klinik. Dort blieb er im Wagen sitzen. Er schob den Moment hinaus, da er sich im hinteren Raum, der als Leichenschauhaus diente, den Toten würde ansehen müssen.

Den Aspekt seines Berufs haßte er ganz besonders. Er empfand es als unfair, daß er sich gleich wenige Monate nach seinem Dienstantritt in Villejeune damit befassen mußte. Vor der positiven Entscheidung für die Stelle des Polizeichefs hatte er sich die kleine Stadt genau angesehen, und sie hatte ihm gefallen – ein verschlafenes Nest in Florida, das zwar expandierte, doch mit Ruheständlern, einer notorisch friedlichen Bevölkerungsschicht also. Ganz anders als San Bernardino, eine explodierende Stadt; da stiegen die Probleme noch rascher als die Einwohnerzahl. Die südkalifornische Stadt hatte sich während seiner Amtszeit total verändert; aus dem kleinen Bauernnest war ein weiterer Vorort von Los Angeles geworden; mit dem Wachstum waren Drogen nach San Bernardino gekommen, und mit den Drogen Verbrecherbanden. Vor einem Jahr war Tim Kitteridge zur Überzeugung gelangt, daß er die Nase voll hatte. Also war er auf Stellensuche gegangen. Es gab für ihn zwei Grundbedingungen: ein warmes Klima und eine niedrige Kriminalitätsrate. Die zweite Bedingung eliminierte alle Großstädte des amerikanischen Südens. Villejeune schien perfekt. Er nahm an, daß es im Moor einen kleinen Drogenhandel gab – aber nur einen kleinen. Den großen Drogenbaronen hatte Villejeune wenig zu bieten – keine guten Landebahnen in der Umgebung, und die nächste Metropole lag fünfzig Meilen entfernt.

Nach Kenntnis der Verbrechensstatistik kam er zu dem Schluß, daß es in Villejeune wahrscheinlich so gut wie gar keine Kriminalität gab. Das fand Tim Kitteridge ausgesprochen sympathisch.

Und keine zwei Monate später war eine Leiche aus dem Moor gezogen worden!

Kitteridge hievte sich aus dem Wagen und überlegte – übrigens nicht zum erstenmal –, ob er sich nicht doch besser hätte zur Ruhe setzen sollen. Aber mit fünfundfünfzig Jahren war es dafür im Grunde zehn Jahre zu früh; er hätte zwar von der Pension leben können, aber doch mit Einschränkungen. Andererseits hätte er dann wenigstens keine Leichen mehr sehen müssen, und Leichen waren ihm wirklich verhaßt.

Er schlug die Wagentür zu und schritt über den Parkplatz. Jolene Mayhew grüßte er mit einem Kopfnicken. Nur ein Wort zur Schwester und er hätte alles noch weiter hinausgezögert – es war besser, es hinter sich zu bringen.

Er ging an der Notfallstation vorbei durch den langen Flur. Der kleine Raum lag am Ende. Der Leichenbeschauer Orrin Hatfield wartete schon auf ihn. Zu seiner großen Erleichterung war die Leiche zugedeckt. Er ließ es dabei. Er nahm den Hefter und überflog Hatfields Eintragungen.

Die Zeile wo der Name des Opfers hätte stehen sollen, war leer.

Er sah Hatfield fragend an.

Der Leichenbeschauer, den Kitteridge auf Mitte vierzig schätzte, zuckte hilflos die Schultern. »Hat ihn denn keiner von Ihren Jungs identifizieren können?«

Kitteridge schüttelte den Kopf. »Er ist hier anscheinend noch nie gesehen worden.«

Die Tür ging auf. Warren Phillips trat ein. »Tag, Chef«, sagte er zu Kitteridge. »Hallo, Orrin. Wie mir Jolene sagt, haben wir hier einen unbekannten Toten.«

»Duval und Templar haben ihn um Mitternacht gebracht. Keine Papiere. Keiner kennt ihn.«

Phillips legte die Stirn in Falten, kam um den Tisch herum und zog das Laken vom Gesicht des Toten. Kitteridge atmete einmal tief ein und kämpfte gegen den Brechreiz an. Er zwang sich, ebenfalls hinzuschauen.

Die Augen des alten Mannes waren noch nicht geschlossen. Der Ausdruck des Entsetzens, das sein Gesicht im Moment des Todes entstellt hatte, war erhalten. Was Kitteridge Probleme bereitete, war jedoch das Alter. Das Haar – nur ein paar dünne Strähnen – war schneeweiß, die faltige Haut locker. Der Mann hatte fast alle Zähne verloren. Kitteridge sah nur Haut und Knochen.

Phillips zog das Laken weiter herunter und begutachtete die Wunde: ein breiter Stich, der den Brustkorb aufgerissen hatte. Kitteridge mußte wieder mit einem Ekelgefühl kämpfen.

Phillips ließ ein leises Pfeifen hören. »Was immer ihn erwischt hat – das ganze Brustbein ist weg.«

»Sie meinen doch wohl: *wer* ihn erwischt hat, oder?« fragte Kitteridge mit einem forschenden Blick. Für ihn handelte es sich eindeutig um eine Messerwunde. »Haben *Sie* eine Ahnung, wer der Mann sein könnte?«

Phillips schüttelte den Kopf, während er die Wunde noch untersuchte. »Niemand, den ich gekannt habe.« Er warf Orrin Hatfield einen Blick zu. »Was meinen Sie? Mord?«

Der Leichenbeschauer zuckte mit den Schultern. »Vermutlich. Aber spontan gesprochen – ich glaube, den Täter werden wir nie finden. Ganz zu schweigen vom Motiv für den Mord. Und falls er an den Fallen eines anderen Moorbewohners gewildert hat, wird es sowieso nie herauskommen.«

»Irgendein besonderes Erkennungsmerkmal?« fragte Kitteridge.

»Nicht das geringste.« Hatfield fixierte ihn. »Haben

Judd oder Marty draußen im Moor denn gar nichts gefunden?«

»Jedenfalls haben sie davon nichts berichtet. Aber, meine Güte – wie alt ist dieser Mensch gewesen? Neunzig?«

Warren Phillips Lippen verzogen sich zu einem Lächeln. »Schwer zu sagen bei diesen Sumpfratten. Und um eine Sumpfratte handelt es sich hier mit Sicherheit.«

Kitteridge seufzte unhörbar. Er hatte längst begriffen, daß im Sumpfgebiet eine Gemeinschaft von Menschen lebte, die sich gegen die Stadt verschloß und ihre Geheimnisse für sich behielt; in der Stadt sah man selten einen, aber das Moor war voll von ihnen – Menschen mit fahlen Gesichtern, in faulenden Booten; die Fallen stellten und Netze auslegten und der Wildnis einen kargen Lebensunterhalt abrangen. Über sie gab es keine Geburtsurkunden, keine Schulzeugnisse – nichts. Wie Kitteridge von Phillips erfahren hatte, brachten die meisten Frauen ihre Kinder noch immer bei sich daheim zur Welt.

Als Kitteridge zu bedenken gegeben hatte, daß sie damit aber wahnsinnige Lebensrisiken eingingen, hatte Phillips ihm zugestimmt. »Sie tun's trotzdem«, beharrte er. »Es ist primitiv, aber so sind sie nun einmal. Wir erfahren nichts davon, wenn die Babys sterben. Für die alten Leute gilt das gleiche: Sie sterben, die Angehörigen begraben sie – aus. Manchmal bringen sie sich gegenseitig um – auch davon hört kein Außenstehender etwas. Höchstens Gerüchte. Mehr nicht.«

Diese Worte kamen Kitteridge jetzt in dem winzigen Leichenschauhaus wieder in den Sinn. »Sie meinen, daß wir hier die Leiche eines Mannes vor uns haben, der offiziell wahrscheinlich nie existiert hat?« wollte er wissen.

Phillips zuckte nur mit den Schultern.

»Es wäre nicht das erstemal, Tim«, bekräftigte Hatfield. »Ich weiß, es klingt verrückt, aber von Zeit zu Zeit taucht im Moor eine Leiche auf, die keiner identifizieren kann. Verdammt, da gibt's womöglich mehr Leichen, als wir je wissen werden. Wenn Amelie Coulton nicht den Schrei gehört hätte, läge die hier auch noch im Sumpf – dann wäre sie inzwischen von den Tieren gefressen worden, und niemand hätte sie bemerkt.«

Oder sich um den Menschen gekümmert, dachte Kitteridge, als er ein paar Minuten später die Klinik verließ, um sich im Auto auf dem Weg ins Polizeiquartier von neuem zu fragen, ob er die ganze Sache wirklich als ungewöhnlich betrachten mußte.

In Südkalifornien lagen die Dinge doch auch nicht anders. Dort lebten Mexikaner und andere illegale Einwanderer unter den übrigen Einwohnermassen außerhalb des Systems und gingen in der Gesellschaft unter wie die Sumpfratten von Villejeune in den Marschen.

Und wenn Generationen von Menschen im Moor gelebt hatten, ohne sich um das zu kümmern, was in der restlichen Welt vor sich ging – warum sollten sie sich ändern?

Warum sollten sie nicht weiterleben wie bisher?

Er mußte plötzlich an ein Gespräch denken, das er eine Woche nach seiner Ankunft in Villejeune mit Judd Duval geführt hatte. Ob er hier in der Stadt aufgewachsen sei, hatte der Deputy wissen wollen. »Ich nicht«, hatte Duval lachend geantwortet. »Ich bin 'ne Sumpfratte. Keine echte, weil ich ein paar Dinge schätz', die's im Sumpf eben nicht gibt. Beispielsweise Elektrizität. Und Schnaps, den ich mir nicht selbst brenne. Aber ich gehör' zum Moor. Seit immer. Für immer.« Er hatte gegrinst. »Sie können fragen, was dort vor sich geht – aber ich sag's Ihnen nicht. Ich nicht. Keiner von uns.«

»Klingt geheimnisvoll«, hatte Kitteridge bemerkt.

Judd Duval hatte die Augen leicht zusammengekniffen. »Das hat nichts mit Geheimnissen zu tun. Wir wollen dort bloß in Ruhe gelassen werden. Das ist alles. Wir haben unsere eigene Lebensart, und die geht niemanden sonst etwas an.«

Phillips und Hatfield schienen das zu akzeptieren, dachte Kitteridge. Für sie war der Fall erledigt: Im Moor war ein Unbekannter von Unbekannt getötet worden. Ende.

Damit gab Kitteridge sich aber nicht zufrieden.

In seinem Amtsbereich war ein Mord geschehen. Das mußte untersucht werden.

Es war Zeit, daß er selbst das Moor aufsuchte, ein paar Leute kennenlernte, die dort lebten, und ihnen Fragen stellte.

6

Phil Stubbs schaute zu dem neuen Schild an seiner Toreinfahrt empor. Es hing erst seit einer Woche da. Er hatte sich über die Kosten beschwert. Die Investition hatte sich jedoch bereits ausgezahlt. Es war im zierreichen Stil von Zirkusplakaten beschriftet, in roter, goldumrandeten Buchstaben, die sich stark von einem weißen Hintergrund abhoben:

BESICHTIGEN SIE SUMPFUNGEHEUER AUS DER NÄHE, DIE SIE BEINAH ANFASSEN KÖNNTEN, WENN DIE UNGEHEUER SIE NICHT VORHER UMBRINGEN WÜRDEN!

Stubbs hatte Michael ausgelacht, als er ihm den Vorschlag gemacht hatte, die Käfige mit Informationstafeln zu versehen. »Du willst meine Firma wohl zu einer Touristenfalle machen!«

»Ist sie das etwa nicht?« hatte Michael zurückgerufen und war rot angelaufen, als ihm aufging, was er da gesagt hatte. »Ich meine, vor dem Moor haben die Menschen, die herkommen, Angst. Aber die Tiere wollen sie sehen. Woher sollen die denn wissen, welche Tiere es bei uns zu sehen gibt?«

Stubbs hatte über die Idee nachgedacht und dem Jungen am Ende recht gegeben.

Der kleine Zoo war zu einer echten Attraktion und zum Geschäft geworden, nachdem Michael die Tiergehege mit Tafeln versehen hatte. Doch als Michael ihm dann eine Skizze für das Eingangsschild zeigte, war er zurückgewichen. »Nun hör mal«, sagte er. »Bei uns darf man höchstens die Biberratten anfassen. Die alte Martha würde sicherlich niemanden beißen.«

»Das Schild sagt aber doch nur, daß man sie ›beinah‹ anfassen kann«, hielt Michael entgegen.

Da hatte Stubbs nachgegeben. Die Besucherzahlen waren schon am nächsten Tag gestiegen. Eltern kamen mit ihren Kindern und liefen stundenlang an den Gehegen vorbei. Und nach dem ersten Eindruck von den Lebewesen in den Sümpfen blieben viele zu einer Besichtigungsfahrt im Moor. Das Geschäft florierte. In den letzten Tagen hatte Stubbs sogar überlegt, eine zusätzliche Eintrittsgebühr für die Besichtigung der Tiere hinzuzufügen.

Als er das Büro aufschloß und sich für die ersten Touristen zurechtmachte, die schon von Orlando unterwegs waren, sagte sich Phil Stubbs, es sei gar keine schlechte Idee gewesen, Michael anzustellen. So schwer hatte er noch nie jemanden arbeiten gesehen, und außerdem fiel Michael immer wieder etwas Neues ein.

Dennoch machte ihn der Junge irgendwie leicht nervös. Er hatte ihn gern – daran gab es keinen Zweifel. Aber mit dem näheren Kennenlernen war im vergangenen Monat auch der Eindruck gewachsen, daß Michael etwas Unbegreifliches an sich hatte – als ob er ihm etwas verheimlichte.

Er hatte schließlich mit Craig darüber gesprochen, der ihm versicherte, da bestünde kein Anlaß zur Sorge. »So ist er immer gewesen. Ein Einzelgänger, wenn Sie verstehen, was ich meine. Ich glaube, der liefe am liebsten allein durchs Moor.«

Stubbs hatte es dabei belassen, Michael seither aber ein wenig genauer beobachtet. Inzwischen glaubte er zu wissen, was mit ihm los war. Mit der Dämmerung kam für Michael eine komische Zeit, in der er manchmal etwas tat, woran er sich hinterher nicht mehr erinnerte.

Da war beispielsweise vor ein paar Tagen Phils Blick im Büro beim Abrechnen der Tageskasse auf Michael gefallen, der eines der Touren-Boote wusch. Daran war zunächst einmal gar nichts ungewöhnlich. Michael hatte einen Eimer und einen Mop und schrubbte die langen Bänke Rücken an Rücken in der Mitte des Boots, bis seine Aufmerksamkeit plötzlich von etwas Unsichtbarem gefesselt zu werden schien. Er hörte schlagartig mit dem Arbeiten auf. Seine Hand krampfte sich um den Mop und er starrte zum Dickicht auf der anderen Seite des Bayou hinüber. Stubbs war Michaels Blick gefolgt, ohne etwas erkennen zu können, und begann sich dann zu fragen, ob mit Michael etwas nicht in Ordnung sei. Er ging aus dem Büro zur Anlegestelle hinüber, da kam Michael plötzlich wieder zum Leben. »Michael? Alles okay?« fragte Stubbs.

Michael drehte sich verblüfft zu ihm um. »Wie bitte?«

»Du hast wie gebannt auf das Mangrovengebüsch gestarrt. Als hättest du dort etwas bemerkt.«

Und daraufhin hatte sich eine Art Schleier über Michaels Augen gesenkt, wie aus Angst, Stubbs könnte bei ihm einem Geheimnis auf die Spur kommen. »Ich ... ich weiß nicht«, hatte er dann gesagt. »Ich muß wohl geträumt haben.«

Stubbs hatte es dabei bewenden lassen, aber die Augen offengehalten. Er hatte Michael noch drei oder viermal in einer ähnlichen Situation beobachtet. Während irgendeiner Beschäftigung – stets unmittelbar vor Anbruch der Dunkelheit – schien Michael plötzlich mit zusammengekrampften Händen zu erstarren, als ob er etwas hörte oder sähe; ein paar Minuten später war alles vorbei.

Phil Stubbs begann sich um Michael Sorgen zu machen. Was machte Michael an den Abenden, wenn er länger blieb? Natürlich wußte Stubbs im Prinzip Bescheid – was Michael an Arbeit leistete, war am nächsten Morgen ja deutlich zu sehen. Aber war das alles? Tat er da abends noch andere Dinge, derer er sich selbst möglicherweise gar nicht bewußt wurde?

Stubbs schloß die Morgenkasse ab, stellte mit Befriedigung fest, daß die vier Tourenboote für den ganzen Tag voll ausgebucht waren, und beschloß nachzurechnen, wie viele Interessenten abgewiesen werden mußten. Vielleicht sollte er noch ein weiteres Boot anschaffen. Er wurde in seinen Überlegungen durch die Stimme eines aufgeregten kleinen Jungen am Gehege der Biberratten gestört.

»Es schläft aber doch gar nicht, Mami. Es ist tot.«

Durch das Fenster sah Stubbs vor dem Gehege der Biberratten eine Traube von Touristen in lebhaftem Gespräch, die auf einen bestimmten Käfig deuteten. Stubbs lief nach draußen und bahnte sich mit den Ellbogen einen Weg – es war der Käfig, wo Martha mit ihren Jungen hauste. Die Jungen tollten und purzelten umher wie üblich, wenn sie sich zum Nahrungsfraß durchschlugen.

Martha lag regungslos an der Tür.

»Also, wenn du mich fragst«, sagte eine kräftige Frau mit lauter Stimme zu ihrem Begleiter, »ich finde es grausam, Tiere so einzusperren. Da müssen sie ja sterben – das kommt hier wahrscheinlich täglich vor.«

Ohne auf die Frau einzugehen, schloß Stubbs den Käfig auf und holte die leblose Biberratte aus dem Gehege.

»Hat sie jemand umgebracht?« fragte der kleine Junge mit anschuldigendem Blick auf Phil Stubbs.

»Nein.« Stubbs erwiderte den Blick. »Die Martha hier war einfach nur alt, und deshalb ist sie gestorben.«

»Ich wette, die ist verhungert«, sagte die kräftige Frau.

Ihnen wird das bestimmt nie passieren, dachte sich Stubbs im stillen, als er die Biberratte mit ins Büro nahm, wo er sie untersuchte.

Was *war* geschehen?

Er hob sie noch einmal hoch und suchte mit den Fingern behutsam nach einer Wunde. Umsonst. Doch als er Martha wieder hinlegte, fiel ihr Kopf in einem unnatürlich Winkel nach hinten. Stirnrunzelnd befühlte Stubbs den Hals des Tieres. Selbst für einen medizinischen Laien wie ihn war gleich klar, daß dem Tier der Hals gebrochen worden war.

Ihm kam unwillkürlich wieder ein Bild vor Augen: der völlig reglos dastehende Michael mit dem Mop in der Hand.

Wenn das nun nicht der Mop, sondern eine Biberratte gewesen wäre...

Er hörte von draußen einen Motor und sah Michael auf seinem Motorrad an der Einfahrt. Stubbs winkte ihn zu sich ins Büro.

»Ich habe hier etwas, das du dir einmal ansehen solltest«, sagte er und zeigte dem Jungen die tote Biberratte auf dem Schreibtisch. »Hast du eine Ahnung, was ihr zugestoßen sein könnte?« fragte er.

Michael starrte Marthas leblosen Körper an. Er konnte den Vorfall nicht erklären, weil er sich darüber selber noch immer nicht im klaren war. Falls er aber nur die schlichten Fakten nannte, würde er bestimmt gefeuert. Lügen durfte er andererseits auch nicht. »Ich... ich weiß nicht«, stammelte er. »Sie hat gestern abend nicht besonders gut ausgesehen.«

Stubbs fixierte ihn. »Ihr ist der Hals gebrochen worden, Michael.«

Michael schluckte. »Du lieber Gott, ich dachte, sie würde... ich habe gedacht...« Er schaute Stubbs hilflos an.

Stubbs' Zorn verrauchte angesichts der offensichtlichen Seelenqualen des Jungen. »Nimm's nicht so tragisch. Erzähl mir nur, was vorgefallen ist.«

»Aber... ich weiß doch nicht, was geschehen ist«, stotterte Michael. »Ich habe sie gestreichelt, wie immer, dann hörte ich eine Polizeisirene, und die hat mir Angst eingejagt.« Sein Blick flackerte durch den Raum, als suche er einen Ausweg, dann wandte er sich wieder Stubbs zu. »Ich habe ihr nichts getan«, sagte er. »Jedenfalls habe ich ihr nichts tun wollen. Als der Streifenwagen vorbeigefahren war und ich Martha wieder betrachtete, hat sie sich nicht mehr bewegt.« Er ließ seine Augen auf der Biberratte ruhen und atmete schwer. »Ich... ich muß sie wohl umgebracht haben.«

Stubbs sagte kein Wort. Wie sollte er auf das Geständnis reagieren? Sein erster Reflex war: den Jungen feuern. Doch Michael war so offenkundig betroffen und schuldbewußt, daß Stubbs fest davon überzeugt war: Er hatte das kleine Tier nicht mit Absicht getötet. Michael wurde ja bereits wütend, wenn jemand die Tiere in den Käfigen nur neckte. »Also, ich weiß nicht«, sagte Stubbs schließlich. »Wenn du dich nicht einmal an den Vorfall zu erinnern vermagst, kann ich dir wohl nicht vorwerfen, daß du es vorsätzlich getan hast.«

Michael war hundeelend zumute. »Es tut mir leid«, sagte er. »Werden Sie – werden Sie mich hinauswerfen?«

Stubbs dachte erneut nach, und wieder kamen ihm die merkwürdigen Momente geistiger Abwesenheit in den Sinn, in denen Michael sich nicht unter Kontrolle zu haben schien. Andererseits war die äußerst positive geschäftliche Entwicklung weitgehend Michael zu verdanken. »Nein«, sagte er. »Aber du solltest dir den Rest des Tages freinehmen – ohne Bezahlung – und den festen Vorsatz fassen, dich von jetzt an bei jeder Arbeit zu konzentrieren.« Als Michael ihn völlig perplex anschaute, fuhr Stubbs fort: »Ich habe dich ein paarmal beim Tagträumen beobachtet, Michael. Dann wirkst du völlig verändert. Wie in Trance oder so ähnlich. Und von morgen an machst du bei mir keine Überstunden mehr. Kannst du mich verstehen?«

Michael nickte. »Werden Sie es meinem Vater sagen?« wollte er wissen.

Stubbs zögerte. Und wenn Craig Sheffield von ihm einen Beweis verlangte, daß Michael der Täter war? Bei den eigenen Söhnen konnten Männer manchmal komisch werden – und nicht wahrhaben wollen, daß ihr Fleisch und Blut kein Muster an Vollkommenheit war. Außerdem war Sheffield Rechtsanwalt; das könnte Ärger geben –

obwohl er Stubbs' Rechtsanwalt war. Im übrigen war Michael alt genug, um für sich selbst verantwortlich zu sein. »Ich meine, das geht nur uns beide an«, sagte er. »Wollen wir uns darauf einigen? Okay? Und jetzt ab mit dir. Sieh zu, daß du morgen früh pünktlich erscheinst.«

Michael verließ das Büro mit gesenktem Kopf. Stubbs hörte das Motorrad anspringen und um die Kurve verschwinden. Er kehrte zum Schreibtisch zurück, wo sein Blick auf die tote Biberratte fiel. Kopfschüttelnd warf er sie durchs Fenster in eine offene Mülltonne.

»Wegen einer lausigen Biberratte Craig Sheffield verärgern?« murmelte er. »Ich mag ja dumm sein. Aber so dumm nun auch wieder nicht.«

Michael brachte den Motor auf Touren. Er war hellauf begeistert, wie die Maschine gehorchte, und lehnte sich in den Wind. Das Gespräch mit Phil Stubbs versuchte er zu verdrängen, das Bild der toten Biberratte auf dem Schreibtisch aber wurde er nicht so recht los. Am Morgen hatte er sich auf dem Weg zur Arbeit der Hoffnung hingegeben, daß Martha doch noch am Leben sei, daß sie ihr Futter im Käfig knabberte und nach ihren Jungen sah. Vielleicht war ja überhaupt nichts geschehen – womöglich war sein Eindruck von dem leblosen Tier ja nur Einbildung wie das seltsame Bild im Spiegel auch.

Als Stubbs ihn zu sich ins Büro rief, war diese Hoffnung dahin gewesen.

Irgendwie hatte er das kleine Tier am vergangenen Abend getötet.

Aber warum konnte er sich nicht an die Tat erinnern?

Vor der Kurve nahm er das Tempo herunter.

Immerhin war er nicht gefeuert worden, und Stubbs würde seinen Vater nicht informieren. Er konnte sich vorstellen, wie sein Vater auf einen Rausschmiß reagiert hätte – das Motorrad wäre er los gewesen und für den Rest der Ferien wahrscheinlich unter Hausarrest.

Aber so etwas sollte nicht wieder vorkommen. Er wollte sich in Zukunft ganz auf das konzentrieren, was er gerade tat, und sich durch nichts mehr ablenken lassen.

Aber nach Hause durfte er nicht, da hätte der ja den Grund für seinen freien Tag erklären müssen.

In der Stadt durfte er auch nicht bleiben. Das würde sein Vater früher oder später erfahren, auch wenn er ihn nicht persönlich zu Gesicht bekäme.

Vielleicht würde er den Tag am besten mit Herumfahren verbringen. Er besaß eine ganze Menge Geld – er könnte sogar nach Orlando fahren und Disney World besichtigen. Aber da war er schon letztes Jahr gewesen, und es hatte ihm gar nicht gefallen. Dort wirkte alles so unwirklich. Während Jennifer jubelnd von einem Ereignis zum andern gelaufen war, hatte er nur gewünscht, in Villejeune geblieben zu sein und den Tag in den Sümpfen verbracht zu haben.

Vielleicht wäre es auch heute das beste. Er kannte da einen Platz nur ein paar Meilen außerhalb, wo er sein Motorrad verstecken konnte. Boote gab es da nicht, wohl aber Pfade und Spuren. Doch, das wir *die* Idee – den Tag im Moor zu verbringen. Er müßte nur auf die Uhrzeit achten, damit er nicht zu spät heimkam.

Hinter sich hörte er ein lautes Hupen. Er sah erschrokken in den Rückspiegel und gab Gas.

Statt des erwarteten Autos sah er im Spiegel die gräßliche Fratze des alten Mannes. Vor Schreck geriet Michael mit der Maschine ins Schleudern und bemerkte zu spät, daß der Wagen hinter ihm zum Überholen ansetzte. Beim neuerlichen Hupen warf Michael das Motorrad herum. Der Wagen verschwand eben hinter der Kurve, da schlitterte Michael an den Rand der Fahrbahn und kam vom Asphalt ab, auf die weiche Böschung des Entwässerungsgrabens, der längs der Straße verlief. Die Reifen begannen im Schlamm zu versinken, als Michael sein Rad auf die Straße zurückzulenken versuchte. Er warf sich mit seinem ganzen Gewicht auf das Lenkrad und steuerte es herum. Die Maschine blieb im Schlamm stecken, ging hinten hoch, kam dann doch frei, schwang heraus und warf Michael zu Boden. Das gestürzte Motorrad blieb neben ihm liegen.

Am Vortag hatte Kelly Anderson vom Auto aus nur einen flüchtigen Blick von Villejeune erhascht. Ihr wurde erst jetzt bewußt, wie klein das Dorf war: ein paar Geschäfte, ein Café, ein Postamt, dahinter die Polizeiwache. Eine Straße weiter entdeckte Kelly die Schule, die sie vom Herbst an besuchen sollte; auch die sah bescheiden aus, bloß zwei Gebäude, eins davon die Turnhalle; ein Schwimmbad gab es jedenfalls nicht. Trotzdem, irgendwie mißfiel ihr das Dorf gar nicht. Es war total anders als Atlanta. Das konnte ihr nur recht sein.

Als sie um die Ecke in die Ponce Avenue bog, sah sie die Jugendlichen.

Es waren vier: zwei Jungen, zwei Mädchen. Bei Kelly gingen sofort die Jalousien herunter.

Sie sahen genauso aus wie die Kids, denen sie in Atlanta aus dem Weg gegangen war.

Bauerntrampel – richtige Provinzler. So sahen sie jedenfalls aus.

Niemand war interessant angezogen. Die Mädchen trugen Frisuren, mit denen Kelly weder tot noch lebendig hätte gesehen werden wollen – wie aus einem uralten Film mit Annette Funicello.

Kelly konnte ihre zudringlichen Blicke spüren.

Vielleicht sollte sie einfach auf die Kids zugehen und sie fragen, was es da zum Glotzen gebe.

Das wußte sie aber sowieso.

Sie hatte an diesem Morgen drei Ohrringe angelegt und zwei paar Manschetten. Und trotz der Hitze trug sie ein hochgeschlossenes schwarzes Hemd und ein paar schwarze Jeans mit angenähten Ziermünzen. In Atlanta hätte sie in dem Aufzug ziemlich normal gewirkt.

In Villejeune fiel sie damit auf wie ein Geschwür.

In einer ersten Reaktion wollte sie sofort nach Hause gehen. Dann hätte sie jedoch an diesen Kids vorbeimüssen. Und wenn sie zur anderen Straßenseite übergewechselt wäre, hätten die Kids gemerkt, daß sie ihnen auswich.

Blitzschnell faßte sie einen Entschluß, machte auf dem Absatz kehrt und lief in die entgegengesetzte Richtung, in einem Tempo, als steuere sie schnurstracks auf ein Ziel zu. Sie fühlte sich erst wohler, als das Städtchen hinter ihr lag und sie dem Gesichtskreis der Kids entschwunden war.

Die Straße war wie ein Damm gebaut. Sie verlief hier durch Sumpfgebiet; an beiden Seiten zogen sich tiefe Gräben hin. Wohin sie auch blickte – Wasser; hier und da hoben sich ein paar Fleckchen von matschigem Land aus der Oberfläche. Über dem Wasser breiteten sich Mangrovenbüsche, reckten sich komische Stümpfe, als hätte hier früher einmal Wald gestanden.

Sie sah überall Vögel – Vögel, die im Wasser tauchten, in den seichten Stellen wateten, in den Himmel aufstiegen. Zweimal sah sie Alligatoren im Schlamm, die sie aber im Vorübergehen nicht zu bemerken schienen.

Je weiter sie sich von der Stadt entfernte, desto stärker empfand sie ein Gefühl des Friedens und begriff nach einiger Zeit auch den Grund: In Atlanta hatte sie unaufhörlich der Lärm der Stadt umgeben, das Gebrumm der Motoren, das laute Wechseln der Gänge von Lastern, Rockmusik aus Stereoanlagen – ein Geräuschpegel, dessen sie sich eigentlich nie recht bewußt gewesen war, der aber stets da war.

Hier dagegen – nur Vogelgesang, das Rauschen des Winds in den Zypressen, das Platschen von Fischen und Fröschen im Wasser.

Plötzlich hörte sie das Knattern eines entgegenkommenden Motorrads, gleich darauf den lauten Ton einer Autohupe, noch einmal, dann raste ein Auto um die

Kurve, in einem Tempo, daß sie sich kaum mehr in Sicherheit bringen konnte.

»Mistkerl!« schrie sie und starrte dem Wagen nach.

Stille.

Wo war das Motorrad geblieben?

Kelly blieb horchend stehen.

Was konnte da bloß geschehen sein?

War es vom Auto erfaßt worden? Aber dann hätte der Fahrer doch bestimmt angehalten. Hätte sie den Aufprall nicht hören müssen?

Dann dämmerte es ihr. Sie selbst war ja vom Wagen beinahe überfahren worden. Er mußte das Motorrad von der Straße gedrängt haben.

Sie begann zu laufen, und es dauerte gar nicht lange, bis sie das Motorrad im Graben neben der Straße und neben dem Motorrad einen Jungen liegen sah.

Kelly blieb vor Schreck stehen, aus Angst, daß er tot sein könnte, und falls er tot wäre...

Sie hatte den Gedanken noch nicht zu Ende gedacht, als sich der Junge bewegte und langsam aufsetzte. Kelly stürzte zu ihm. Ihre Blicke trafen sich. Kelly zog sich der Magen zusammen.

Sie kannte ihn.

Aber das war doch verrückt! Sie war ihm noch nie im Leben begegnet.

Trotzdem sagte ihr eine innere Stimme, daß sie ihn kannte.

»Sie sind aus Atlanta, nicht wahr?« stieß Kelly hervor.

Michael schüttelte den Kopf. Er konnte den Blick nicht lösen von dem Mädchen, das vielleicht einen Meter von ihm entfernt stand. Wie merkwürdig – er hatte den Eindruck, sie zu kennen. Das war allerdings unmöglich; nach ihrem Aussehen konnte sie gar nicht aus der Umgebung sein. So zogen sich keine Mädchen aus Villejeune an; kein Mädchen von hier hatte rosarotes Haar. »Ich bin noch nie in Atlanta gewesen. Nur einmal auf dem Flughafen. Wir sind dort in eine Maschine nach Chicago umgestiegen.«

Kelly dachte angestrengt nach. Es war wirklich komisch. Er ähnelte keinem ihrer Bekannten, und dennoch war er ihr irgendwie nicht fremd. Da fiel ihr der Junge von gestern abend im Moor ein.

Sie hatte ihn nicht sehr deutlich sehen können, nur eine Sekunde lang, und es war außerdem bereits dunkel geworden. »Bist du gestern abend im Moor gewesen?« erkundigte sie sich.

Michael runzelte die Stirn. Woher wußte sie das? Hatte sie ihn gesehen? Und wenn – warum hatte er dann sie nicht gesehen?

Vielleicht hatte er sie ja gesehen.

Womöglich versagte da wieder einmal sein Gedächtnis.

Es lief ihm eisig den Rücken herunter. »Bist *du* im Moor gewesen?« fragte er unsicher.

Kelly nickte nach kurzem Zögern. »Ich bin in der Nähe von Großvaters Haus am Kanal längs gelaufen. Da habe ich jemand gesehen. Ich meine, daß du es gewesen sein könntest.«

Das stimmte ihn nachdenklich. Doch er konnte sich absolut nicht erinnern, das Mädchen gesehen zu haben. Nur daß sie ihm eben irgendwie bekannt vorkam.

Es hatte mit ihren Augen zu tun. Da lag etwas in ihrem Blick, das er wiedererkannte. Aber was?

»Ich war draußen«, sagte er schließlich. »Aber nicht bei den Kanälen. Die liegen auf der anderen Seite der Stadt.« Und doch – er war in einem Boot gefahren und hätte überall hingerudert sein können.

Kelly musterte den Jungen, als sie seinen Blick auf sich ruhen spürte. Warum sah er sie denn so an, wenn er sie nicht kannte? Und dann wußte sie Bescheid: Er war so angezogen wie die Kids, denen sie in der Stadt begegnet war – mit Khakihosen und Schottenhemd –, daß seine

Sachen verdreckt waren und seine Haare voller Schlamm, spielte keine Rolle. Er war wie die andern.

Er hielt sie offensichtlich für eine Ausgeflippte.

»Warum starrst du mich denn so an?« Sie sagte es so böse und abweisend wie möglich.

Michael wich einen Schritt zurück. »Weil... weil du mir irgendwie auch bekannt vorkommst.«

Kelly zauderte – war das bloß ein Trick, um anzubandeln? »Also, wenn ich gestern abend dich gesehen habe, mußt du mich ja wohl auch bemerkt haben«, sagte sie herausfordernd.

»Kann sein«, räumte Michael ein – und erzählte ihr ganz spontan die Wahrheit über seinen gestrigen Abend im Moor.

Kelly war sprachlos. Das gleiche hatte sie selbst erlebt. Vielleicht *waren* sie sich ja begegnet, auch wenn sie sich nicht daran erinnern konnten. Vielleicht hatten sie sogar miteinander gesprochen.

»Ich... ich heiße Kelly Anderson.« Sie war plötzlich ganz schüchtern.

Michael grinste spitzbübisch. »Jetzt weiß ich, wer du bist. Mein Vater ist der Rechtsanwalt deines Großvaters. Ich bin Michael Sheffield.«

Sie zogen gemeinsam das Motorrad auf die Straße, untersuchten, ob es beschädigt war; beim dritten Versuch sprang der Motor an.

Michael warf ihr einen verstohlenen Blick zu. Ein Mädchen wie sie hatte er höchstens mal im Fernsehen gesehen. Sie gefiel ihm aber trotz der Haarfarbe und des komischen Schmucks.

Sie hatte etwas Besonderes an sich. Es lag an den Augen.

Etwas Vertrautes.

Und mit einem Mal wußte er, was es war.

Er war sicher, daß sie trotz ihres Äußeren, hinter dem komischen Make-up und den komischen Kleidern, so war wie er. Daß auch sie dieses schreckliche Bewußtsein haben mußte, anders zu sein.

»Möchtest du mitkommen?« fragte er und rechnete mit einer Absage.

Aber sie nickte. »Sehr gern«, sagte sie. »Wohin könnten wir denn fahren?«

»Ich habe einen freien Tag.« Das kurze Flackern in Michaels Augen verriet ihr, daß er nicht die Wahrheit sagte. »Wir könnten einkaufen und irgendwo Picknick machen.« Er wendete die Maschine, stieg auf und stützte sie mit den Beinen ab, als Kelly auf den Beifahrersitz kletterte.

»Müßten wir dann nicht in die Stadt zurück?« wollte Kelly wissen.

Michael antwortete nicht, sondern fuhr einfach los.

Als sie sich von Villejeune entfernten, dachten beide das gleiche.

Ich kenne diesen Menschen. Ich habe ihn schon mein ganzes Leben lang gekannt. Das ist der Freund, dem ich bisher nur noch nicht begegnet bin.

Begreifen konnten beide es nicht, daß sie vom Augenblick der ersten Begegnung etwas verband.

7

Tim Kitteridge fragte sich allmählich, ob er einen Fehler begangen hatte. Seit zwei Stunden befand er sich jetzt im Moor; er hatte sich an die Landkarte gehalten, die Phil Stubbs für ihn gezeichnet hatte, und sich anscheinend trotzdem verirrt.

Kein Wunder, denn für ihn sah hier alles gleich aus. Überall ragten winzige Inseln aus den seichten Stellen der Bayous; eine glich der andern. Selbst die Sonne half ihm nicht weiter. Es war Mittag; sie stand fast senkrecht oben am Himmel und warf keine Schatten. Er konnte sich wenden, wohin er wollte: er würde nirgends einen Unterschied merken.

Er bewegte sich langsam voran. Der Außenbordmotor im Heck tuckerte leise. Da spürte er Boden unter dem Kiel. Er stellte den Motor ab. Als er ihn zu heben und den Propeller über die Wasseroberfläche zu hieven versuchte, war es, wie er gleich merkte, schon zu spät. Der Propeller steckte bereits im Schlamm fest, der keine zehn Zentimenter unter dem dunklen, braunen Wasser lag. Er wollte das Boot mit den Rudern zurückstoßen, doch das Heck geriet nur noch tiefer in den Schlick. Ihm blieb nur eins. Er legte die Ruder weg und zog Schuhe und Hosen aus; die Socken behielt er an. Dann steckte er die Beine ins Wasser. Er fühlte das Schlammige des Bodens noch durch die Socken, deshalb verlagerte er sein Gewicht vom Boot auf die Beine. Seine Füße sanken in den Schlick ein. Kitteridge geriet kurz in Panik, aus Angst, er könnte auf Treibsand geraten sein. Als ihm der Dreck bis an die Oberschenkel reichte, wurde der Boden fester. Nun blieb er ein paar Sekunden lang ruhig stehen.

Er haßte das Saugen des Schlamms an seinen Füßen,

haßte den Gedanken an alles, was für ihn unsichtbar im Wasser verborgen liegen mochte. Doch half ihm dies auch nicht weiter. Also griff er nach dem Heckwerk des Boots, hievte es empor. Der Propeller löste sich aus dem Morast. Kitteridge drehte sich zur Seite und ließ das Boot wieder aufs Wasser und probierte – die Spitze des Außenbordmotors berührte noch immer Grund. Wenn er einstiege, säße das kleine Skiff gleich wieder fest. Er schob es etwa einen Meter weiter, bis er überzeugt war, daß es auch mit seinem Gewicht wieder frei schwimmen könne.

Dann kletterte er ins Boot, ließ jedoch die nackten Beine seitlich heraushängen, um mit der Hand den Schlamm abzuwaschen. Dabei berührte er etwas glitschig Festes, riß die Hand instinktiv zurück und zog die Beine an. Am linken Oberschenkel hing ein Blutegel.

Der Egel war etwa acht Zentimeter lang und sah aus wie eine Wegschnecke, nur daß der Kopf nicht aufgerichtet, sondern an sein Bein gepreßt war. Voller Abscheu riß er sich das eklige Geschöpf vom Bein und schleuderte es über Bord.

An der Stelle, wo der Egel sich an seinem Bein hatte festbeißen wollen, befand sich ein knallroter Striemen. Kitteridge untersuchte das andere Bein und zog sich die Hosen rasch wieder an und die Socken aus, die er ins hintere Boot fallen ließ. Er ruderte das Boot in tieferes Wasser, wo er die Ruder anlegte und das Boot treiben ließ; denn hier flossen selbst im scheinbar stillen Wasser schwache Strömungen durch die engen Bayous.

Ihm fielen wieder Judd Duvals Worte vor der Ausfahrt ins Moor ein: »Wenn Sie sich verirr'n, lass'n Sie das Boot treib'n. Man sieht's nicht, aber das Wasser bewegt sich doch, und wenn Sie sich der Strömung überlass'n, trägt sie Sie wieder aus dem Moor heraus.« Die Sumpfratte hatte böse gegrient. »Es dauert natürlich 'n paar Stunden. Kann auch sein, daß Sie fünfzehn oder zwanzig

Meil'n von Villejeune entfernt landen. Aber lieber so, als die Nacht im Moor verbringen müssen, oder?«

Gottseidank hatte er hingehört und sich's gemerkt. Er sah ein Insel-Labyrinth vorbeigleiten. Die Zypressen wurden weniger. Die Landschaft war offener als in der Umgebung von Villejeune. Sumpfgräser wuchsen üppig. Reiher und Flamingos standen in den Seichten und steckten den Schnabel auf Futtersuche in den Boden. Das Boot trieb um eine Biegung. Da hörte er ein leises Schnaufen. Als er sich umsah, konnte er gerade noch ein Wildschwein im Schilf verschwinden sehen.

Dann änderte die Landschaft sich erneut, und wieder befand er sich unter Baldachinen von moosüberwachsenen Zypressen. Die Strömung wurde ein wenig rascher, weil die Inseln größer, die Wasserarme zwischen ihnen aber enger und tiefer wurden.

Ein Haus kam in Sicht – falls man es als Haus bezeichnen konnte. Was da auf faulenden Pfählen am Rande des Wassers stand, war eher eine Baracke. An einer Ecke hing der Boden arg durch. Die Fensterrahmen waren ohne Scheiben.

Kitteridge hielt es zunächst nur für einen Unterstand zum Fischen, der seit langem nicht mehr benutzt wurde. Als er jedoch anlegte, fing sein Blick eine winzige Bewegung auf, und er tauchte die Ruder gegen die Strömung ins Wasser. Er behielt das verfallene Gebäude im Auge, meinte schon, er hätte sich getäuscht, dort hielte sich doch niemand auf, als im Inneren eine Gestalt durch die Schatten und den Hinterausgang schoß. Kitteridge legte sich mächtig ins Zeug. Das Boot schnitt durchs Wasser, doch als er das Dickicht hinter dem Haus zu Gesicht bekam, war die Gestalt längst verschwunden.

Den spontanen Gedanken, sie im Unterholz zu verfolgen, gab Kitteridge rasch wieder auf. Im Boot würde ihn die Strömung am Ende ins Freie bringen. Zu Fuß wäre er binnen Minuten völlig verloren.

Er ruderte jetzt mit der Strömung zwischen den immer größeren Inseln, auf denen er mehr und mehr verfallene Hütten bemerkte. Der Abstand zwischen ihnen war beträchtlich – als ob hier jeder ganz für sich sein wollte.

Gelegentlich sah er auch Menschen – dünne, schmalköpfige Frauen in verblaßten Baumwollkleidern, mit mürrischen, verwitterten Gesichtern; an einige Frauen klammerten sich Kinder. Sie beobachteten ihn mißtrauisch, als er vorüberglitt; ihre Feindseligkeit war fast mit Händen zu greifen. Ein paarmal versuchte er es mit einem Gruß; niemand grüßte zurück. Beim Klang seiner Stimme verschwanden die Frauen im Dunkel ihrer Hütten. Die Kinder trieben sie vor sich her.

Nach einer weiteren Biegung lag eine Holzhütte vor ihm, auf deren Veranda eine einsame, hochschwangere Frau stand, und er wußte sofort, wer sie war – Amelie Coulton, die Judd und Marty am Abend vorher zur Leiche geführt hatte.

Sie schien Kitteridge zu erwarten – ein Eindruck, der sich verstärkte, als sie argwöhnisch zu ihm herunterschaute.

»Ich hab' den Mann gestern abend nich' umgebracht«, sagte sie. »Ich bin nur rausgefahr'n, weil ich dacht', es könnt' George sein. 's war aber nich' George.«

»Sie haben berichtet, George sei gestern abend fortgegangen. Mit dem sogenannten Schwarzen Mann.«

Amelie wurde aschfahl, ihr Gesicht verschlossen, ihre Stimme monoton. »Davon weiß ich nix.«

»Das haben Sie Judd Duval und Marty Templar aber erzählt«, widersprach Kitteridge.

Amelie zuckte mit den Schultern. »Mir war gestern abend nich' wohl. Ich weiß nich' mehr, was ich gesagt hab'.«

So kam Kitteridge wohl nicht weiter. Er wandte eine andere Taktik an. »Aber George ist gestern abend ausgegangen?«

Amelie entspannte sich offensichtlich. »Er geht immer weg. Zum Fischen, zum Trinken – is' auch egal, solang' er nur weg is'.«

Schweigen. Der Mann im Boot und die Frau auf der Veranda beäugten sich mißtrauisch. »Wo befindet er sich jetzt?« fragte Kitteridge schließlich. »Ist er gestern Nacht wieder zurückgekommen?«

Amelie schüttelte den Kopf – als ob sie froh wäre, wenn George nie wiederkäme, dachte Kitteridge.

»Sie glaub'n mir wohl nich'?« fragte Amelie. »Sie mein', ich lüg', un' es wär' George, den ich gestern abend im Moor gefund'n hab'.«

Kitteridge betrachtete sie nur schweigend.

»Na schön«, sagte sie. »Komm' Sie 'rein. Ich hab 'n Bild von George. Sag'n Sie mir, ob's derselbe Mann is'.«

Kitteridge kletterte auf die Veranda und folgte Amelie in die Hütte, die, sofern das überhaupt möglich war, drinnen noch heruntergekommener zu sein schien als draußen. Da stand ein durchgesessenes Sofa mit einer abgenutzten Decke und ein kaputter Sessel. In einer Ecke stand ein brüchiger Tisch mit zwei weiteren Stühlen, in einer anderen ein Holzofen, daneben ein behelfsmäßiger Tisch. Durch eine offenstehende Tür sah er einen weiteren Raum: ein Bettgestell mit durchhängender Matratze. Ein Bad war nirgends zu sehen. Der Polizeichef verbiß sich eine Frage: Hier draußen im Moor gab es kein fließendes Wasser. Durch ein glasloses Fenster sah er ein Nebengebäude, an dem Fallen aufgestapelt waren. Also hatte George sich sein bißchen Geld wenigstens ehrlich verdient.

Kitteridge war über die Ärmlichkeit des Anwesens entsetzt. Er drehte sich zu Amelie um. Sie hielt ihm ein Foto entgegen. Er nahm es auf die Veranda mit nach draußen, um es bei Tageslicht zu studieren.

Es war das Foto von einem Paar. Die Frau war eindeutig Amelie Coulton. Der Mann neben ihr, ein schlanker, schlaksiger Typ, mindestens dreißig Zentimeter größer, hatte das typische Gesicht der Moorbewohner, ausdruckslose Augen und Bartstoppeln. Im einen Armwinkel hielt er ein Gewehr. Der andere Arm lag besitzerisch um Amelies Schultern. Kitteridge las den Schnörkel auf der Rückseite: »Hochzeitstag – George und ich«. Das Datum lag sieben Monate zurück.

Selbst bei Berücksichtigung des frühzeitigen Alterns der Sumpfratten konnte George Coulton höchstens fünfundzwanzig Jahre alt gewesen sein.

Der Mann im Leichenschauhaus war mindestens achtzig.

Kitteridge reichte Amelie, die ihm gefolgt war, das Bild wortlos zurück. Sie hatte schon die Hand ausgestreckt, als sie plötzlich blaß wurde. Ihre Augen weiteten sich. Sie faßte sich an den Bauch und sank auf den Schaukelstuhl.

»Oh je«, stöhnte sie, als der ruckartige Schmerz nachließ. »Ich glaub', es is' soweit.«

Kitteridge begriff sofort. »War das die erste Wehe?«

Amelie nickte. »Ich hab' George gesagt, es müßt bald soweit sein«, meinte sie bitter.

Ein richtiges Schwein, dachte Kitteridge – falls der Mann, den sie am Abend zuvor aus dem Moor geholt hatten, tatsächlich George Coulton war, wüßte er jetzt immerhin ein Mordmotiv. Nach dem Gespräch mit Amelie hielt er einen solchen Mord eventuell sogar für verständlich. Amelie gegenüber ließ er sich das allerdings nicht anmerken. »Sie kommen am besten mit in die Stadt. Haben Sie den Koffer schon gepackt?«

Amelie stieß ein dünnes, hohes Lachen aus. »Ein' Koffer? So 'was gibt's bei uns nich', und wenn ich ein' hätt', hätt' ich nix zum Reintun. Alles, was ich hab, is'...«

Eine neue Wehe verschlug ihr die Sprache. Anschließend rappelte sie sich hoch.

Kitteridge half ihr die Leiter hinunter in sein Boot und setzte sie an den Bug, ließ den Motor an und stieß ab. Beim

Einbiegen in das Bayou wandte er sich ein letztesmal nach dem Haus um. »Sind Sie wirklich sicher, daß Sie nichts mitnehmen wollen?« fragte er.

Sie lachte noch einmal ihr verkrampftes Lachen. »Was denn? Ich hab' ja nich' 'mal 'ne Tasch'. Hier draußen hat keiner was. Man wird gebor'n, man lebt 'ne Weil', un' man stirbt.« Ihre Stimme wurde bitter. »Manchmal scheint's, daß die Leut' Glück hab'n, die früh sterb'n.«

Als die Hütte aus dem Blickfeld entschwand, hob Amelie den Kopf. Ihre Augen wurden zum erstenmal lebendig. Sie muß hübsch gewesen sein, als George sie heiraten wollte, dachte Kitteridge – falls er sie tatsächlich geheiratet hatte.

Amelie lachte auf. Jetzt war das Lachen echt. »Sie hab'n sich verirrt, was?«

Kitteridge wurde rot und nickte. »Wieso wissen Sie das?«

»Leicht«, sagte sie. »Sie fahr'n in die falsche Richtung. Villejeune liegt dahinten.« Sie deutete über Kitteridges Schulter. »Und gar nich' weit. Vielleicht 'ne halbe Meil'.« Er drehte das Boot. Sie fuhr fort: »Nehm' Sie den breit'n Bayou vor Ihnen un' dann nach der zweiten Insel durch eine kleine Lücke, immer links halten, bis Sie ein' großen Baumstumpf seh'n. Dann seh'n Sie schon die Stadt.«

Zehn Minuten später waren sie angekommen. Als sie an dem Dock anlegten, wo Kitteridge seinen Wagen geparkt hatte, schaute Amelie sich nervös um, als fürchte sie, jemand könnte auf sie warten. Als sie Kitteridges Blick bemerkte, verzog sich ihr Gesicht zu einem Lächeln. »Dacht', er könnt' mich hier abfang'n. Er wollt', daß ich's Kind zuhaus krieg'. Aber da will ich nich'. Ich will nich', daß mein' Baby 'was passiert.«

Kitteridge half ihr aus dem Boot und begleitete sie zum Polizeiwagen. Als sie sich in den Beifahrersitz klemmte, wurde sie von einer weiteren Wehe ergriffen. »Nur ruhig bleiben!« sagte er. »In wenigen Minuten befinden Sie sich in der Klinik.« Er schloß die Tür, rannte auf seine Seite, stieg ein, ließ den Motor an – und wie hübsch Amelie eigentlich war, sah er, als sie sich ihm mit einem richtigen Lächeln zudrehte. »War doch keine Zeitverschwendung, daß Sie zu mir 'rausgefahr'n sin' heute.«

»Ich weiß aber immer noch nicht, wer der Tote ist«, bemerkte Kitteridge trocken.

Amelie zuckte mit den Schultern. »Sie wissen aber, wer's nich' is'«, sagte sie wieder mit diesem verbitterten Lächeln, das ihr zur zweiten Natur geworden zu sein schien. »Ehrlich, ich hatt' irgendwie gehofft, es würd' George sein. Wenn er tot wär', hätt' ich wenigstens 'n eigen' Haus, oder?«

Kitteridge wollte sich nicht in irgendwelche ehelichen Arrangements zwischen George und Amelie einmischen, war aber andererseits nach einer Stunde in Amelies Gesellschaft einigermaßen davon überzeugt, daß ihre Ehe nirgends beurkundet worden war. Was, wie er vermutete, genau der Absicht von George entsprochen haben dürfte. Solange ihm Amelie Spaß machte, okay. Danach würde er sie einfach hinauswerfen.

Er stellte den Wagen auf dem Parkplatz der Klinik ab, begleitete Amelie hinein, arrangierte ihre Aufnahme, versprach, später noch einmal bei ihr vorbeizuschauen, und überließ sie der Fürsorge von Jolene Mayhew.

Eine Sackgasse, dachte er in seinem Büro beim Ausfüllen der Formulare für den Toten aus dem Moor. Fingerabdrücke waren bereits abgenommen; vor der Beerdigung müßten noch Fotos und eine Gebißabnahme angefertigt werden. Doch bevor die namenlose Leiche sich in der Hitze und Luftfeuchtigkeit zersetzen könnte, würde sie in die Krypta, die für solche Zwecke bestand, auf dem Friedhof von Villejeune geschafft werden.

Trotzdem konnte sich Tim Kitteridge bei der Erledigung der bürokratischen Formalitäten des Eindrucks nicht erwehren, daß der Tote George Coulton war.

Ihm fielen wieder Marty Templars Worte vom Morgen ein, als er seinen Bericht über die Vorfälle des Abends ablieferte. »Wollen Sie etwas richtig Komisches hören, Chef? Die Frau, die den Toten fand – Amelie Coulton –, die hat etwas von einem Schwarzen Mann erzählt. Klang, als ob da plötzlich ein Gespenst erschienen wäre und ihren Mann geholt hätte. Glauben *Sie* den Leuten im Moor? Die müssen ja völlig bekloppt sein.«

Und er erinnerte sich an Amelies Miene, als er den Schwarzen Mann erwähnt hatte. Sie hatte behauptet, sich nicht an ihre Worte vom Vorabend erinnern zu können. Aber er wußte, daß sie log.

Log und Angst hatte.

Amelie Coulton wußte bestimmt mehr als sie zugab.

Kitteridge war sich allerdings ebenso sicher, daß sie trotz eines möglichen Motivs den Mann im Moor nicht umgebracht hatte. In ihrem hochschwangeren Zustand wäre ihr das gar nicht möglich gewesen.

Nein, den Mann im Moor mußte ein anderer getötet haben. Jemand, den Kitteridge wohl nie finden würde. Die Sumpfratten – mit Ausnahme von Amelie Coulton – sprachen ja nicht einmal mit ihm. Amelie wußte jedoch irgend etwas. Sie war allein ins Moor hinausgegangen; sie hatte damit gerechnet, die Leiche ihres Mannes zu finden; sie war keineswegs zufällig über die Leiche gestolpert und in Panik geraten. Kitteridge faßte einen Beschluß. Er machte sich wieder auf den Weg zur Klinik.

Amelie lag im Bett und wartete auf die nächste Wehe. Sie versuchte, sich die zeitlichen Abstände zu merken, konnte sich aber nicht konzentrieren.

Sie mußte noch immer an den Polizeichef denken, der zu ihr hinausgekommen war, um sich nach George zu erkundigen.

Sie wußte, daß er ihr am Nachmittag nicht alles geglaubt hatte und den Toten, der nachts zuvor im Moor gefunden worden war, für ihren Mann hielt; egal, was sie sagte.

Aber was sie ihm erzählt hatte, war ja genaugenommen keine Lüge gewesen. Denn bis am Morgen Clarey Lambert bei ihr erschienen war, um ihr mitzuteilen, daß George nicht mehr zurückkommen würde, war sie selbst sich nicht sicher gewesen, daß er der Tote war. Und im übrigen hatte auch Clarey das eigentlich nicht behauptet.

Klar – an den leblosen Augen der Leiche im Wasser hatte sie George sofort erkannt. Es waren seine Augen – die seltsam flachen, leblosen Augen. Als sie dann aber das ganze Gesicht gesehen hatte, war sie sich gar nicht mehr so sicher gewesen.

Das Gesicht des Mannes hatte fürchterlich alt ausgesehen, George aber war abends so jung gewesen wie immer. Allerdings verängstigt.

Sie hätte Judd Duval hinterher wahrscheinlich nicht aufsuchen, sondern einfach nach Hause gehen und keiner Menschenseele von ihrer Beobachtung berichten sollen. Aber sie hatte es nun einmal getan und nach der Rückkehr mit Judd und dem anderen Polizisten die klaffende Wunde in der Brust des Toten bemerkt.

Ob der Tote George war oder nicht – sie wußte auf alle Fälle, was ihm zugestoßen war, und sie hätte sich nicht gehen lassen und nicht vom Schwarzen Mann reden dürfen. Immerhin hatte der Polizeichef sie nicht bedrängt, als sie ihn angelogen hatte. Und Clarey Lambert gottseidank auch nicht.

Am Morgen war dann nämlich Clarey Lambert zu ihr herübergerudert und aus dem Boot zu ihr auf die Veranda hochgeklettert. Den Grund ihres Kommens hatte Amelie sofort geahnt, so daß die Worte sie gar nicht überraschen konnten.

»George wird nich' mehr nach Haus' kommen, wird er nich'«, hatte Clarey gesagt, sich auf der Veranda im Schaukelstuhl niedergelassen und Amelie die Hand gehalten. »Ich denk' mir, es hätt' für dich Schlimmeres geb'n können.«

Amelie hatte geschwiegen. Sie wartete, daß Clarey den wahren Grund des Besuchs nannte. Sie mußte nicht lange warten. »Ich hab' g'hört, die von der Stadt hab'n 'nen Toten gefund'n die Nacht.« Amelie war überzeugt, daß Clarey ganz bewußt nicht erwähnte, daß es sich um George handelte. »Da nehm' ich an, die wer'n herkommen und dir 'ne Menge Fragen stell'n.« Wie glühende Kohlen hatten ihre Augen sich dabei in Amelies Seele gebohrt.

Amelie hatte schnell überlegt. Wenn die Alte nicht wußte, daß sie die Polizei zum Toten geführt hatte, so würde die Alte es von ihr auch bestimmt nicht erfahren. »Was willst von mir?« fragte sie vorsichtig.

Clarey hatte eine Weile geschwiegen und sie schließlich ganz merkwürdig angesehen. »Sag ihnen nix. Wenn sie frag'n, dann sag ihnen, George sei nich' da, und du weißt nich', wo er is'.« Amelie hatte nur genickt, und Clarey hatte sich aus dem Schaukelstuhl gestemmt. »Die komm' vorbei, un' du sagst ihnen nix. Verstehst du mich?«

Im Grunde hatte sie ja auch nichts gesagt.

Nur so viel, wie sie absolut hatte sagen müssen. Und bestritten, daß der Tote George war.

Sie spürte eine neue Wehe und schloß die Augen, wie um den Schmerz zu vertreiben. Als der Schmerz ein paar Sekunden später nachließ, machte sie die Augen wieder auf – und war starr vor Schreck.

»Das *war* George, den Sie gestern abend gefunden haben, nicht wahr?« fragte er.

Amelie wollte ihm die Hand entziehen. »Sie haben kein Recht, herzukomm'.«

Kitteridge umschloß ihre Hand fester. »Ich muß es wissen, Amelie. War es George? Wissen Sie, was ihm widerfahren ist?«

Amelie blickte sich hilfesuchend um; natürlich umsonst. Sie wurde von einer neuen Wehe gepackt, nach der sie zu erschöpft war, um sich gegen sein Fragen wehren zu können. »Kann sein«, flüsterte sie. »Aber ich hab' ihm nix getan. Un' ich kann' nich' mal schwör'n, daß er's wirklich is'. Er sah überhaupt nich' wie George aus. George war nich' alt.«

»Also gut, Amelie. Darüber will ich nicht mit Ihnen streiten. Aber wissen Sie, was ihm widerfahren ist?«

Amelie schob stur das Kinn vor. Er spürte das Erschauern ihres Körpers unter seiner Hand. Angesichts ihrer offenkundigen Angst wiederholte er noch einmal, was sie am Abend zuvor Marty Templar erzählt hatte. »Was haben Sie damit gemeint, Amelie? Wer ist dieser Schwarze Mann?«

Ihr Gesicht wurde blutleer. Sie verkroch sich in den Kissen. »Das dürf'n Sie mich nich' frag'n«, flehte sie. »Wenn Sie frag'n müss'n, frag'n Sie Clarey Lambert. Oder Jonas!«

»Jonas?« fragte Kitteridge. »Wer ist Jonas?«

»Einer von ihnen«, sagte sie. »Genau wie George.«

Kitteridge wollte Amelie bei der Hand nehmen, aber sie zog sie weg. »Wovon sprechen Sie, Amelie«, sagte der Polizeichef. »Wer sind *sie*?«

Amelie sah ihn finster an. »*Tot*«, flüsterte sie. »Sie sind Kinder des Schwarzen Manns, un' die sin' alle *tot*.«

8

»Ist das schön!« rief Kelly und streckte sich lässig auf dem dichten Grasteppich, der sich über den ganzen Picknick-Platz breitete. Sie waren mutterseelenallein. Villejeune lag zwanzig Meilen entfernt. Sie hatten eben zu Mittag gegessen – alles, was sie in dem kleinen Laden gekauft hatten, der fast versteckt in der Wildnis lag.

Als Michael in den schmalen Weg zu diesem Picknick-Platz abgebogen war, hatte Kelly sich gefragt, ob sie doch nicht vielleicht besser zu Hause geblieben wäre: Die Gegend war verlassen, und falls ihr hier etwas zustoßen sollte, würde es Jahre dauern, bevor man sie fände. Beim Anblick des aus der Lagune ausgebaggerten Teichs und seines sandigen Ufers hatte sie ihre Meinung jedoch sofort geändert.

»Wie kommt's, daß hier niemand ist?« fragte sie.

Michael zuckte mit den Achseln. »Weiß ich nicht – vermutlich mögen die meisten Menschen das Moor nicht, und von diesem Platz weiß kaum jemand. Ich bin mit dem Motorrad oft hiergewesen und nie einem Menschen begegnet.«

Kelly lächelte ihn verschmitzt an. »Wie wär's mit Schwimmen?«

Michael legte den Kopf schief. Wollte sie ihn auf den Arm nehmen? »Wir haben kein Badezeug mitgebracht.«

»Na und? Hast du nie etwas von Nacktbaden gehört? Und hier würde uns ja, wie du eben erklärt hast, sonst niemand sehen.«

Als Michaels Gesicht purpurrot anlief, bereute Kelly ihren Vorschlag; wäre er darauf eingegangen, hätte sie sowieso einen Rückzieher gemacht. »War doch bloß Spaß«, sagte sie. »Ich wollte wissen, wie du reagierst.«

Michael sah sie neugierig an. Er hatte sich noch immer nicht an ihren Aufzug gewöhnt und ihren Vorschlag ernst genommen. »Badest du mit deinen Freunden in Atlanta nackt?« fragte er.

Kelly wollte schon antworten, natürlich bade man dort nackt. Statt dessen sagte sie ihm spontan die Wahrheit. »Ich ... ich habe in Atlanta gar keine Freunde. Ich habe die Jungs in der Gruppe, mit der ich meist zusammen war, kaum gekannt. Weißt du, was ich meine? Mir war immer, als ob ...« Nach einem kurzen Schweigen brachte Michael den Satz für sie zuende.

»... als ob du anders wärst? Als ob die andern eine Gruppe bilden, nur du gehörst irgendwie nicht dazu?«

Kelly verschlug es fast den Atem. »Woher weißt du das?«

»Weil es mir genauso geht.« Aus einem ihm selbst unerklärlichen Grund glaubte er, daß Kelly verstehen würde, worüber er bisher mit niemandem gesprochen hatte. »Mir ist immer so, als ob alle etwas wissen, was ich nicht weiß. Als ob mir irgendein Teil fehlt.«

»Aber so geht's mir ja auch«, hauchte Kelly. »Seit ich mich erinnern kann. Ich habe immer gedacht, daß mit mir etwas nicht in Ordnung ist. Weißt du? So, als ob ...« – sie suchte nach dem richtigen Wort – »als ob ich mit anderen Menschen keinen *Kontakt* hätte.«

Da hatte Kelly genau das ausgedrückt, was Michael seit langem zu schaffen machte: der fehlende mitmenschliche Kontakt. Nur ganz allein im Moor kam er sich gelegentlich nicht einsam vor, gewann er das Gefühl, sich in der Nähe von Menschen zu befinden, die ihn verstünden. Weil ihm jedoch auf seinen Wanderungen im innersten Moor nie eine Menschenseele begegnet war, hatte er die Idee als verrückten, unbewußten Versuch abgetan, sich über sein Alleinsein hinwegzuhelfen.

Aber in Kelly Andersons Gegenwart kam er sich plötzlich wirklich nicht mehr einsam vor; von ihr fühlte er sich verstanden. Als er ihren Blick auf sich ruhen spürte, schaute er auf.

»Bist du mir böse?« fragte sie. Ihre Stimme klang gar nicht keß und herausfordernd wie zu Beginn.

Michael schüttelte den Kopf. »Ich habe nur nachgedacht.«

Kelly lächelte. »Möchtest du dich heut abend mit mir treffen?«

Michael zögerte, weil er nicht wußte, wie sie es meinte. »Ich weiß nicht«, stotterte er. »Mal sehen.«

Als er sie Stunden später an der Stelle absetzte, wo er ihr am Morgen begegnet war, war er noch immer unentschlossen.

»Dad?«

Craig Sheffield schaute mit einem Ausdruck übertriebener Verwunderung zu seinem Sohn auf. »Die Sphinx kann ja sprechen!« sagte er. Michael errötete, und Craig bereute sein Spötteln. »Also, ich meine doch nur: Sehr unterhaltsam bist du heute abend nicht gerade gewesen.«

»Meistens redet er zuviel!« piepste Jenny, die Michael gegenübersaß. »Mich läßt er nie reden. Und er redet bloß immer von diesen doofen Tieren im Moor!« Sie sah ihren Bruder mit aller Verachtung an, derer sie fähig war. »Eines Tags wird dich im Moor eine große Schlange auffressen.«

»Jenny!« Barbara gab sich Mühe, die Tochter gebührend streng anzusehen; angesichts von Jennys fröhlicher Begeisterung über ihren Einfall konnte sie ein Lachen aber nicht zurückhalten. Das verbuchte Jenny wiederum als Sieg über den Bruder. Sie streckte Michael die Zunge heraus. Michael ignorierte es einfach.

»Kennst du Mr. Andersons Enkelin?«

Bevor Craig antworten konnte, piepste Jenny schon wieder los. »Michael hat 'ne Freundin! Michael hat 'ne Freundin!«

Diesmal warf ihr Michael einen bösen Blick zu. »Kann

man hier nicht einmal eine simple Frage stellen, ohne daß du dich wie eine Vollidiotin aufführst?«

Jenny wurde wütend. »Nimm das zurück!« verlangte sie. »Mami, sag Michael, daß er mich nicht beleidigen darf!«

Barbara stöhnte. Sie lehnte sich nach hinten und legte die Serviette auf den Tisch. »Nun reicht's aber!« sagte sie. »Wenn du ihn aufziehst, mußt du dir auch gefallen lassen, wenn er's dir zurückgibt.« Angriffslustig machte Jenny schon wieder den Mund auf. Ihre Mutter hob warnend die Hand. »Ich habe dir doch gesagt: Jetzt reicht's! Wenn du nicht vor die Tür geschickt werden willst, dann sei höflich und iß deinen Teller leer!« Sie wandte sich an Michael. »Was ist mit Kelly Anderson?«

»Sie hat bei uns vorbeigeschaut«, wehrte er ab. Das war nicht wirklich gelogen. Sie war ja unterwegs zu Stubbs' Zoo, als sie ihn im Graben gefunden hatte. Außerdem: Wenn sie weitergegangen und wenn er bei der Arbeit gewesen wäre, hätten sie sich bestimmt dort kennengelernt.

»Halt sie dir vom Leib!« sagte der Vater strikt.

Michael erschrak. »Weshalb?«

»Also, Craig, das ist nicht ganz fair...« begann Barbara. Ihr Mann ließ sie nicht ausreden.

»Das Mädchen hat sich umbringen wollen, Barb. Sie...«

»Craig, *bitte*!« Sie warf einen gezielten Blick auf Jenny, die gespannt mithörte.

Craig zögerte. Dann grinste er Jenny verschmitzt an. »Du bist ja schon fertig! Du darfst im Wohnzimmer fernsehen.«

»Ich will's aber hören!« widersprach Jenny.

»Und ich will, daß du *nicht* mithörst!« sagte Barbara bestimmt. Jenny sah von einem Elternteil zum andern und merkte, daß sie von keiner Seite Unterstützung finden würde.

»Das ist *unfair*«, beschwerte sie sich. »Wenn *ich* einmal groß bin, dürfen *meine* Kinder alles mithören!« Sie knallte die Tür hinter sich zu. Craig hatte sich bereits mit besorgter Miene Michael zugewandt.

»Vor einem Monat glaubte Kelly Anderson, schwanger zu sein. Sie wollte sich das Leben nehmen«, erklärte er. »Sie war aber gar nicht schwanger. Sie hat sich's nur eingebildet.«

Barbara hielt den Atem an. Sie mißbilligte die Gewohnheit ihres Mannes, Menschen abzuurteilen, bevor er die genauen Tatsachen kannte. Sie fand es noch unerträglicher, daß er sich das im Familienkreis erlaubte, aber nie bei Klienten. »Craig, du bist voreilig...«

Craig hob die Hand. »Ich weiß genug, um zu verstehen, daß Kelly für Michael nicht der richtige Umgang ist. Sie hat einen Haufen Probleme. Nach dem Bericht von Carl Anderson hat sie schon immer Probleme gehabt. Es gibt hier in der Gegend wirklich genug nette Mädchen...«

»Hervorragend!« Barbara explodierte. »Natürlich hat sie Probleme! Weshalb sind Ted und Mary wohl mit ihr nach Villejeune umgezogen! Ist dir eigentlich nicht eingefallen, daß Carl dir das in der Hoffnung erzählt hat, wir könnten ihr vielleicht helfen? Bei deiner Einstellung können sie gleich wieder nach Atlanta zurückkehren. Du hast das arme Mädchen nicht einmal gesehen und schon dein Urteil gefällt. Wir sollten ihr doch wenigstens eine Chance geben!«

Craig warf seiner Frau einen finsteren Blick zu. »Typisch Sozialarbeiterin! Jeder Mensch verdient eine Chance! Und was ist mit deinem Sohn? Ist es dir wirklich recht, daß er mit einem billigen Punkmädchen aus Atlanta ausgeht? Du kannst doch gar nicht wissen, wozu sie fähig wäre! Nach meinen Informationen könnte sie durchaus drogensüchtig sein. Und die Geschichte von der mutmaßlichen Schwangerschaft läßt auf ein Flittchen schließen!«

Der Streit zwischen den Eltern zog sich in die Länge.

Michael hatten sie vergessen. Deshalb stand er auf und trug sein Geschirr in die Küche. Er wollte schon ins Eßzimmer zurück, um den ganzen Tisch abzuräumen, überlegte es sich dann aber anders.

Die beiden hatten Kelly noch nicht kennengelernt, und schon lagen sie sich ihretwegen in den Haaren. Zum Teufel mit ihnen! Er würde sich seine eigene Meinung bilden!

Er verließ das Haus durch den Hinterausgang, überquerte den Rasen und marschierte zur Anlegestelle. Das Wohnboot mit dem Innenbordmotor war ihm nur in Begleitung des Vaters erlaubt. Er band das Ruderboot mit dem kleinen Außenbordmotor los, das er jederzeit benutzen durfte, sprang hinein und schob es aus dem Dock. Der Motor sprang beim zweiten Startversuch an. Michael brachte ihn auf Touren. Beim Einbiegen in einen anderen Kanal fragte er sich, ob die Eltern seine Abwesenheit überhaupt bemerkt hatten.

Warren Phillips sah der Patientin im Kreißsaal der kleinen Klinik ins Gesicht. Ihr langes, blondes Haar lag in feuchten Locken, die ihr rechtes Auge verdeckten. Trotz der Klimaanlage war es im Operationssaal heiß. Phillips wischte sich mit dem Ärmel des grünen Kittels den Schweiß von der Stirn. Amelies Wehen hatten am frühen Nachmittag eingesetzt, und sie befand sich bereits seit einer Stunde im Kreißsaal, aber jetzt erst begann der Kopf des Kindes sichtbar zu werden.

»Pressen, Amelie!« drängte er. »Gleich ist es soweit. Nur noch ein paar Minuten!«

Amelie kämpfte gegen die Müdigkeit an, die ihr das letzte Quentchen Kraft zu rauben schien.

»Kann' nich'.«

»Sssch«, machte die Schwester und wischte Amelie mit einem feuchten Tuch die Stirn. »Nicht sprechen, Süße! Ganz auf das Baby konzentrieren!«

Amelie wurde von einer heftigen neuen Wehe gepackt – als ob ihr jemand mit einem heißen Eisen in den Leib führe.

Es tat einfach zu weh. Das konnte doch eigentlich nicht so weh tun, oder? Noch eine Wehe. Ihr wurde übel.

Sie durfte sich nicht erbrechen. Doch nicht jetzt!

Sie konzentrierte sich mit aller Kraft auf das Baby und versuchte zu pressen, wie die Schwester ihr gezeigt hatte.

»Halten Sie die Nadel bereit!« hörte sie Dr. Phillips sagen. Er sprach leise, wohl in der Hoffnung, daß sie es nicht hören würde, aber sie besaß ein gutes Gehör.

Sie wollte aufschreien, ihn anflehen, daß dem Baby nichts zustoßen dürfe, aber dann wurde sie wieder von einem Krampf gepackt. Sie schrie vor Schmerzen.

»Alles in Ordnung!« sagte ihr die Schwester. »Nun lassen Sie es schon heraus! Einfach kommen lassen!«

Sie schrie erneut, und wieder war ihr, als ob ihr Körper in Stücke gerissen würde. Dann spürte sie, daß sich etwas bewegte und austrat.

Der Schmerz ließ nach.

»Die Nadel!« hörte sie Dr. Phillips befehlen. Der Ton seiner Stimme verriet ihr, daß da etwas *nicht* in Ordnung war. Sie hörte ihn wieder. »Die Nabelschnur abbinden! Schnell!« Die Stimme wurde laut. »Nun machen Sie schon, Schwester! Jetzt!«

Gleich darauf vernahm sie die Stimme der Schwester.

»Ist mit dem Baby alles okay, Dr. Phillips?«

Schweigen.

Das Schweigen wollte nicht enden.

Dann wieder die Stimme des Arztes.

»Er wird es nicht schaffen...«

Er sprach weiter, doch Amelie hörte nicht mehr zu. Sie wußte, was die Worte bedeuteten.

Ihr Baby war tot.

Nach all diesen Monaten... war ihr Kind gestorben.

Aber das war doch nicht möglich!

Das war nicht gerecht!

Es war nicht tot! Sie würde es nicht zulassen!

Eine neue Woge des Schmerzes durchflutete sie. Es war diesmal kein körperlicher Schmerz, sondern ein Schmerz, der ihr ganzes Wesen erfaßte.

»Neeiiin!« schrie sie. »Nein! Ich will mein Baby! Gebt mir mein Kind!«

Die Schwester – Amelie konnte sich nicht einmal an ihren Namen erinnern – versuchte sie zu trösten.

»Es ist zu spät, Süße«, flüsterte sie. »Er lebt nicht mehr. Ihr kleiner Sohn ist dahin. Aber Sie sind wohlauf.«

»Nein!« schrie Amelie von neuem. »Ich will mein Kind! Gebt mir mein Baby!« Aus reiner Willenskraft richtete sie sich auf dem Gebärtisch auf und warf wilde Blicke um sich. Sie suchte nach ihrem Kind.

Doch bis auf Dr. Phillips, die Schwester und sie selbst war der Kreißsaal leer.

»Es tut mir leid«, sagte Dr. Phillips freundlich, kam um den Tisch, nahm Amelies Hand und drückte sie behutsam zurück auf den Tisch. »Es stand nicht in unserer Macht. Wir hätten es auch nicht retten können wenn wir es letzte Woche vorzeitig zur Welt gebracht hätten. Es ist nicht Ihre Schuld, Amelie. Vergessen Sie das nie! Sie hätten nichts mehr zu seiner Rettung tun können, und ich auch nicht. Solche Dinge kommen leider manchmal vor.«

Amelie hörte ihm wie betäubt zu. Er bot ihr eine Spritze an, damit sie schliefe. Sie schüttelte den Kopf.

Dann begann sie zu weinen.

Die Auseinandersetzung zwischen Barbara und Craig war in vollem Gang, als das Telefon läutete. Sie hörte erst auf, als Jenny in der Tür des Eßzimmers erschien.

»Jemand will dich sprechen, Mami« sagte Jenny scheu. Als Barbara das Zimmer verlassen hatte, kletterte sie ihrem Vater auf den Schoß. »Wollt ihr euch scheiden lassen?« fragte sie mit zitternder Stimme.

Craig schämte sich wegen des Streits, den das kleine Mädchen mitangehört hatte, und nahm Jenny fest in die Arme. »Aber nein! Natürlich nicht! Mamis und Papis zanken sich nur manchmal. Hast du denn nie Streit mit deinen Freunden?«

Jenny nickte, sagte aber nichts.

»Na, und das heißt doch lange nicht, daß ihr dann keine Freunde mehr seid, nicht wahr?« Jenny klammerte sich an ihn. Sie bebte am ganzen Körper. »Und genau so ist das zwischen Mamis und Papis. Wenn sie über eine Sache anderer Meinung sind, heißt das noch lange nicht, daß sie sich nicht mehr liebhaben.«

Barbara erschien mit besorgter Miene in der Tür. »Ich muß in die Klinik«, sagte sie. »Amelie Coulton hat eben eine Totgeburt gehabt. Sie braucht mich.«

Craigs Verärgerung über seine Frau war plötzlich total verflogen. Sein Blick verriet Anteilnahme. »Kommst du damit auch klar? Soll ich mitkommen?«

Barbara schüttelte den Kopf. Sie war darauf vorbereitet – vor einer Woche hatte Warren Phillips sie informiert, daß es mit Amelies Schwangerschaft Komplikationen geben könnte. Er hatte Amelie einen Kaiserschnitt empfohlen; Amelie hatte abgelehnt. »Das geht schon gut«, hatte sie mit ihrer komischen Kleinmädchenstimme gesagt. »Der Herr wird für mich un' mein klein' Kind sorg'n. Ich möcht's normal kriegen.«

Barbara hatte Amelie betreut, seit die junge Frau vor sechs Monaten erstmals in ihrem Büro erschienen war und wissen wollte, ob sie auch ohne Geld einen Arzt haben könne. Und Barbara hatte im stillen gedacht, daß Amelie sicher nicht schwanger geworden wäre, wenn der Herrgott für sie Sorge getragen hätte. Doch inzwischen kannte sie Amelie gut genug, um ihre Gedanken für sich zu behalten. Denn Amelie mochte zwar erst achtzehn Jahre alt und mit einem Mann verheiratet sein, vor dem sie sich fürchtete, war aber willensstärker als die anderen

Frauen im Moor, die sich meist nicht einmal bis nach Villejeune trauten.

»Ich weiß, was passiert, wenn ich's Kind daheim krieg'«, hatte Amelie erklärt. »Dann wird's sterben wie die andern Babys. Un' ich will mein Baby behalten, Mrs. Sheffield.«

»Das wird Amelie schwer treffen«, bemerkte Barbara, als sie ihre Tasche holte und Craig und Jenny zum Abschied einen Kuß gab. »Ihr Mann hat sich nicht einmal die Mühe gemacht, sie in die Stadt zu bringen.«

Craigs Miene verdüsterte sich. »Ihr Mann? George Coulton?«

»Genau der. Wie ein Ehemann benimmt der sich nach meinen Informationen wirklich nicht.«

»Vielleicht ist er gar kein Ehemann mehr«, meinte Craig stirnrunzelnd »Tim Kitteridge hat gestern nacht eine Leiche aus dem Moor geholt. Tim meint, es könnte George Coulton sein.«

Barbara starrte ihren Mann entgeistert an. War Amelie das schon bekannt? Könnte diese Nachricht die Wehen ausgelöst haben? Aber ein Wort ging ihr nicht aus dem Sinn. »Tim *meint*?« wiederholte sie. »Soll das heißen, daß er nicht *weiß*, wer der Tote ist?«

Craig hob hilflos die Hand. »Anscheinend sah der Tote nicht wie Coulton aus. Einen Ausweis trug er nicht bei sich. Aber Coulton ist verschwunden, und laut Tim hat auch Amelie zugegeben, daß es George sein könnte.«

»Du großer Gott!« flüsterte Barbara. »Dann wäre Amelie außer ihrem Baby ja nichts geblieben!« Sie zwang sich zu einem traurigen Lächeln. »Da kann ich ihr noch so zureden – sie wird untröstlich sein.«

Barbara fuhr zur Klinik, wo die Nachtschwester sie direkt zu Amelie schickte. »Wie geht's ihr denn?« fragte Barbara.

Die Schwester machte eine Geste der Hilflosigkeit. »Den Umständen entsprechend.«

Schon auf dem Flug des Patiententrakts hörte Barbara das laute Schluchzen einer Frau. Sie rannte zum Krankenzimmer. Sie wußte ja nur zu gut, wie Amelie leiden mußte – sie hatte gleiches durchlitten.

»Amelie?« Sie sprach den Namen zärtlich aus. Die unglückliche Frau lag mit dem Gesicht zur Wand und gab keine Antwort. Sie zitterte am ganzen Körper. Barbara ließ sich auf dem Stuhl neben dem Bett nieder und legte Amelie die Hand auf die Schulter. »Amelie. Ich bin's. Barbara Sheffield.«

»G... geh'n Sie weg«, stöhnte Amelie.

»Amelie, ich möchte Ihnen doch nur helfen.«

Amelie wich vor Barbaras Berührung zurück. »Mir kann keiner helf'n«, schluchzte sie. »Mein Baby... ich will mein Baby!«

»Natürlich«, tröstete sie Barbara. »Ich verstehe Sie ja. Aber die Realität ist manchmal hart.«

Amelie drehte sich plötzlich um und starrte Barbara mit fiebrigen Augen an. »Warum darf ich ihn nich' hab'n?« flehte sie.

Es zerriß Barbara fast das Herz. Sie zog die junge Frau an sich. »Ach, Amelie, es tut mir ja so leid.«

»Sie woll'n mir's nich' bring'n«, schluchzte Amelie. »Wie soll ich für mein' Kleinen sorgen, wenn sie ihn mir nich' geb'n? Er braucht doch seine Mami!«

Barbara streichelte Amelies feuchtes, wirres Haar. »Es wird alles wieder gut, meine Liebe. Und für Ihren kleinen Sohn wird der Herrgott sorgen.«

Amelie verkrampfte sich. »Nein!« klagte sie. »Es is' weg'n mir! Sie woll'n mir's Baby nich' geb'n, weil sie mein', daß ich keine gute Mutter wär'!«

Barbara traten die Tränen in die Augen. Es war ihr ja selbst so ergangen – sie hatte es einfach nicht glauben, nicht wahrhaben wollen. Es konnte doch nicht tot sein, das kleine Mädchen, auf das sie sich gefreut hatte vom ersten Moment der Schwangerschaft. Sie hatte die Tatsache nicht einmal akzeptieren wollen, als Craig ihr erklärt hatte, daß die Nabelschnur sich um den Hals der Kleinen gewickelt und sie noch vor dem ersten Atemzug erstickt hatte.

»Nein, Amelie«, sagte Barbara. »Das hat mit Ihnen nichts zu tun. Das ist von allein so gekommen. Aber ich kann Ihre Reaktion verstehen. Wirklich.«

Amelie entzog sich ihr verzweifelt. »Nein«, stöhnte sie, »das könn' Sie nich'. Das kann keine Frau versteh'n, die's nich' selber erlebt hat.«

Barbara atmete schwer; bei der Erinnerung an das eigene Leid vor sechzehn Jahren wurden ihre Augen feucht. »Ich habe es selber erlebt«, sagte sie leise. »Ich will auch gar nicht behaupten, daß Sie es je vergessen werden. Auch ich habe mein Baby verloren, bevor ich es in den Armen gehalten habe. Ich habe damals selbst sterben wollen. An den Tod meiner kleinen Tochter muß ich heute noch täglich denken. Ich frage mich, wie sie heute wohl aussehen würde, und stelle mir all die Dinge vor, die wir gemeinsam erleben könnten.«

Amelie kniff mißtrauisch die Augen zusammen. »Sie lüg'n mich an, Miz Sheffield«, sagte sie. »Ihr Baby is' nich' gestorb'n. Sie hab'n ein' Jungen von sechzehn, un' ein klein' Mädchen von sieben. Das hab'n Sie mir letzte Woch' selbst erzählt.«

Barbara nickte. »Das stimmt, Amelie«, sagte sie. »Aber Michael ist nicht das Baby, das in jener Nacht geboren wurde. Als ich nach dem Tod meines kleinen Mädchens auch selbst nicht mehr leben wollte, da hat mir Dr. Phillips den Michael gebracht. Er war erst zwei Wochen alt. Eine Woche älter als mein Mädchen. Seine Mutter wollte ihn nicht haben, da hat Dr. Phillips ihn zu mir gebracht. Ich hatte ihn zuerst gar nicht annehmen wollen. Doch als ich ihn in den Armen hielt, da habe ich gewußt, ich brauche ihn, genauso wie er mich braucht. Und langsam kam ich über meinen Schmerz hinweg. Aber vorher, bevor ich

Michael hatte, in der ersten Woche, da habe ich nicht mehr leben wollen. Da habe ich mich genauso gefühlt, wie sie jetzt.«

Amelie zitterte. Barbara spürte, wie Amelie die Kontrolle über sich verlor. Aber dann fiel sie plötzlich still in den Kissen zusammen und bedeckte ihr Gesicht mit den Händen. »Aber für mich wird's nich' so kommen«, schluchzte sie.

Barbara schüttelte den Kopf. »Das können Sie nicht wissen, Amelie.«

Amelie ließ die andere Hand auf ihren Schoß sinken und sah Barbara mit tiefliegenden Augen voll Schmerz und Hoffnungslosigkeit an. »Es wird nich' so kommen«, sagte sie. »Sie sind eine gute Frau, Miz Sheffield. Aber sie dürf'n mich nich' anlügen. Ich bin nich' gebildet, aber ich bin nich' dumm. Einer wie mir wird keiner 'n Baby schenken. Ich hab' keine Arbeit und hab' kein' Mann mehr und wohn' in ei'm Schuppen im Moor. Frau'n wie mir schenkt man keine Babys. Und der Herr hat's gewußt. Deshalb hat er mir den Kleinen genommen. Sogar Gott kann mich nich' 'brauchen.«

Barbara blieb eine Stunde lang bei Amelie, um sie nach besten Kräften zu trösten, doch Amelie hatte recht. Für sie würde kein Wunder geschehen, ihr würde kein goldblondes Baby in den Arm gelegt werden an Stelle des Kindes, das sie verloren hatte. Barbara war allerdings überzeugt, daß die Zeit auch Amelies Leid einmal heilen würde.

Von der Geburt und dem Leid erschöpft, schien Amelie schließlich einzuschlafen. Barbara dämpfte das Licht und verließ den Raum. Kaum war sie gegangen, schlug Amelie die Augen wieder auf.

»Er is' nich' tot«, flüsterte sie in der Stille des leeren Zimmers. »Ich würd' doch wissen, wenn er tot wär'.«

Sie war aus tiefster Seele überzeugt, daß ihr Sohn noch lebte.

9

Kelly saß mit den Eltern und dem Großvater im Wohnzimmer. Der Fernseher lief; sie sah aber nicht hin. Sie schaute aus dem Fenster; die beginnende Dämmerung faszinierte sie. Vor einer halben Stunde war die Sonne untergegangen; nun begann es im Zwielicht zu dunkeln. Die Laute aus dem Moor jenseits des Kanals wurden lauter; durch die offene Tür drang ein schwerer Duft von Jasmin. Die warme Abendluft war so still, daß Kelly ersticken zu müssen glaubte, wenn sie im Haus bliebe.

Sie dachte an Michael.

Sie war fest überzeugt: Er würde kommen heute abend.

Warum sie davon so überzeugt war, wußte sie nicht – auf ihren Vorschlag am Nachmittag hatte er undeutlich vor sich hingemurmelt und war davongesaust.

Trotzdem: Er *würde* kommen.

Aber sie wollte vermeiden, daß ihr Vater Michael ausfragte, als wäre er irgendein Primitivling, der sie möglicherweise vergewaltigen könnte.

Und ihr Vater sollte ihn auch nicht nach ihren Plänen und Zielen aushorchen können.

Sie erhob sich vom Sofa und reckte sich. »Ich geh auf mein Zimmer«, sagte sie, einfach so.

Ihr Vater hob nicht einmal die Augen vom Fernseher, als er fragte: »So früh? Der Film hat doch erst angefangen.«

»Er gefällt mir nicht besonders«, meinte Kelly. »Ich höre mir oben Musik an und lese.« Sie gab den Eltern einen Gutenachtkuß und eilte die Treppe hoch. In den nächsten paar Stunden würde niemand auf die Idee kommen, nach ihr zu schauen – und anschließend würde man annehmen, daß sie bereits eingeschlafen sei.

Auf ihrem Zimmer zog sie die Decke vom Bett, schob ein paar Kissen unter die Laken und überprüfte die optische Wirkung von der Tür aus. Ohne Licht mußte man den Eindruck gewinnen, sie läge schlafend im Bett. Sie machte das Licht aus und verließ das Haus durch die Tür zur Außentreppe. Sie nahm die Stufen leise und vorsichtig; da die Stufen neu und solide gebaut waren, gab es kein Knarren, das sie hätte verraten können. Kelly lief zum Kanal, wandte sich nach rechts; ein paar Schritte vom Haus ihres Großvaters entfernt ließ sie sich auf einer Bank nieder.

Ein Mückenschwarm schwebte über dem Wasser des Kanals, aus dem kleine Fische in die Luft sprangen, um nach den Insekten zu schnappen; der Wasserspiegel bildete stets neue gekräuselte Muster. Vom Himmel ließ sich ein Vogel ins Wasser herabfallen, um mit einem Fisch im Schnabel wieder emporzutauchen. Ein zweiter Vogel, noch einer – schließlich nährte sich eine ganze Vogelschar an den Fischen, die sich von den Mücken genährt hatten. Kelly sah fasziniert zu, bis wie auf ein geheimes Signal alle Vögel auf einmal entschwirrten. Doch so angestrengt Kelly auch in die Wildnis jenseits des Kanals spähte, sie bemerkte nichts, was die Vögel aufgescheucht haben könnte.

Dann hörte sie ein leises Puckern, welches das Gesurr der Frösche und Insekten übertönte.

Ein Boot bog um die Kurve. Kelly wußte instinktiv, wer sich ihr näherte. Sie stand auf und trat ans Ufer. Das Boot glitt heran. Michael stand im Heck und schaute sie erstaunt an.

»Wieso hast du gewußt, daß ich kommen würde?« wollte er wissen, als sie in sein Boot stieg und sich auf die Bank in der Mitte setzte.

Kelly zuckte mit den Schultern. »Ich weiß nicht. Mir war einfach so. Passiert dir das nie? Daß du vorher weißt, was als nächstes kommt?«

Michael runzelte die Stirn. »Ich habe es doch selbst nicht gewußt, bis ich aus dem Haus war.« Er überlegte kurz. »Zu Hause hat es Streit gegeben.«

Und Kelly verstand sofort, daß der Streit sie betraf, weil Michael nämlich ganz verlegen wegschaute. Sie wartete. Er drehte das Boot schweigend in die Richtung, aus der er gekommen war.

Während sie auf dem Kanal langsam dahintrieben, wurde es dunkel. Kelly hatte aber keine Angst. Links vor ihnen bog ein schmaler Wasserarm ab, und wieder wußte Kelly schon vorher, daß sie in diesen Kanal einbiegen würden. Und als sie unter Bäumen durch die Bayous glitten, spürte Kelly in sich eine Veränderung.

Was sie in Atlanta so beunruhigt hatte – das Bewußtsein, nirgends hinzugehören – war verschwunden. Das Moor kam ihr wie ihre eigentliche Heimat vor.

Der Bayou, der nicht einmal einen Meter breiter war als das Boot, kroch zwischen zwei Inseln dahin, um sich dann zu gabeln.

Und auch diesmal wußte Kelly im voraus, wohin Michael das Boot steuern würde.

Sie schienen wie von einer unsichtbaren Kraft geleitet.

Als sie sich in den Verzweigungen der Bayous tief in das Sumpfgebiet hineinbewegten, wurde Kelly sich erneut des fast unhörbaren Sirenengesangs der vorhergehenden Nacht bewußt. Sie drehte sich nach Michael um. Trotz der Finsternis im Moor erkannte sie ihn klar und deutlich.

Er hatte die Augen ausdruckslos auf sie gerichtet, sah jedoch gar nicht sie an. Es kam ihr vor, als ob er durch sie hindurchsähe. Er stellte den Motor ab und nahm die Ruder aus dem Bauch des Boots. Sie bewegten sich zur Musik aus dem Moor durch sonst absolute Stille.

Die unwirklichen Töne des sublimen Lieds berührten Kelly im Innersten, und sie antwortete dem Ruf, überließ sich der überirdischen Musik und wurde von innerem Frieden erfüllt.

Sie waren nicht mehr allein.

Sie waren umgeben von anderen Booten, Schattenformen, die am Rande von Kellys Gesichtskreis trieben. Sie hatte keine Ahnung, wie viele Boote es sein mochten; das spielte auch gar keine Rolle, denn in jedem Boot saß jemand, der so wie sie dem sanften Ruf der Musik folgte.

Das Schimmern eines Lichtscheins war zunächst kaum wahrnehmbar, bis es wie ein Leuchtfeuer durch das Dunkel drang und Kelly die Wärme trotz der Entfernung auf ihrem Gesicht zu spüren meinte. Sie fühlte sich von dem Schein angezogen wie eine Motte vom Licht; je näher sie kamen, um so mehr wuchs die Erwartung, daß in dieser Nacht Besonderes geschehen würde: In dieser Nacht würde sie endlich erfahren, wer sie eigentlich war und worin ihr Anderssein bestand.

Sie brauchte keine Anweisung, als das Boot das Ufer erreichte. Sie stieg aus. Sie band das Boot an einen tief herunterhängenden Ast. Vor ihnen waren bereits andere Boote eingetroffen, rund um die Insel, und Kelly spürte die Anwesenheit weiterer Menschen, die dem Locken des Feuerscheins gefolgt waren.

Die Musik war jetzt eindringlicher als zuvor; ein leises Trommeln erfüllte die Luft, als Untermalung einer hohen, singenden Stimme.

Kelly und Michael gingen in einer immer größeren, engeren Gruppe dem Signal entgegen.

Clarey Lambert fühlte die Kinder näherkommen. Kurz nach Anbruch der Dämmerung hatte sie sich zur Vorbereitung der Zeremonie auf den Weg gemacht zu der tief in den Sümpfen verborgenen Insel, wo vor vielen, vielen Jahren alles begonnen hatte.

In der vergangenen Nacht war George Coulton gestorben.

In dieser Nacht sollte ein neues Kind in den Kreis aufgenommen werden.

Die Vorbereitungen für die Feierlichkeit waren praktisch beendet. Der Altar war gerichtet; nur die Kerzen mußten noch angezündet werden.

Der Schwarze Mann befand sich ganz in der Nähe.

Clarey konzentrierte sich völlig auf den Ruf, den sie vor einer Stunde ausgesandt hatte, den Ruf, den nur die Kinder vernehmen konnten, den Ruf, der die Kinder in den Zirkel lockte.

Eines Tages würde auch sie sterben. Was würde der Schwarze Mann ohne sie tun? Würde, wie er immer behauptet hatte, ohne sie tatsächlich alles zu Ende sein?

Sie bezweifelte es.

Nein, er würde jemanden suchen, der an ihrer Stelle das Gewand tragen und die Kinder rufen müßte.

Die Nachfolgerin würde die Kinder aber nicht lieben.

Clarey liebte die Kinder. Wenn ein neues Kind in den Zirkel aufgenommen wurde, starb jedesmal ein Teil ihrer selbst. Dennoch lebte sie weiter. Sie hatte die Hoffnung nie aufgegeben, den Kreis aufzubrechen. Sie suchte noch immer nach einer Möglichkeit, den Schwarzen Mann zu vernichten und die Kinder von seinem Einfluß zu befreien.

Sie wurde aufmerksam. In der Lichtung, wo die Kinder sich versammelten, spürte sie eine ungewohnte Präsenz.

Clarey hatte ihr Bewußtsein vor Jahren auf jedes einzelne Kind eingestimmt, so daß sie seinen Aufenthaltsort jederzeit erfuhr. Es gab nur zwei Ausnahmen – die beiden Kinder, die der Schwarze Mann vor sechzehn Jahren aus dem Moor freigegeben hatte. Es handelte sich um ein Experiment. Der Schwarze Mann hatte beobachten wollen, wie sie sich außerhalb des Zirkels entwickelten. Das Mädchen war in die Ferne geschickt worden; der Junge lebte nahebei.

Auch dafür kannte Clarey Lambert den Grund.

An Michael Sheffield wollte der Schwarze Mann die Reichweite des Rufsignals studieren. Clarey hatte bemerkt, wie er bei allen Zeremonien nach Michael suchte; doch bisher war Michael nie zur Versammlung des Zirkels erschienen.

Clarey hatte ihn manchmal auf seiner Suche nach dieser Insel erahnt. Er hatte die Insel aber nie gefunden, weil Clarey ihn nie gerufen oder hergeführt hatte.

Nun aber war das Mädchen zurückgekehrt. Heute waren die beiden sich begegnet. Gemeinsam hatten sie den Ruf dieser Nacht vernommen und geantwortet. Im Schutz der Bäume sah Clarey die beiden inmitten der anderen Kinder warten und empfand furchtbare Angst.

Das kleine Feuer inmitten der Lichtung brannte hell. Die Flammen flackerten gegen das Dunkel an und beleuchteten den Altar. Vom feuchten Holz sprühten Funken zum Halbkreis der umstehenden Kinder hinüber – reglos und schweigend standen dort fünfundzwanzig Kinder im Alter zwischen vier und zwanzig Jahren, in zerrissener Kleidung, die vor ihnen andere Kinder getragen hatten, mit Gesichtern, die sich in gewisser Weise glichen.

Es waren die schmalen Gesichter der Sumpfratten mit strähnigem, ungepflegtem Haar.

Und es waren hagere Kinder; ihre mageren Körper zeugten von der Armut, in der sie lebten, und obwohl ihre Augen den Feuerschein reflektierten, wirkten sie trübe und dumpf.

Sie wirkten sehr alt, weniger durch eine Kraftlosigkeit der körperlichen Haltung – die meisten hielten sich aufrecht –, als des Geistes.

Kelly und Michael standen an einem Ende des Halbkreises nebeneinander. Des Kontrasts, den sie zu den übrigen bildeten, waren sie selbst sich nicht bewußt, da sie ganz im Bann des hypnotischen Lockrufs von Clarey standen. Sie spürten bloß, daß sie hierhergehörten, daß etwas sie mit den übrigen Kindern verband, die sie nie zuvor gesehen hatten.

Sie wußten nicht, worauf sie warteten, wohl aber, daß es auch sie anging.

Hinter dem Altar bewegte sich plötzlich etwas. Aus den Schatten der Bäume trat eine Gestalt, gekleidet in scharlachrote Gewänder mit Stickereien in Gold und Silber. Sie blieb stehen, heftete ihren Blick auf die Kinder und hob die weit ausgebreiteten Arme.

Clarey Lamberts Stimme ertönte. Nicht die gewöhnliche, schwache, heisere Stimme – ihre Stimme erklang mit der hellen Klarheit einer jungen Frau in der Blüte ihres Lebens: »Sind meine Kinder versammelt?«

»Wir sind da«, antwortete es einstimmig.

Clarey drehte sich zum Altar und ließ die Arme sinken. Sie zündete die Kerzen an, langsam, eine nach der andern, und jede Kerze beleuchtete eine Puppe. Es waren handgefertigte Puppen mit individuellen Gesichtern, und doch waren auch ihre Gesichter irgendwie ähnlich; die Augen glitzerten im Kerzenlicht.

Clarey wandte sich an die versammelten Kinder.

»Er ist bei uns«, sagte sie. Die Worte kamen ihr von den Lippen wie ein intoniertes Gebet.

»Er kommt, um uns zu segnen«, antworteten die Kinder wie mit einer Stimme.

Die schwarzgewandete Gestalt trat voll unter den Bäumen hervor und blieb kurz vor dem Altar stehen, bevor sie sich der Versammlung zukehrte.

Das Gesicht des Schwarzen Mannes war – wie der ganze Körper – schwarz verhüllt, doch aus zwei Löchern in der Kapuze, die sein Gesicht maskierte, glühten seine Augen im Feuerschein.

Die Augen des Schwarzen Mannes wanderten von Kind zu Kind, bis sie auf Michael und Kelly ruhten.

»Meine Kinder kehren heim«, sagte er mit in der klammen Dunkelheit gut vernehmbarer Stimme, und er kam vom Altar quer über die Lichtung, ohne Michael und Kelly auch nur einen Moment lang aus den Augen zu lassen.

Sie traten nicht vor, wichen aber auch nicht zurück. Wie aus Stein gemeißelt standen sie da, den Blick ruhig und fest auf die schwarze Gesichtsmaske gerichtet. Etwa einen Meter vor ihnen blieb der Schwarze Mann stehen. Er öffnete die Arme.

»Kommt«, sprach er. »Ihr habt mir gefehlt.«

Er nahm sie bei den Händen und führte sie zum Altar. »Ihr habt eine Gabe zu geben«, sagte er mit sonorer Stimme. »Warum habt ihr sie zurückgehalten?«

Unwillkürlich formten sich Worte in den Kehlen von Michael und Kelly.

»Wir waren verloren«, sagten sie. »Nun haben wir heimgefunden.«

Er legte je eine Hand auf beider Schultern und drehte sie mit dem Gesicht zu sich. Und diesmal senkte er seine Stimme, so daß nur sie ihn zu hören vermochten. Er sprach rhythmisch und sanft, beruhigend, mit einer Melodik, die sie in einen hypnotischen Schlaf versetzte, und als sie die letzte Regung ihres eigenen Willens aufgegeben hatten, befahl er ihnen, sich vor dem Altar auf den Boden zu legen.

Michael näherte er sich zuerst.

Er zog eine lange Nadel aus seinem Gewand. Als Michael sein Hemd aufknöpfte und die Brust freimachte, fixierte der Schwarze Mann die winzige, kaum sichtbare Narbe, die sich seit dem Tag der Geburt dort befand. Er lächelte voller Befriedigung, bevor er Michaels Augen fixierte. »Hast du Angst?«

»Nein.«

»Wirst du Schmerz spüren?«

»Nein.«

»Gibst du deine Gabe freiwillig und gern?«

»Ich gebe sie gern.«

Da senkte der Schwarze Mann langsam die Nadel, stieß sie tief in Michaels Brust und begann den Sauger behutsam nach oben zu ziehen.

Aus Michaels Körper floß ein einziger Tropfen trüber Flüssigkeit in die Kammer der Impfnadel.

Danach wandte der Schwarze Mann sich Kelly zu, knöpfte ihr die Bluse auf, machte ihre Brust frei und wiederholte das Ritual. Zum Schluß stellte er sich mit den beiden hocherhobenen Impfnadeln vor den Altar.

»Jugend«, intonierte er. »Jugend, großherzig gespendet.«

Nachdem er die Nadeln auf den Altar gelegt und mit einem Tuch verdeckt hatte, drehte er sich wieder zu den beiden Kindern um. »Erhebt euch«, befahl er. »Gesellt euch zu euren Brüdern und Schwestern.«

Kelly und Michael standen vom Boden auf und fügten sich wieder in den Halbkreis hinter dem Feuer ein.

Jonas Cox stand neben Loretta Jagger. Sein Arm lag auf ihrer Schulter; sie wiegte ein Kind an ihrer Brust. Schweigend beobachtete er die Zeremonie, in der Kelly Anderson und Michael Sheffield dem Schwarzen Mann ihre Gabe schenkten. Dann käme er an die Reihe – er und Loretta Jagger, und er wußte auch, daß ihrer beider Gabe viel wertvoller war als die von Kelly und Michael. Babys schätzte der Schwarze Mann über alles. Jonas und Loretta hatten selbst noch kein Kind gezeugt. Trotzdem war ihnen die Ehre zuteil geworden, dem Schwarzen Mann das Baby zu präsentieren, das in Lorettas Armen lag.

Vielleicht dürften sie dieses Baby sogar behalten und in der Hütte aufziehen, die sie nach dem Tode seines Großvaters im vergangenen Jahr bezogen hatten. Sie waren noch nicht verheiratet, doch sobald Loretta schwanger wäre, würde der Schwarze Mann sie hier auf der Insel vor dem Altar des Zirkels vermählen.

Aber nicht vorher – der Schwarze Mann erlaubte seinen Kindern die Heirat erst, wenn sie ihren Glauben an ihn durch die Zeugung eines Kindes bewiesen und es ihm in der Nacht nach der Geburt präsentiert hatten.

Das war auch der Grund – Jonas wußte es genau –, warum George Coulton aus dem Zirkel entlassen worden war. Jonas glaubte auch jetzt noch nicht, daß George gestern gestorben war; er glaubte nämlich, wie alle Kinder des Schwarzen Mannes, in die Finsternis des Todes geboren zu sein und nur im Dienst und Gehorsam für den Schwarzen Mann leben zu können.

Für das Baby in Lorettas Armen stand der Beginn der langen Reise zum Leben bevor. In dieser Nacht würde es in den Zirkel aufgenommen, danach würde der Schwarze Mann sich persönlich seiner annehmen und es während der ersten Monate pflegen und anschließend einer der Frauen im Zirkel anvertrauen, die es in dem Glauben aufziehen müßte, daß es ein besonderes Kind war, das mit den Kindern außerhalb des Zirkels nichts gemein hatte.

Und wenn Jonas vollkommenen Gehorsam bewiese – und bisher hatte Jonas stets totalen Gehorsam geleistet – und weitere Babys für den Schwarzen Mann zeugte – was Jonas vorhatte –, dann würde er eines Tages vom Zirkel freigegeben und zu den großen Männern gehören – einige waren Jonas schon bekannt –, die nicht wie Sumpfratten lebten. Und wenn die Zeit reif war und er sich als würdig erwiese, würde auch ihm die Gabe des Zirkels zugute kommen.

Wenn er sich aber nicht als würdig erweisen sollte, wenn er dem Schwarzen Mann nicht Gehorsam leistete ... Für den Bruchteil einer Sekunde schoß Jonas das Bild George Coultons durch den Sinn.

Er wurde in seinen Gedanken unterbrochen, weil er seinen Namen hörte. Gemeinsam mit Loretta trat er aus dem Halbkreis auf den Altar zu, wo der Schwarze Mann sie beide erwartete. Jonas Cox nahm Loretta das Baby aus dem Arm und legte es in die Arme des Schwarze Mannes, der sich zum Altar umdrehte und das Baby emporhob.

»Jonas Cox und Loretta Jagger bieten diesen Jungen dar. Nehmt ihr ihn in eure Mitte auf?«

»Wir nehmen ihn auf«, antworteten die Kinder einstimmig.

Der Schwarze Mann legte das Baby auf den Altar und wickelte es aus der Decke, die es umhüllte. Es lag nackt im Kerzenschein, streckte die winzigen Händchen aus und blinzelte in das Flackern der Flammen.

Und wiederum griff der Schwarze Mann in sein Gewand, und als die wartenden Kinder seine Hand wieder sehen konnten, hielt er ein reich verziertes Instrument mit einem Griff aus Elfenbein, aus dem eine glänzende Nadel ragte.

Der Schwarze Mann hielt das Instrument in die Höhe, ließ es über der Brust des Kindes schweben, bis er unter dem anhaltenden Schweigen des Kreises die Nadel plötzlich senkte.

Als die Nadelspitze ihm durch die Haut stach und ins Brustbein drang, stieß das Kind einen Schrei aus, der erstarb, als die Nadel ihr Ziel erreichte. Obwohl das Kind körperlich unbeschädigt blieb, wurde ihm die Seele genommen.

Als der Schrei des Kindes in einem langen Seufzer endete, schraubte der Schwarze Mann den Elfenbeingriff von der Nadel ab. Er hielt das Baby hoch. »Seht hier euren Bruder«, sagte er zu den umstehenden Kindern. »Nehmt euch seiner an, so wie ich mich eurer angenommen habe.«

Amelie Coulton wachte im Zimmer der Klinik mit einem Schrei auf. Sie hatte im Traum ihr Baby gesehen.

Und ihr Kleiner war nicht tot.

Er hatte Schmerzen. Er brauchte sie.

10

»Wenn ich nur wüßte, was ich tun soll!« sagte Mary Anderson am nächsten Morgen im Badezimmer zu Ted. Sie stand vor dem Waschbecken und prüfte kritisch das eigene Spiegelbild. »Ich bin bestimmt erst nach drei Uhr eingeschlafen.« Der fehlende Schlaf war ihr anzusehen – die tiefen Ringe unter den Augen, die schlaff wirkende Haut unter dem Kinn. Ted schaute Mary bei ihrer Musterung belustigt zu. »Tut mir leid«, sagte Mary. »Aber es ist nicht leicht, nachts aus Sorge um die Tochter wachzuliegen und beim Morgengrauen aufzustehen, um dem Ehemann sein Frühstück zu bereiten. Das macht ein Mädchen alt.«

»Aber nicht weniger attraktiv«, meinte Ted und versuchte sie launisch zu zwicken. Das Lächeln verschwand. »Vielleicht hätten wir gleich mit Kelly reden sollen.«

Mary zog die Brauen hoch. »In dem Punkt muß ich deinem Vater rechtgeben. Du weißt ganz genau, wie sie reagieren kann, und einen Wutausbruch wollte ich nicht provozieren. Dann hätt' ich überhaupt keinen Schlaf mehr gekriegt.«

»Soll ich heute morgen mit ihr reden?«

Mary zögerte. Noch vor einem Monat hätte sie die Frage bejaht; nun war sie unsicher. Wenn Kelly auf den Gedanken käme, daß sie beobachtet wurde? War denn eine Mutter nicht verpflichtet, sich um die Tochter zu sorgen? Nach Kellys Selbstmordversuch hatte Mary gemeint, das Schlimmste sei vorbei; auch in dem Punkt war sie sich nicht mehr so sicher.

Einen Monat lang hatte sie Kelly wie ein rohes Ei behandelt, alles getan, damit Kelly sich wohl fühlte und nicht wieder aus der Bahn geworfen wurde. Falls Kelly annähme, sie stünde unter Aufsicht...

Mary wurde wütend. Warum sollten sie Kelly denn nicht beobachten? Sie machten sich Sorgen um sie. Kelly hatte sie in der vergangenen Nacht nicht vorher informiert, sondern sich heimlich aus dem Haus geschlichen.

Ohne den Ventilator wäre Mary wohl nie dahintergekommen. Auf dem Weg ins Bett hatte sie – nur für den Fall, daß Kelly noch nicht schlief – zum Gutenachtsagen den Kopf durch die Tür gesteckt und Kelly im schwachen Mondlicht in tiefem Schlummer gesehen. Mary wollte die Tür schon wieder zuziehen, als ihr die stickige Luft im Zimmer auffiel.

Das Fenster war weit geöffnet, doch in der warmen Nacht hatte sich kein Lüftchen geregt. Mary hatte deshalb den Ventilator einschalten wollen, doch versehentlich den Lichtschalter erwischt und dann sofort erkannt, daß Kelly ihre Anwesenheit nur durch Kissen unter der Decke vorgetäuscht hatte.

Ted hatte gleich die Polizei verständigen wollen. Carl war hart geblieben: man sollte auf Kellys Rückkehr warten. »Wie müßte ihr zumute sein, wenn ihr die Bullen auf sie hetzt? Außerdem sind wir hier nicht in Atlanta. In Villejeune kann ihr nicht viel zustoßen.« Carl hatte schließlich einen Kompromiß vorgeschlagen. »Wir haben jetzt kurz nach elf. Laßt uns bis Mitternacht warten! Wenn sie bis dann nicht zurück ist, werden wir uns die nächsten Schritte überlegen.«

Mary hatte nur widerstrebend zugestimmt; sie war überzeugt, daß man das Unvermeidliche nur um eine Stunde hinausschöbe. Doch kurz vor Mitternacht hatten sie auf der Außentreppe zu Kellys Zimmer plötzlich Schritte vernommen. »Siehst du?« Carl hatte ihr zugelächelt. »Es bestand doch wirklich kein Anlaß zur Sorge!«

Die Bemerkung hatte Mary hinterher zu schaffen gemacht. Was sollte das heißen – ›kein Anlaß zur Sorge‹? Kelly war fast vier Stunden lang fortgewesen; sie hatten weder gewußt, wo Kelly sich aufhielt, noch was sie machte. Und Mary hatte deshalb fast die ganze Nacht kaum geschlafen.

Sie faßte einen Beschluß. »Wir werden gemeinsam mit ihr reden«, schlug sie Ted vor. »Wir werden ihr klarmachen, daß wir sicherlich nichts dagegen haben, wenn sie ausgeht, aber wissen möchten, wohin und mit wem sie geht.« Was uns Kellys berühmten kritischen Blick einbringen wird und den Vorwurf, ihre Privatsphäre zu verletzen, dachte Mary insgeheim, und da hatte Kelly vielleicht sogar recht. Mary klatschte sich zum Wachwerden kaltes Wasser ins Gesicht. Seit ihrer eigenen Mädchenzeit hatte sich vieles geändert.

Viele Eltern ignorierten das einfach. Dazu war Mary nicht fähig.

Als sie wenige Minuten später nach unten ging, hatte Carl bereits gefrühstückt. »Entschuldigung«, sagte Mary, »aber ich habe nicht gut geschlafen.«

Carl zuckte, ohne von der Zeitung aufzublicken, mit den Schultern. »Kein Problem! Ich bin gewohnt, für mich selbst zu sorgen.« Die Zeitung legte er erst beiseite, als Kelly nach unten kam. »Da ist ja mein Engelchen!« strahlte er, wurde jedoch angesichts ihrer Blässe besorgt. »Kelly?« fragte er. »Ist etwas nicht in Ordnung?«

Bei der Veränderung in Carls Stimme drehte Mary sich abrupt um. Kelly war angezogen wie immer, mit schwarzem Rollkragenpullover und abgetragenen Jeans; an den Ohren baumelte ein Gehänge, das Kelly wahrscheinlich nur zur Verärgerung der Eltern trug. Sie schien ein Makeup aufgetragen zu haben, das ihr Gesicht teigig machte. Ihre Augen wirkten glasig. Sie erweckte den Eindruck, als wüßte sie nicht, wo sie sich befand.

Drogen!

Mary ließ den Gedanken gleich wieder fallen. Während der letzten Wochen hatte sie viel über Kelly erfahren; mit Drogen hatte Kelly nie etwas zu tun gehabt. »Was ist mit dir, Kelly?« fragte Mary.

Kelly setzte eine trotzige Miene auf und schüttelte den Kopf, als sie am Tisch Platz nahm. »Ich... ich fühle mich einfach nicht wohl. Ich habe nicht gut geschlafen.«

»Vielleicht hättest du besser geschlafen, wenn du vor Mitternacht im Bett gewesen wärst.« Mary bereute die Worte sofort. Sie erwartete, daß Kelly vor Wut platzte, doch da erlebte sie eine Überraschung.

»Mitternacht?« fragte Kelly. »Wir sind doch nicht...«

»Wir?« Marys Stimme war trotz aller guten Vorsätze wie eine Peitsche. »Mit wem warst du zusammen?«

Kelly lief rot an. »Mit einem Jungen... Ich habe ihn gestern kennengelernt.«

»Von einem Rendezvous hast du uns gestern nichts gesagt.« Es klang ungewollt schroff. »Du hast nur gesagt...«

»...daß ich zu Bett gehen wollte!« gab Kelly zurück. »Und dann bin ich eben nicht schlafen gegangen. Ich habe meine Meinung geändert und bin spazierengegangen. Was ist daran so besonders? Und eine Verabredung habe ich übrigens auch nicht gehabt!«

Carl Anderson mischte sich gewichtig ein. »Nun mal langsam, junge Frau«, meinte er. »Du hast keinen Grund, mit deiner Mutter in einem solchen Ton zu reden. Und ein Rendezvous hast du doch gehabt. Also – mit wem?«

Kelly warf ihrem Großvater einen bösen Blick zu. »Mit Michael Sheffield. Okay? Sein Vater ist dein Rechtsanwalt.« Sie griff ihre Mutter an. »Aber ich war nicht mit ihm verabredet. Ich hatte nur irgendwie damit gerechnet, daß er vielleicht vorbeikäme. Und er kam tatsächlich. Da bin ich ein bißchen mit ihm spazierengegangen. Ich bin sechzehn, Mutter. Ich kann ausgehen, wann ich will.«

Marys gute Vorsätze, das Gespräch mit Ruhe und Vernunft zu führen, begannen zu bröckeln. »Hättest du uns vorher nicht fragen können?« wollte sie wissen.

Kelly war aufgestanden. »Hättet ihr mich denn gehen lassen?« erwiderte sie. »Und was ist eigentlich vorgefallen? Ich bin mit Michael aus gewesen und habe das Gefühl für die Zeit verloren! Warum könnt ihr mich nicht einmal in Frieden lassen?« Sie stürmte auf den Patio hinaus und verschwand um die Ecke des Hauses.

Als Ted in die Küche trat, wollte Carl Kelly folgen, doch Mary hielt ihn zurück. »Laß!« sagte sie. »In dem Zustand läßt sie nicht mit sich reden.« Sie zwang sich zu einem dünnen Lächeln. »Meine schönen guten Vorsätze!« meinte sie. »Ich habe Kelly wegen gestern nacht Fragen gestellt; da ist sie durchgedreht.«

Ted setzte ein grimmiges Gesicht auf. »Wie sollen wir ihr unsere Liebe beweisen, wenn man nicht mal mit ihr reden kann, verdammt noch mal?«

Mary fiel am Frühstückstisch in sich zusammen. »Ich weiß einfach nicht weiter«, seufzte sie.

»Ich schon«, antwortete Ted düster. »Nach der Arbeit werde ich heut abend ein Wörtchen mit Kelly reden. Ich werde ihr die Regeln klarmachen, an die sie sich zu halten hat! Und falls sie nicht...«

»Was dann?« unterbrach ihn Mary mit tränenfeuchten Augen. »Sie hat sich noch nie an unsere Regeln gehalten, Ted! Wieso meinst du, daß sie es jetzt...« Sie vergrub ihr Gesicht mit leisem Schluchzen in den Händen. »Hier in Villejeune sollte alles besser werden«, klagte sie. »Das war der Grund für unseren Umzug. Nichts hat sich geändert! Weil *wir* uns nicht geändert haben! Genausowenig wie Kelly! Ich halte es einfach nicht mehr aus!«

Ted und Carl blickten hilflos drein.

Es war Carl, der den Faden schließlich wieder aufnahm.

»Michael Sheffield ist kein schlechter Junge«, sagte er. »Er ist ein komischer Einzelgänger, aber er hat nie Ärger verursacht. In seiner Gesellschaft ist Kelly gut aufgehoben.«

Mary trocknete sich die Augen. »Ist das deine ehrliche Meinung, Carl?« fragte sie.

Ihr Schwiegervater nickte.

»Wenn ich nur deinen Optimismus besäße! Meiner Meinung nach müßte Craig Sheffield sich dann wegen des Umgangs seines Sohnes mit meiner Tochter Sorgen machen.«

Carls Miene verfinsterte sich. »Das darf doch wohl nicht wahr sein, Mary!« schimpfte er. »Wie kannst du nur so etwas Furchtbares über dein Mädchen sagen!«

Mary nickte ganz elend. »Sie ist eben nicht mein Mädchen, nicht wahr?« fragte sie am Boden zerstört. »Sie ist eine Fremde, die zufällig bei mir wohnt. Ich kenne sie kaum. Ich habe sie nie wirklich gekannt!«

Als Carl zwei Stunden später zusammen mit Ted einen Bau der *Villejeune Golfplätze Grundstücke* inspizierte, blieb er auf der provisorischen Treppe zum zweiten Stock keuchend stehen. Ted blickte vom Absatz zu ihm hinunter. »Vater? Alles okay?«

Carl atmete tief durch, nickte und stieg weiter nach oben. Doch die Beine wurden ihm schwer; oben mußte er sich hinsetzen. »Das Alter«, sagte er. »Gib mir nur eine Minute Pause. Dann wird's schon wieder werden.«

Ted sah den Vater prüfend an. Carl war blaß geworden; da lagen Falten um die Augen, die Ted vorher nie bemerkt hatte. »So gefällst du mir gar nicht«, sagte Ted. »Wir fahren am besten bei der Klinik vorbei. Hast du Schmerzen in der Brust?«

Carl ließ ein hohles Lachen hören. »Du glaubst wohl, dein Alter kriegt einen Herzanfall?« fragte er. »Mach dir bloß keine falschen Hoffnungen! Ich habe nicht vor zu sterben.«

»So war das nicht gemeint«, warf Ted ein. »Aber in deinem Alter...«

»In meinem Alter bin ich gesünder als die meisten Vierzigjährigen!« Er rappelte sich auf. Die Knie waren noch immer weich. »Ha!« murmelte er, »vielleicht hast du recht. Ein Besuch bei Warren Phillips kann nie schaden.«

Er ließ sich stützen und nahm die Stufen mit Vorsicht. Unten, kurz vor dem Ausgang, wurde ihm leicht verschwommen vor Augen. Da wußte er, was los war. »Scheiße«, murmelte er mit unterdrückter Stimme.

Ted hielt ihn fest. »Was ist los?« fragte er.

»Nichts«, erwiderte Carl. »Ich brauch sofort einen Termin bei Phillips. Bei mir ist eine Spritze fällig. Deshalb ist mir ein wenig komisch.«

Ted schwieg, bis sie im Truck nach Villejeune unterwegs waren. Er musterte Carl von der Seite. Carl hielt sich aufrecht, sah aber noch schlimmer aus. »Was ist mit dir los, Vater?« fragte Ted.

Carls Kopf fuhr herum; die Augen hatten ihren Glanz verloren; er schien Ted nicht zu sehen. »Was?« grunzte er.

»Du hast gesagt, du brauchst eine Spritze, Vater.« Ted gab sich Mühe, seine Besorgnis nicht durchklingen zu lassen. »Was für eine Spritze? Was fehlt dir?«

Carl machte eine abschätzige Handbewegung. »Mir fehlt gar nichts, außer eine Vitaminspritze von Warren Phillips.«

Ted wurde nachdenklich. Er wußte nicht, woran sein Vater litt, doch eine Vitaminspritze würde das Problem wohl kaum lösen. Carl schien von Minute zu Minute zusammenzufallen; inzwischen röchelte er bereits. Er begann alle paar Sekunden zu husten. Ted gab Gas. Als er die Klinik erreichte, ließ er den Parkplatz links liegen, fuhr gleich bei der Notfallstation vor und rannte, um seinem Vater aus dem Wagen zu helfen.

»Das schaff' ich allein!« Carl schob Teds Arm weg, als er sich aus der Führerkabine zwängte. Die Glieder wurden ihm steif, als bekäme er einen Gichtanfall; er biß vor Schmerz die Zähne zusammen. Ted ging neben ihm her.

Jolene Mayhew, die am Empfang vom Bildschirm aufschaute, verging das Lächeln, als sie Carl Anderson aus der Nähe sah. »Carl! Was ist... Um Himmels willen, ich rufe Dr. Phillips.« Sie nahm den Hörer ab, drückte zweimal, sprach hastig, stürzte aus ihrer Kabine und griff Carl unter den Arm. »Sofort in den Behandlungsraum!«

Carl schüttelte sie irritiert ab. »Lassen Sie mich in Ruhe!« röchelte er. »Ich liege doch nicht im Sterben, junge Frau.«

Jolene fixierte ihn mit übertriebener Sorge. »Also, wenn Sie mich fragen«, meinte sie im Flur, »wie ein Gespenst sehen Sie aus! Würde ich Sie nicht so gut kennen, würde ich auf Herzanfall tippen.«

»Ich habe keinen Herzanfall!« fuhr Carl sie an. Er steuerte direkt auf Dr. Phillips' Behandlungsraum zu. »Ted, du bleibst hier! Auf deine Kommentare kann ich verzichten!«

Ted wollte es ignorieren, doch Jolene hielt ihn zurück. »Ich an Ihrer Stelle würd' ihn gehen lassen«, sagte sie. »Ich habe Ihren Papa schon ein paar mal so erlebt, und wenn man ihm in die Quere kommt, reißt er einem den Kopf ab. In ein paar Minuten ist seine Schwäche vorüber.«

Ted sah die Schwester neugierig an. »Er leidet nicht zum erstenmal unter diesem Zustand?« wollte er wissen.

Jolene zuckte mit den Schultern. »Es kommt nicht oft vor. Ihr Papa hält sich brav an die Termine.«

Ted hatte eine böse Vorahnung. »Und wie oft kommt er her?«

»Alle vierzehn Tage. Pünktlich wie die Uhr. Und keine Sorge – Dr. P. bringt ihn wieder auf die Reihe.«

Ted ließ sich auf einen Stuhl fallen. Seine Gedanken überschlugen sich. Der Vater war nie krank gewesen, sondern immer, soweit Ted wußte, bei bester Gesundheit. Wenn er alle zwei Wochen eine Spritze bekam, so könnte das nur bedeuten...

Eine Viertelstunde später kam Carl lächelnd mit ganz natürlicher Farbe im Gesicht ins Wartezimmer zurück. »Seht Ihr?« neckte er. »Fit wie ein Jüngling! Hab' mir sogar von Warren ein EKG machen lassen, nur zum Beweis, daß ich recht hatte. Hat mich wahrscheinlich fünfzig Dollar gekostet. Was soll's?« Er drehte sich zu Ted um. »Nun komm schon, Junge! Wir wollen doch nicht den Tag vertrödeln! Es gibt eine Menge zu tun.«

Ted war sprachlos. Es war, als hätte sein Vater den Anfall gar nicht erlitten. Der Atem ging normal; sein Gang war lebendig; er war ganz der alte, wie am frühen Morgen.

Auf dem Weg zum Truck kam Ted eine unangenehme Gewißheit.

»Vater«, sagte er während der Fahrt zur Baustelle, »was diese Spritzen betrifft...«

Carl lachte vergnügt. »Ich weiß, was du jetzt sagen wirst«, unterbrach er ihn. »Du hältst Warren Phillips für einen Kurpfuscher und mich für drogenabhängig. Stimmt's? Das kannst du dir abschminken.«

Ted verzog die Lippen. »Und wer garantiert dir das?« fragte er. »Ich meine, falls Phillips dich aufputscht, würde er dir als letzter über das Mittel reinen Wein einschenken.«

Carl lachte hellauf. »Du bist wie ich – als er mir das Zeug zum ersten Mal einspritzte. Das ist lange her, damals begann mich die Gicht zu plagen, da bin ich auch mißtrauisch geworden. Ich fühlte mich einfach *zu* verdammt wohl. Nach der nächsten Behandlung habe ich in Orlando sofort einen Bluttest machen lassen. Hab' in der Klinik dort keine Einzelheiten genannt, nur gesagt, ich hätte eine Spritze bekommen und möchte gern die Zusammensetzung erfahren.« Er schüttelte sich amüsiert. »Ich habe mir gedacht – Amphetamine, vielleicht noch Schlimmeres. Aber eins zu null für Warren Phillips. Der Arzt in Orlando hat nur Cortison und ein paar Hormonspuren entdeckt.«

Ted starrte seinen Vater ungläubig an. »Hormone?« fragte er. »Was für Hormone?«

»Wie soll ich das wissen?« gab Carl zurück. »Von Hormonen verstehe ich nichts. Davon will ich auch nichts wissen. Vermutlich Hammelhoden. Oder was dieser Typ in der Schweiz den Filmstars geimpft hat. Ich weiß nur eins: dank dieser Injektionen fühle ich mich wohl und sehe gut aus, und der Arzt in Orlando hat sie für unbedenklich erklärt. Was man angesichts des Preises, den Phillips dafür verlangt, nicht anders erwarten sollte!« Carl grinste Ted an. »Wer weiß? Wenn ich's mir leisten kann, könnt' ich womöglich ewig leben.«

Darauf sagte Ted gar nichts mehr; aber für seine Ohren klangen die Worte des Vaters irgendwie falsch. Hätte eine simple Hormonspritze Carl überhaupt so rasch wiederherstellen können? Und warum sollte eine Hormonspritze so teuer sein?

Drogen hingegen kosteten viel Geld.

Eine so rasche Wirkung wie die seinem Vater von Dr. Phillips verabreichte Spritze hatten seines Wissens nur Drogen.

»Woher wissen Sie überhaupt, wo wir uns befinden?« fragte Tim Kitteridge Judd Duval.

Er saß im Heck von Judds Boot. Sie fuhren wahrscheinlich schon seit einer Stunde im Kreis herum. Die moosüberhangenen Zypressen und Mangrovenbüsche blieben sich gleich. Das Laubwerk hatte sich oft so dicht um das Boot geschlossen, daß die Mangrovenwurzeln beim Vorüberfahren am Bootsholz scheuerten. Von Zeit zu Zeit hatte Tim Schlangen bemerkt – dickleibige, grüne Riesenschlangen –, die sich über ihren Köpfen um Baumäste rollten. Bei dem Gedanken, daß eine Schlange auf ihn herabfallen und ihn langsam erdrücken könnte, wurde ihm flau im Magen.

»Bin hier zu Haus«, erwiderte Judd. »Wo man großgeworden is', kennt man sich aus. Sie brauch'n mir nur zu sagen, wonach ich suchen soll.« Er lachte ein häßliches Lachen. »Klar, wir Sumpfratten haben einen siebten Sinn. Sagt man. Manche Leut' meinen, wir könnten im Dunkeln sehen.«

»Also, darauf möchte ich mich lieber nicht verlassen«, bemerkte Kitteridge. »Jedenfalls nicht heute. Wissen Sie wirklich, wo diese Lambert wohnt?«

Judd lachte erneut. »Wennse nich' weggezogen is', weiß ich's, und die wird kaum wegzieh'n, bis se stirbt. Falls se je stirbt.«

Kitteridge sah sich nach dem Deputy um. »Und wie alt ist sie?«

»Wer weiß? War bereits hier, als ich gebor'n wurde, und damals war se schon 'ne alte Frau.« Er grinste den Chef bösartig an. »Viele halten se für 'ne Hex'. Oder vielleicht für 'ne Voodoo-Priesterin.«

Kitteridge fragte sich, nicht zum erstenmal, ob das ganze vielleicht doch pure Zeitverschwendung war. Aber ein Kontakt zu Jonas Cox wäre die Mühe wert. Er hatte Judd morgens gleich nach Jonas gefragt.

»Der Jung' is' halb plemplem«, hatte Judd ihm berichtet. »Lebt irgendwo draußen im Moor, den sieht man fast nie. Um so besser, wenn Sie mich frag'n. Gemein wie Mist und doppelt so blöd.«

»Laut Amelie Coulton haben er und George beide etwas mit dem von ihr so genannten Schwarzen Mann zu tun.«

Judd hatte mit den Augen gerollt. »Amelie is' fast so dumm wie Jonas. Und der Mann, den wir gefunden hab'n, war bestimmt nicht George.«

»Da ist Amelie anderer Meinung«, widersprach Kitteridge.

Ein Schatten zog über Judds Gesicht und verschwand sofort wieder. »Also, so etwas wie den Schwarzen Mann gibt's gar nich'. Was Ihnen 'ne Sumpfratte erzählt, könn' Sie fast nie glauben. Die erzähl'n Ihnen alles, was Sie hör'n woll'n, und hinterher schieß'n se Ihnen in den Rücken.«

Kitteridge hatte Duval daraufhin nur prüfend angeschaut. »Das ist nicht eben eine Selbstempfehlung, oder?«

Die Bemerkung war Duval durchaus nicht entgangen, aber er hatte nur mit den Achseln gezuckt. »Sie sind der Chef. Wenn Sie Clarey Lambert seh'n woll'n, is's mein Job, Sie zu ihr zu bringen. Aber Jonas find'n wir nur, wenn wir zufällig über ihn stolpern.«

Als sie eine weitere der Myriaden von Inseln umschifften, kam eine Hütte in Sicht. Kitteridge hatte sich an die Schuppen gewöhnt, in denen die Sumpfratten hausten; die Baracke vor ihnen unterschied sich in keiner Weise von den anderen. Auf Pfähle gestützt, erhob sie sich über den Sumpf, ein Bau aus Zypressenholz, der hier und da mit verrosteten Blechstücken geflickt war. Im Schaukelstuhl auf der Veranda besserte eine Frau Kleider aus. »Das is' sie«, rief Judd von hinten. »So sitzt se immer da.«

Clarey Lambert ließ ihre emsigen Hände ruhen, als sie die beiden Männer im Boot näherkommen sah. Judd Duval war ihr bekannt – seit langem. Den andern hatte sie noch nie gesehen. Sie wußte jedoch sofort, wer er war.

»Mrs. Lambert?« fragte Kitteridge, als das Boot knapp vor der Veranda zum Stehen kam und Judd den Motor abschaltete.

Clarey antwortete nur mit einem Nicken.

»Ich bin Tim Kitteridge. Ich bin der Polizeichef in...«

»Ich weiß, wer Sie sin'«, sagte Clarey und nahm ihre Näharbeit wieder auf.

»Ich möchte mit Ihnen sprechen.«

Clarey zuckte mit den Schultern.

»Es gibt da eine Geschichte, die ein paar Leute betrifft, die hier im Moor leben.«

Clarey neigte den Kopf zur Seite. Neugier schien ihr fremd.

»Amelie Coulton hat gesagt, ich solle mich einmal mit Ihnen über diese Leute unterhalten.«

Clarey blieb schweigsam.

»Kennen Sie Jonas Cox?«

Clarey nickte.

»Wissen Sie, wo er sich befindet?«

Clarey schüttelte den Kopf.

An der Art, wie sie seinen Blick erwiderte, als er sie ins Visier nahm, wurde ihm deutlich, daß er von ihr keinerlei Informationen erwarten durfte. »Amelie sagt, ihr Mann und Jonas Cox seien Kinder vom Schwarzen Mann.« Er beobachtete Clarey Lambert genau; sie zeigte keine Reaktion. »Amelie behauptet, die Kinder seien tot, Mrs. Lambert. Und ich soll mir das von Ihnen erklären lassen.«

Clarey verzog die Lippen zur Andeutung eines Lächelns. »Warum frag'n Sie mich, wo Jonas is', wenn er tot is'?«

Kitteridge überlegte. »So war das nicht gemeint. Ich glaube, Amelie meinte damit wohl eher, sie seien Zombies oder Ähnliches.«

Clarey starrte den Polizeichef an. »Wenn ich Sie wär', würd' ich aufpass'n, bevor ich so was sag'. Die Leut' könnten Sie für verrückt halten.«

Kitteridge hielt ihrem Blick stand. »Ich habe nicht gesagt, daß ich ihr glaube, Mrs. Lambert. Ich tue nur meine Pflicht.«

Clarey Lambert lächelte wieder. »Dann sollt'n Sie besser Ihre Pflicht tun. Und ich meine.« Wie eine Nähmaschine arbeiteten ihre Finger am Tuch auf ihrem Schoß. Kitteridge wußte, daß alles weitere Bemühen vergeblich sein würde. Deshalb gab er Judd ein Zeichen; der Deputy ließ den Motor an und steuerte das Boot fort. Clarey hob nicht einmal den Kopf.

Kitteridge hatte das unheimliche Gefühl, daß er für sie überhaupt nicht existiert hatte.

Tim Kitteridge bedeutete Judd, langsamer zu fahren. »Vorn ist ein anderes Boot«, sagte er. Der Deputy stellte den Motor ab und legte die Ruder ein.

Als sie kurz darauf durch ein Mangrovengebüsch auf die stille Lagune hinausglitten, konnte Kitteridge das Boot deutlich erkennen. Es trieb in fünfzig Meter Entfernung in seichtem Gewässer und war unbemannt. Über den Bug stand in schwarzen, unregelmäßigen Buchstaben ein Wort: COX.

Er drehte sich fragend nach Duval um. »Gehört das Jonas Cox?«

Der Deputy zuckte mit den Schultern. »Kann sein. Muß aber nicht – 's gibt hier herum bestimmt 'n Dutzend Leute, die Cox heißen. Und im Boot is' keiner.«

Kitteridge dachte nach. »Wohin könnte er verschwunden sein? Und warum das Boot einfach im Stich lassen?« Doch dann kam ihm eine Idee. »Ich weiß, was wir tun. Ich rudere uns hinüber und steig in das andere Boot. Und dann reden wir beide ein bißchen miteinander. Wir erklären, wir wollten warten, und am Ende sagen wir ganz laut, daß wir jetzt doch lieber verschwinden wollen. Und dann scheppern *Sie* weg.«

Judd kam das rätselhaft vor, aber er fügte sich. Sie legten neben dem fremden Boot an; Judd hielt es fest, während Kitteridge – laut redend – umstieg.

»Ich weiß nicht.« Er setzte sich in die Mitte. »Sieht ganz so aus, als ob der Kerl einfach abgehau'n ist. Hat wahrscheinlich längst das nächste County erreicht.«

»Vielleicht sollten wir sein Boot mitnehmen«, schlug Judd vor.

»Aber nein. Ich wüßte nicht, warum wir uns mit so einem lecken alten Ding abplagen sollten. Das lassen wir hier einfach liegen.«

Er winkte Duval fort. Der Deputy ließ den Motor an und steuerte das Boot in ein enges Bayou auf der anderen Seite, wo es gleich darauf im hohen Schilfgras verschwand, während Tim Kitteridge still wartend im Boot von Jonas Cox saß.

Fast zwanzig Minuten lang machte Kitteridge keine Bewegung. Das Wasser ringsum war glatt und still wie ein Spiegel. Kitteridge kam es so vor, als sei er in eine andere Sphäre entrückt und auf der Welt völlig allein.

Dennoch spürte er, daß jemand ganz in der Nähe war; er spürte es mit der Sicherheit des Instinkts, der ihn während seiner langen Laufbahn in Kalifornien beschützt hatte, wo er bei jedem Eindringen in eine verkommene Wohnung vorausahnte, ob sie leer war oder bewaffnete Männer versteckte, die bei seinem Anblick sofort schießen würden.

Plötzlich lief vom Boot eine leichte Welle über die Wasserfläche.

Einen Moment später tauchten zwei Hände auf, die sich am Dollbord festklammerten.

Und dann hob sich aus dem seichten Wasser der strähnige, schmale Kopf eines Jungen von etwa neunzehn Jahren, der zwei kurze Stücke von hohlem Ried zwischen den Zähnen hielt. Seine Kaninchenaugen wurden ganz groß, als er im Boot Kitteridge bemerkte. Er versuchte davonzukommen, doch zu spät.

Der Polizeichef hatte ihn an seinen langen Haaren gepackt und zog ihn herum, so daß er sein Gleichgewicht verlor. Der Junge fiel um sich schlagend zurück ins Wasser.

»Ich hab' ihn!« schrie Tim überflüssigerweise – Judd Duval hatte den Motor seines Boots bereits angelassen und schnellte über die Lagune. Ein paar Minuten später saß Jonas mit auf dem Rücken gefesselten Händen im Boot des Deputy und sah Tim Kitteridge grimmig an.

»Wieso wußten Sie, daß er da war?« fragte Duval, als er das Tau des Boots von Jonas an der Heckklampe des eigenen festmachte.

»Hab' ich früher mal im Kino gesehen«, meinte Kitteridge schmunzelnd. »Das Wasser ist so trüb, man sieht keine fünf Zentimeter tief. Wenn man sich also verstecken will, nimmt man einfach ein Büschel Grashalme zwischen die Zähne und taucht unter. Da wird man sogar aus einem halben Meter Entfernung nicht gesehen – falls jemand vorbeikommt.« Er musterte Duval kritisch. »Hätten *Sie* eigentlich wissen müssen.«

Duval schob das Kinn vor, sagte aber nichts. Als der Deputy den Motor anließ und in die schmalen Kanäle in Richtung Villejeune steuerte, nahm Kitteridge sich Jonas vor. »Warum hast du dich vor uns versteckt, Junge?«

Jonas schien mit seinen platten, ausdruckslosen Augen durch ihn hindurchzusehen und gab keine Antwort.

»Na gut«, seufzte Kitteridge. »Dann eben nicht. Aber ich schwör dir: In der Stadt wirst du reden. Da gibt es viele Dinge, die ich von dir wissen will, Jonas, und ich kriege sie auch aus dir heraus.«

Den Blick, den Jonas und Judd Duval tauschten, bemerkte er nicht.

11

Kelly verließ Arlette Delongs Café, wo sie den halben Morgen bei drei Colas mit dem Anschauen von Zeitschriften aus dem Regal beim Eingang verbracht hatte. Als sie spürte, daß die Frau hinter der Theke – eine Frau in mittlerem Alter mit gebleichtem Haar in Wabenfrisur; Kelly nahm an, daß sie Arlette war – sie auffordern würde, die Zeitschriften entweder zu kaufen oder ins Regal zurückzustellen, legte sie das Geld für die Colas auf den Tisch und ging in die Morgenhitze nach draußen. Was nun?

Heim wollte sie auf keinen Fall. Da müßte sie sich nur die Vorwürfe der Mutter anhören.

Die Vorwürfe wären allerdings nicht unberechtigt – in der vergangenen Nacht *hatte* sie sich aus dem Haus geschlichen; und sie *war* ertappt worden.

Aber das war seit ihrem vierzehnten Lebensjahr nichts Besonderes; und im Grunde war nie etwas schiefgegangen. Die Eltern hatten ihr gedroht, sie würden es nicht mehr dulden, hatten es aber immer wieder hingenommen.

Das Besondere lag diesmal darin, daß sie die Ereignisse der vergangenen Nacht nicht begreifen konnte. Ihre Erinnerungen beim Aufwachen waren dermaßen seltsam gewesen, daß sie das Ganze als einen Traum abhaken mußte.

Sie war mit Michael ins Sumpfgebiet gefahren – soviel war klar. Alles Weitere war verschwommen. Da hatte eine Art von Zeremonie stattgefunden – fast wie ein Gottesdienst. Michael und sie hatten daran teilgenommen. Sie waren zu einem Altar geführt worden, und ein Priester, ganz in Schwarz, hatte sie angesprochen.

Anschließend hatte er sie dann auf eine Bahre gelegt und ihr eine Nadel in die Brust gestochen; es hatte aber nicht weh getan.

Eben deshalb hatte sie beim Aufwachen zuerst alles nur für einen Traum gehalten, bis ihr im Spiegel der Stich in ihrer Brust aufgefallen war – ein roter Fleck inmitten des winzigen Kreises einer Stichwunde, die sie beim Anfassen spürte. Und seither wollte sie Michael finden und fragen, ob er sich an die nächtlichen Ereignisse erinnern konnte und ebenfalls einen komischen roten Fleck auf der Brust hatte.

Doch im Grunde war die ganze Sache verrückt. Es könnte sich, wie sie sich immer wieder klarmachte, bei dem roten Flecken genausogut um einen Mückenstich handeln, und bei allem anderen wirklich bloß um einen Traum. Oder eine Halluzination.

Verlor sie etwa wieder den Verstand?

Wenn sie sich doch nur nicht mit ihrer Mutter gestritten hätte! Warum hatte sie sich wegen des Aus-dem-Haus-Schleichens nicht einfach entschuldigt? Dann könnte sie ihr jetzt vielleicht vom Traum und von ihrer Angst erzählen.

Mit der Mutter hatte sie aber noch nie reden können.

Mit niemandem.

Sie war sich immer als Außenseiterin vorgekommen, die zu keinem Menschen Kontakt finden konnte.

Bis sie gestern Michael begegnet war.

Und gestern nacht...

In ihrem Gedächtnis formte sich ein Bild vom Moor und von dem Kreis der Kinder am Feuer.

Der Kreis hatte sich geöffnet, um sie aufzunehmen.

Sie und Michael.

Irgendwie gehörte sie in diesen Kreis. Mit diesem Zugehörigkeitsgefühl war sie morgens aufgewacht.

Darüber mußte sie einfach mit Michael sprechen.

Sie schaute sich um und entdeckte die Telefonzelle vor dem Postamt. Eilig überquerte sie die Straße und fand in der Zelle auf dem Brett unter dem Apparat ein dünnes Telefonbuch. Sie fand die Sheffields – der Adresse nach zu urteilen, konnte ihr Haus nur ein paar Straßen vom Anwesen des Großvaters entfernt sein und müßte direkt an einem Kanal liegen.

Also lief sie die Ponce Avenue hinunter, in die Richtung, aus der sie am frühen Morgen gekommen war. Zweimal bog sie in eine falsche Sackgasse ein. Dann fand sie das Haus – etwa einen Kilometer von ihrem Zuhause entfernt, an einem Uferweg am Kanal. Die Straßennummer konnte sie nicht lesen, aber sie erkannte im winzigen Dock das Boot wieder, mit dem Michael vergangene Nacht zu ihr gekommen war. Sie schaute über den weiten Rasen zum Haus hinüber – ein langgestreckter, niedriger Bau mit Ziegeldach, im mediterranen Stil. Im Patio – im Schatten einer Pergola mit Glyzinien – spielte ein kleines Mädchen. Das Kind mußte ihren Blick gespürt haben, schaute auf und kam ihr über den Rasen entgegen. Sie guckte Kelly mit schrägem Kopf forschend an.

»Wetten, du suchst meinen Bruder, oder?« fragte das Mädchen.

Kelly wurde rot. »Ist dein Bruder Michael Sheffield?«

Jenny nickte. »Er ist aber nicht da. Er ist auf der Arbeit. Ich heiße Jenny.«

»Ich bin Kelly.«

Jenny riß die Augen auf. »Kelly Anderson? Mein Vater hat gesagt...« Doch bevor sie es aussprechen konnte, rief eine andere Stimme vom Haus herüber. Eine Frau trat in den Patio.

»Jenny? Wo bist du? Jenny...« Sie brach ab und kam rasch herüber, als sie die beiden sah. »Hallo«, sagte Barbara lächelnd. »Ich hoffe, Jenny ist dir nicht lästig gefallen. Sie tut manchmal so, als ob der Uferweg unser Privateigentum wäre.«

»Das hier ist Kelly!« unterbrach Jenny. »Michaels Freundin!«

»Jenny!« rief Barbara. »Sie ist nicht Michaels *Freundin*. Die beiden sind gute Kameraden, nur ist Kelly eben zufällig ein Mädchen.« Sie warf Kelly einen verlegenen Blick zu. »Tut mir leid, sie redet, wie ihr der Schnabel gewachsen ist.«

»Das ist nicht wahr!« rief Jenny. »Und mein Daddy hat gestern abend gesagt...«

»Jetzt ist es aber genug, Jenny!« sagte Barbara scharf. Michaels Eltern *hatten* sich am vergangenen Abend ihretwegen gestritten, überlegte Kelly. Sie lief noch röter an.

»Ich... es wär' wohl besser, wenn ich jetzt gehe«, murmelte sie, doch Barbara schüttelte den Kopf, zog Jenny an sich und hielt ihr den Mund zu.

»Nein. Bitte, geh nicht. Ich habe eben für Jenny frische Limonade gemacht, für dich wäre auch genug da. Bleib doch ein Weilchen bei uns. Ich verspreche dir auch, daß Jenny nichts Schreckliches sagen wird. Bitte!« fügte sie hinzu, als Kelly davonlaufen wollte.

Kelly wurde unsicher. »Ich... ich habe nur Michael gesucht. Wenn er nicht zu Hause ist...«

»...können wir uns kennenlernen, ohne daß er dazwischenruft: ›Aber Mama!‹ Komm! Es ist so heiß und stickig, da kann ich mir gar nichts Schöneres vorstellen, als auf der Veranda ein Glas Limonade zu trinken.« Sie schaute auf Jenny hinunter. »Und wenn ich *dich* jetzt loslasse, versprichst du mir, deinen Mund zu halten, ja?« Jenny nickte heftig, und als Barbara sie losließ, hielt Jenny sich kichernd die Hände an die Lippen. »Siehst du?« Barbara lachte. »Sie ist gar nicht so schlimm – es scheint nur so, wenn man ihr zum erstenmal begegnet.«

Barbara redete ununterbrochen, als fürchte sie, daß Kelly sonst wie ein erschrockenes Kaninchen weglaufen könnte, und nahm sie, bevor sie sie in den Patio führte, mit ins Haus, um Limonade zu holen. »So!« Sie ließ sich auf einem der Gartenstühle am Tisch nieder. »Ist das nicht angenehm?«

Kelly sah die Glyzinien, die in glänzendblauen Trauben von der Pergola herabhingen. In der Rabatte im Patio standen rosarote Petunien in voller Blüte. Von einem Busch ganz in der Nähe wehte der Duft von Geißblatt. »Die Blumen sind schön«, meinte Kelly scheu. »Besonders die Petunien. Rosa ist meine Lieblingsfarbe.«

»Hast du dir deshalb das Haar so komisch gefärbt?« fragte Jenny.

Barbara sah ihre Tochter empört an. »Jenny! Du hast versprochen, solche Dinge nicht mehr zu sagen!«

»Aber es stimmt doch!« jammerte Jenny. »Ihr Haar hat doch eine komische Farbe!«

»*Du* findest die Farbe vielleicht komisch, aber deswegen denken längst nicht alle wie du«, korrigierte Barbara. Sie lächelte Kelly mit einem Ausdruck der Entschuldigung an. »Es tut mir leid. Aber Villejeune ist ein bißchen rückständig. Außer im Fernsehen hat Jenny solches Haar eben noch nie gesehen.«

Kellys Blick verdunkelte sich. »An meinem Haar gibt es nichts auszusetzen, nur weil es rosa ist. Müssen Mädchen denn immer dieselbe Haarfarbe haben?«

Barbara hob mit einem übertrieben defensiven Ausdruck die Arme. »He! Moment mal! Ich bin doch auf deiner Seite. Ich bin dafür, daß du dir dein Haar nach Lust und Laune färben darfst. Wen geht das eigentlich etwas an? Es ist dein Haar. Es muß dir gefallen und sonst niemandem!«

Kellys momentaner Zorn verrauchte. Sie musterte Barbara. War es Michaels Mutter wirklich egal, wie Kellys Haar aussah? Eltern hatten doch immer ganz feste Vorstellungen. »Sie... Sie finden es nicht komisch?«

Barbara zuckte mit den Achseln. »Ich würde die Farbe nicht für mich persönlich aussuchen. Aber entscheidend ist nur eins: Gefällt sie *dir*?«

Kelly war völlig verwirrt. Darüber hatte sie eigentlich nie nachgedacht. Als sich in Atlanta alle Mädchen die Haare färbten, hatte sie es eben auch getan, und keins der Mädchen hatte je davon gesprochen, ob ihm die Haarfarbe *gefiel*. Es ging immer nur darum, die Erwachsenen zu provozieren und ihre Reaktionen zu testen. »Ich... weiß nicht.« Kelly war über die eigenen Worte erstaunt. »Das habe ich mich noch nie gefragt.«

Barbara kicherte. »Ist ja auch egal. Du kannst mit deinem Haar machen, was du willst. Und falls das jemand bestreitet, hörst du einfach nicht hin, weil er nämlich unrecht hat. Also«, sagte Barbara, nahm eine Strähne ihres eigenen honigblonden Haares in die Hand und betrachtete es voller Abscheu, »ich überlege selbst, ob ich mir das Haar färben soll. Kastanienbraun? Findest du meine jetzige Haarfarbe etwa nicht langweilig?«

Wollte diese Frau wirklich Kellys Meinung wissen? Es sah jedenfalls so aus. »Um ganz ehrlich zu sein«, sagte Kelly, »mir gefällt Ihr Haar so wie es ist. Die Haarfarbe hab' ich mir immer gewünscht. Kastanienbraun würde nicht zu Ihren Augen passen. Wir beide haben die gleichen Augen – eine Art von blau, aber nicht richtig blau. Bei kastanienbraunem Haar würden sie nicht mehr so leuchten.«

Barbara seufzte. »Da magst du recht haben.« Sie neigte den Kopf und schaute Kelly nachdenklich an. »Wir könnten dein Haar honigblond färben, wenn du willst.«

Kelly war baff. »Wollen Sie mich auf den Arm nehmen?«

Barbara machte eine Geste. »Ich habe eine Menge Haarfarbe und im Moment sonst nichts zu tun. Vielleicht färben wir Jennys Haar gleich mit. Was haltet ihr davon? Ein Haar-Festival nur unter Mädchen?« Ihr Blick wanderte von Kelly zu Jenny. Kelly wandte sich unsicher an Jenny.

»Sie macht bestimmt nur Spaß?« fragte sie.

Jenny schüttelte den Kopf. »Mami ist zu allem fähig.«

Kelly dachte nach. Warum nicht? Zugegeben, ihre Mutter könnte deshalb ausrasten. Aber ihre Mutter war sowieso immer wütend auf sie.

Und Kelly wußte auch, warum ihre Mutter eine Wut auf

sie hatte. Weil Kelly nämlich nicht ihre wirkliche Tochter war. Kelly war ein Kind, das die eigenen Eltern nicht gewollt oder liebgehabt und deshalb weggegeben hatten, und die Adoptiv-Eltern hatten sie auch nicht lieb.

Vielleicht hatten die Adoptiv-Eltern sie ursprünglich einmal liebhaben wollen, doch inzwischen wollten sie Kelly überhaupt nicht mehr.

Vielleicht käme mit ihr alles in Ordnung, wenn Kelly ihre richtige Mutter finden könnte.

Sie versuchte sich ihre wahre Mutter oft genug vorzustellen.

Sie träumte dann von einer verständnisvollen Frau, die nicht dauernd an ihr herumnörgelte.

Jemand wie Barbara Sheffield, dachte Kelly plötzlich.

»In Ordnung«, meinte sie mit einem breiten Grinsen. »Ich fände es prima, wenn ich die gleiche Farbe hätte wie Sie.«

Tim Kitteridge lehnte sich zurück und musterte Jonas Cox genau. Wenn er den Intelligenzquotienten des Jungen angeben müßte, hätte er auf 85 getippt – war nicht gerade helle, aber auch nicht total zurückgeblieben. Jonas saß auf der anderen Seite des Tisches mit immer noch feuchtem Overall auf einem Stuhl mit gerader Rückenlehne und hielt die trüben Augen auf den Polizeichef gerichtet. Seit fast einer Stunde unterhielten sie sich. Tim hatte die Hoffnung fast verloren. Jonas Cox hielt stur daran fest, nicht zu wissen, was mit dem Menschen geschehen war, dessen Leiche vor zwei Nächten aus dem Moor gefischt worden war.

Tim versuchte eine neue Taktik. »Hast du George Coulton gern gehabt, Jonas?«

Jonas' Miene zeigte keinerlei Reaktion. »Hab' ihn kaum gekannt«, sagte er. »Un' dann – ich hab' gehört, der Mann im Moor war'n alter Mann. George war nich' viel älter als ich.«

»Ich denke, du hast ihn kaum gekannt?« erinnerte ihn Kitteridge.

»Ich weiß, wer er is'«, knurrte Jonas. »Warum sollt' ich nich'? 's leben nich' so viel' Leute im Moor.«

Kitteridge beschloß, es mit einem Schuß ins Blaue zu versuchen. »Aber ihr beiden wart doch gewissermaßen Brüder, nicht wahr. Amelie Coulton sagt, ihr seid beide Kinder vom Schwarzen Mann.«

Jonas' Augen wurden schmal; er kräuselte verächtlich die Lippen. »Ich weiß ja nich' mal, wer meine Eltern sin'.«

Kitteridge verlor die Geduld. »Mach keine Witze, Jonas. Du wirst doch wohl deine Eltern kennen!«

Jonas schüttelte den Kopf. »'n Haufen Kinder im Moor wissen nich', wer ihre Eltern sin'.«

»Mach keine Witze, Jonas...«, wiederholte Tim, doch Judd Duval unterbrach ihn.

»Das stimmt, Chef. Da draußen gibt's jede Menge Kinder, die von fremden Leuten aufgezogen werden. Viele Frau'n sterben im Wochenbett, weil sie für die Geburt nich' zum Arzt in die Stadt kommen wollen. Ihre Babys werden von andern Leuten übernommen. Allmählich weiß keiner mehr genau, wo er eigentlich herkommt.«

Tim schüttelte den Kopf. Es schien ihm unvorstellbar, daß Menschen am Ende des zwanzigsten Jahrhunderts so leben sollten. Und doch – er hatte die im Moor verstreuten Hütten gesehen, die Existenzweise beobachtet. Es war ein Wunder, daß diese Menschen überlebten. Plötzlich kam ihm ein Gedanke.

»Hat Amelie diese Kinder gemeint, als sie von den Kindern des Schwarzen Manns sprach? Ist er's, der bestimmt, wer die Kinder bekommt?«

Kitteridge sprach mit Judd Duval, hielt den Blick aber auf Jonas gerichtet. Ihm war, als ob sich der Junge bei der Erwähnung des Schwarzen Mannes verkrampfte.

»So ist's doch, nicht wahr?« fragte er. »Das sind die Kinder, von denen Amelie gesprochen hat. ›Die Kinder vom Schwarzen Mann‹ – ihre Worte. Und sie hat auch behauptet, daß du zu ihnen gehörst.«

Jonas' Miene blieb undurchschaubar. »Ich weiß nich', wovon Sie reden.«

Tim beugte sich vor. »Das weißt du sehr wohl.« Er durchbohrte den Jungen mit seinem Blick. »Du weißt ganz genau, worum es geht.«

»Nein«, flüsterte Jonas, und sah unruhig Judd Duval an, als ob er Hilfe suchte.

Aber Tim ließ ihm keine Ruhe. »So ist es doch, Jonas, nicht wahr,« setzte er nach. Er senkte die Stimme. »Amelie hat mir von George und von dir erzählt. Sie hat behauptet, du wärst tot. Nicht nur George. Du auch.«

Jonas riß die Augen auf. »Nein«, flüsterte er, doch nun zitterte ihm die Stimme.

»Und du *bist* tot, nicht wahr, Jonas? Du hast keine Mama, und du hast keinen Papa. Du hast nie Eltern gehabt. *Das* sagt dir der Schwarze Mann, nicht wahr? Daß du tot bist, weil du keine Familie hast?«

Jonas hatte den Blick einer in die Enge getriebenen Ratte. »Wer hat Ihnen das erzählt?« stieß er hervor.

Tim ging auf die Frage nicht ein. »So ist's doch, Jonas, nicht wahr? Nicht nur George Coulton – auch du! Du bist tot!«

Jonas wich zurück. Tim wußte, daß er da einen Nerv getroffen hatte. Aber die ganze Sache kam ihm wahnsinnig vor. Jonas war keineswegs tot – er saß ja vor ihm. Sollte sich draußen im Moor etwas Böses abspielen? Sollte jemand, der sich als Schwarzer Mann ausgab, aus irgendeinem Grund einer Gruppe von Kindern einreden, sie seien tot?

Aber warum sollte er das tun?

Und was war mit den übrigen Menschen? Den Erwachsenen? Könnten sie tatsächlich so abergläubisch sein und solchen Unfug glauben?

Aber dann fielen ihm die Voodoo-Kulte an den Sumpfflüssen in Louisiana ein und die Zombie-Kulte in der Karibik. Dort lebten immer noch Menschen, die daran glaubten – warum dann nicht auch in den Sümpfen außerhalb von Villejeune?

Das Problem George Coulton war damit allerdings noch nicht gelöst.

Kitteridge glaubte nicht, daß Coulton von Jonas getötet worden war – verdammt: Besaß er überhaupt einen Beweis, daß die Leiche im Friedhof *Coulton* war? Und angenommen, der Tote ließe sich einwandfrei identifizieren – wo wäre dann der Beweis für eine Verbindung zwischen diesem mürrischen Jungen mit dem Kaninchengesicht und dem ausdruckslosen Blick und der Leiche?

Er bereute, sich auf die Sache überhaupt eingelassen zu haben. Gleich bei den ersten Erkundigungen war ihm über Villejeune einiges klar geworden. Er hätte die Hinweise von Orrin Hatfield und Warren Phillips, die seit Jahrzehnten in dieser Umgebung lebten, ernst nehmen sollen. Sie hatten genau gewußt, womit er es im Moor zu tun bekommen würde.

Feindseligkeit.

Geheimnistuerei.

Aberglauben.

Ein Wirrwarr von Mythen und Märchen, das er nie würde enträtseln können.

Und wozu auch?

Selbst Amelie Coulton war es egal, daß ihr Mann tot war – falls der Tote überhaupt ihr Mann war.

Und für die Todesumstände hatte sich niemand interessiert – was dem Alten im Moor widerfahren war, schien im übrigen nichts Ungewöhnliches.

Warum also die Sache nicht auf sich beruhen lassen? Warum sollte sich Kitteridge über etwas aufregen, was niemand berührte? Beweisen ließe sich sowieso am Ende nichts.

»Also gut, Jonas«, sagte er mit einem letzten prüfenden

Blick. »Das wär's dann wohl.« Er musterte Judd Duval. »Bringen Sie ihn wieder zu seinem Boot.«

Jonas stürzte hinaus, als hätte er Angst, daß der Polizeichef seine Meinung wieder ändern könnte.

Judd Duval sah seinen Chef fragend an. »Na?« fragte er. »Was meinen Sie?«

Kitteridge schüttelte erschöpft den Kopf. »Ich meine, wir haben viel Zeit verschwendet. Der Junge ist vielleicht nicht verrückt – aber so einen Irren wie ihn habe ich lange nicht mehr erlebt. Hält er sich wirklich für tot?«

Duval zog die Schultern hoch. »Typisch Sumpfratte. Glauben alles, was ihnen erzählt wird. Es kann noch so doof sein.« Judd verließ das Zimmer. Draußen winkte er Jonas, ihm zu folgen, redete jedoch erst, als er mit ihm im Streifenwagen saß. »Alles okay«, sagte Judd. »Er hält dich für plemplem.«

Jonas starrte ihn feindselig an. »Du kriegst Probleme, Judd«, knurrte er. »Wenn der Schwarze Mann 'rauskriegt, daß du dem da geholf'n hast, mich zu find'n...«

»Wird er aber nich' 'rauskriegen, wenn du's ihm nich' sagst«, drohte Judd. »Verstehst du mich?«

Jonas äußerte keinen Ton mehr, bis sie am Dock ankamen, doch als er in sein Boot stieg, warf er Judd einen so kalten, leeren Blick zu, daß Judd erschauerte, und seine Worte jagten Judd eine Eiseskälte ins Herz.

»Kann sein, er hetzt mich auf dich, Judd«, sagte er. »Kann sein, er hetzt mich auf dich, so wie er mich auf George 'hetzt hat.«

Er band die Leine los und musterte Judd noch einmal prüfend, als er die Ruder in die schwieligen Hände nahm.

»Ich werd' dir's zeig'n, Judd«, sagte er leise. »Ich werd' dir's Leb'n aus'm Leib reißen. Wart's ab.«

Judd blieb wie angewurzelt stehen, als Jonas im Moor untertauchte.

12

Amelie Coulton hob den Kopf, als die Tür ihres Zimmers geöffnet wurde. Als sie sah, wer da kam, wanderte ihr Blick sofort wieder zum geöffneten Fenster, das zum Garten hinausging.

»Wie geht's heute morgen, Amelie?« fragte Warren Phillips. Als die junge Frau keine Antwort gab, faßte er ihr Handgelenk und fühlte den Puls. »Wissen Sie, Amelie«, sagte er, »es gibt eigentlich keinen Grund, daß Sie hierbleiben. Wenn Sie wollen, können Sie heute nachmittag nach Hause.«

Amelie starrten den Arzt finster an. »Ich geh' nich' ohn' mein Baby«, sagte sie.

Phillips seufzte schwer und ließ sich im Stuhl neben dem Bett nieder. »Amelie – Sie wissen doch, was geschehen ist.«

»Ich versteh *nich'*, was passiert is'«, widersprach Amelie. »Ich weiß nur: Ich wach' letzte Nacht auf, un' mein Baby weint.«

»Das war ein Traum, Amelie«, sagte Phillips. »Glauben Sie mir! Ich verstehe ja, was Sie empfinden...«

Amelies Stimme wurde lauter. »Nein. Sie könn' gar nich' wiss'n, wie ich mich fühl'. Un' mein Baby is' nich' tot. Ich bin seine Mama, und wenn's tot wär', würd' *ich's* doch wiss'n. Mein' Sie nicht?«

Dieser Aspekt seiner Arztpflichten war Phillips zuwider. Doch wenn eine Mutter ihr Kind verlor, mußte er mit ihr reden, mußte er zuhören. »Amelie, ich will versuchen, Ihnen zu erklären, was vorgefallen ist...« Er drückte der jungen Frau besänftigend die Hand.

Amelie riß sich von ihm los, als ob er sie verbrannt hätte. »Ich *weiß* alles«, sagte sie. »Sie hab'n sich gedacht, ich bin keine gute Mutti und hab'n mein Baby wem anders gegeben!« Er sah ihre Augen vor Zorn leuchten. »So war's, nich'? Sie halt'n mich bloß für 'ne dumme Sumpfratte, aber ich hab' Ohr'n im Kopf. Sie hab'n mir mein Baby weggenomm'. Sie glaub'n, ich bin keine gute Mutti, bloß weil ich nich' zur Schul' 'gangen bin und nich' in'm toll'n Haus in der Stadt wohn'!«

»Aber, Amelie, Sie wissen genau, daß dem nicht so ist«, widersprach Phillips. »Warum sollte ich denn Ihr Baby weggeben?«

»Für *Geld*!« Amelie spuckte das Wort aus. »Mein' Sie, ich weiß nich', daß es Frau'n gibt, die für Babys Geld zahl'n? Un' ich wett', schöne blonde Babys mit blau'n Aug'n bring'n 'n Hauf'n Geld. Oder? Is' so'n Baby nich' genau das, was alle woll'n? Hübsche, blauäugige blonde Babys? Un' ich hab' blaue Aug'n und blond's Haar, und' der Vater von mei'm Baby hatt's auch.«

Phillips zog den Atem ein. Wie sollte er nur mit dieser trauernden Mutter sprechen, die selbst fast noch ein Kind war? »Amelie, jetzt denken Sie einmal nach! Habe ich Ihnen nicht ausführlich erklärt, wie man auf ein Baby achtgeben muß? Haben wir nicht davon gesprochen, wie man es ernähren muß, was zu tun ist, wenn es krank wird? Würde ich das alles getan haben, wenn ich vorgehabt hätte, Ihnen das Baby zu stehlen?«

Amelie blieb stur. »Sie hab'n mir nur 'was vorgemacht, damit ich nich' drauf käm', 'was Sie vorhatt'n.« Sie sah Phillips erneut an. »Ich hab' mich Ihnen 'vertraut und bin hier niedergekomm', weil ich vertraut hab'.« Ihre Stimme wurde lauter und gefühlsgeladen. »Un' Sie hab'n mir mein Baby gestohl'n. Sie hab'n 's einfach weggenomm', weil Sie meinen, ich würd' Ihnen alles glaub'n, was Sie mir sagen. Also, ich glaub's Ihnen nich'. Un' ich will mein Baby wiederhab'n.«

Sie hob die Hand, als ob sie ihn schlagen wollte, doch Phillips' Finger spannten sich um ihr Gelenk und er drückte den Arm aufs Bett zurück. Er betätigte einen Knopf auf dem Nachttisch. Jolene Mayhew erschien in der Tür.

»Amelie?« begann sie, erkannte dann aber Warren Phillips, der sich zu ihr umdrehte. »Dr. P! Was ist los? Ist etwas nicht in Ordnung?«

»Geben Sie Amelie Thorazine!« sagte er. »Fünfzig Milligramm.« Jolene eilte aus dem Zimmer; er redete wieder mit Amelie. »Ich werde Ihnen etwas zum Einschlafen geben«, sagte er. »Der Verlust eines Kindes ist eine schreckliche Erfahrung, und ich begreife, wie weh es Ihnen jetzt tut. Aber es wird besser werden. Sie sind jung, Amelie, Sie werden andere Babys bekommen. Es wird alles wieder gut.« Jolene kehrte zurück, reichte Phillips einen Becher mit Pillen und füllte ein Glas mit Wasser für Amelie. »Bitte schlucken Sie diese Tablette, Amelie«, fuhr er fort. »Spülen Sie sie mit ein bißchen Wasser hinunter, und in wenigen Minuten werden Sie schlafen. Beim Aufwachen wird es Ihnen viel besser gehen.«

Amelie betrachtete Phillips mit Mißtrauen, akzeptierte den Becher am Ende aber doch und steckte sich die Pille in den Mund. Sie nahm das Glas Wasser von Jolene entgegen, trank mehrere Schlucke und legte sich in die Kissen zurück.

»So ist's brav«, sagte Phillips, zog die Decke hoch und deckte Amelies Schultern zu. »Jetzt ruhig einschlafen, und wenn Sie aufwachen, unterhalten wir uns noch einmal über Ihre Entlassung aus dem Krankenhaus.«

Amelie entfuhr nur ein Seufzer. Sie schloß die Augen. Phillips gab Jolene ein Zeichen. Sie verließen zusammen den Raum. »Behalten Sie sie im Auge«, bat Phillips die Schwester unterwegs zum Empfang. »Sie hat die Idee, daß wir ihr Baby gestohlen und verkauft haben, und war ein paar Minuten lang ziemlich hysterisch.«

Jolene schnalzte mitfühlend. »Du großer Gott! Vielleicht sollte ich Barbara Sheffield anrufen, daß sie noch einmal kommt. Gestern abend ist Amelie nach ihrem Besuch sofort eingeschlafen.«

Phillips nickte. »Gute Idee. Dann hätte Amelie einen Menschen, mit dem sie sich unterhalten kann, wenn sie aufwacht.« Ihm kam ein Gedanke, der ihm ein trockenes Lächeln abnötigte. »Außer sie ist überzeugt, daß auch Barbara bei unserem bösen Komplott mitspielt.« Er schaute auf die Armbanduhr. Es war halb zwölf. »Gibt's für die nächsten paar Stunden irgendwelche Termine?«

Jolene schüttelte den Kopf. »Erst nach der Mittagszeit. Dann kommen Judge Villiers und Fred Childress. Damit hat sich's für heute.«

»Dann bis nach dem Essen«, sagte er, verließ die Klinik, stieg in seinen Wagen und fuhr heim. Er sah noch einmal auf die Uhr. Es würde knapp, aber es müßte sich machen lassen.

Nachdem Phillips und Jolene Mayhew gegangen waren, setzte Amelie Coulton sich auf und spuckte die Pille in die Hand, ging ins Bad und warf sie in die Toilette.

Für wie dumm hielten die sie bloß! Als ob man ihr einfach ausreden könnte, wovon sie überzeugt war, und sie mit einer Pille zum Schlafen bringen könnte! Da irrten die sich aber gewaltig! Sie hatte in der vergangenen Nacht geträumt, und über Träume wußte sie Bescheid. Wie alle Menschen im Moor.

Man konnte in Träumen alles mögliche erleben.

Manchmal konnte man mit Toten reden oder mit Menschen, die man nie wiederzusehen geglaubt hätte.

Manchmal konnte man verreisen, in Teile der Welt, wohin man im wirklichen Leben nie käme. Sie war schon in New Orleans gewesen und in Paris und an vielen Orten.

Und manchmal konnte man in die Zukunft sehen.

Solche Träume hatte Amelie schon oft geträumt. Sie hatte sich in Träumen selbst auch schon viel älter erlebt, als sie jetzt war, und inmitten vieler Kinder.

Und als sie in der vergangenen Nacht von ihrem Baby geträumt hatte und beim Aufwachen spürte, daß der Kleine sie brauchte, war ihr die Bedeutung des Traums klar gewesen.

Der Traum bedeutete: Ihr Baby war überhaupt nicht tot. Der Kleine lebte noch. Er rief nach ihr.

Also, da würde sie doch nicht in der Klinik herumliegen. Das war doch klar. Was immer die hier mit dem Baby getan hatten – die hier würden es ihr nicht wiedergeben.

Sie holte ihr Kleid aus dem Schrank, zog sich an und lief zur Tür.

Aber was hatte sie eigentlich vor? Einfach auf den Flur gehen und Jolene erzählen, sie wolle fort? Und wenn Jolene sie nicht gehen lassen würde?

Aber Dr. Phillips hatte ja erklärt, daß sie heute wieder nach Hause gehen dürfte. Das hatte er ihr gleich zu Beginn seiner Visite versprochen.

Aber hinterher hatte er ihr die Pille gegeben, und sie sollte eigentlich längst eingeschlafen sein.

Sie faßte einen Entschluß, drehte sich von der Tür weg, ging statt dessen zum Fenster, öffnete es und stieg in den Garten hinaus.

Im Garten fühlte sie plötzlich eine Schwäche.

Sie lehnte sich an die Mauer, bis das Schwindelgefühl vorüberging. Dann vergewisserte sie sich, daß sie nicht beobachtet wurde, und stürmte davon, über den Parkplatz ins dichte Gebüsch hinter dem Asphalt, und erst als Kohlpalmen und Riedgras sie umfingen, begann sie sich ein wenig zu entspannen. Sie befand sich zwar noch nicht im Moor, aber das Krankenhaus hatte sie schon mal hinter sich.

Sie könnte das Moor auch ohne Boot erreichen.

Und wenn sie erst einmal dort war, würde sie nach dem Baby suchen – das Baby, von dem Amelie in tiefster Seele überzeugt war, daß es noch lebte.

»Nun, was sagst du dazu?«

Kelly schaute in den Spiegel. Sie erkannte das Gesicht fast nicht wieder, das ihr da entgegenblickte.

Nicht, daß ihre Gesichtszüge sich verändert hätten – aber sie schien ein ganz anderer Mensch. Barbara Sheffield hatte ihr das Haar nicht nur gefärbt, sondern auch gestutzt, es war kürzer und fiel ihr nicht mehr ins Gesicht. Und es war nach hinten gekämmt. Es hatte Glanz. Die neue Farbe – ein heller Honigton, mit ein paar dunkleren Strähnen – schien überhaupt nicht künstlich; ihr Teint wirkte gesünder, das Blau der Augen tiefer. Sie griff nach den Ohrringen, die sie neben dem Waschbecken abgelegt hatte, und zögerte plötzlich.

»Stimmt etwas nicht?« fragte Barbara, glaubte dann aber zu verstehen. »Oh je, es gefällt dir wohl nicht?«

»Aber nein!« widersprach Kelly. »Ich finde es schön. Nur...« Das neue Haar gefiel ihr sogar sehr, nur die Kleidung schien falsch. Und der Schmuck auch.

»Nur was?« setzte Barbara nach. »Ich finde dich schön so. Was meinst du, Jenny?«

Jenny, die der ganzen Prozedur zugeschaut hatte, nickte begeistert. »Wie Kusine Tisha.«

»Wer ist Kusine Tisha?« wollte Kelly wissen.

»Die Tochter meiner Schwester«, erklärte Barbara. »Sie wohnt in Tallahassee.« Sie neigte den Kopf. »Jenny hat recht – du siehst Tisha wirklich ähnlich. Ich muß dir unbewußt Tishas Frisur verpaßt haben. Sie ist meine Lieblingsnichte.« Kelly sagte kein Wort. Barbara seufzte. »Na schön, vielleicht war's doch keine so gute Idee. Ich will dir sagen, was wir tun werden – wenn das Haar wieder ein bißchen gewachsen ist, mach' ich dir wieder die alte Frisur.«

Kelly schüttelte den Kopf. »Aber sie gefällt mir doch«, sagte sie schließlich. »Was ich *nicht* mag, ist mein altes Zeug. Würden Sie mir beim Einkaufen helfen? Ich meine, damit ich geeignete Sachen auswähle?«

Barbara bekam feuchte Augen. »Also, ich weiß nicht«, meinte sie plötzlich unsicher. »Warum gehst du nicht mit deiner Mutter einkaufen? Die würde sich doch bestimmt auch freuen.«

Kelly atmete ganz tief ein. »Ich gehe nicht gern mit ihr einkaufen«, sagte sie. »Sie mag nie, was mir gefällt, und will immer alles entscheiden. Und jetzt...« Sie zögerte; sie wußte ja nicht, wieviel Michaels Mutter schon von ihr wußte. »Also, im Augenblick tut sie schrecklich nervös. Wenn mir momentan ein Kleid zusagte, würde sie es wunderbar finden, auch wenn sie es echt verabscheut.«

Barbara legte ihr eine Hand auf die Schulter. »Das hat sicherlich mit der Begebenheit vom vergangenen Monat zu tun«, sagte sie zart. »Darüber wird sie schon wegkommen.«

Kelly zuckte zusammen. »Sie wissen darüber Bescheid?«

Barbara zuckte die Achseln. »Ja, Kelly, ich weiß davon. Ich weiß aber auch, daß du völlig in Ordnung bist.«

Daraufhin wurden beide ein Weilchen ganz still. Selbst die unbezähmbare Jenny mußte gespürt haben, daß zwischen ihrer Mutter und Kelly etwas Wichtiges vorging, und hielt den Mund. Am Ende fragte Kelly scheu: »Sie halten mich nicht für verrückt?«

Barbara hielt den Atem an. »Ganz bestimmt nicht«, sagte sie und ließ die Hand schützend auf Kellys Schulter ruhen. »Hältst *du* dich etwa für verrückt?«

Kelly wagte Barbara nicht gleich offen in die Augen zu sehen. »Ich weiß nicht« – es war das erstemal, daß sie es einem anderen Menschen gegenüber zugab –, »ich habe manchmal solche Angst, daß ich verrückt sein könnte.«

Barbara legte den Arm um das Mädchen. »Solche Angst«, sagte sie, »hat gelegentlich jeder von uns. Aber mir kommst du absolut nicht verrückt vor. Du bist ein Mädchen von sechzehn, das sich selbst noch nicht so recht begriffen hat und sich darüber viel zu viel Sorgen macht.

Übrigens«, sie schenkte Kelly ein warmes Lächeln, »ich würde wahnsinnig gern mit dir einkaufen gehen. Und ich versprech dir: Ich werde auch offen sagen, was ich von deiner Auswahl halte.«

Als sie Kellys Gesicht im Spiegel sah, schoß ihr etwas anderes durch den Sinn: So müßte Sharon jetzt aussehen; sie wäre in genau dem gleichen Alter, wenn sie noch lebte.

Doch sie verdrängte den Gedanken rasch wieder aus ihrem Bewußtsein. Kelly hatte Eltern; sie war nicht Barbaras Tochter. Barbaras Tochter ruhte seit langem in der Familiengruft auf dem Friedhof.

Der Gedanke ließ Barbara trotzdem nicht mehr los.

Während sie wartete, daß das Wasser im Kessel sich genau auf die richtige Temperatur erhitzte – heiß genug, um die Finger zu wärmen, aber nicht so heiß, daß sie sich verbrannte –, schaute sich Lavinia bewundernd in der Küche um. Sie bereitete ihr nach zwei Jahren noch immer helle Freude. Die Küche war, wie das ganze Haus, so völlig anders als die Umgebung, in der sie großgeworden war, daß sie noch immer staunte über all die herrlichen Dinge, die es hier gab. Daheim im Moor hatte es nur den kleinen Herd gegeben, wo sie auf Anordnung ihrer Eltern immer Holz nachzulegen hatte, selbst wenn es beinahe unmöglich war, genügend Trockenholz zu finden. Und sie hatte das Feuer hinter der rußigen Eisentür noch so klein halten können, es war in dem Haus meist unerträglich heiß geblieben.

Haus.

Das war doch kein Haus! Aber vor ihrer Ankunft hier hatte sie anderes nicht gekannt; weil sie das Moor bis zu ihrem fünfzehnten Lebensjahr nie verlassen hatte.

Die Eltern hatten sie daheim festgehalten. Sie hatte ihr Leben genau vorhersehen können: Sie würde der Mutter helfen, die Geschwister aufzuziehen – einige hatte die Mutter selber geboren, andere hatte ihr Clarey Lambert vom Schwarzen Mann gebracht. Auch Lavinia selbst war von Clarey Lambert der Mutter gebracht worden, in so zartem Alter, daß Lavinia sich daran nicht erinnern konnte. Doch später hatte die Mutter ihr erzählt, sei sei etwas Besonderes, sie sei eines der Kinder des Schwarzen Mannes und würde einmal auch ihresgleichen heiraten.

»Du bis' nich' wie die andern Kinder«, hatte die Mutter ihr gesagt. »Dich hat der Schwarze Mann am Tag deiner Geburt auserwählt. Du bis' 'was Besonderes, un' der Schwarze Mann kann für dich etwas tun.«

Lavinia hatte sich aber nicht als etwas Besonderes gefühlt.

Sie hatte eigentlich überhaupt nichts gefühlt.

Sie tat immer nur, was man ihr sagte.

Und in manchen Nächten hatte sie den stillen Ruf gehört und war hinausgegangen ins tiefe Moor, wo sie dann mit den anderen Kindern im Zirkel gestanden hatte, um den Zeremonien zuzuschauen.

Den Hochzeiten beizuwohnen.

Die Einführung der Babys in den Zirkel mitzuerleben.

Und ihre Gabe zu geben.

Sie tastete unbewußt nach dem Zeichen auf ihrer Brust, nach der Narbe, die bezeugte, daß sie ihre Gabe gegeben hatte, daß in ihrer Kindheit die Nadeln häufig in ihren Körper eingedrungen waren.

Vor zwei Jahren hatte der Schwarze Mann sie dann für eine ganz besondere Zeremonie auserwählt.

In jener Nacht war sie ganz in Weiß eingekleidet worden, und als sie an den Altar gerufen wurde, hatte sie zunächst damit gerechnet, verheiratet zu werden.

Das war jedoch unmöglich, da sie noch nicht schwanger war, ja, der Schwarze Mann hatte für sie nicht einmal einen Jungen ausgesucht, mit dem sie zusammenleben sollte.

Doch sie war dem Ruf gefolgt, so wie alle Kinder dem Schwarzen Mann gehorchten, und war zum Altar geschritten, wo der Schwarze Mann nur mit ihr allein gesprochen hatte; unter seinen Worten, die sie tief berührten, war sie allmählich eingeschlafen, und als sie wieder aufwachte, hatte ihr Leben sich völlig verändert. Sie befand sich nicht mehr im Moor, sondern in diesem Haus, in dem sie sich seither ununterbrochen aufgehalten hatte. Aber sie hatte nicht mehr sprechen können.

Der Schwarze Mann hatte ihr erklärt, sie sei von allen Kindern das außergewöhnlichste, und deshalb habe er sie zur Pflege der Babys auserwählt. Lavinia hatte den Verlust ihrer Stimme akzeptiert, wie sie alles akzeptierte. Sie hatte nicht geweint; allerdings hatte sie, wie alle Kinder des Schwarzen Mannes, im Leben noch nie geweint.

Sie hatte rasch gemerkt, daß das Fehlen der Stimme gar nicht entscheidend war, weil nämlich niemand da war, mit dem sie sich hätte unterhalten können. Sie kümmerte sich nur um die Kinder und den Schwarzen Mann. Und das Haus war wundervoll.

Oben im Erdgeschoß gab es sechs Zimmer, herrliche Räume mit holzgetäfelten Wänden und rauhen Tapeten. Ein Raum war mit endlosen Bücherregalen gefüllt, und wenn Lavinia auch nicht lesen konnte, so hielt sie sich in diesem Raum doch sehr gern auf, um die Bücher zu berühren und das Aroma der Ledereinbände zu riechen und darüber nachzudenken, was die Schrift in den Büchern wohl bedeuten könnte. Doch meistens weilte sie in den Kellerräumen, um die Babys zu pflegen.

Als das Wasser die richtige Temperatur erreicht hatte, stellte Lavinia ein Fläschchen mit der Lösung in den Topf und begab sich in den Kinderpflegeraum ohne Fenster, der weiß gestrichen war. In vier der zwölf Krippen lagen Babys; die übrigen waren leer.

Sie beugte sich über den kleinen Sohn von Quint und Tammy-Jo und kitzelte ihn unter dem Kinn. Er öffnete schläfrig die Augen und bewegte die Ärmchen, bis seine Finger das Röhrchen faßten, das von der Nadel in seiner

Brust zu der Flasche führte, die an einem IV-Stab neben der Krippe hing. Lavinia löste die Finger behutsam vom Röhrchen und drückte ihm eine Rassel in die Hand. Er faßte sie ungeschickt und führte den Griff in den Mund. Lavinia lächelte – solange er nicht mit dem Röhrchen spielte und es abzureißen versuchte, brauchte sie ihn nicht zu fesseln.

Zwei andere Babys – sie waren inzwischen fast zwei Jahre hier und würden bald zurückmüssen ins Moor – schliefen tief, und als Lavinia sich über sie beugte, bedauerte sie doch, ohne Stimme zu sein: Sie hätte den Kindern liebend gern ein Wiegenlied gesungen. Statt dessen mußte sie sich damit begnügen, das eine Kind zärtlich wieder in die Decke zu wickeln und dem anderen den Teddybär in die Arme zu legen. Das schlafende Kind rührte sich nur ganz leicht und schlang die Arme um das Stofftier, bevor es wieder ganz fest schlief.

Das Kind in der Krippe, das der Schwarze Mann in der vergangenen Nacht hergebracht hatte, besuchte Lavinia zuletzt. Vorsichtig löste sie das Röhrchen von der Nadel in der Brust, nahm das Baby hoch und trug es in die Küche.

Sie hielt das Fläschchen gegen die eigene Haut, um die Wärme zu überprüfen, setzte sich an den Küchentisch, nahm das Baby in den Arm und hielt ihm den Schnuller an den Mund. Das Baby versuchte den Schnuller zuerst wegzustoßen, doch Lavinia gab nicht nach, bis das Kind zu trinken begann. Lavinia wiegte es an der Brust und überlegte zum erstenmal, ob sie wohl einmal selbst Kinder haben würde – wohl kaum, sagte sie sich. Sie nahm an, daß sie ihr ganzes Leben hier verbringen würde, um anderer Leute Babys zu betreuen. Wenn das der Wille des Schwarzen Mannes sein sollte, blieb ihr nichts anderes übrig.

Ungehorsam war Lavinia nie in den Sinn gekommen.

Als sie auf der Treppe Schritte vernahm, glitt ihr Blick automatisch zur Wanduhr.

Es war früh, viel zu früh.

Sie wußte, daß er es war. Denn hierher kam außer ihr nur der Schwarze Mann. Im übrigen war sein Gang ihr so vertraut, daß sie seine Schritte im Schlaf erkannt hätte.

Gleich darauf öffnete sich die Tür. Der Schwarze Mann trat ein. Er durchbohrte sie mit seinem Blick. Im hellen Licht der Küche wirkten seine Augen wie geschliffene Steine.

»Bring das Baby wieder in den Pflegeraum!« befahl Dr. Warren Phillips.

Mit kreidebleichem Gesicht rannte Lavinia los, um der Anweisung ihres Herrn und Meisters zu folgen. Phillips lächelte; die prompte Erfüllung seiner Wünsche befriedigte ihn jedesmal von neuem. Lavinia war die einzige, die sein Gesicht gesehen hatte – die den Mann zu Gesicht bekommen hatte, der hinter der Maske des Schwarzen Mannes lebte. Sie würde niemandem davon erzählen; denn während jener Zeremonie, als er ihr die Pflege der Babys anvertraut hatte, hatte er ihr die Stimmbänder entfernt.

Doch inzwischen gab es im Pflegeraum nicht mehr genug Babys.

Auf dem Weg suchte der Blick des Schwarzen Mannes gewohnheitsmäßig nach undichten Stellen im Boden. Die Räume unter seinem Haus waren aus dem Kalksteingrund geschlagen und gegen das unaufhörliche Sickern vom nahen Moor versiegelt worden; trotzdem liefen die Pumpen nahezu immer. Aber die Räume erfüllten ihren Zweck.

Das Haus lag ein paar Meilen hinter Villejeune in einer dichtbewachsenen Wildnis, die es vor zufälligen Besuchern versteckte. Und die wenigen Menschen, die ihn hier besuchten, sahen nichts von dem schalldichten Komplex unter dem Haus, von den Räumen, wo die Zeremonien vorbereitet wurden, die im Moor stattfanden, von den Laboratorien, wo Phillips ganz allein arbeitete, oder von dem Pflegeraum für die Babys.

Er trat ein, als Lavinia Carter das Plastikröhrchen an der Nadel im Brustkorb des Babys von Amelie Coulton wieder befestigte. Lavinia warf ihm einen angstvollen Blick zu, doch er beachtete sie nicht; er bewegte sich rasch zwischen den Krippen, um die vollen Flaschen an den IV-Stäben zu entfernen und durch leere zu ersetzen.

Schließlich kehrte er wieder zu Amelie Coultons Baby zurück, das in seiner Krippe auf dem Rücken lag; die Ärmchen waren mit Nylon-Strapsen gefesselt; die Nadel steckte noch in der Brust; aus dem Röhrchen tropfte eine hellbraune, faserige Flüssigkeit in die Flasche am IV-Stab. Phillips prüfte den Stand. Das war noch lange nicht genug. Er schaute sich um. Acht Krippen waren leer. Sie dürften nicht leer sein. Bis vor gar nicht langer Zeit war es ihm möglich gewesen, alle Krippen zu füllen. Probleme gab es erst seit etwa zwei Jahren.

Im Moor waren allzu viele Babys tot zur Welt gekommen; daraufhin hatten zu viele Väter bei der Geburt ihres Kindes im Kreißsaal des Krankenhauses in der Stadt anwesend sein wollen.

Als er mit der Schwester allein gewesen war, die ihre ganze Aufmerksamkeit stets der Mutter gewidmet hatte, war für ihn alles problemlos verlaufen. Die Väter aber achteten nur auf die Babys, ließen sie nicht eine Sekunde lang aus den Augen und nahmen sie nach der Geburt sofort an sich.

Immerhin – in der vergangenen Nacht war Amelies Kind zur Welt gekommen und hatte bereits fast zehn Kubikzentimeter der kostbaren Flüssigkeit produziert und würde in den nächsten Monaten täglich fast die gleiche Menge hervorbringen. Mit dem Größerwerden des Kindes nahm die Menge ab; er würde nur noch von Zeit zu Zeit etwas entnehmen können. Wenn es erwachsen würde, könnte er ihm jährlich nur noch wenige Tropfen abgewinnen, schließlich gar nichts mehr. Bis dahin würde das Kind allerdings alt genug sein, um selbst Kinder zu gebären. Den Mädchen des Zirkels suchte er dann einen Gefährten; sie vermehrten sich, und so gäbe es wieder neue Babys, um die Krippen zu füllen, Babys, die von ihm nur zu einem Zweck aufgezogen würden.

Da zur Zeit aber nur wenige Kinder alt genug waren, um Babys für ihn zur Welt zu bringen, sah er sich einem akuten Problem gegenüber; denn während er Schwierigkeiten hatte, Babys zu finden, wuchs der Bedarf an der wertvollen Flüssigkeit, die sie lieferten.

Phillips nahm die Sammelflasche vom Röhrchen ab, ersetzte sie durch einen leeren neuen Behälter und nickte Lavinia beim Verlassen des Raumes zu.

Im Labor begann der Verfeinerungsprozeß, indem Phillips die Flüssigkeit filterte, konzentrierte und in Glasphiolen versiegelte, die er im Safe verschloß. Angesichts der geringen noch verfügbaren Mengen würde er bald einige Entscheidungen treffen müssen.

Entscheidungen darüber, wer leben würde und wer nicht.

Die Entscheidungskriterien hatte er bereits festgelegt. Er empfand sie als überaus fair.

Um altes Leben zu verlängern, brauchte er neues Leben. Und mit dem unaufhaltsamen Fortschreiten der Zeit bedurfte es immer mehr an neuem Leben, um die Verwüstungen des Alters bekämpfen zu können.

Deswegen mußten die sterben, die ihm kein neues Leben, keine Babys, die die Krippen im Pflegeraum füllten, zu bringen vermochten.

George Coulton hatte versucht, sein Kind nicht, wie versprochen, ihm zu geben, und dafür hatte der Schwarze Mann ihn bestraft. Georges Tod hatte noch einen anderen Zweck gehabt: er sollte anderen als Warnung dienen.

Eine halbe Stunde später stieg Phillips vor Clarey Lamberts Hütte aus dem Boot. Schweigend hörte er ihrem Bericht über Jonas' Mißgeschick zu.

Obwohl er sich Clarey gegenüber nicht äußerte, hatte er seinen Entschluß bereits beim Verlassen der Hütte gefaßt.

Judd Duval hatte zugelassen, daß eins der Kinder von einem Außenstehenden ausgefragt wurde.

Judd mußte bestraft werden.

Und Warren Phillips wußte auch, wie er Judd Duval auf die schlimmste Weise bestrafen könnte.

13

Michael wurde nach der Arbeit von Kelly erwartet. Sie saß auf seinem Motorrad. Er kannte sie zunächst kaum wieder. »Was hast du mit deinem Haar gemacht?« fragte er, als er unmittelbar vor ihr stand; er war völlig perplex.

Sie grinste unsicher. »Ich hab's gefärbt. Das heißt, deine Mutter hat's getan.«

Michael stand vor Staunen der Mund offen. »Meine Mutter?« wiederholte er.

Kelly erzählte ihm die ganze Geschichte. Er rollte mit den Augen. »Wahnsinnig«, erklärte er hinterher. »Ich meine, so kenne ich sie gar nicht.«

Kelly kicherte. »Ich hab' sie gern. Sie ist nett, und...« Sie brach plötzlich ab.

»Und was?« drängte Michael.

Kelly senkte den Blick. »Bei ihr komme ich mir nicht vor wie ausgeflippt.«

»Wer behauptet denn, daß du ausgeflippt bist?«.

Kelly musterte ihn ungeduldig. »Ich hab' nicht gesagt, daß wer *behauptet* hat, ich wäre ausgeflippt. Ich... ich komme mir manchmal nur selbst so vor. Ich meine, geht es dir nicht hin und wieder auch so? Daß du glaubst, du drehst durch?«

Michael nickte. So hatte er sich erst am Morgen gefühlt. Als er mit der Erinnerung an seinen Traum aufgewacht war.

Die Erinnerung war so lebhaft gewesen, daß er befürchtet hatte, er hätte es nicht geträumt. Als er sich dann im Spiegel betrachtet und den roten Fleck auf der Brust bemerkt hatte, war ihm angst und bange geworden. Sollte sich das, woran er sich erinnerte, wirklich zugetragen haben? Oder verlor er den Verstand?

Er hatte bei der Arbeit den ganzen Tag an Kelly denken müssen und gewünscht, es ihr erzählen zu können, und sich andererseits innerlich dagegen gewehrt, weil er befürchtete, daß sie ihn für verrückt erklären würde. Doch nach dem zu urteilen, was sie selbst eben gesagt hatte...

Er brachte es nicht über sich, ihr in die Augen zu sehen. »Ich... ich hatte nachts einen Traum«, sagte er. »Einen seltsamen Traum. Über uns und die Nacht im Moor.«

Kellys Puls begann zu rasen: Wenn er sich nun an das gleiche erinnerte wie sie... Sie wollte den Gedanken nicht zu Ende denken.

Ihre Blicke trafen sich. Und bevor er auch nur ein Wort sprach, wußte sie schon, *was* er sagen würde.

»Du hast einen Fleck auf der Brust, nicht wahr?« erkundigte sie sich. »Wie ein Mückenstich. Nur ein bißchen größer.«

Michael nickte langsam mit dem Kopf. »Es ist... als ob mich jemand mit einer Nadel gestochen hätte. Die Stelle ist wund.«

Kelly sah sich nervös um. Aus dem Tor kamen noch immer Touristen. Sie war plötzlich verlegen. »Können wir nicht von hier weggehen?« fragte sie und rutschte auf den Sozius, um Michael Platz zu machen.

»Wo möchtest du denn gern hin?« rief Michael beim Anfahren über die Schulter.

»Wo wir ungestört sprechen können.« Sie legte ihm die Arme enger um die Brust. »Michael, ich habe Angst.«

Michael wollte sich die eigene Angst nicht eingestehen. Wenn nämlich auch sie einen Flecken auf der Brust hatte, konnte der Traum kein Traum gewesen sein.

Eine Stunde später saßen sie an einem der zahllosen Entwässerungsgräben. Beim Anblick des Moores faßte Kelly nach Michaels Hand.

Anders als an den Abenden zuvor wirkte das Moor unheimlich mit seinen moosbehangenen Zypressen und den Büschen von Kohlpalmen an den Rändern der seichten Bayous, die ins Leere zu laufen schienen. Kelly verstand gar nicht, daß sie beide sich gestern in den Tiefen des Moores so wohl gefühlt haben konnten. Selbst von hier aus konnte sie in den Bäumen zusammengerollte Schlangen und im Schlamm die unbeweglichen Alligatoren lauern sehen. Die Sonne stand hoch am Himmel. Kelly konnte sich nicht vorstellen, daß sie sich in solch eine schreckliche Wildnis hineinwagen würde.

Sie begannen von der gestrigen Nacht zu sprechen, ein wenig stockend zunächst, suchend, bis sie merkten, daß ihre Erinnerungen sich deckten.

Die Zeremonie. Der Schwarze Mann. Die Nadel, die er ihnen in die Brust gestochen hatte.

Die Kinder.

Die Kinder, die so gänzlich anders waren als sie und mit denen sie sich dennoch verbunden gefühlt hatten.

»Aber sie sind Sumpfratten«, bemerkte Michael zuletzt. »Sie haben mit uns nichts gemeinsam.«

Und wenn sie selbst auch Sumpfratten wären? schoß es Kelly durch den Sinn. Wenn sie in Wahrheit von dort, aus dem Moor kämen? Bei dem Gedanken zuckte sie zusammen. In ihrer Fantasie hatte sie sich ihre wahre Mutter immer als schöne Frau vorgestellt – auf keinen Fall wie diese Frauen des Sumpfgebiets mit ihren schrumpeligen Gesichtern und dem ungepflegten, strähnigen Haar.

»Hast du dich je gefragt, ob du nicht vielleicht nur adoptiert bist?« erkundigte sich Kelly.

Michael sah sie verwundert an. »Natürlich«, sagte er. »Ich *bin* doch ein Adoptivkind.«

Worauf nun Kelly ihn erstaunt musterte. »Ich auch«, erwiderte sie. »Meinst du, daß wir von dort kommen?«

Michaels Miene umwölkte sich, als er Kelly zum Moor hinüberstarren sah. »Aus dem Sumpfgebiet?« fragte er ungläubig. »Was willst du damit sagen?«

Kelly biß sich nervös auf die Lippen. Sie wählte ihre

Worte mit Bedacht. »Ich bin mir nicht sicher. Aber haben wir uns möglicherweise deshalb ihnen zugehörig gefühlt, weil wir... also, ich meine, weil wir vielleicht wirklich zu ihnen gehören? Weil wir ursprünglich vielleicht von dorther kommen? Könnte es sein, daß unsere Eltern uns von Menschen im Moor übernommen haben?«

»Das ist doch verrückt«, protestierte Michael. »Die Menschen im Sumpf sind alle komisch. Die meisten wissen nicht mal, wer ihr Vater ist...«

»Könnte das nicht der Grund sein?« sagte Kelly. »Daß unsere richtigen Mütter im Moor leben und nicht zulassen wollten, daß wir wie die übrigen Kinder dort aufwachsen, und uns deshalb weggegeben haben?«

»Aber die Menschen dort sind alle halbverrückt...«

Kelly fixierte ihn. Sie sagte kein Wort. Sie mußte es auch gar nicht aussprechen.

Sollte das der Grund sein für das merkwürdige Gesicht im Spiegel? überlegte Michael. Sollte es in seinem Bewußtsein einen dunklen Fleck geben, von dem er nichts wußte? Er wagte Kelly nicht offen anzusehen. »Siehst du im Spiegel manchmal ein fremdes Gesicht?« murmelte er, mehr zu sich selbst denn als Frage an Kelly. »Einen alten Mann, der fast schon tot aussieht und nach dir greift?«

Trotz der stickigen Nachmittagshitze lief es Kelly eiskalt über den Rücken. »Er steht hinter dir«, flüsterte sie, »und starrt dich an. Und wenn du dich umdrehst, ist niemand da.«

Michael war aschfahl geworden. »*Du* hast ihn also auch gesehen?«

Kelly nickte.

»*Das* habe ich gestern beobachtet«, fuhr Michael fort, »als ich mit dem Motorrad stürzte. Es war nicht das Auto, das mir den Schreck eingejagt hat. Es war dieses Gesicht. Ich hab es im Rückspiegel meines Motorrads gesehen.«

»Ich sah es in der Nacht, als ich mich umbringen wollte.« Und Kelly erzählte ihm stockend, mit leiser Stimme, von jener Nacht in Atlanta, berichtete ihm, daß dieses Gesicht sie seit frühester Kindheit in ihren Träumen verfolgte, gestand ihm die Angst, unter der sie litt. »Und ich habe auch angenommen, *er* hätte mich schwanger gemacht«, gab sie zuletzt zu, und sie habe sich gefürchtet, es den Ärzten mitzuteilen. »Darum wollte ich mir das Leben nehmen. Weil ich dachte, ich würde ein Kind von *ihm* kriegen.«

Michael musterte sie prüfend. »Aber du warst gar nicht schwanger, oder?«

Kelly schüttelte den Kopf. »Nein. Aber er will etwas von uns.«

Michaels Stimme klang hohl. »Und wenn er gar nichts will?« fragte er. »Wenn er's längst besäße und bloß fürchtet, daß wir es zurückhaben wollen?«

Kelly drückte seine Hand fester. »Aber was könnte das sein?« hauchte sie. »Was könnte er uns weggenommen haben?«

Darauf wußte Michael auch keine Antwort, doch unbewußt glitt seine Hand zur Wunde auf seiner Brust.

Michael betrat das Eßzimmer und verdrückte sich auf seinen Stuhl. Craig Sheffield sah ihn strafend an, um dann demonstrativ auf die Uhr zu schauen. »Du hättest vor einer Stunde zurücksein sollen«, sagte er. »Die Mahlzeit ist fast beendet. Würdest du die Güte haben, uns mitzuteilen, wo du gewesen bist?«

Michael überlegte blitzschnell: Nach dem gestrigen Streit seiner Eltern wegen Kelly Anderson würde er dem Vater besser nicht erzählen, daß er wieder mit ihr zusammengewesen war.

»Ich habe Überstunden gemacht«, antwortete er. »Es gab da noch ein paar Dinge zu erledigen.«

Craig kniff die Augen zusammen. »Ich werde mit Phil Stubbs reden müssen. Entweder machst du deine Arbeit nicht richtig, oder er beutet dich aus.«

Michael krampfte sich der Magen zusammen. Wenn der Vater Phil Stubbs anriefe, würde der ihm den gestrigen Vorfall berichten. »Ich... also, es war eigentlich keine Arbeit«, meinte er. Lieber gleich die Wahrheit sagen und es hinter sich bringen. »Kelly Anderson hat auf mich gewartet. Wir haben uns unterhalten. Es tut mir leid, daß ich zu spät komme, aber...«

Craig schnitt ihm das Wort ab. »Hab' ich dir nicht gesagt, daß du dies Mädchen meiden sollst?« wollte er wissen.

»Ja, aber...«

»Kein Aber. Du sollst dich von ihr distanzieren. Hast du mich verstanden?«

Michael wurde wütend. »Herrgott! Du kennst sie ja nicht einmal!«

»Aber ich weiß über sie Bescheid!« schoß Craig zurück. »Und schrei mich nicht an, Michael! Auch wenn du sechzehn bist – ich bin immer noch dein Vater.«

»Um Himmels willen, Craig!« mischte sich Barbara ein. »Michael hat doch recht. Du verläßt dich auf Hörensagen. Wenn du sie kennen würdest, hättest du sie auch gern.«

Craig wandte sich seiner Frau zu. »Da darf ich wohl annehmen, daß du etwas weißt, was mir unbekannt ist?«

Barbara senkte den Kopf und zwinkerte Jenny zu, die sich Mühe gab, nicht zu kichern – was ihr mißlang. Sofort hatte sie es mit dem Vater zu tun.

»Was geht hier vor?« verlangte er.

»Kelly war heute hier«, platzte es aus Jenny heraus. »Und Mami hat ihr die Haare gefärbt.«

Craig wandte sich wieder seiner Frau zu. »Du hast Kelly Andersons Haar gefärbt?« wiederholte er tonlos.

Barbara nickte. »Sie suchte Michael, da sind wir ins Gespräch gekommen und hatten plötzlich die gemeinsame Idee, daß sie eine andere Haarfarbe brauchte.«

Craig zog die Lippen zusammen. »Und mit welchem Grund?« fragte er. »Ich meine – ist es etwa normal, daß ein wildfremdes Mädchen aufkreuzt, sich dir vorstellt und dich auffordert, ihr die Haare zu färben?«

Jenny kicherte. »Es war rosarot, Daddy«, sagte sie. »Das hättest du sehen sollen!«

Craigs Blick ruhte auf Barbara. »Du wirst mir wohl erzählen wollen, daß sie im Grunde ein ganz liebes Mädchen ist, nicht wahr?« Er war offensichtlich auf eine Auseinandersetzung aus. »Nur ein bißchen orientierungslos. Habe ich recht?«

Barbara seufzte. Dieser herablassende Ton mochte ihrem Mann als Rechtsanwalt nutzen – privat konnte sie es nicht ausstehen, wenn er ihr das Gefühl vermittelte, sich wie ein Volltrottel benommen zu haben. Und diesmal durfte sie es ihm nicht durchgehen lassen; sie hatte Michaels Wut bemerkt. »Genau!« meinte sie kühl. »Ich bin eben eine typische Sozialarbeiterin – das hättest du mir ja wohl als nächstes an den Kopf geworfen.«

Sie ließ Craig nicht zu Wort kommen. »Und wie mich dünkt, verehrter Herr Anwalt«, fuhr sie fort, »wäre es vielleicht zweckdienlich, wenn Sie vor einer Urteilsfindung Ihr Beweismaterial studierten!«

Craig ging in die Defensive. »Ich wollte nicht...«

»Aber du hast es getan!« unterbrach ihn Barbara. »Du hast dir über Kelly Anderson ein Urteil gebildet! Obwohl du ihr nicht einmal begegnet bist! Also, du irrst dich. Michael hat sie gern, ich habe sie gern, und Jenny hat sie auch gern. Und *wir* haben sie kennengelernt.« Sie warf Michael einen ermunternden Blick zu, um gleich darauf wieder ihren Mann zu fixieren. »Ich sage ja nicht, daß sie keine Probleme hat. Sie *hat* Probleme. Ihr fehlt jegliches Selbstvertrauen, und die Verständigung mit ihr ist ein wenig mühsam. Aber im Kern scheint sie wirklich ein sehr nettes Mädchen zu sein.«

Craig ließ den Blick über den Kreis seiner Familie gleiten, die sich plötzlich gegen ihn verschworen hatte. »Also gut«, meinte er schließlich. »Ich weiß, was wir tun werden. Ich rufe Carl Anderson an. Wir laden alle zum Grillen ein. Auf die Weise lerne auch ich das Mädchen kennen, das ihr bewundert. Im übrigen«, wandte er sich an Michael, »solltest du von dir aus Verantwortungsbewußtsein zeigen. Du machst keine Überstunden mehr, und du lungerst mit niemandem herum, ohne daß du deiner Mutter vorher mitteilst, wo du bist und wann du nach Hause kommst. Ist das klar?«

Michael nickte.

In der Nacht betrachtete er sich lange im Spiegel der Schranktür und versuchte, das gräßliche Gesicht wieder herbeizuzwingen – im Wissen, daß auch Kelly es gesehen hatte, würde er sich weniger fürchten. Aber da war nichts zu sehen.

Dunkel umhüllte sie, doch sie spürte: sie war nicht mehr allein. Da war jemand. Sie fühlte die Nähe des Bösen.

Er verfolgte sie erneut.

Noch konnte sie ihn nicht erkennen, konnte sie seine Gegenwart im Dunkel der Nacht, sein Greifen nach ihr nur ahnen.

Doch dann sah sie ihn, zunächst als Schatten, der aus der Dunkelheit hervortrat, dann als Gesicht: ein Gesicht, in dem sich die Haut so straff über die Knochen spannte, daß die Augen – glühende, rote, gierige Augen – hell vortraten.

Auch die Lippen waren zurückgezogen. In seinem Mund konnte sie die faulenden Zähne erkennen.

Sie vermochte seinen röchelnden Atem zu hören und seinen stinkenden Atem zu riechen.

Und zuletzt streckten sich seine Hände, diese gräßlichen Finger nach ihr aus, die im Finstern nach ihr tasteten.

Fort – nur fort von hier!

Sie wollte rennen. Die Beine gehorchten ihr nicht. Es war, als ob ihre Füße im Boden versunken wären.

Schlamm.

Überall um sie herum Schlamm, saugender Schlamm, der sie nach unten zog, wie in eine Falle, damit er sie packen konnte.

Sie öffnete den Mund zum Schrei. Der Schrei kam nicht. Sie hatte die Stimme verloren.

Sie verdoppelte ihre Anstrengungen. Ihr schnürte sich die Kehle zu, als sie einen Laut über die Lippen bringen wollte.

Näher, noch näher – seine Finger berührten sie fast, da lagen sie auch schon auf ihr, die Finger mit der kühlen Reptilienhaut, vor der ihr Fleisch zurückzuckte, und endlich stieß sie den Schrei aus.

»Nein!«

Kelly erwachte. Ihr ganzer Körper bebte, und sie erkannte sofort, daß sie wieder geträumt hatte.

Es war nur ein Traum. Sie befand sich in Sicherheit. Sie befand sich in ihrem Zimmer über der Garage im Haus ihres Großvaters. Durch das offene Fenster konnte sie die Frösche und die Insekten hören, deren Surren die Nacht füllte.

Es war alles in Ordnung.

Nein.

Es *war* jemand im Zimmer.

Unter dem erneuten Eindruck des Traums packte sie eine panische Angst.

Er war bei ihr im Zimmer.

Aber das war unmöglich. Sie war wach. Da mußte sie in Sicherheit sein.

War sie aber nicht. Sie spürte ihn neben dem Bett stehen und auf sie herabblicken.

Sie hielt die Augen geschlossen. Sie verwünschte ihn.

Sie konnte sein Atmen wieder hören, das Röcheln sterbender Lungen.

Sie harrte wie gelähmt der Berührung.

Eine Hand faßte nach ihr.

»Nein!« schrie sie, riß sich los, richtete sich im Bett auf, tastete nach der Lampe – mit dem hellen Licht müßte der Alptraum doch weichen.

Sie mußte blinzeln im grellen Licht, das schlagartig das Zimmer erhellte, und ihr entrang sich ein neuer Schrei.

Eine Gestalt beugte sich über sie.

»Kelly? Kelly, was ist mit dir?«

Es war Großvaters Stimme. Kelly atmete tief durch. Sie erschauerte und fiel nach hinten aufs Kissen.

»Ich habe dich nicht erschrecken wollen, Liebling«, sagte Carl Anderson. »Ich bin nur gekommen, weil ich dich schreien gehört habe.«

Kelly kniff die Augen zusammen. Sie hatten sich noch nicht an das Licht gewöhnt. Im Grellen war ihr fast...

Nein! Sie drängte den Gedanken aus ihrem Bewußtsein. Es war bloß der Großvater. »Wie spät ist es?« fragte sie ihn.

»Erst kurz nach elf«, antwortete Carl. »Ich hatte gedacht, du würdest noch lesen.«

Kelly schüttelte den Kopf. »Ich... ich hab' einen Alptraum gehabt.«

»Daran bin ich schuld«, sagte Carl teilnahmsvoll. »Ich hätte mich nicht in dein Zimmer schleichen sollen. Ich habe dich fast zu Tode erschreckt, nicht wahr?«

Er gab Kelly zärtlich einen Kuß auf die Backe.

Sein Atem – der gleiche, stinkende Geruch wie im Traum – drang ihr in die Nase. Sie wich instinktiv zurück.

Der Großvater richtete sich auf und blieb einen Moment lang unbeweglich stehen, bevor er das Zimmer verließ.

In dieser und in den folgenden Nächten lag Kelly meist wach. Sie konnte vor Angst nicht schlafen.

14

»Nun?« fragte Barbara Sheffield.

Es war Samstagabend. Die Sonne schwebte im Westen über dem Horizont und warf lange Schatten über den breiten Hof, der das Haus der Sheffields vom Kanal trennte. Barbara garnierte in der Küche eine Schüssel Kartoffelsalat mit Scheiben von hartgekochten Eiern, während Craig ein paar Dosen Bier aus dem Kühlschrank angelte. Auf der Terrasse kümmerte sich Ted Anderson um den Grill; seine Frau und sein Vater ruhten auf Liegen. Der Nachmittag war rasch vorübergegangen. Die Männer hatten sich im Fernsehen ein Baseball-Spiel angeschaut; Barbara hatte sich mit Mary Anderson unterhalten.

»Nun was?« gab Craig zurück, obwohl er Barbaras Frage sehr wohl verstanden hatte. Sie deutete mit dem Kopf zum Fenster; Craig schaute hinaus und lächelte beflissen. Auf dem Rasen beugte sich Kelly Anderson über Jenny, um ihr beim Krocket-Spiel einen schwierigen Ballstoß zu demonstrieren, und mit ein wenig Nachhilfe schwang Jenny den Schläger, so daß der orangerote Ball durchs Tor schoß, von Kellys Ball abprallte und Michaels Ball traf.

»Es hat geklappt!« Jenny hüpfte aufgeregt hin und her. »Was muß ich jetzt machen?«

Und während Michael vorschlug, Jenny solle Kellys Ball auf den Hof nebenan knallen, und Kelly meinte, sie solle doch einmal versuchen, Michaels Ball in den Kanal zu schießen, zuckte Craig die Achseln.

»In Ordnung. Ich habe mich geirrt. Sie scheint wirklich ein nettes Mädchen zu sein.« Obwohl sie allein in der Küche waren, senkte er die Stimme. »Aber eines kapiere ich immer noch nicht – warum hat sie sich das Leben nehmen wollen, wenn sie so normal ist?«

»Kinder können unter allen möglichen Formen von Streß leiden.«

»Jedenfalls wirkt sie inzwischen völlig normal«, entgegnete Craig. »Vielleicht hatten Mary und Ted recht – vielleicht brauchte sie wirklich bloß eine neue Umgebung.«

»Du hättest sie vor ein paar Tagen sehen sollen!« Barbara grinste. »Mit ihrem rosaroten Haar...« Sie brach ab und wurde rot, weil Mary Anderson in die Tür trat.

Doch Mary lächelte nur. »Das *gräßliche* rosarote Haar?« fragte sie. »Haben Sie sich darüber unterhalten?« Barbara wurde noch röter. »Ist schon gut, Barb«, fuhr Mary fort. »Es *war* gräßlich, und ich muß Ihnen noch danken, daß Sie Kelly zum Umfärben überredet haben. Kommen Sie, ich helfe Ihnen.« Sie begann ein Ei zu pellen und warf Craig einen Blick zu. »Mein Mann und mein Schwiegervater leiden angeblich unter Biermangel.«

Craig verstand den Wink mit dem Zaunpfahl, holte drei Dosen Bier aus dem Kühlschrank und ließ die Frauen in der Küche allein.

»Ich bin Ihnen wirklich sehr dankbar.« Mary begann, das Ei in Scheiben zu schneiden. »Ich wüßte nur zu gern, wie Sie das fertiggebracht haben.« Das Lächeln verschwand aus ihrem Gesicht. »Ich weiß manchmal einfach nicht, wie ich mit Kelly umgehen soll.«

»Also, da dürfen Sie nicht mich fragen«, erwiderte Barbara. »Als Mutter hab' ich einfach Glück gehabt. Dafür gibt's keine Ausbildung, da kann man sich nur auf seinen Instinkt verlassen.«

Da wurde Mary sehr ernst. »Vielleicht besteht mein Problem darin, daß ich keinen mütterlichen Instinkt habe.« Sie wich Barbaras Blick aus. »Ich habe eigentlich *nie* gewußt, was ich mit Kelly anfangen sollte. Seit sie ein Baby war. Und je älter sie wird, desto schlimmer wird's.«

»Ich bitte Sie!« widersprach Barbara. »Instinkt hat jede

Mutter. Das müssen Sie doch schon mit Beginn der Schwangerschaft gemerkt haben.« Ihr ging erst ein Licht auf, als Mary puterrot anlief; sie wurde verlegen. »Das war sehr dumm von mir«, sagte sie. »Ich hätte von selber drauf kommen müssen. Kelly sieht schließlich weder Ihnen noch Ihrem Mann ähnlich. Sie haben sie adoptiert, nicht wahr?«

Mary nickte. »Ich konnte keine Kinder bekommen. Wir haben wirklich alles versucht. Ich bin unfruchtbar.« Ihre Stimme bekam einen harten Klang. »Ich frage mich manchmal, ob es nicht besser gewesen wäre, wenn wir das einfach akzeptiert hätten.«

Barbara ließ die Arbeit ruhen und schaute Mary voll ins Gesicht. »Das kann doch nicht Ihr Ernst sein!«

»Warum nicht?« fragte Mary mit Tränen in den Augen. »Wissen Sie denn, was es heißt, ein Kind großzuziehen, das einem fremd bleibt? Wenn etwas schiefgeht – und mit Kelly schien eigentlich fast immer etwas schiefzugehen –, fragt man sich zuerst, ob man selbst etwas falsch macht. Und später fragt man sich, ob es mit der Herkunft des Kindes zu tun haben könnte, mit seinen Genen.« Sie lachte gequält. »Aber Sie als Mutter von zwei vollkommenen, eigenen Kindern können das bestimmt nicht verstehen, nicht wahr?« Als sie Barbaras Erschrecken bemerkte, geriet sie ins Stocken. »Barbara? Habe ich etwas Falsches gesagt?«

Barbara nickte beklommen und versuchte, die Tränen zurückzudrängen. »Wir haben Glück gehabt«, sagte sie leise. »Mit Michael hat es keine großen Probleme gegeben. Er ist zwar immer ein Einzelgänger gewesen, aber...«

Mary fiel fast das Kinn herunter. »Michael ist nicht Ihr eigener Sohn?«

Barbara mußte schlucken. »Ich... Es gab damals ein Problem. Mein erstes Kind war eine Totgeburt.« Sie sagte es mit kaum hörbarer Stimme. »Wir haben Michael vor meiner Entlassung aus dem Krankenhaus adoptiert.«

Mary legte die Arme um sie und drückte sie kurz an sich. »Es tut mir leid«, sagte sie leise. »Das hab' ich ja nicht gewußt.« Sie trat einen Schritt zurück. »Wir sind vielleicht Zwei: Kennen uns noch keinen Tag und liegen uns bereits weinend in den Armen.«

Die beiden Frauen machten sich wieder an die Arbeit; Barbara erzählte spontan vom Verlust ihres Kindes. »Ich habe seit Jahren nicht mehr daran gedacht«, sagte sie. »Bis letzte Woche nicht: Eine Frau aus dem Moor hatte eine Totgeburt und verlor fast den Verstand.« Sie berichtete von dem Anruf aus der Klinik, als Jolene Mayhew sie über den Tod des Babys und die Reaktion Amelie Coultons verständigt hatte. »Hat Kelly Ihnen denn nichts erzählt?«

Mary schüttelte den Kopf. »Kelly erzählt meinem Mann und mir leider so gut wie nichts. Sie kommt und geht, sie ißt und schläft bei uns. Aber wenn ich mit ihr zu sprechen versuche, wehrt sie jedesmal ab.«

»Das kenne ich«, sagte Barbara. »Mit Michael ist's manchmal ähnlich. Der behält auch alles für sich.« Als sie aus dem Fenster schaute, bereitete Michael gerade einen Schuß auf Kellys Krocket-Ball vor, und Jenny tat alles Erdenkliche, um seine Konzentration zu stören. »So war's jedenfalls, bis Kelly nach Villejeune gekommen ist. Ich habe den Eindruck, daß sie seine erste Freundin werden könnte.«

»Also, mir wär's nur recht«, meinte Mary. »Ich weiß nicht, was geschehen ist, doch seit unserer Ankunft wirkt Kelly irgendwie glücklicher. Sie spricht zwar noch immer kaum mit uns, aber sie bleibt wenigstens nicht mehr ganze Nächte lang weg.«

Sie schauten den Kindern ein Weilchen zu. Kelly mußte ihren Blick wohl gespürt haben; sie winkte nämlich herüber. Mary winkte zurück. Dann legte sich ein Schatten über ihr Gesicht. »Also, wenn das nicht...« sagte sie.

Barbara betrachtete sie mit forschendem Blick.

»Als Kelly eben hochschaute, sah sie genauso aus wie Sie!«

Barbara fröstelte. Ihr fiel wieder ein, was Jenny vor ein paar Tagen gesagt hatte. *Sie sieht aus wie Kusine Tisha!* Und schon kam ihr wieder die Fantasie über ihre tote Tochter, dazu die Erinnerung an die merkwürdige Geschichte, die ihr Jolene Mayhew erzählt hatte: Amelie sei nicht davon abzubringen, daß ihr Baby lebe und man es ihr bloß weggenommen habe! Genauso hatte Barbara selbst empfunden, als sie vor sechzehn Jahren ihr kleines Mädchen verloren hatte. Sie hatte den Verlust einfach nicht akzeptiert, bis Dr. Phillips ihr Michael in die Arme gelegt und der Kleine die große Leere in ihrem Herzen gefüllt hatte. Nun kehrten auch diese Erinnerungen zurück; ohne darüber nachgedacht zu haben, stellte sie Mary eine Frage.

»Mary – woher haben Sie Kelly bekommen?«

Mehr als die Frage verunsicherte Mary der Ton. Sie begriff, was Barbara durch den Sinn ging.

»Nein, Barb«, sagte sie leise. »Das habe ich Ihnen wirklich nicht in den Kopf setzen wollen. Ich halte die Ähnlichkeit für einen überraschenden Zufall.«

Doch so sehr Barbara sich auch bemühte, den Gedanken zu verdrängen, sie konnte ihren Blick an diesem Abend nicht mehr von Kelly lösen.

Die Ähnlichkeit zwischen Kelly Anderson und ihrer Nichte kam ihr immer auffallender vor.

Judd Duval erhob sich von seinem Sessel. Seit Anbruch der Dunkelheit vor rund zwei Stunden ging er mindestens zum zehntenmal zum Eingang seiner Baracke am Rande des Moors.

Er litt unter Halluzinationen.

Es mußten Halluzinationen sein. Er sagte sich immer und immer wieder, daß die Geräusche nicht der Realität entstammten. Und doch erhob er sich jedesmal aus seinem abgenutzten Liegesessel, wenn er den Eindruck hatte, daß etwas auf seine Hütte zukam.

Es war jedesmal dasselbe.

Er trat auf die Veranda. Finsternis umfing ihn. Es war eine furchterregende Finsternis, die ihn verschlingen zu wollen schien.

Es mußte wegen des Lichts in der Hütte sein, daß ihm die Finsternis ringsum so undurchdringlich vorkam. Deshalb schaltete er alle Lampen aus; nur den Schwarz-Weiß-Fernseher ließ er weiterlaufen.

Nachdem seine Augen sich an die Dunkelheit gewöhnt hatten, suchte er die Schatten noch einmal ab. Irgendwo dort draußen im hohen Schilfgras oder hinter einem Gebüsch von Kohlpalmen hatten sie sich versteckt, um ihn zu beobachten – die Kinder mit den ausdruckslosen Augen.

Quatsch! sagte er sich jedesmal von neuem.

Da war überhaupt niemand.

Und so kehrte er jedesmal wieder zum Fernseher zurück, ohne dann aber dem Bildschirm Beachtung zu schenken, weil er mit den eigenen Vorstellungen beschäftigt war.

Diesmal war er sich absolut sicher, das weiche Eintauchen eines Ruders ins Wasser vernommen zu haben.

Er schaltete das Licht erneut aus und wartete im Dunkel.

Zu seiner Rechten hörte er ein Rascheln. Er erstarrte.

Dann sah er die Augen.

Helle, glühende Augen, die ihn fixierten.

Und daneben ein zweites Paar Augen.

Dann noch eins. Und noch eins.

Ihm begann laut das Herz zu klopfen, als er den Halbkreis der spähenden Augen sah.

Kamen sie näher?

Er vermochte es nicht zu erkennen.

Er hob beim Rückwärtsgehen auf der Veranda die Füße

kaum von den splitternden Planken. Mit der rechten Hand tastete er nach der Tür.

Als er das Holz des Türrahmens spürte, richtete er sich auf.

Und schon war er drinnen, machte die Tür hinter sich zu, schob den Riegel vor, horchte wieder.

Hören konnte er nichts, doch er spürte sie näherkommen und sein Haus umzingeln.

Er bekam kaum mehr Luft. Er ging zum Fernseher und schaltete ihn ab. Der Raum versank in völligem Dunkel. Nur wo Fenster in die Wände eingelassen waren, zeichneten sich ganz leicht hellere Flächen ab. Er schlich auf ein Fenster zu und schaute mit rasendem Puls ins Sumpfland hinaus.

Die Augen waren noch immer auf ihn gerichtet.

Ein Geräusch.

Ein leises, kratzendes Geräusch, als ob jemand auf die Veranda gekrochen wäre.

Es lief ihm eiskalt über den Rücken.

Jonas!

Judd hatte ihn eigentlich schon seit Tagen erwartet, seit dem Augenblick, als der Junge ihn böse fixiert und gedroht hatte, ihm das Leben aus dem Leib zu reißen.

In dieser Nacht würde er ihm ins Auge sehen müssen.

Er konnte den Jungen auf der Veranda fühlen. Er hörte ein Kratzen an der Tür.

Seine Waffe!

Er brauchte seine Waffe!

Er überlegte fieberhaft, wo sie sein könnte.

Auf dem Tisch neben dem Bett! Dort mußte sie sich befinden – er erinnerte sich, sie nach der Heimkehr am Nachmittag dort abgelegt zu haben.

Er kroch lautlos durchs Dunkel, bis seine Finger den Revolver umfaßten. Er entsicherte ihn. Er tastete die Kammern der Trommel ab.

In jeder Kammer befand sich eine Kugel.

Und wieder hörte er das schwache Kratzen, als wollte jemand von der Veranda in die Hütte.

Judd schlich zur Tür und preßte das Ohr ans Holz. Zunächst vernahm er nichts, dann ein leises Drücken, als ob jemand Schloß und Riegel zu öffnen versuchte.

Mit dem entsicherten Revolver in der Rechten tastete Judd nach dem Riegel, zog ihn lautlos zurück, trat einen Schritt nach hinten, um nach einer Weile blitzschnell den Griff zu drücken und die Tür aufzureißen.

Vor ihm erhob sich eine Gestalt. Judd hob die Waffe und schoß. Ein Todesschrei zerriß die Stille. Die dunkle Gestalt fiel auf der Veranda in sich zusammen und blieb regungslos liegen.

Judd griff an die Wand hinter sich und machte Licht.

Auf den Kiefernbrettern der Veranda lag mit blutgetränktem Fell und einer klaffenden Wunde in der Brust ein Waschbär.

Judd schaute ihn einen Moment lang ungläubig an. Dann stieß er einen Fluch aus, trat das tote Tier mit dem Fuß ins Wasser, wo es träge trieb, bis das Wasser aufschäumte und ein Alligator herausschoß, sich das tote Tier schnappte, mit dem Schwanz schlug und wieder im Dunkel verschwand.

»Ein Waschbär!« murmelte Judd vor sich hin, als er wieder ins Haus trat. »Bloß ein verdammter Waschbär.«

Er legte den Revolver wieder auf den Tisch neben dem Bett und schaute in den Spiegel.

Und erstarrte erneut.

Selbst in diesem grellen Licht sah sein Gesicht grau und teigig aus; die Augen lagen tief in den Höhlen.

Um den Hals bildeten sich Flechten lockerer Haut. Er betrachtete seine Hände – geschwollene Knöchel, Leberflecken.

Aber das konnte doch gar nicht möglich sein! Er war erst vor drei Tagen bei Phillips gewesen! Er war in bester Verfassung gewesen!

Es sei denn...

Ihm kam ein Gedanke.

Und wenn Phillips wegen Jonas Bescheid wüßte? Wenn Phillips wüßte, daß er dem Jungen eine Falle gestellt hatte, damit Kitteridge mit ihm reden konnte?

Phillips hatte jedoch nichts erwähnt.

Er hatte ihm, wie alle vierzehn Tage, seine Spritze gegeben und wieder fortgeschickt.

Judd ging zum Telefon. Ihm zitterten die Finger, als er den Knopf mit der gespeicherten Nummer von Phillips drückte.

Nach dem vierten Läuten – dem Deputy stieg bereits die kalte Angst in die Kehle – meldete sich Phillips.

»Hier Judd«, sagte Duval heiser.

»Judd? Und wie geht's Ihnen?« Der irgendwie spöttische Ton ging Judd unter die Haut.

»Ich... fühle mich nicht besonders«, antwortete Judd, der alles tat, um sich den Schrecken, der ihn plötzlich packte, nicht anmerken zu lassen.

»Wo liegt das Problem?«

»Es is' meine Haut, Doc. Sie is' voller Flecken. Und meine Knöchel sin' ganz dick angeschwoll'n. Ich hab' Runzeln im Gesicht...«

»Sie scheinen alt zu werden, Judd«, sagte Phillips leise. Da wußte Judd Bescheid.

»Die Spritze!« flüsterte er. »Sie hab'n mir meine Spritze gar nicht gegeb'n. Sie hab'n mir 'was andres gegeben.«

»Was haben Sie denn erwartet, Judd?« erwiderte Phillips und setzte nach kurzem Schweigen hinzu: »Ich habe es nicht gern, wenn Sie Außenstehende mit den Kindern in Kontakt bringen, Judd.«

Er wußte es also doch.

»Ich hab' nichts verbroch'n, Doc«, wimmerte Judd, dem der Schreck nun doch anzumerken war. »Kitteridge weiß nix. Er meint, Jonas is' plemplem.«

Warren Phillips' Stimme wurde eisig. »Das ist unwesentlich, Judd. Sie kennen die Regeln. Die Kinder müssen von Außenstehenden abgeschirmt werden.«

»Aber ich brauch' meine Spritze, Doc«, bettelte Judd. »Sie könn' mich doch nich' so sterb'n lassen. Sie...«

»Ohne mich wären Sie schon vor vielen Jahren gestorben, Judd. Und da gibt es noch ein Problem.«

Judd zog sich vor Angst der Brustkorb zusammen. »Was für ein Problem?« wollte er wissen. »Ich hab' bezahlt.« Er flüsterte. »Ich hab' doch immer bezahlt...«

»Darum geht es nicht, Judd«, unterbrach Phillips. »Es betrifft die Kinder. Wir haben nicht mehr genug Kinder.«

»Da komm' ich nicht mit«, knurrte Judd. »Sie hab'n gesagt, es käm' alles in Ordnung. Da draußen im Moor gibt's doch jede Menge Kinder. Letzten Monat hatten Quint und Tammy-Jo eins, und Amelie...«

Phillips schnitt ihm das Wort ab. »Es reicht nicht, Judd. Wir haben einfach nicht genug für alle. Verstehen Sie, was ich meine?«

Um Judd drehte sich alles. »Was?« stieß er hervor. »Was woll'n Sie? Ich bin zu allem bereit.«

Phillips schwieg eine Zeitlang, bevor er erklärte: »Ich habe Ihnen bereits gesagt, was ich brauche, Judd. Meine Kinderstation ist fast leer. Nachschub, Judd. Ich brauche Nachschub. Besorgen Sie mir Nachschub, und ich gebe Ihnen Ihre Spritze. Die volle Dosis.«

Die Leitung war tot.

Judd legte den Hörer mit zitternder Hand auf. Fieberhaft dachte er nach.

Er wußte, was Phillips wollte. Er kannte den Preis für den Fehler, den er neulich begangen hatte.

Doch wie könnte er das, was der Arzt von ihm verlangte, beschaffen?

Er schaute auf die Armbanduhr, vermochte aber zunächst nichts zu erkennen.

Er blinzelte. Dann sah er das Zifferblatt.

Halb neun.

Morgen.

Morgen würde er einen Weg finden.

Als er wieder zum Spiegel ging, spürte er einen seltsamen Schmerz in den Hüften und in den Knien.

Er atmete schwer. Er war schon vom Durchqueren des Raumes erschöpft. Er blickte noch einmal in den Spiegel.

Alt.

Er sah alt aus, und er fühlte sich alt.

Aber die Nacht würde er durchstehen.

Er würde sich ausruhen und am Morgen eine neue Quelle für Warren Phillips finden.

Und Phillips würde Judd Duvals Jugend wiederherstellen.

In Villejeune ging das Leben weiter – ewig.

15

»Zeit, daß du schlafengehst, junge Frau«, sagte Barbara Sheffield zu Jenny, die mit geschlossenen Augen an einem Ende des Sofas im Familienzimmer zusammengerollt lag.

Sofort öffnete das Mädchen die Augen. Sie setzte sich auf. »Ich will nicht ins Bett. Ich will aufbleiben, bis Michael und Kelly zurück sind.«

»Wirst du aber nicht«, erwiderte Barbara mit einem bedeutungsschweren Blick auf die Uhr. Es war fast zehn. Jenny hätte eigentlich bereits vor eineinhalb Stunden zu Bett müssen.

»Aber sie haben versprochen, sie würden um diese Zeit zurücksein«, wehrte sich Jenny.

»Ich weiß, was sie versprochen haben.« Die Stimme verriet Barbaras Ärger. Die beiden Teenager waren kurz nach acht auf Michaels Motorrad weggefahren und hatten um halb zehn wieder zu Hause sein wollen.

»Wir trinken nur eine Cola bei Arlette«, hatte Michael gesagt.

Craig hatte seinen Sohn streng angeschaut. »Dann paß auf, daß du nicht vom Weg abkommst. Hüte dich vor dem Park!«

Michael hatte verächtlich mit den Augen gerollt. »Was hätte ich im Park zu suchen? Die Kids dort mag ich nicht.« Er wußte ganz genau, was sich dort im County Park am anderen Ende der Stadt abspielte – abends traf sich dort ein Haufen Teenager aus Villejeune zum Biertrinken bei laut aufgedrehter Musik. Meist lungerten sie einfach nur herum, doch es kam auch vor, daß nachts das Telefon läutete und sein Vater auf die Polizeiwache mußte, um anderer Leute Kinder freizukriegen. Und am nächsten

Morgen hatte sich Michael dann jedesmal anhören müssen, er solle sich bloß aus solchem Ärger heraushalten. An diesem Abend hatte er den Blick des Vaters bedeutungsschwer auf Kelly Anderson wandern sehen und plötzlich begriffen. »Also, nun hör mal, Dad!« stöhnte er und senkte die Stimme, damit ihn sonst niemand hören konnte. »Nun beruhige dich, ja? Kelly *kennt* die Typen ja nicht einmal.«

Craig hatte sie schließlich ziehen lassen.

Als die große Uhr in der Ecke zehn schlug, stand Mary Anderson vom Tisch auf. »Also, wenn Jenny nicht müde ist – ich bin jedenfalls todmüde«, verkündete sie. »Und schaut euch mal Carl an – der schläft schon.« Carl lag in Craigs Lieblingssessel ausgestreckt und schnarchte mit einem zufriedenen Lächeln im Gesicht leise vor sich hin. »Nun kommt schon, Ted. Weck deinen Vater. Wir gehen heim.«

Ted setzte seine sture Miene auf. »Ich meine, wir sollten auf Kelly warten.«

»Das kann ich mir vorstellen«, merkte Mary an. »Und wenn sie kommt, machst du ihr wieder eine Szene. Wär's nicht besser, wenn du sie dir zu Hause vorknöpfen würdest?!« Mary gab sich Mühe, ihre Stimme zu beherrschen; die Anspannung klang trotzdem durch. »Bitte!« sagte sie. »Michael oder Craig können sie heimbringen. Ich bin wirklich müde.«

Ihr war, als wolle Ted einen Streit vom Zaun brechen. Er besann sich dann jedoch eines Besseren und drehte sich um. »Komm, Vater!« Vorsichtig schüttelte er seinen alten Herrn. »Die Chefin sagt, daß wir nach Hause müssen.«

Das Schnarchen hörte auf. Carl öffnete die Augen. »Ich habe nicht geschlafen. Ich habe nur geruht.« Er schaute auf die Uhr. »Wo sind die Kinder?«

»Noch nicht zurück«, warf Mary ein, bevor Ted sich äußern konnte. »Wir wollen nach Hause, damit Barb

Jenny zu Bett bringen kann.« Sie wandte sich an Barbara. »Soll ich Ihnen in der Küche helfen?«

Barbara, die Marys Verkrampfung spürte, schüttelte den Kopf. »Da gibt's nicht viel zu tun. Sie können ruhig nach Hause gehen. Und machen Sie sich keine Sorgen: Den Kindern ist bestimmt nichts zugestoßen. So wie ich Michael kenne, hat er bloß wieder einmal sein Zeitgefühl verloren.«

Als Barbara versprach anzurufen, sobald Michael und Kelly auftauchten, machten die Andersons sich wirklich auf den Weg. Anschließend brachte Barbara Jenny zu Bett, um danach die Küche aufzuräumen und schlußendlich mit Craig auf die Kinder zu warten – und ihren wütenden Mann einigermaßen zu besänftigen.

»Vielleicht *war* es ein Traum«, sagte Kelly. Seit zwei Stunden saß sie nun schon mit Michael in der hintersten Ecke des Cafés. Sie waren die letzten Gäste. Arlette, die am anderen Ende die Theke wischte, schaute ungeduldig zu ihnen herüber.

»Aber wieso dann die Flecken auf unserer Brust?« widersprach Michael. »Und das Baby, das wir gesehen haben – war es Amelie Coultons Baby?«

Kelly war verwirrt. Sie hatten in den zwei Stunden von nichts anderem gesprochen und immer noch keine Antwort gefunden auf ihre Fragen. »Wir sollten gehen«, meinte sie. »Arlette will schließen.«

Michael warf einen Blick auf die Wanduhr. »Jessas – wir hätten vor einer halben Stunde zu Hause sein müssen.« Er zog das Portemonnaie aus der Tasche, legte Geld auf den Tisch und schlüpfte aus der Nische.

»Was soll das?« frotzelte Kelly. »Es ist nicht mal zehn Uhr. Wir sind doch keine kleinen Kinder mehr.«

»Mein Vater hat schon eine Mordswut auf mich, weil ich nie pünktlich von der Arbeit heimkomme.«

Sie waren kaum gegangen, als Arlette die Rollos herunterließ und abschloß, und hatten Michaels Motorrad noch nicht erreicht, als ein Wagen hielt und jemand nach ihnen rief.

»He! Sheffield! Wer ist deine Freundin?«

Michael drehte sich um und sah das spöttische Grinsen von Buddy Hawkins hinter dem Steuer seines fünf Jahre alten Trans Am und neben ihm Melanie Whalen, die bis vor ein paar Tagen die feste Freundin von Buddys Vetter Jeff gewesen war.

»Kelly Anderson«, erwiderte Michael unsicher, als hinter Buddys Trans Am ein Pick Up mit vier weiteren Jugendlichen stehenblieb. Sie gehörten zu dem Mob, der am County Park sein Unwesen trieb; Michael war plötzlich nervös. Was hatten die Kids hier verloren? Er stellte Kelly zögernd Melanie und Buddy vor. »Wo ist Jeff?« fragte er Melanie, aber die zuckte nur desinteressiert mit den Achseln.

»Wir sind seit letzter Woche auseinander. Ich geh' jetzt mit Buddy aus.« Sie grinste durchs Fenster und hob eine Bierdose. »Willst'n Bier?«

Michael schüttelte den Kopf.

»Und was is' mit dir?« fragte Melanie Kelly. »Wir hab'n reichlich.«

Kelly, die Michaels Nervosität spürte, schüttelte ebenfalls den Kopf, worauf Melanie verächtlich die Lippen kräuselte. »Was is'n mit dir los?« fragte sie. »Bist du auch so'n Engel wie Michael?«

Kelly, die Michaels Hand ergriffen hatte, merkte, wie er sich verkrampfte, als die Jugendlichen aus dem Pick Up zum Trans Am herüberkamen und zu lachen anfingen. Kelly überlegte blitzschnell – vielleicht würden die Kids Ruhe geben, wenn sie sich mit dem andern Mädchen gutstellte. »Ich mag Bier«, sagte sie. »Und Michael auch.« Sie ging zum Trans Am herüber, nahm die zwei Dosen Bier, die ihr Melanie anbot, und reichte eine an Michael weiter.

»Ich... sollte besser nicht trinken«, murmelte Michael.

»Nun komm schon!« stieß Kelly kaum hörbar hervor. »Sonst halten die uns noch für Feiglinge! Und außerdem«, fügte sie hinzu, obwohl es gar nicht der Wahrheit entsprach, »trink ich gern Bier.« Sie hob die Dose an die Lippen, trank, schluckte, mußte aber sofort prusten und spuckte den Rest des Biers aus – teilweise auf Jacke und Hose.

»Trinkste schon lange?« fragte Melanie giftig, und drehte sich zu ihren Freunden um. »He! Wißt ihr, wer das ist? Sie ist das verrückte Mädchen, das sich umbringen wollte!«

Kelly erstarrte.

Ihre Geschichte war also bekannt geworden und wahrscheinlich inzwischen Stadtgespräch.

Dann hielt ein weiterer Wagen. Michael und Kelly waren im Nu umringt von einer ganzen Bande von Teenagern, die Kelly musterten. »Komm, Michael«, sagte sie so leise, daß nur er es hören konnte. »Wir gehen.«

Doch Michael sah Melanie wutentbrannt an. »Warum redest du so ein dummes Zeug, Melanie?« wollte er wissen.

Im Schein der Straßenbeleuchtung glitzernden Melanies Augen höhnisch. »Stimmt doch, oder? Sie *hat* sich doch umzubringen versucht, oder?«

»Und wenn schon?« fuhr Michael sie an. »Du treibst es mit allen Jungs und willst doch auch nicht, daß man groß drüber spricht, oder?«

Melanie lief dunkelrot an. »Du Arschloch!« schrie sie. »Buddy, darf der so mit mir reden?!«

Die Tür des Trans Am flog auf, Buddy sprang heraus und stellte sich mit drohend geballten Fäusten vor Michael in Positur. »Verdufte, Sheffield!« knurrte er. »Und nimm deine verrückte Freundin mit!«

Obwohl Buddy mindestens zehn Zentimeter größer und dreißig Pfund schwerer war, rührte Michael sich nicht vom Fleck. »Wir befinden uns hier nicht auf deinem Privatweg, Buddy. Wir haben das gleiche Recht hierzusein wie ihr.«

»Aber du hast kein Recht, mein Mädchen zu beleidigen!«

»Wer hat denn angefangen?« gab Michael zurück, den die Wut packte. »Wenn du keine bessere findest als Melanie...«

Er brachte den Satz nicht zu Ende, weil Buddys Faust ihm einen Schlag in die Magengrube versetzte. Michael spürte, wie ihm die Luft ausging, und krümmte sich vor Schmerz, aber dann richtete er sich plötzlich auf und erwischte Buddy am Kinn, so daß dieser rückwärts taumelte, gegen sein Auto stürzte und Michael taxierte, während die Teenager zurückwichen und einen Halbkreis formten.

»Ich werd' dir'n Arsch vertrommeln, Sheffield«, brüllte Buddy, der sich das schwellende Kinn rieb.

»Großartig!« gab Michael zurück, der noch nach Luft schnappte. »Glaubst du etwa, ich würde vor dir weglaufen?«

Buddy kniff die Augen zusammen. »Deine letzte Chance, Sheffield. Pack dir deine verrückte Freundin und hau ab, oder du kriegst Dresche.«

»Versuch's doch!« erwiderte Michael und behielt den größeren Jungen fest im Blick. »Solange Melanie sich nicht entschuldigt, bleiben wir hier.«

Buddy richtete sich auf, kam näher, ging in die Knie, machte ein paar Täuschungsmanöver, duckte ab und stürzte mit der Rechten auf Michael zu, der den Schlag kommen sah, auswich und sich sofort herumwarf, um seine Linke in Buddys Magen zu stoßen.

Buddy beugte sich vornüber. Die umstehenden Teenager begannen die beiden anzufeuern. »Kämpfen! Kämpfen! Kämpfen!«

Buddy raste plötzlich auf Michael zu und warf ihn mit

seinem Gewicht auf dem Bürgersteig nieder. Kelly schrie, als sie Buddy über Michael herfallen sah. »Aufhören! Kann ihn denn keiner zurückhalten?«

Die Teenager trieben ihren Kameraden an. »Los, Buddy! Zeig ihm, wer hier der Boß ist!«

Als Buddy sich reckte und Michael die Rechte ins Gesicht hauen wollte, zog Michael die Knie an, schnellte hoch und stieß zu. Er warf Buddy ab, kam wieder auf die Beine und warf sich herum, um Buddy entgegenzutreten, der eben vom Boden aufstand. Bevor Buddy hochkommen konnte, schoß Michaels linker Fuß vor und knallte ihm gegen die Backe. In Buddys Schmerzensschrei mischte sich blanke Wut. Er stürzte Michael entgegen. Da drang über die Schreie hinweg ein anderer Ton durch die Nacht – das Aufheulen einer Polizeisirene. Sie konnte keine hundert Meter entfernt sein.

»Bullen!« rief jemand. Sofort war das Kämpfen vergessen. Die Teenager warfen ihre Bierdosen in den schmalen Gang zwischen Arlettes Café und dem Nachbarhaus.

Nur Sekunden später kam mit quietschenden Reifen ein Streifenwagen hinter Buddys Trans Am zum Stehen. »Nicht bewegen!« befahl Marty Templar durch den Lautsprecher, sprang aus dem Auto und näherte sich – die Rechte lässig am Pistolengriff – der Traube von Jugendlichen, die sich jetzt schweigend auf dem Bürgersteig zusammendrängten. »Soso«, meinte er schleppend. »Was geht hier vor? Eine Versammlung, die außer Kontrolle geraten ist?« Sein Blick streifte von Buddy Hawkins zu Michael, dessen Gesicht zerkratzt und dessen Kleidung zerrissen war. »Was hast denn du mit dieser Bande zu tun?« fragte er. »Mit dir habe ich doch bisher nie Ärger gehabt.«

Michael stierte wortlos auf den Bürgersteig.

Templar nahm sich Hawkins vor. »Willste mir erzählen, was passiert ist, oder soll ich euch auf die Wache mitnehmen?« Da entdeckte Templar die vier Sixpacks Bier hinter dem Fahrersitz im Trans Am. »Okay«, meinte er. »Ein Kampf ist eine Sache. Das Bier ist wieder etwas anderes. Hawkins und Sheffield – ab in meinen Wagen!« Er überflog die kleine Gruppe, die plötzlich nervös seinen Blick mied. »Hat irgendwer von euch *nicht* getrunken?« fragte er.

Zwei Jungen und ein Mädchen traten vor. Er roch an ihrem Atem und nickte. »Einer von euch bringt mir Hawkins' Auto, der andere Sheffields Motorrad zur Polizeiwache. Wartet dort auf mich.« Er nahm sich die übrigen vor. »Daß mir keiner an Abhauen denkt«, drohte er. »Ich kenne jeden von euch. Habt ihr mich verstanden?«

Als er sich zu seinem Wagen begab, bemerkte er Kelly. Er blieb stirnrunzelnd stehen. »Wer bist du?«

Kelly zögerte. »K... Kelly Anderson«, stotterte sie schließlich. Templar machte kleine Augen.

»Carl Andersons Enkeltochter?«

Kelly nickte.

»Mit wem bist du hier?«

»Mit Michael. Aber wir haben nicht...«

Templar brachte sie mit einer Geste zum Schweigen. »Steig in mein Auto.«

Bei der Ankunft auf der Polizeiwache kochte Ted Anderson innerlich. Craig Sheffield war schon da. Die anderen Eltern, die mit sorgenvollen Mienen vor dem diensthabenden Beamten standen, ignorierte Ted. Er trat drohend auf Craig zu. »Was zum Teufel ist hier los?« wollte er wissen. »Falls Ihr Junge mit meiner Tochter ausgewesen ist und sie betrunken gemacht hat...«

»Nun mal langsam, Ted!« unterbrach ihn Craig. »Ich bin auch eben erst eingetroffen. Wir wissen noch gar nicht, worum es geht.«

»Es hat 'ne Schlägerei gegeben«, sagte ein dritter Mann. »Sie war'n alle vor'm Café, und Ihr Jung' kam mit Buddy Hawkins ins Gemeng'.«

»Michael?« fragte Craig. »Das kann ich nicht glauben. Michael ist...« Ihm blieben die Worte im Hals stecken, als sich die Tür eines der hinteren Räume öffnete und Michael mit blutverschmiertem Gesicht herauskam. Craig legte ihm mit grimmiger Miene die Hand auf die Schulter. »Was soll das, Michael?« wollte er wissen. »Ich habe dir doch gesagt...«

»Können wir nicht heimgehen, Dad?« bat Michael. »Ich habe nichts getan, und Kelly auch nicht. Sie wird gleich kommen.«

»Nein, wir können nicht heimgehen«, entgegnete Craig. »Nicht, bis ich mich persönlich mit Marty Templar unterhalten habe. Setz dich hin. Warte.« Er kehrte mit Kelly zurück, drängte sich durch die wartenden Eltern und trat auf Ted Anderson zu.

»Mit unseren Kindern ist der Deputy fertig«, berichtete er. »Ein paar andere sperrt er wegen Alkoholbesitz ein. Ich werde noch hierbleiben müssen – die Hälfte der Eltern sind Klienten von mir. Könnten Sie Michael zu Hause absetzen?«

Ted nickte. Craig musterte seinen Sohn. »Glaub bloß nicht, damit sei alles gelaufen, Michael. Die Polizei magst du hinter dir haben. Aber ich habe auch noch ein Wörtchen mit dir zu reden.« Damit drehte sich Craig zu Billy-Joe Hawkins um, mit der Nachricht, daß im Wagen seines Sohns Bier entdeckt worden war.

Michael folgte Ted Anderson und Kelly auf den Parkplatz und glitt wortlos auf die Vorderbank des Trucks. Kelly saß in der Mitte.

»Es tut mir leid, Mr. Anderson«, sagte Michael, als Ted auf die Ponce Avenue einbog.

»Warte nur ab, wie leid es dir tun wird, wenn dein Vater mit dir fertig ist!« knurrte Ted. »Wenn du klug bist, hältst du jetzt deinen Mund, sonst kriegst du's auch noch mit mir zu tun.«

Michael sank in sich zusammen. Er gab keinen Ton von

sich, bis er vor dem Elternhaus ausstieg. »Es tut mir wirklich leid«, sagte er zu Kelly, die den Kopf schüttelte.

»Es war nicht deine Schuld. *Ich* habe Bier getrunken. Wenn du willst, werde ich deinem Vater morgen sagen...«

»Du wirst in der nächsten Zeit mit niemandem sprechen, junge Frau«, unterbrach Ted und griff an Kelly vorbei, um die Wagentür fest zuzuziehen.

Ins Haus begab Michael sich erst, als der Truck um die Ecke verschwunden war. Er würde seiner Mutter die Geschichte zu erklären versuchen. Mit Schwierigkeiten rechnete er erst nach der Heimkehr des Vaters.

»Mit was für verdammten Typen gibst du dich ab?« Seit dem Anruf der Polizei vor einer Stunde war seine Wut noch gestiegen. Ted hielt an der Straßenseite. Er nahm sich die Tochter vor.

»Ich kenne die Kids überhaupt nicht«, antwortete Kelly. »Wir waren doch gar nicht mit ihnen zusammen.«

»Aha!« trompetete Ted sarkastisch. »Du bist zufällig mit diesem kleinen Hundesohn vorbeigekommen, und da seid ihr plötzlich von Wildfremden überfallen worden. Für wie dumm hältst du mich eigentlich, Kelly?«

»Es war wirklich ganz anders!«

»Nämlich wie?« wollte Ted wissen. »Und das Lügen kannst du dir sparen, Kelly.« Er hob die Hand. »Deine Lügen stehen mir inzwischen bis hier!«

Kelly drückte sich gegen die Tür. »Eins von den Mädchen hat angefangen«, sagte sie mit zitternder Stimme. »Sie... sie hat etwas über mich gesagt.«

»Was soll das heißen? Was könnte sie schon über dich gesagt haben?«

Melanies Worte hallten Kelly so laut im Gedächtnis, daß sie stumm durch die Windschutzscheibe in die Dunkelheit starrte.

»Ich warte«, sagte Ted. »Und wir rühren uns nicht von

der Stelle, bis ich genau weiß, was sich heute nacht abgespielt hat. Verstanden?«

»Sie... Sie sagte, ich wäre verrückt.«

»Wer?« wollte Ted wissen.

»Sie heißt Melanie. Sie war mit dem Jungen zusammen, der sich mit Michael geschlagen hat. Sie hat allen erzählt, ich sei das verrückte Mädchen, das sich umbringen wollte.«

»Was hast du denn erwartet, wenn du dich mit solchen Kids abgibst? Solchen Umgang haben wir schon immer mißbilligt!«

»Ich... Ich hab' doch nur versucht, freundlich zu sein«, flehte Kelly ihn an. »Ich habe doch vorher nicht wissen können, was geschehen würde.«

In Ted kam schon wieder der Zorn hoch. »Was soll das heißen: ›Ich habe doch nicht wissen können‹? Es ist immer dasselbe mit dir. Du treibst dich mit nichtsnutzigen Gören herum, und hinterher beteuerst du deine Ahnungslosigkeit. Manchmal glaube ich wirklich, du *bist*...«

»Verrückt?« fragte sie. »Hast du das sagen wollen? Also gut, vielleicht *bin* ich verrückt. Vielleicht bin ich *immer* verrückt gewesen. Vielleicht werde ich's für immer bleiben!«

»Kelly«, begann ihr Vater, »so habe ich das nicht gemeint...«, doch Kelly stieß die Wagentür auf und sprang hinaus.

»Warum habt ihr mich in der einen Nacht nicht sterben lassen?« forderte sie ihn heraus. »Glaubst du etwa, ich wüßte nicht, wie ich bin? Glaubst du etwa, ich wüßte nicht, wie die Leute von mir reden? Wie sie mich anstarren? Hier ist es dasselbe wie in Atlanta. Es ist immer dasselbe. Warum hast du mich bloß nicht sterben lassen?«

Sie knallte die Tür zu und rannte vom Wagen fort. Sie stolperte über ein Feld voller Ranken auf einen Kanal zu.

Ted war von ihren Worten zunächst wie betäubt. Er mußte sich erst einmal fassen. Er öffnete die Tür neben dem Fahrersitz, sprang nach draußen und lief hinter ihr her.

»Kelly!« rief er. »Kelly! Komm zurück!«

Er erreichte die Mitte des Feldes und suchte nach einem Zeichen von ihr. Zunächst sah er nichts, dann in der Nähe des Kanals – eine Bewegung. Er rannte von neuem los und rief unentwegt ihren Namen.

Am Weg, der am Kanal entlang führte, blieb er keuchend stehen.

Und dann konnte er sie fünfzig Meter weiter erkennen.

Sie stand vor einer Fußgängerbrücke über den Kanal. Auf der anderen Seite begann die Wildnis.

»Kelly! Kelly, warte doch! Ich wollte nicht...« Als er die Brücke erreichte, war sie verschwunden.

Er sah nur noch die pechschwarze Finsternis des Moores auf der anderen Seite.

Zorn und Wut waren längst verflogen. Die Angst saß ihm wie ein Klumpen in der Brust. »Kelly?« rief er noch einmal. »Kelly, wo bist du?«

Er horchte. Er betete im stillen, daß sie Antwort geben würde, doch er hörte nur das monotone Gequake der Frösche, das Brummen der Insekten und den Schrei einer Eule.

Kelly war im Dunkel untergetaucht.

16

Erschüttert hörte Mary sich Teds Erklärungen an. Dabei klammerte sich ihre Hand instinktiv an den Aufschlag des Morgenmantels. Es lief ihr kalt den Rücken herunter. »Warum?« wollte sie von ihrem Mann wissen. Ihre Stimme klang hohl. »Hättest du nicht wenigstens warten können, bis ihr zu Hause wart?«

Carl erhob sich aus dem Sessel und ging zum Telefon. Marys Panik wuchs. »Kitteridge? Carl Anderson hier. Wir haben ein Problem. Meine Enkelin ist im Moor verschwunden.« Schweigen. Dann: »Verdammt, es ist völlig egal, warum sie im Moor verschwunden ist, Kitteridge. Es kommt nur drauf an, daß wir sie finden, bevor... Nein, ich weiß nicht, wo sie ins Moor gegangen ist. Aber mein Sohn weiß es... Sie hatten Streit... In Ordnung, wir warten auf Sie. Und schaffen Sie Judd Duval herbei – der kennt sich am besten im Moor aus.«

Er legte auf. »Ich rufe jeden an, der mir einfällt«, machte er Ted klar. »Wenn wir Glück haben, ist sie nicht weit gekommen und wir finden sie bald.« Und während Ted und Mary angesichts des Geschehens völlig hilflos und niedergeschlagen dasaßen, brachte Carl einen Suchtrupp auf die Beine. Als er eine Viertelstunde später die Polizei ins Haus ließ, begann das Telefon zu läuten. Mary, die den Apparat im ersten Moment ausdruckslos angestiert hatte, spürte eine Welle der Hoffnung. »Es ist Kelly!« rief sie plötzlich. Sie stürzte durchs Zimmer, um nach dem Hörer zu greifen. »Kelly? Kelly, bist du's?«

Nach einer Sekunde des Schweigens meldete sich Barbara Sheffield. »Mary, ich habe es soeben gehört. Craig hat von der Polizeistation aus angerufen. Kann ich helfen?«

Mary war, als ob sie den Boden unter den Füßen verlöre. »Ich... weiß nicht. Der Polizeichef ist gerade gekommen...«

»Craig ist zu mir unterwegs«, sagte Barbara. »Wir fahren dann gleich zu Ihnen.«

»Das ist doch nicht nötig...« protestierte Mary aus Gewohnheit, doch Barbara ließ sie nicht aussprechen.

»Nun seien Sie nicht albern, Mary. Ich werde Sie doch in dieser Situation dort nicht allein lassen. Sie müßten ja durchdrehen. Und machen Sie sich keine Sorgen. Judd Duval kennt das Moor wie seine Westentasche. In ein oder zwei Stunden ist Kelly bestimmt wieder da.«

»Wirklich? Aber was ist, wenn Kelly«, Mary wußte gar nicht mehr, was sie sagte, »gar nicht gefunden werden will? Wenn...«

»Aufhören, Mary!« befahl Barbara. »So etwas dürfen Sie nicht einmal denken. Ich komme so schnell wie möglich.«

Mary legte auf. Sie bemerkte den forschenden Blick von Tim Kitteridge, als sie sich umdrehte.

»Mrs. Anderson? Was haben Sie damit sagen wollen?«

Mary runzelte die Stirn. »Womit sagen wollen? Ich... es tut mir leid...«

»Was soll das bedeuten, daß Ihre Tochter vielleicht gar nicht gefunden werden will, Mrs. Anderson?«

Mary schloß die Augen und hielt sich am Telefontisch fest. »Ich... Sie...«

In dem drückenden Schweigen meldete sich Carl Anderson zu Wort. »Meine Enkeltochter hatte vor ein paar Wochen persönliche Probleme. Sie war sehr unglücklich und hat versucht, sich das Leben zu nehmen. Aber die Sache ist längst überwunden.«

Kitteridge wandte sich mit finsterem Gesicht an Ted. »Ich muß wissen, was vorgefallen ist. Ist Ihre Tochter bloß spontan ausgerissen?«

Ted konnte seinem Blick nicht standhalten. Stockend

begann er zu berichten. Das Ärgste überging er. »Sie war verstört, weil sie von der Polizei aufgegriffen worden war«, schloß er, aber da mischte Mary sich ein, mit einer Mordswut auf ihren Mann.

»Damit hatte es überhaupt nichts zu tun, Ted! *Du* trägst die Verantwortung! Weil du die Selbstbeherrschung verloren hast!« Sie richtete den Blick auf Kitteridge. »Er hat ihr erklärt, daß sie verrückt ist.« Ihre Stimme bebte. »Er hat ihr gesagt... Mein Gott, ich weiß es nicht. Spielt das jetzt noch eine Rolle? *Finden* Sie sie.« Und schluchzend sank sie auf einem Stuhl zusammen und verbarg das Gesicht in den Händen. »*Bitte*... Suchen Sie...«

»Ich komme mit, Dad«, sagte Michael mit einer ruhigen Entschlossenheit, die Craig Sheffield bei seinem Sohn ganz neu war. Craig war Minuten zuvor heimgekommen und wollte mit Barbara zu den Andersons fahren, als Michael in der Küche erschienen war.

»Du bleibst zu Hause«, befahl Craig. »Du paßt auf deine Schwester auf. Sie ist zu klein, um allein hier zu bleiben, und deine Mutter muß Mary Anderson trösten.«

Michael blieb stur. »Mutter soll Jenny mitnehmen. Keiner von euch kennt sich im Moor so gut aus wie ich. Außerdem fühle ich mich dafür verantwortlich, daß Kelly ins Moor geflohen ist. Wenn ich mich nicht mit Buddy geschlagen hätte, wäre das nie geschehen.«

»Soll ich dich für deine Verantwortungslosigkeit auch noch mit der Erlaubnis belohnen, nachts im Moor herumstreunen zu dürfen!« Craig gab sich Mühe, sarkastisch zu klingen.

Michael ignorierte den spöttischen Ton. »Ich kann helfen, Vater! Ich weiß dort Bescheid.«

Und Barbara, von der Craig sich Unterstützung erhoffte, gab Michael recht. »Er ist doch im Moor wie zu Hause, Craig. Er hat sich dort noch nie verirrt. Ich hole Jenny.«

Während des Wartens ließ Craig, noch immer nicht

gänzlich überzeugt, sich alles noch einmal durch den Kopf gehen. »Also gut«, meinte er schließlich. »Aber nur unter einer Bedingung. Du gehst nicht allein. Und du bleibst immer in Sichtkontakt mit einem von uns! Abgemacht?«

Michael nickte. Als Barbara mit Jenny auftauchte, die zwar angezogen war, sich aber noch den Schlaf aus den Augen rieb, hatte er zwei Taschenlampen mit Reservebatterien und Seile besorgt. »Kelly könnte an einer Stelle im Schlamm steckengeblieben sein«, meinte er, »die wir mit dem Boot und zu Fuß unmittelbar nicht erreichen können«, erklärte er seinem Vater.

»Wer?« fragte Jenny, die plötzlich hellwach wurde.

»Es geht um Kelly, mein Schatz«, sagte Barbara. »Sie ist im Moor spazierengegangen, und jetzt geht man sie suchen.«

Jenny bekam große Augen. »Hat sie den Weg verloren?«

Barbara sah keinen Grund, Jenny die Wahrheit zu verschweigen. »So ist es. Das ist ja auch der Grund, warum du nicht allein ins Moor gehen sollst.« Sie sah sich nach Craig um. »Sind wir soweit?«

Sie verließen das Haus durch den Hintereingang. Am Kanal stieg Michael ins Ruderboot mit dem Außenbordmotor, während Eltern und Schwester das Wohnboot benutzten. Nach Überprüfung des Benzinstands, holte Michael sich noch rasch einen Reservekanister aus der Garage; der Motor des Wohnboots tuckerte bereits gleichmäßig, als er den Kanister unter der Bank verstaute. »Wir treffen uns bei den Andersons!« rief Michael, als sein Vater das Wohnboot auf die Mitte des Kanals steuerte.

»Wir warten auf dich!« rief Craig zurück und stellte den Motor auf Leerlauf, bis Michael sein Dory aus dem Dock manövriert hatte.

Fünf Minuten später legten sie mit zwei weiteren Booten, die aus Seitenkanälen zu ihnen gestoßen waren, bei den Andersons an, wo bereits drei Boote eingetroffen waren.

Drinnen organisierte Tim Kitteridge die Suche. Mary Anderson saß bleich und mit rot umränderten Augen auf der Couch. Sie schien die Vorgänge in ihrer Umgebung gar nicht wahrzunehmen; erst als Barbara zu ihr trat, erwachte sie aus ihrem Träumen. »Danke fürs Kommen«, sagte sie leise und stand auf. »Sie hatten ja so recht – ich glaube, ich wäre wirklich durchgedreht, wenn ich allein hier geblieben wäre.« Ihre Augen füllten sich von neuem mit Tränen. »Ich habe solche Angst, Barbara. Ich habe schreckliche Angst.«

Barbara legte ihr den Arm um die Schulter. »Es wird alles gut«, versprach sie. »Man wird Kelly finden.« Beim Zuhören der Männer schwang ihre Zuversicht allerdings.

»Wenn sie nicht weit gekommen ist, haben wir eine Chance«, sagte Billy-Joe Hawkins. »Aber ich weiß nicht – das Herumwandern dort ist schon bei Tageslicht gefährlich, wenn man sieht, wo man geht. In der Nacht...« Es gab zustimmendes Murmeln.

Dann war es soweit: Ted Anderson begleitete Tim Kitteridge im Polizeiwagen zu der Stelle, wo Kelly ins Moor gelaufen war; die übrigen fuhren mit ihren Booten zur Fußbrücke, um von dort in die Dunkelheit auszuschwärmen. Barbara hatte allerdings das deutliche Gefühl, daß die wenigen Männer, die aus beruflichen Gründen oder aus Entdeckerfreude mit dem Moor vertraut waren, keinen großen Optimismus ausstrahlten.

Sie waren sich der Gefahren der sumpfigen Wildnis nur zu bewußt.

Im Spiegel sah Judd Duval die tiefen Falten seines Gesichts und den Zerfall der Haut um den Mund. Gottseidank war er geistig auf dem *Quivive* gewesen, als vor wenigen Minuten Kitteridge angerufen hatte. Wenn Kitteridge ihn in diesem Zustand sähe...

Doch Judd hatte die Situation blitzschnell erfaßt und gleich einen Ausweg gefunden. »Ich zieh sofort los«, hatte er gesagt. »Sie kann nicht weit gekomm' sein, und in den Bayous kenn' ich mich aus. Mit'n bißchen Glück bring ich sie Euch zurück, bevor Ihr überhaupt startklar seid.«

Er hatte gar nicht die Absicht, in dieser Nacht ins Moor hinauszufahren; ihn durfte einfach niemand zu Gesicht bekommen, bis er sich von Dr. Phillips auf irgendeine Weise eine weitere Spritze verschafft hatte. Anstatt sich beim Verlassen seiner Hütte auf die Suche nach Kelly zu machen, ruderte er also nur hundert Meter, um das Boot vorsichtig in einem Schilf- und Mangrovendickicht zu verstecken. Bei Tageslicht könnte es dort möglicherweise von einem Vorbeifahrenden bemerkt werden; im Dunkel war es völlig unsichtbar.

Er stapfte durch seichtes Wasser und Schlamm zur Hütte zurück.

Und fühlte plötzlich wieder Blicke auf sich ruhen.

Er spürte Panik aufkommen, drängte sie zurück und blieb stehen, um im Dunkeln nach dem Bösen in seiner Nähe Ausschau zu halten.

Nichts.

Das steigerte seine Angst nur.

Er versuchte zu laufen, doch der Schlamm des Bodens hing sich an die Stiefel, und seine bereits geschwächten Muskeln erlahmten.

Nein! sagte er sich. Hier is' nix! Absolut nix!

Aber er glaubte den eigenen Worten nicht, und als er seine Hütte schließlich erreichte, war er durch Angst und Anstrengung total erschöpft. Er ließ sich in seinen Sessel fallen. Er hatte Atembeschwerden. Er fürchtete, sein Herz könne stillstehen.

Langsam wurde er dann jedoch wieder kräftiger. Er zwang sich aufzustehen. Er schaltete alle Lampen aus und den Fernseher ab.

Das Haus mußte leer und unbewohnt wirken für den

Fall, daß Kitteridge oder sonst jemand in die Umgebung käme.

Im Dunkeln zog er seine schmutzigen Sachen aus und saubere Kleidung an.

Das Warten begann.

Hier im Finstern allein zu sitzen war für ihn fast schlimmer als allein im Moor zu sein, weil er sich nicht einmal traute, zur Unterhaltung das Radio anzustellen.

Er begann das Zeitgefühl zu verlieren. Minuten dehnten sich zu Ewigkeiten. Er rechnete schon mit dem Anbruch der Dämmerung.

An den Fenstern glaubte er, Gesichter zu sehen – Kindergesichter, die Jonas Cox und ihn aus toten, leeren Augen anschauten.

Als er leises Tuckern von Außenbordmotoren vernahm, wollte er die Tür aufreißen und den Näherkommenden zurufen. Doch im Finstern blickte ihm das entsetzliche Bild seines eigenen, alternden Gesichts entgegen; er widerstand dem Impuls und kauerte im Dunkeln, bis das Murmeln der Motoren verebbte und die Lichter der Boote in der Nacht untergingen.

Judd rührte sich. Er überlegte den nächsten Schritt.

Und dann kam ihm *der* Einfall – die Vorbeifahrenden hatten seine unbeleuchtete Hütte gesehen, das Fehlen seines Boots bemerkt und gefolgert, daß er im Moor unterwegs war. Und sie würden für die nächsten Stunden, vielleicht sogar bis zum Morgen nicht mehr herkommen.

Er wechselte wieder in seine schlammverkrusteten Hosen und schlich mit seiner Waffe auf die Veranda.

Draußen glaubte er, die Nähe der spähenden, lauernden Kinder von neuem zu spüren.

Er machte sich die Verrücktheit dieser Vorstellung klar – falls die Kinder sich dort befänden, hätte der Suchtrupp sie doch bemerkt.

Möglich.

Vielleicht auch nicht.

Er kannte die Kinder des Moores, kannte sie gut. Sie bewegten sich frei und – wenn sie nicht gesehen werden wollten – unbemerkt durch die Sumpflandschaft.

Er suchte die Umgebung ab.

Nichts.

Er ließ sich auf dem Boden der Veranda nieder und ins Wasser gleiten. Es reichte ihm bis an die Hüften; seine nackten Füße versanken im Schlamm. Er umklammerte sein bereits entsichertes Gewehr und ging auf das Mangroven-Dickicht zu.

Und da war ihm, als sähe er überall Augen in den Bäumen, Augen, die von oben auf ihn herabschauten, von Zweigen, die sich wie dünne Skelettarme nach ihm ausstreckten; Augen, die ihn aus dem Wasser heraus anstarrten. Er sah George Coulton auf dem Rücken liegen, mit einer großen Wunde auf der Brust, und leeren Blicks nach oben stieren.

Bei der Erinnerung schauderte ihm. Er ging schneller. Doch jetzt schien das Wasser ihn verschlingen zu wollen. Ihm war wie in einem Alptraum zumute.

Im Mangrovendickicht hievte er sich mit pochendem Herz und fliegendem Atem ins Boot. Er lehnte sich gegen das Dollbord und wartete, bis die Erschöpfung nachließ. Schließlich zog er sich auf die Bank hoch, band die Bootsleine von der Mangrovenwurzel los, legte die Ruder ein, steuerte das Boot aus dem Dickicht heraus – und erstarrte.

Nicht mehr als drei Meter entfernt saß in einem anderen Boot eine schweigende Gestalt, die ihn beobachtete.

Jonas.

Judd Duval ließ die Ruder los und griff nach dem Gewehr auf der Bank neben ihm. Doch als die Finger sich um den Hahn spannten, klang vom anderen Boot ein hohles Lachen herüber.

»Kannst mich nich' töten, Judd«, sagte Jonas leise, doch mit erschreckender Klarheit. »Hastes vergessen? Bin längst tot.« Nach einer Pause sprach Jonas erneut. »Aber ich hol' dich, Judd. Bald. Ganz bald.«

Und nach erneutem Gelächter entschwand das Boot spurlos in der Dunkelheit, als ob es nie dagewesen wäre.

Judd erschrak noch einmal. Das Gewehr entglitt seiner Hand. Er griff nach den Rudern. Die hundert Meter bis zu seiner Hütte kamen ihm endlos vor. Drinnen machte er sofort Licht. Von der Dunkelheit wollte er in dieser Nacht nichts mehr wissen.

Kelly blieb stehen und horchte.

Sie wußte nicht, wie lange sie sich nun schon im Moor befand. In den ersten Minuten der Flucht vor den ätzenden Worten des Vaters hatte sie überhaupt nicht auf die Richtung geachtet. Sie war über das Feld gerannt, zum Kanal; plötzlich hatte sie nach rechts hin die Brücke bemerkt. Sie hatte die Rufe des Vaters gehört, aber nicht geantwortet, sondern Kurs auf die Brücke genommen, gezögert in ihrer Unsicherheit, ob sie die Brücke überqueren und wirklich weiterlaufen sollte, in die Wildnis hinein, doch als der Vater ihr dann noch immer schreiend nachgelaufen kam, hatte sie nicht mehr überlegt.

Auf der anderen Seite der Brücke lag der Sumpf; dort würde sie ihm im Nu entkommen; und so lief sie über die Brücke und stürmte in die Wildnis, als ihre Füße einen schmalen Pfad fanden, der sich durch das niedrige Buschwerk schlängelte.

Zehn Meter hinter der Brücke war sie stehengeblieben; sie mußte ihren ganzen Willen aufbringen, um ihren fliegenden Atem wieder zu beruhigen. Sie hörte die Schritte des Vaters auf den Holzplanken der Brücke; hörte das Rufen seiner Stimme – sie klang weniger zornig als im Truck. Es hörte sich fast so an, als hätte er Angst.

Wie würde er sich aber verhalten, falls sie zurückginge? Er würde nur noch wütender sein. Und deshalb hatte sie sich nicht gemeldet und nicht von der Stelle gerührt, aus

Angst, daß das Rascheln der Kohlpalmen sie verraten könnte.

Es schien eine Ewigkeit, bis endlich sein Rufen aufhörte und der Truck davonfuhr. Ob er heimgefahren war?

Sie hatte sich tiefer in die Wildnis hineingewagt auf dem Pfad, der sich irgendwann einmal verlief, und sich dann durch das Gebüsch gedrückt – immer in der Richtung des geringsten Widerstands. Irgendwie hatte das eine Zeitlang sogar Spaß gemacht, das Alleinsein im Dunkel.

Aber dann hatte die totale Nacht ringsum ihr allmählich Angst eingejagt.

Sie war rascher gegangen. Sie suchte nach einem Weg. Hier sah alles gleich aus.

Der Boden unter ihren Füßen wurde weicher – bis Wasser in ihre Schuhe drang.

Sie kehrte um, suchte nach dem Weg, den sie gekommen war, doch wohin sie sich auch wandte, blieb alles gleich, und je länger sie lief, desto tiefer wurde das Wasser.

Es reichte ihr bis an die Knöchel, als sie aus einem Mangrovengebüsch trat. Sie stand am Ufer der Insel. Lange schaute sie auf den Wasserarm und versuchte seine Tiefe zu schätzen. Das gegenüberliegende Ufer schien höher. Dort würde sie vermutlich wenigstens nicht im Wasser waten müssen.

Sie brach einen Mangrovenast ab, mit dem sie sich durch das Bayou tastete, das in der Mitte knietief war; da stieg der Grund plötzlich steil an. Am Ende befand sie sich auf festem Boden.

Sie wartete. Horchte. Ob ihr Vater wieder nach ihr riefe? Aber sie hörte nichts. Sie begann weiterzulaufen, auf der Suche nach einem Pfad.

Und dann wußte sie einfach nicht mehr, wie lange sie schon in den Sümpfen herumgelaufen war, und blieb erneut stehen, um zu lauschen.

Diesmal hörte sie etwas.

Es war zunächst kaum vernehmbar, nur ein schwaches Rascheln in einem Dickicht von Kohlpalmen und Riedgras. Das nächste Mal klang es schon lauter – es kam näher.

Kelly begann das Herz zu klopfen, die Brust schnürte sich ihr zusammen, Angst stieg in ihr hoch.

»H...Hallo?« fragte sie. Ihre Stimme zitterte.

Im Moment ihres Sprechens endete das Surren der Insekten.

Die Stille wurde unheimlich.

Ihr war, als würde sie beobachtet.

Sie konnte die hohle Stille nicht länger ertragen. »Wer ist dort?« fragte sie. »Ich weiß, daß dort jemand ist.«

Schweigen. Und wieder ein Rascheln, noch näher. Sie meinte, Atmen zu hören.

»Ich hab' keine Angst vor dir«, rief sie, doch die eigene Stimme wirkte schwach und dünn, wie von einem verängstigten Tier. Sie nahm den Stock fester in die Hand.

Nach einem neuen Rascheln sah sie ein Paar glitzernder Augen im Dunkel. Gleichzeitig hörte sie leises Schnauben.

Ein Wildschwein.

Es trat aus dem Dickicht hervor, mit gesenktem Kopf und glänzenden Stoßzähnen. Die Augen über den Stoßzähnen waren fix auf sie gerichtet. Kelly hämmerte das Herz, als der Eber drohend prustete und mit den großen Hufen schabte.

Sie sah sich nach einem Versteck um, nach einem Baum, den sie hochklettern könnte. Sie sah nur niedrige Kohlpalmen und Riedgras in der Nähe.

Der Kopf des Ebers schwang hin und her. Sie ahnte den bevorstehenden Angriff. »Nein!« schrie sie plötzlich und stürzte dem riesigen Tier mit hocherhobenem Stock entgegen. Der überraschte Eber stand für einen Moment wie erstarrt. Da hatte Kelly ihn bereits erwischt. Ihr Stock traf den Eber auf der Schnauze.

Das Wildschwein grölte vor Schmerz, rauschte durch die Kohlpalmen und verschwand im Unterholz. Kellys Aufschrei und das Schmerzgeheul des Ebers schreckten Vögel im Laubwerk, die sich aufgeregt in die Lüfte erhoben und über ihr kreisten, um sich bald wieder auf ihren Nistplätzen niederzulassen, wo sie sich allmählich beruhigten. Das Zirpen der Insekten setzte wieder ein.

Da beruhigten sich auch Kellys Puls und Atem. Von dem Eber war nichts mehr zu hören. Sie spähte ins Dunkel hinein, doch die Bäume, die Bayous, die Inseln – alles ein Einerlei.

Sie spürte, wie die eisigen Finger der Angst erneut nach ihr griffen. Sie sprach sich Mut zu. Diesmal wollte sie der Angst nicht nachgeben.

Sie war vorher bereits zweimal im Moor gewesen.

Beide Male hatte sie keinerlei Angst empfunden.

Aber es war diesmal nicht dasselbe.

Am Abend, als sie allein ins Moor gekommen war, und in der Nacht, als sie mit Michael zusammen gewesen war, hatte sie einen Ton vernommen, einen schwachen Gesang, der sich über das monotone Gesurr der Insekten erhoben hatte, ein Lied, ein Signal, das ihr gegolten, sie gerufen hatte.

Heute nacht war dieser Ton nicht zu hören.

Heut nacht war sie ganz allein.

Nein! befahl sie sich, als die Angst zurückkehrte. Ich werde es schaffen, ich laufe weiter, ich finde einen Weg hinaus!

Sie glaubte den eigenen Worten nicht.

Im tiefsten Innern war sie sich keineswegs sicher, ob sie je wieder herauskommen würde.

17

Michael stellte den Motor ab und ließ das Boot still durch den Bayou gleiten. Er richtete die Taschenlampe auf das Laubwerk. Insekten flogen flimmernd in den Lichtschein hinein und auf die künstliche Sonne zu, bis Michael das dichte Schwärmen zuviel wurde. Er knipste die Lampe aus.

»Kelly!« rief er. »Kelly, hier ist Michael. Kannst du mich hören?«

Er horchte. Außer anderen rufenden Stimmen hörte er nichts – das ganze Moor schien ein Echoraum, in dem Kellys Name widerhallte.

Er wußte aber, daß sie die Rufer nur hörte, falls sie sich zufällig in unmittelbarer Nähe befand; denn das dicke Moos in den Bäumen dämpfte alle Laute sehr rasch. Nur ein paar hundert Meter entfernt würde sie keinen der rund zwanzig Männer, die die Wildnis nach ihr durchkämmten, mehr hören.

Die Insektenwolke, die auf Michaels Taschenlampenstrahl reagiert hatte, zog weiter, bis auf Mücken, die ihm um die Ohren sirrten und alle paar Sekunden auf ihm zu landen versuchten. Er schlug sie in die Flucht. Als Michael die Lampe endlich wieder anknipste, fiel der Strahl auf ein Opossum, das wenige Meter entfernt in einem Baum saß. Das vom Licht wie hypnotisierte Tier starrte Michael an.

»Alles in Ordnung«, sagte Michael zu dem erschrockenen Tier, das sich, wie als Antwort auf seinen Zuspruch, leise rührte; und plötzlich fiel von einem überhängenden Ast eine grüne Masse herab – eine riesige Baumschlange ringelte sich im Nu um den Körper des Opossums, das überrascht aufquietschte und dem Druck der Schlange zu entkommen suchte, die das kleine Beuteltier daraufhin nur fester einschnürte und ihm die Lungen zerquetschte. Es dauerte nur wenige Minuten, bis das Opossum im Griff der Schlange den letzten Atemzug tat.

Die Riesenschlange setzte sich in Bewegung, ohne das Opossum loszulassen. Ihre Kiefern öffneten sich weit, ganz weit, als sie das tote Geschöpf zu verschlingen begann. Michael sah fasziniert zu, als die Kiefer der Riesenschlange sich für den unverhältnismäßig großen Körper der Beute ganz weit öffneten. Michael hatte so etwas schon einmal beobachten können – es würde bis zu einer Stunde dauern, bis der lange Schwanz des Opossums im Schlund der Schlange verschwunden wäre und das gesättigte Reptil sich zum Verdauen in die Gabelung eines Baums verkröche.

Als die Insektenplage ihm allzu lästig wurde, schaltete er die Taschenlampe erneut ab und den Motor wieder ein. Er legte den Vorwärtsgang ein, gab Gas und fuhr weiter.

Eine Zeitlang fuhr er ohne Licht. Seine Augen gewöhnten sich an die Dunkelheit. Durch Lücken im Laubwerk sah er ab und zu andere Lichter aufblinken; bei seiner Fahrt von einem Wasserarm zum nächsten, von Insel zu Insel, befand er sich in einem geradezu surrealistischen Netzmuster von Booten.

Er wußte, wo er sich befand. Er war mit dem Moor so vertraut, daß er mit jeder Biegung ein Wahrzeichen erkannte.

Aber von Kelly war nirgends etwas zu sehen.

Da stellte er den Motor ein weiteres Mal ab und dachte während des Dahingleitens lange nach.

Er wußte, *wo* sie ins Moor gegangen war. Er kannte die Insel, die sie über die Fußgängerbrücke betreten hatte; die hatte er Meter für Meter erforscht, ganz zu Beginn seiner einsamen Wanderungen durch die Wildnis. Sie bildete einen langen, schmalen Landstreifen, der sich kaum zwanzig Zentimeter aus dem Wasser hob. Festen Boden gab es dort nur im allerersten Teil; je weiter man ging, desto sumpfiger wurde es; am Ende watete man durchs Wasser.

In der Dunkelheit würde Kelly nie zurückfinden können. Es wäre schon bei Tageslicht keine leichte Sache – und Kelly kannte die Insel nicht.

Sie müßte also, überlegte Michael, immer weitergelaufen und, das sie nicht zurückgekehrt war, durch Zufall auf die einzige andere Stelle gestoßen sein, wo man die Insel verlassen konnte: ein enger, seichter Bayou, wo nur die flachsten Boote fahren konnten; am anderen Ufer lag eine größere Insel.

Auf *der* Insel befand sich Kelly jetzt möglicherweise.

Michael schaute sich um. Die übrigen Boote waren vorübergehend außer Sichtweite. Er war allein. Aber er wußte wenigstens, wohin er sich wenden mußte.

Er ließ den Motor wieder an und bewegte sich vorsichtig durch das Labyrinth der Wasserarme. Er war einigermaßen zuversichtlich, daß er Kellys Weg zu rekonstruieren vermochte: So viele Wege, auf denen sie sich hätte fortbewegen können, gab es im Moor nämlich gar nicht.

Vorausgesetzt, sie würde durch einen falschen Tritt nicht auf eine der vielen Treibsandstellen geraten.

An die Möglichkeit wollte Michael nicht denken.

»Hilfe!« rief Kelly. »Bitte helft mir!« Obwohl sie aus Leibeskräften schrie, klang es selbst für sie erbärmlich schwach; in der schwülen Luft schienen die Laute auf den Lippen zu ersterben.

Sie war erschöpft, wagte aber nicht, sich zum Ausruhen hinzusetzen; denn beim letzten Versuch war mit einem verschreckten Japser ein Tier aufgesprungen. Sie war unentwegt weitergelaufen. Jetzt aber sah sie am Himmel ein schwaches Leuchten.

Villejeune!

Sie lief schneller. Das Leuchten wurde zusehends heller. Kelly wurde euphorisch – noch ein paar Minuten, dann hätte sie's hinter sich, hinter dem Dickicht aus Buschwerk und Riedgras müßte der Kanal liegen, und am anderen Ufer Villejeune.

Es war aber nur der Mond, der im Osten aufging.

Wieder die Angst. »Bitte!« schrie sie. »Kann mich denn keiner hören!?«

Stille.

Wie lange war sie nun schon unterwegs? In welcher Richtung? Oder war sie immer nur im Kreis gelaufen? Sie wußte es einfach nicht.

Auf einmal hörte sie ein hohes Sirren im linken Ohr. Es brach ab – die Mücke war auf ihrer Stirn gelandet. Kelly hob die rechte Hand, schlug blitzschnell zu und wischte eine andere Mücke weg, die ihr in die Hand stach. Sie befand sich auf einmal inmitten eines ganzen Schwarms von Mücken und schlug mit den Armen um sich. Auf ihrer Haut und sogar im Haar fühlte sie überall Stiche. »Nein!« jammerte sie. »Haut ab! Laßt mich in Ruhe!« Wie Windmühlenflügel drehten sich ihre Arme zur Abwehr der angreifenden Insekten. Um ihnen zu entkommen, begann sie zu rennen. Ihr Fuß fing sich in einer Wurzel. Sie stürzte. Ein Schmerz jagte durch ihren Knöchel. Sie wartete, bis der Schmerz ein wenig nachließ, bevor sie sich aufsetzte, den Fuß aus dem Wurzelwerk zog und ihn massierte.

Da hatte sich, nur ein paar Schritte weiter, im Gras, doch etwas bewegt – sie hielt den Atem an.

Zuerst sah sie nichts, dann eine Schlange, die sich aus Grasbüscheln löste und im Mondschein, der durch die hohen Zypressen fiel, plötzlich sichtbar wurde. Ihr Kopf hob sich vom Boden. Der Rachen mit den deutlich erkennbaren Giftzähnen war weit aufgerissen. Beim Anblick des weißen Innenmauls wußte Kelly sofort Bescheid – es war eine Mokassinschlange, die sie auf ihrer nächtlichen Jagd gewittert hatte und auf die leiseste Regung angreifen würde. Kelly klopfte das Herz bis zum Hals.

Es schien eine Ewigkeit: Kelly saß im Gras, die Augen auf

das Reptil gerichtet, der leiseste Muskelreflex könnte sie verraten. Die Schlange tauchte auf, tauchte unter, wand sich; die Zunge im gräßlichen weißen Maul schoß vor und zurück. Unhörbar glitt die Schlange näher, als wüßte sie inzwischen genau, wo Kelly stand.

Kelly mußte sich zusammenreißen, um nicht zu schreien.

Die Schlange hielt inne, ringelte sich, kroch ein Stück weiter vor; fast hatte sie Kellys Fuß erreicht. Kelly spürte ein Erschauern. Die Schlange berührte ihre Haut. Instinktiv wollte Kelly ihren Fuß zurückziehen – da glaubte sie, eine Stimme zu hören.

Nicht bewegen! befahl ihr ein unsichtbares Wesen. *Absolut stillstehen*!

Die unhörbare Stimme beruhigte Kelly, so daß sie, obwohl ihr die Haare zu Berge standen, das Reptil, das ihr über den Schenkel kroch, mucksmäuschenstill im Auge behielt. Und so plötzlich, wie sie gekommen war, bewegte sich die Schlange mit ihrem dicken schwarzen Leib und dem gelben Schwanz beinah unmerklich wieder durchs Schilfgras davon.

Nach der unverhofften Entspannung klapperten Kelly die Zähne. Kelly rührte sich aber erst, als sie absolut überzeugt war, daß die Schlange sich nicht mehr in der Nähe befand. Sie probierte, ob sie auf dem verstauchten Fuß zu stehen vermochte.

Ein Schmerz schoß ihr durchs Bein, aber der Knöchel knickte nicht um, und sie tat vorsichtig einen Schritt nach vorn.

Der Schmerz ließ ein ganz klein wenig nach, und beim zweiten Schritt ging sich's wieder ein bißchen besser. Jedenfalls konnte sie laufen!

Aber sie fürchtete von allen Seiten Gefahren. In jeder Schlinge sah sie eine Schlange; bei jedem Rascheln blieb sie vor Schreck stehen. Überall spähte sie im blassen Licht des Mondes nach Anzeichen von Tieren.

Sie arbeitete sich voran. Da – unmittelbar vor ihr, in Bodennähe: ein Paar leuchtende Augen, neben dem bald ein zweites auftauchte, ein drittes.

Ihr stockte der Atem. Sie stand wie angefroren.

Die Augen bewegten sich. Über einen vom Mond erhellten Fleck zog ein Waschbärweibchen mit zwei Jungen. Als Kelly vor Erleichterung in grelles Lachen ausbrach, sprangen die Waschbären alarmiert auf einen Baum zu und den Stamm hoch, um schließlich aus mittlerer Höhe von einem Ast auf Kelly hinunterzublicken, bevor sie sich über Astwerk davonmachten.

Da sah Kelly in der Ferne ein Licht in langsamer Bewegung, als ob es auf dem Wasser triebe.

Kelly vergaß den Schmerz im Fuß. Sie rannte los. Sie schrie: »Hilfe! Hier bin ich! Helft mir!«

Das Licht kam abrupt zum Stillstand. Es hing unbeweglich im Dunkel.

Kelly achtete nur auf das Licht. Sie hetzte durch die Nacht. Ihre Schuhe waren voller Wasser. Es kümmerte sie nicht. Sie jagte dem Licht entgegen, das sich ihr jetzt zu nähern schien.

Mit dem rechten Fuß stieß sie an einen Stamm, der aus dem seichten Wasser ragte, und wollte schon über ihn wegsteigen, als dieser sich bewegte. Das Wasser schäumte auf. Ein Alligator stieg aus dem Schlamm hoch, sperrte den Schlund auf, sein Schwanz peitschte das Wasser.

Schreiend sprang Kelly zur Seite, als der Alligator nach ihr schnappte. Sie spürte das Zerren, als seine Kiefer das lose Ende ihrer Bluse faßten. Ihre Stimme hob sich zu einem Schrei. Sie riß sich los. Der Stoff gab nach.

Der Alligator fiel ins Wasser zurück, verfolgte sie, stemmte sich auf seine kräftigen Beine, drängte sich durch den Schlamm. Kelly hechelte weiter. Sie stürzte noch einmal, verlor das Gleichgewicht und plumpste ins Wasser.

Der Alligator kam mit aufgerissenem Rachen heran.

Kelly hob zum Schutz gegen den Angriff die Arme. Als der Alligator sich eben auf sie stürzen wollte, knallte ein Schuß.

Der Alligator wurde steif und fiel ins Wasser zurück. Sein Schwanz schlug wie im Krampf weiter.

Aus Kellys Kehle löste sich ein Schrei. Sie stieß mit den Beinen um sich. Sie krallte sich mit den Fingern in den weichen Boden und versuchte, der Reichweite des Tieres zu entkommen.

Hände legten sich um ihre Schultern und zogen sie hoch.

»Der stirbt«, sagte eine Stimme. »Der stirbt. Un' ich hab' dich gerett'.«

Kelly schaute hoch. Ein schmales, zusammengekniffenes Gesicht mit bleichen, tiefen Augen unter einem zerbeulten Hut sah im schwachen Schein des Mondes auf sie herab.

Kelly, die sich am Rande der Erschöpfung befand, wurde es plötzlich schwindlig. Die Schwärze der Nacht fing sie auf. Sie hatte das Bewußtsein verloren.

»Das ist doch Wahnsinn«, murmelte Tim Kitteridge, als Marty Templar das Boot in ein anderes Bayou lenkte. Die Bayous nahmen kein Ende. »Ich hoffe, Sie wissen, wo zum Teufel wir uns befinden. Ich würde hier nie mehr herauskommen.«

Templar lachte. Seine Selbstzufriedenheit dauerte aber nicht lange. Sie suchten nun schon fast zwei Stunden und hatten nicht einmal eine Spur von Kelly Anderson gefunden. Er musterte verstohlen seinen Chef, um sich sofort wieder dem Moor zuzuwenden. »Vielleicht sollten wir den Morgen abwarten«, meinte er. »Wir sind fast wieder am Ausgangspunkt angelangt. Wenn wir weitersuchen wollen, müßten wir zu Fuß laufen. Die bisher nicht berührten Stellen des Moores sind für unser Boot zu flach.«

Kitteridge nickte. »Habe ich mir schon gedacht. Kehren

Sie um. Zur Brücke.« Er hob das Megaphon und gab seinen Plan dem nächsten Boot bekannt, mit dem Auftrag, es an die übrigen weiterzugeben.

Ein Boot nach dem anderen traf an der Brücke ein, bis sie im Kanal eine kleine Flotte bildeten. Die Männer kletterten ans Ufer und drängten sich um den Chef.

»Marty und ich sind der Meinung, wir sollten die Suche bis zum Morgen abbrechen«, erklärte Kitteridge. »Ich sehe die Sache so: Wenn Kelly einen von uns hätte hören können, hätte sie geantwortet. Ich folgere: Wo wir gesucht haben, kann sie nicht sein. Oder sie will nicht gefunden werden.«

Ted bahnte sich einen Weg durch die Gruppe und pflanzte sich zornig vor dem Polizeichef auf. »Das heißt, Sie geben auf!«

»Das habe ich nicht gesagt, Mr. Anderson!« antwortete Kitteridge geduldig. »Ich habe nur gemeint, daß wir eine verdammt viel größere Chance haben, Ihre Tochter zu finden, wenn wir bei Tageslicht suchen. Jetzt kann man nichts erkennen...«

»Sie wollen also wirklich abziehen?« fragte Ted. »Das ist doch unmöglich! Kelly könnte verletzt sein! Bis morgen früh ist sie vielleicht tot!«

Schweigen senkte sich über die Runde. Keiner wollte den Gedanken aussprechen.

»Glauben denn alle, daß sie schon tot ist?« fragte Ted mit bebender Stimme.

Kitteridge trat unruhig von einem Bein auf das andere und hob hilflos die Hand. »Diese *Möglichkeit* werden wir berücksichtigen müssen.« Er war nicht bereit, Kellys Vater anzulügen. »Hier im Moor kann einem Menschen selbst bei Tageslicht vieles zustoßen. Nachts...« Seine Stimme wurde unhörbar, doch bevor Ted Anderson erneut das Wort ergreifen konnte, meldete sich Craig Sheffield.

»Ich glaube, wir haben noch ein zweites Problem,

Tim«, sagte er. Sein Gesicht spiegelte seine Angst. »Michael ist nicht mit uns zurückgekommen.«

Kitteridge fuhr Craig an. »Michael?« wiederholte er. »Soll das heißen, daß Ihr Sohn ebenfalls draußen im Moor war?«

Craigs Ton wurde sofort defensiv. »Warum sollte er nicht? Von uns allen kennt er das Moor am besten; außerdem ist er mit Kelly befreundet. Glauben Sie ernsthaft, ich hätte ihn zurückhalten können?«

Kitteridge seufzte. »Wir vermissen also *zwei* Kids. Was wollt ihr von mir? Daß ich anordne weiterzusuchen, bis wir uns alle im Moor verirrt haben?«

Craig fixierte den Polizeichef mit eisigem Blick. »Ich erwarte von Ihnen, alles Menschenmögliche zu unternehmen, um unsere Kinder wiederzufinden.«

Kitteridge begann die Selbstbeherrschung zu verlieren. Er konnte die beiden Väter verstehen. Er wußte aber auch um die Sinnlosigkeit weiterer nächtlicher Suchaktionen – es sei denn, die Gesuchten könnten und wollten auf Rufen antworten. Er rang sich zu einer Entscheidung durch.

»Ich bin fest entschlossen, die Kinder zu finden, Craig. Wir nehmen die Suche bei Anbruch der Dämmerung wieder auf. Mit zusätzlichen Männern.«

»Wie wär's mit einem Einsatz von Hunden?« rief einer aus der Gruppe. »B.J. Hermans hat die besten Spürhunde im ganzen County.«

Kitteridge seufzte. »Natürlich. Werden wir versuchen«, versprach Kitteridge, wunderte sich jedoch im stillen, wie man von einem Hund erwarten könnte, einer Spur durch Marschland zu folgen. Aber er wollte nichts unversucht lassen.

»Ich bleibe, Tim«, sagte Craig Sheffield leise. »Und ich glaube, daß Ted und Carl Anderson ebenfalls nicht aufgeben und heimgehen wollen.« Er schaute zu den beiden hinüber, die zustimmend nickten. Daraufhin hob er die

Stimme, damit ihn der gesamte Suchtrupp hören konnte. »Ist sonst noch jemand bereit, die Aktion fortzusetzen?«

Die Männer schauten sich unsicher an. Sie nickten, einer nach dem andern. »Wir können die drei doch nicht allein lassen«, sagte jemand.

Kitteridge zögerte. Doch er wußte, daß ihm die Kontrolle über den Suchtrupp entglitten war. Die Männer würden die ganze Nacht über im Moor bleiben und am Morgen, *wenn* sich eine Chance böte, für den Einsatz zu erschöpft sein.

Was bedeutete: Er müßte für die Suche weitere Männer auftreiben. Andererseits war das Verhalten von Craig und Anderson ihm menschlich verständlich. »Also gut«, sagte er. »Wer jetzt weitermachen will, soll weitermachen. Aber vergeßt nicht: Wenn ihr die beiden heute nacht nicht findet, beginne ich mit der Dämmerung von neuem.« Er wandte sich an Marty Templar. »Sie kommen mit! Wir haben zu tun. Wir müssen die Unterstützung der Staatspolizei anfordern. Vielleicht können wir uns noch ein paar Jungs von Fort Stewart borgen.« Als die anderen Männer zu ihren Booten zurückkehrten, hatte er noch ein Wort für Craig Sheffield und Ted Anderson. »Ich fahre zum Haus von Carl und setzte Ihre Frauen in Kenntnis. Was Sie persönlich betrifft, Craig«, fügte er hinzu, »so möchte ich Sie in Ihrer Privatinitiative nicht behindern. Ich halte allerdings an dieser Stelle laut und vernehmlich fest, daß ich Ihre Aktion für fahrlässig und nutzlos halte. Geben Sie acht, daß nicht noch mehr Menschen draußen im Moor verloren gehen. Habe ich mich klar genug ausgedrückt?«

Craig reichte dem Polizeichef die Hand. »Ich begreife Ihren Standpunkt, Tim. Wenn es nicht um unsere eigenen Kinder ginge, würde ich Ihnen vermutlich sogar recht geben. Aber Michael ist mein Sohn. Ich hielte es einfach nicht aus, die ganze Nacht tatenlos herumzusitzen.«

Kitteridge und Marty Templar sahen den Suchtrupp wieder ausschwärmen. Als sie dann im Streifenwagen auf

Carl Andersons Haus zusteuerten, wurde Kitteridge plötzlich nachdenklich.

»Ich habe Judd Duval gar nicht gesehen«, sagte er.

Templar lachte. »Das habe ich auch nicht erwartet. Der kennt Ecken im Moor, die wir beide nie finden würden. Und ich gehe jede Wette ein – falls die Kinder gefunden werden, findet sie Judd.«

Kelly mußte ganz in der Nähe sein – Michael meinte sie fast zu fühlen.

Es war fast eine Stunde her, daß er sich vom Suchtrupp entfernt hatte und in den engen Bayous verschwunden war. Er steuerte sein Boot mit instinktiver Sicherheit durch das Labyrinth von Inseln, zwischen abgesunkenen Baumstämmen hindurch; zweimal hatte er das Boot schieben müssen; das Wasser war so seicht gewesen, daß der flache Kiel über das Schlammbett kratzte.

Vor zehn Minuten hatte er einen abgedämpften Schuß gehört; der Schuß mußte, wie er sich klarmachte, ziemlich nah abgefeuert worden sein – im Moor war selbst ein Gewehrschuß nur bis zu einer Distanz von ein paar hundert Metern zu hören.

Michael hatte das Boot in die Richtung des Schusses gewendet und an einer Stelle aussteigen müssen, um es über einen Damm zu heben, der zwischen zwei Inseln verlief, doch inzwischen war er wieder auf Kurs, und er horchte angespannt auf ungewöhnliche Geräusche.

Als er vor sich ein Platschen hörte, knipste er die Taschenlampe an. Er ließ den Schein über den gekräuselten Wasserspiegel wandern. Weiter vorn schäumte das Wasser auf vom Schlagen eines Alligators, der sich auf den Rücken drehte – der Schwanz schlug nur mehr schwach.

Michael legte die Stirn in Falten.

Alligatoren hielten sich nachts meist an seichten Stellen fast bedeckt, schlafend, oder auf der Lauer für den Fall, daß ein unvorsichtiger Sumpfvogel zu dicht vorbeiflöge.

Als Michael sich dem großen Reptil bis auf wenige Meter genähert hatte, blieb es nach einem letzten Zucken des Schwanzes still liegen. Im Scheinwerferstrahl entdeckte Michael das Loch im Kopf.

Michael machte eine Bestandsaufnahme: erstens, auf das Reptil war aus nächster Nähe geschossen worden; zweitens, der Schuß hatte das Tier ins Maul getroffen. Das bedeutete, drittens, der Alligator hatte angegriffen.

Michael führte den Lichtstrahl weiter. Da stockte ihm der Atem: Am Rand des Mauls hing ein verschmiertes Stück Tuch.

Kelly.

An dieser Stelle hatte sie sich befunden und war von dem Alligator angegriffen worden.

Hier war aber noch jemand gewesen – derjenige, der den Alligator erschossen hatte.

Von Kelly entdeckte er im Scheinwerferlicht keine Spur.

Wer war der andere Mensch gewesen?

Zum Suchtrupp konnte er nicht gehört haben. Soviel stand fest: Von den Männern hätte sich keiner außer Sichtkontakt mit dem nächsten Boot hinausgetraut.

Es konnte nur eine Sumpfratte gewesen sein.

So *mußte* es gewesen sein: Irgendein Moorbewohner hatte Kelly gefunden.

Aber wer?

War er auf seiner nächtlichen Jagd im Moor zufällig auf Kelly gestoßen?

Dann gewann Michael Klarheit.

Er wandte sich von dem sterbenden Alligator ab. Lärmend sprang der Außenbordmotor an. Während sich der Bug hob, sank der hintere Teil tiefer ins Wasser. Eine Minute später erreichte das Boot die Lagune, schoß hindurch und immer tiefer in die Wildnis hinein.

Michael wußte: Er konnte Kelly nur im Herzen des Moores finden.

18

Jenny Sheffield wachte auf, als vor dem offenen Fenster des Zimmers, in dem sie eingeschlafen war, eine Wagentür zuschlug. Sie wußte nicht gleich, wo sie sich befand, doch als sie sich die Augen rieb und richtig wach wurde, läutete die Glocke an der Haustür. Da kam die Erinnerung: Kelly Anderson hatte sich im Moor verlaufen, und der Vater war sie gemeinsam mit Michael suchen gegangen. Vielleicht kamen sie gerade zurück.

Sie glitt aus dem Bett, trat ans hintere Fenster und hoffte, das Boot im Anlegeplatz zu sehen.

Der Anlegeplatz war jedoch leer, ebenso der Kanal.

Sie lief zum anderen Fenster, von dem man die Einfahrt überblicken konnte. Vor dem Haus stand ein Streifenwagen mit eingeschalteten Scheinwerfern; das Warnlicht blinkte. Aber was wollte die Polizei bei ihnen, wenn der Vater und Michael noch nicht zurück waren?

Jenny, die eine Pyjamajacke von Kelly anhatte, ging zur Tür, öffnete sie vorsichtig, drückte ein Auge an den schmalen Spalt, konnte jedoch die Stufen vor dem Hauseingang kaum sehen. Aber aus dem Wohnzimmer drangen Stimmen. Dann ein erstickter Schrei.

»Nein!«

Nur das eine Wort. Für den Bruchteil einer Sekunde dachte Jenny, der Schrei gälte ihr – daß sie gesehen worden war und die Tür wieder zumachen sollte. Aber dann hörte sie jemanden weinen. Sie schob die Tür ein wenig weiter auf, damit sie ins Wohnzimmer schauen konnte. In der Nähe des Couchtisches standen zwei Polizisten. Auf der Couch saß ihre Mutter, daneben Kellys Mutter.

Ihre Mutter weinte!

Voller Angst lief Jenny nach unten und kletterte der Mutter auf den Schoß. »Mami! Was ist?«

Barbara wischte sich die Tränen ab und nahm Jenny in den Arm.

»Nichts, worüber du dir Sorgen machen müßtest, Schatz«, sagte sie und fragte sich sofort, ob sie damit Jenny oder sich selbst beruhigen wollte. »Beim Suchen nach Kelly ist Michael in seinem Boot allein weitergefahren, und nun können die anderen Männer ihn nicht mehr finden.«

Jenny schaute ihre Mutter besorgt an. »Hast du Angst um ihn?«

»Natürlich nicht, Liebling«, log Barbara, lächelte gezwungen und verbesserte sich. »Oder vielleicht doch ein bißchen.«

»Aber Michael kennt doch das Moor«, sagte Jenny. »Dort ist er doch immer.«

»Ich weiß, Süßes«, seufzte Barbara und trocknete sich die Augen mit dem Kleenex, das ihr Mary Anderson reichte. »Ich bin einfach dumm. Dein Daddy sucht nach ihm. Wahrscheinlich sind längst wieder alle beisammen.« Sie schob Jenny vom Schoß. »Und wenn du jetzt nicht schlafen gehst, willst du morgen früh bestimmt wieder nicht rechtzeitig aufstehen.« Sie entschuldigte sich kurz bei den beiden Polizeibeamten, begleitete Jenny auf Kellys Zimmer und deckte sie liebevoll zu. »Nun schlaf schön«, sagte sie und gab ihr ein Küßchen.

Jenny sah ihre Mutter im Dunkel angestrengt an. »Wird Michael etwas zustoßen?« fragte sie.

»Nein.« Barbara bemühte sich, überzeugt zu klingen. »Er hat bloß den falschen Weg genommen, und Daddy muß ihn finden. Das ist alles.« Sie gab ihr einen letzten Kuß. »Jetzt mußt du aber schlafen, Schatz. Einverstanden?«

»Na gut«, antwortete Jenny, drehte sich um und schloß die Augen, doch kaum war die Mutter aus dem Raum, da schlüpfte sie wieder aus dem Bett und kroch zum Treppengeländer, damit sie mithören konnte, was unten gesprochen wurde.

»Ich verstehe nicht, warum *Sie* nicht bei den Männern im Moor sind.«

»Mrs. Sheffield, zur Zeit sind schon fünf Männer draußen. Aber bei Nacht – das ist wie die berühmte Suche nach einer Nadel im Heuhaufen...«

»Es geht um unsere *Kinder*...« begann Mary Anderson.

Der Polizeichef unterbrach sie. »Glauben Sie mir: Ich fühle mit Ihnen. Und wir tun alles in unserer Macht Stehende. Bei Sonnenaufgang werden Marty und ich genügend Männer beisammen haben, um jeden Zentimeter des Sumpfgebietes abzusuchen. Die Männer müssen allerdings erst einmal organisiert werden. Ich kann mich nicht gleichzeitig darum kümmern *und* mich im Moor aufhalten.«

»Ich weiß«, sagte Barbara und versuchte, der Angst, die sie zu überwältigen drohte, zu widerstehen. »Aber halten Sie uns auf dem laufenden.«

»Das verspreche ich Ihnen! Und Sie sollten sich keine unnötigen Sorgen machen. Michael weiß im Moor bestens Bescheid, und Kelly könnte jeden Moment wiederkommen.« Er wandte sich an Mary Anderson. »Falls Kelly so verwirrt ist, wie es den Anschein hat, dann wäre es durchaus denkbar, daß sie sich nicht finden lassen will. Ich habe da eine Vermutung – daß sie sich nämlich gar nicht verirrt hat, sondern genau weiß, wo sie sich befindet, und heimkommen wird, wenn sie sich wieder beruhigt hat.«

»Oder«, erwiderte Mary mit bebender Stimme, »sie glaubt wirklich, daß ihr Vater sie für verrückt hält, und will sich wieder das Leben nehmen. Wenn wir sie doch nur fänden, damit wir ihr sagen könnten, daß ihr überhaupt niemand böse ist!« Mary schüttelte betrübt den Kopf. »Sie würde keinem von uns ein Wort glauben.«

Barbara gelang ein trauriges Lächeln. »Vielleicht haben wir die falschen Leute ausgeschickt«, sagte sie. »Vielleicht hätten Jenny und ich nach ihr suchen gehen sollen.«

Jenny lief lautlos in ihr Zimmer zurück, als ihre Mutter die beiden Polizisten hinausbegleitete, und zog die Tür hinter sich zu. Doch statt ins Bett zu gehen, schlüpfte sie aus dem Pyjama und zog sich an, die Unterwäsche, ohne es im Dunkeln zu merken, verkehrt herum, dann Jeans und T-Shirt. Mit dem Binden der Schnürsenkel hatte sie einige Mühe.

Als sie die Außentür öffnete und ins Freie trat, packte sie die Angst.

Und wenn sie sich nun selber verirrte?

Sie spähte angespannt ins ferne Moor und hätte es sich fast wieder anders überlegt. Doch als sie den Weg längs dem Kanal und die hellen Lichttümpel der Straßenlampen im Abstand von je dreißig Meter sah, machte sie sich Mut – solange sie auf diesem Weg blieb, konnte ihr ja nichts zustoßen. Sie könnte vom Weg aus nach Kelly rufen. Und wenn sie Kelly tatsächlich fand...

Sie wurde plötzlich ganz aufgeregt, und die Angst war völlig dahin, als das Abenteuer begann.

Kelly glaubte in einem Meer von Finsternis zu ertrinken. Es umgab sie von allen Seiten, drückte sie nieder; sie mußte dagegen ankämpfen. Ihr war, als stecke sie im Treibsand fest. Dann bemerkte sie ein Schimmern von Licht. Wenn sie das erreichen könnte... Es schien aber weit, weit weg, und sie war schrecklich müde.

Sie stöhnte. Dann fühlte sie, daß sie ihre Arme ja bewegen konnte. Das Licht wurde heller. Ihr wurde bewußt, daß sie die Augen aufgeschlagen hatte.

Der Mond.

Das Licht war die Sichel des Mondes. Mit der Erkenntnis kehrten auch die Erinnerungen zurück – die Flucht durchs Moor; der Angriff des Alligators; der Schuß; an jemand, der sie aus dem Schlamm gezerrt und ins Boot gehievt hatte; an sein Gesicht.

Das Gesicht einer Sumpfratte.

Sie bekam vor lauter Angst plötzlich keine Luft mehr. Unwillkürlich wanderte ihr Blick vom Mond zum Gesicht des Mannes in der Bootsmitte.

Es war kein Mann.

Ein Junge!

Ein Junge, den sie schon einmal gesehen hatte. Dann fiel es ihr wieder ein.

»Ich kenne dich«, sagte sie. »Ich habe dich an meinem ersten Abend in Villejeune gesehen. Am Rande des Moors.«

Jonas nickte. »Ich hab' auf dich gewartet.«

»Aber ich habe nach dir gesucht«, meinte Kelly perplex, »und konnte dich nicht finden.«

Jonas zog die Ruder an. Das Boot glitt still in einen schmalen Bayou zwischen zwei winzigen Inseln. »Macht nix. Ich war da. Hab' aufgepaßt, daß dir nix passiert. Wie heut' nacht auch.«

Kellys Verwirrung wuchs. »Du hast nach mir gesucht?«

»Ich braucht' nich' such'n. Ich wußt', wo du warst.«

Schweigend musterte sie den Jungen im blassen Mondlicht. Er trug eher Lumpen als Kleidung; und er wirkte halb verhungert.

Wenn sie ihn so, mit seinen hohlen Wangen und den tief in den Höhlen liegenden Augen, in Villejeune gesehen hätte, wäre ihr angst und bange geworden.

Doch jetzt hatte sie überhaupt keine Angst mehr vor ihm – obwohl sie sich im Inneren des Sumpfgebietes befanden, und noch dazu in tiefster Nacht. Er schien ihr vertraut.

»Du gehörst zu ihnen, nicht wahr?« fragte sie.

Jonas sah sie nur mit leerem, ausdruckslosen Blick an und ruderte weiter; mühelos fand er durch das Gewirr der Wasserwege seinen Weg.

Hier und dort schimmerte Licht, der weiche, warme Schein von Öllaternen, als sie in den Umkreis der Pfahlhütten von Sumpfratten kamen; daß dies nicht ihr Ziel sein konnte, war Kelly klar, obwohl der Junge schwieg. Ihr Ziel mußte sich noch tiefer im Inneren des Moores befinden.

Jonas tauchte die Ruder so geschickt ins Wasser ein, daß nicht das leiseste Platschen ihre Anwesenheit verriet – nur das leichte Kräuseln des Wasserspiegels hinter dem Boot.

Amelie Coulton auf ihrer Veranda sah sie vorübergleiten, und als das schmale Boot langsam durch den Bayou glitt, regte sich etwas in ihrem Herzen, und sie erhob sich aus ihrem durchgesessenen Stuhl und stieg von der Veranda in ihr altes Skiff, das an einem der Hauspfähle vertäut war.

Der Mondschein war gerade so hell, daß sie dem Kräuseln des Wassers folgen konnte.

»Kelly?« rief Jenny laut. Doch ihre Stimme klang nicht lauter als Flüstern. »Kelly! Ich bin's!« Sie horchte, hörte aber nur das Zirpen der Insekten.

Sie wußte nicht, wie weit sie schon gekommen war, doch der geteerte Weg längs des Kanals hörte schließlich auf. Vor ihr lag ein Gebiet mit Fichten und Kletterpflanzen, wo nur ein schmaler Pfad am Kanal entlangführte. Sie war schon stehengeblieben, als sie plötzlich ihren Standort erkannte.

Das Elternhaus lag auf der anderen Seite der Fichten, zwei Straßen weiter. Hier war sie zwar noch nie gewesen; in den Büschen auf der anderen Seite hatte sie aber mit Freundinnen oft Versteck gespielt.

Und etwa in der Mitte lag dort am Kanal eine Hütte, die sie immer für ein Hexenhaus gehalten hatte, bis ihr Vater sie einmal mitgenommen hatte. »Dort wohnt ein Polizist«, hatte er erklärt. »Wenn du dich beim Spielen einmal verirren solltest oder einen Fremden siehst, läufst du einfach zu dieser Hütte. Er wird sich um dich kümmern. In dem Haus gibt es nichts, wovor du dich fürchten müßtest.«

Beim Anblick dieser Baracke, von der die Farbe bröckelte und die auf gefährlich vermoderten Pfählen stand, hatte sie sich als Bewohner wirklich nur eine Hexe vorstellen können. Aber ihr Vater hatte sich der Hütte von hinten herum genähert und geklopft, und ein Mann hatte aufgemacht.

Er hieß Mr. Duval und machte ihr überhaupt keine angst. Er hatte ihr sogar versprochen, sie eines Tages, wann sie wollte, im Boot mitzunehmen und ihr das Fischen beizubringen.

Sie zögerte. Zwischen den Bäumen konnte sie gerade nur die Umrisse des Daches erkennen.

Falls Kelly sich verirrt hatte, wäre sie vielleicht auch zu diesem Haus gekommen...

Entschlossen lief Jenny weiter. Sie versuchte, nicht daran zu denken, wie weit sie die Stadt schon hinter sich gelassen hatte, oder was im dichten Rankenwerk der Pflanzen lauern könnte. Im Dickicht zu ihrer Rechten bewegte sich etwas. Sie begann zu laufen. Und dann lag die Hütte schon da, am Rand des Kanals. Die Veranda ragte über das Wasser, genauso, wie sie es in Erinnerung hatte. Sie lief hinter der Hütte herum und pochte laut an die Tür. »Mr. Duval!« rief sie. »Ich bin's. Jenny Sheffield!«

Ihr klopfte beim Warten das Herz. Aber drinnen regte sich was und gleich darauf öffnete sich die Tür.

»Mr. Duval? Ich bin's. Ich suche Kelly. Sie hat sich verlaufen. Da habe ich mir gedacht, vielleicht ist sie hier.«

Judd Duval schaute auf das kleine Mädchen hinab. Beim ersten Klopfen hatte er mit Kitteridge gerechnet. Als er die Stimme des Mädchens hörte, war ihm eine

Idee gekommen. Er war aufgestanden. Alle Knochen taten ihm weh. Er hatte sich mit zitternden Händen einen Moment festhalten müssen, bevor er gehen konnte. Doch beim Anblick des Mädchens am Hintereingang spürte er einen Adrenalinstoß.

»Sie ist nich' hier«, sagte er, »aber ich weiß, wo du sie finden kannst. Soll ich dich hinbring'n?«

Jenny nickte eifrig. Judd Duval trat auf die hintere Veranda und zog die Tür hinter sich zu. »Wir müss'n mit'm Auto fahr'n«, sagte er.

Das kam Jenny spanisch vor. Im Auto? Kelly hielt sich doch im Moor auf. Und der Mann hatte auch eine ganz komische Stimme.

Als Judd sich umdrehte, fiel das Mondlicht auf sein Gesicht. Jenny erschrak – dieser Mann mit dem faltenreichen Gesicht und den eingesunkenen Augen hatte mit dem Mr. Duval ihrer Erinnerung nichts gemein.

Er sah alt aus und krank; sein Blick machte ihr angst. Sie wich instinktiv vor ihm zurück. Da packte er sie am Armgelenk. »Lauf nicht weg, Jenny«, röchelte Judd.

Sie wollte sich losreißen, doch er hielt sie fest. Er hob sie empor und trug sie in die Hütte. Im Dunkeln tastete er nach den Nylonbändern, die er anstelle von Handschellen benutzte. Er drehte ihr die Arme auf den Rücken und band ihr die Hände.

»Aufhören!« schrie Jenny. »Ich will nach Hause!«

Judd hielt ihr den Mund zu. Er griff nach dem Küchentuch und band es ihr als provisorischen Knebel um den Kopf. Mit zwei weiteren Nylonbändern um die Knöchel machte er sie bewegungsunfähig. Sie wand sich – umsonst. Er trug sie in den Streifenwagen und legte sie in den Kofferraum.

Er zitterte am ganzen Körper, als er zum Fahrersitz lief, einstieg und den Motor anließ. Vor dem Einbiegen vom Feldweg auf die Straße hielt er zur Vorsicht mit abgeblendeten Scheinwerfern an – die Straße war aber ohne jeglichen Verkehr. Er schaltete das Licht an. Zu große Sorgen machte er sich jetzt nicht mehr – sein Ziel lag in entgegengesetzter Richtung zur Stadt. Mit ein klein wenig Glück würde ihm überhaupt niemand begegnen.

Warren Phillips machte auf der Veranda Licht und schaute durchs Fenster. Draußen stand Duval. Seine eingesunkenen Augen glühten wie verrückt im Lichtkegel über dem Eingang. Phillips entriegelte und öffnete. Rasch zog er Judd herein. »Was wollen Sie hier?« fragte er.

»Meine Spritze«, krächzte Judd. »Ich muß meine Spritze hab'n. Seh'n Sie mich an! Ich bin am Sterb'n!«

Phillips Stimme wurde hart. »Sie kennen den Preis. Ich brauche Kinder, Judd.«

»Ich hab' eins«, sagte Judd mit einem häßlichen Grinsen.

Phillips zog zweifelnd die Augenbrauen zusammen. »Wo? Es gibt keine...«

»Kein Baby«, unterbrach Judd. »Aber sie is' jung genug. Ich hab's im Kofferraum.«

Phillips geriet außer sich. »Sind Sie wahnsinnig?« fuhr er ihn an. »Was haben Sie angestellt, Judd?«

»Ich bring', was Sie brauch'n«, beharrte er.

»Wer ist das Kind? Wie haben sie es...?«

»Es ist Craig Sheffields Tochter«, erwiderte Judd. »Un' ich hab' gar nix gemacht. Sie is' von sich bei mir zur Tür 'rein.«

»Mitten in der Nacht?« fragte Phillips. »Wollen Sie mich für dumm verkaufen?«

Duvals Lippen verzogen sich. »Sie hat nach'm Anderson-Mädchen gesucht«, erläuterte er. »Nach der is' im Moor die ganze Nacht g'sucht word'n. Un' auf ei'mal kommt dies klein' Ding an meine Tür und fragt, ob Kelly bei mir is'. Ganz allein. Ich nehm' an, sie is' ausgeriss'n.«

Phillips starrte Judd Duval wutentbrannt an. »Aber sie wird vermißt werden! Um Himmels willen, Judd!«

»Na wenn schon?« entgegnete Judd. »Was können se denn schon machen? Im Moor nach ihr suchen geh'n – da werd'n sie se nich' find'n. Und Sie brauchen sie doch. Ihnen fehl'n Kinder.«

Phillips Gedanken rasten.

Jenny Sheffield war erst sechs Jahre alt. Die magische Drüse war noch kaum verhärtet.

Andererseits würde die Suche nach ihr mit Sicherheit so lange weitergehen, bis man sie oder ihre Leiche gefunden hätte.

Dann fiel ihm eine Möglichkeit ein.

Wenn sie nun ihre Leiche fänden...

»Also gut«, sagte er. »Fahren Sie den Wagen in den Hinterhof und tragen Sie sie herein.«

Judd hob die verschrumpelten Hände. »Ich weiß nich', ob ich das schaff', Doc. Ich werd' schwächer.«

»Nun machen Sie schon«, befahl Phillips. »Ich treffe Sie dort.«

Drei Minuten später trug Judd Jenny durch den hinteren Eingang ins Haus. Sie wehrte sich immer noch. Sie schrie, aber wegen des Knebels waren die Schreie unterdrückt und unverständlich.

»Stellen Sie sie hin!« befahl Phillips. Er kniete nieder und schob eine Impfnadel in den Oberarm des Kindes. Jennys Augen weiteten sich vor Angst, doch wenige Sekunden später sank sie zu Boden, und die Augen fielen ihr zu.

Phillips durchschnitt die Nylonbänder, mit denen sie an Armen und Knöcheln gefesselt war und löste den Knebel. Er trug sie auf die Couch in der Bibliothek, schob an der Wand ein Bild beiseite und öffnete den dahinterliegenden Safe, dem er eine kleine Phiole mit einer klaren Flüssigkeit und eine neue Impfnadel entnahm, die er Judd in den Arm schob. »Legen Sie sich hin!« befahl er Duval. »Schlafen Sie ein bißchen, bis Sonnenaufgang werden Sie sich viel besser fühlen.«

Judd legte sich dankbar aufs Sofa an der Wand gegenüber von Jenny und begann die verjüngende Wirkung fast sofort zu spüren. Die Gelenkschmerzen ließen nach, das Röcheln des Atems wurde leiser. Er fühlte, wie die Jahre von ihm wichen, als die Spritze ihm, wie jedesmal, die Jugend wiedergab.

Er sank in einen friedlichen Schlaf.

19

Clarey Lambert saß mit geschlossenen Augen und ganz nach innen gerichtetem Bewußtsein, um sich auf die Kinder zu konzentrieren. Sie waren inzwischen ganz nah – sie fühlte Kelly und Jonas näherkommen; sie spürte, daß Michael ihnen folgte. Clarey war müde – es war Stunden her, seit sie die Anwesenheit von Kelly, allein und verängstigt, im Moor wahrgenommen hatte. Sie hatte versucht, Kelly zu erreichen, ihr den Rückweg zu weisen, doch in ihrer Verwirrung war Kelly für sie unerreichbar geblieben; sie hatte lediglich vermocht, Kelly von den schlimmsten Stellen, von Treibsand und Untiefen fernzuhalten, die unter scheinbar schützenden Bäumen Unwissende anlockten und wie Fallen waren.

Clarey hatte große Mühe gehabt, Kelly von der instinktiven Flucht vor der Schlange zurückzuhalten, durch innere Einflußnahme schließlich zu ruhigem Verharren gezwungen und ihr Jonas entgegengeschickt.

Jetzt waren die beiden nur noch wenige hundert Meter von Clareys Haus entfernt. Sie durfte sich entspannen. Sie öffnete ihre Augen, blinzelte in den freundlichen Schein der Öllampen und erhob sich aus dem Sessel.

Sie spürte ihr hohes Alter inzwischen in allen Knochen und fragte sich oft, wie lange sie sich wohl noch würde am Leben erhalten können, wieviel Zeit ihr noch bliebe, um über ihre Kinder zu wachen.

Gewiß, der Schwarze Mann hatte ihr ein ewiges Leben angeboten, doch sie hatte seinen Versprechungen nicht geglaubt und sein Elixier abgelehnt.

Es war lange, lange her, daß der Schwarze Mann ihr den Quell der Jugend angeboten hatte.

Sie war alt geworden; er war immer noch jung.

Er war durch das jung geblieben, was er den Kindern des Moores raubte.

Sie verstand zwar längst nicht alles, doch wozu die Nadeln dienten, die den Babys in die Brust gestochen wurden – das begriff sie schon.

»Es ist nur ein bißchen Blut«, hatte er ihr gegenüber behauptet. »Es schadet den Kindern überhaupt nicht.«

Clarey wußte es besser. Was er den Kindern raubte, war nicht bloß Blut, sondern ihre Jugend.

Ihre Jugend – und auch ihre Seele.

Clarey wußte Bescheid – sie hatte die Kinder wachsen sehen, hatte ihren leeren Blick bemerkt, hatte beobachtet, wie sie dem Schwarzen Mann zu Willen waren, ganz gleich, was er von ihnen verlangte. O nein – er nahm ihnen nicht nur Blut.

Er nahm ihnen die Essenz ihres Lebens, und damit belieferte er die Männer von Villejeune, die dafür zahlten und seine Weisungen befolgten.

Männer, die schon vor Jahren hätten sterben müssen und nur auf Kosten der Jugend dieser Kinder noch lebten.

Männer, die Clarey inzwischen fast so heftig haßte wie den Schwarzen Mann selbst.

Kelly sah die alte Frau auf der Veranda. Ihr Gesicht lag im Schatten, doch trotz des Dunkels war Kelly sich absolut sicher, die Frau zu kennen.

»Komm herauf, Kind«, sagte Clarey mit altersschwacher Stimme. Kelly richtete sich unsicher auf und stieg die Leiter hoch, die vom Bayou zur zwei Meter höher gelegenen Veranda führte. Als die Frau sich ihr zuwandte und der Lampenschein aus der offenen Tür auf ihr Gesicht fiel, stand Kelly fast der Atem still.

Die Gesichtshaut der Frau war trocken wie Pergament und faltig; das schüttere Haar war im Nacken zu einem Knoten gebunden. Sie trug ein schwarzes Kleid, das ihr lose um die Knochen hing, und die Hände, die sie Kelly entgegenstreckte, hatten geschwollene Gelenke; die gekrümmten Finger wirkten krallenähnlich.

Der Blick aber war bar jeder Grausamkeit, sondern voller Anteilnahme, so daß Kelly sich der Frau am liebsten in die Arme geworfen hätte.

»Komm, Liebes«, sagte Clarey sanft. »Komm, damit ich dich wieder halte.«

In ihrer Umarmung fühlte Kelly sich wohl.

»So schön«, sang Clarey mit leiser Stimme, während ihre verschrumpelten Finger Kelly über das Haar streichelten. »Immer die schönste, immer die liebste von allen.«

Kelly hörte das Klopfen des Herzens, als ihr Kopf an der verwelkten Brust der Alten ruhte.

Und wieder empfand sie dieses seltsame Gefühl des Vertrauten, den Eindruck, als hätte diese Frau sie schon einmal in ihren Armen gehalten.

In der Dunkelheit tuckerte leise ein Motor; ein anderes Boot schob sich ins Blickfeld, das bald mit abgestelltem Motor vor dem Haus einlief. Jonas nahm das Tau von Michael entgegen und band es an einen Pfahl. Die beiden Jungen kletterten die Leiter hoch. Als sie auf die Veranda traten, entließ Clarey Kelly aus der Umarmung, nahm sie bei der Hand und führte sich ins Innere der Hütte. Jonas und Michael folgten.

Clarey schloß die Tür hinter ihnen. Sie hing die Lampen auf, deren heller Schein die Schatten aus dem Zimmer fegte. Dann schenkte sie Kelly ein Lächeln.

»Erinnerst du dich an meine kleine Hütte?«

Kelly schaute sich neugierig um; in einer Ecke standen ein Kohleherd, ein Spülbecken und ein Schrank; in der Ecke gegenüber ein durchhängendes Bett, an dessen Fußende ein altmodischer, gußeiserner Badebottich stand, in dem selbst ein in sich zusammengekrümmter Mensch wohl kaum genügend Platz gefunden hätte. An einer Wand war ein abgewetztes Sofa zu sehen; in der Nähe des

Ofens ein Schaukelstuhl. Den Boden bedeckte ein geflochtener Teppich.

Eine ähnlich bescheidene Behausung hatte Kelly noch nie gesehen, und doch kam sie ihr, wie die alte Frau, seltsam vertraut vor.

»Ich weiß nicht«, murmelte Kelly.

»Komm her, Kind«, sagte Clarey und führte Kelly zum Spülbecken. Sie schwang den Schwengel einer Pumpe, aus der Wasser ins Becken schoß, und nahm einen Waschlappen vom Wandhaken, den sie Kelly reichte. »Du wirst noch viel schöner, wenn du dir'n Dreck aus'm Gesicht wäschst.«

Kelly schaute in den zersprungenen Spiegel über der Spüle. Gesicht und Haare waren schlammverschmiert. Sie beugte sich vor, legte den Kopf unter die Pumpe, begann den Schwengel zu betätigen und wusch den Schmutz von sich ab. Die letzten Flecken wischte sie sich mit dem Waschlappen aus dem Gesicht und tastete dann nach dem Handtuch am Haken, von dem Clarey den Waschlappen genommen hatte. Sie wickelte sich das Tuch um den Kopf und richtete sich auf.

Im Spiegel erkannte sie das Gesicht des uralten Wesens, das sie ihr ganzes Leben lang verfolgt hatte. Sie erstarrte. Dann hörte sie das freundliche Lachen der alten Frau.

»Keine Angst«, sagte Clarey. »Das is' nich' er. Das bin ich, Clarey.«

Kelly drehte sich bleich und verstört nach der Alten um. »Woher wissen Sie von ihm?«

Clarey lächelte. »Also, nun frag nich' so. Ich weiß 'ne ganze Menge.« Ihr Blick ruhte auf Kelly. »Möchtest du wiss'n, wer du bist?«

Kelly sah die Alte bloß stumm an.

»Er hat dich geklaut«, sagte Clarey. »Der Schwarze Mann hat dich deiner Mama geklaut und zu mir 'bracht, da warst du noch kein' Tag alt. Dann hat er dich mir weggenomm' und gesagt, daß du nie mehr 'rückkommst, daß er dich freigeb'n will.« Ihr zitterte das Kinn; eine Träne rollte ihr die Backe herunter. »Aber da war's schon zu spät, nich' wahr? Da hatt' er dir schon die Seele gestohl'n, und ich konnt' sie dir nich' mehr wiedergeb'n.«

Kelly warf Michael einen Blick zu, der gebannt zuhörte. »Deshalb stimmt mit uns etwas nicht, oder?« fragte er leise. »Deshalb haben wir uns unter Menschen fremd gefühlt.«

Clarey nickte. »Die Seel' nimmt er euch. Das is' nich' wahr, sagt er, aber ich weiß, es is' doch wahr. Fühlt ihr's nich' auch? Wie wenn ihr tot wärt, nich' wahr?«

»So bin ich mir immer vorgekommen«, flüsterte Kelly. »Seit ich klein war. Ich... ich habe mich für wahnsinnig gehalten...«

»Psst!« sagte Clarey. »Das muß' du nich' denk'n. *Du* bis' nich' verrückt – *er* is' es. Und damit muß Schluß sein jetzt, noch könn' wir's schaff'n.«

Sie begann zu berichten. »Ich kenn' alle.« Ihr Blick ruhte erneut auf Kelly. »Und deshalb bist du auch wieder zurück. Du würd'st nie wieder zurückkomm', hat er gesagt. Aber er hat sich geirrt. Du *bist* zurück, und jetzt is' der Zeitpunkt gekommen.«

Michael überlegte angestrengt. »Wofür?« wollte er wissen.

Clarey Lamberts Stimme wurde scharf. »Schluß zu mach'n. Euch die Seele wiederzuhol'n von den', die sie gestohl'n hab'n.«

Schweigen senkte sich über den Raum. Dann meldete sich Michael, mit kaum vernehmbarer Stimme. »Hat der Schwarze Mann auch mich zu dir gebracht?« wollte er wissen.

Clareys Blick fiel auf zwei Bruchstücke aus glitzerndem Stein. »Ja«, murmelte sie. »Er hat dich zu mir gebracht. Aber dich hätt' er nie im Moor festgehalt'n. Das hab' ich genau gewußt.« Das Schweigen wurde bedrükkend. Michael ahnte, was sie sagen würde. »Er is' dein Papa«, sagte sie schließlich. »Du bis' der Sohn vom Schwarzen Mann.«

Draußen tauchte Amelie Coulton das Ruder sachte ins Wasser und entfernte sich still von Clarey Lamberts Hütte. Sie hatte alles mitgehört, was Clarey gesagt hatte.

Jetzt war sicher: Ihr Baby war wirklich nicht tot. Und wie viele andere, totgeglaubte Kinder waren noch am Leben?

Aber mit wem könnte sie sprechen? Wer würde ihr glauben?

Craig Sheffield schaute auf die Uhr. Es war fast vier in der Früh. Nach Kelly schien das Moor auch Michael geschluckt zu haben. Vor einer Stunde hatte Craig die Hoffnung noch nicht aufgegeben – ein kleines Stückchen weiter, noch eine Biegung, eine letzte Insel, und er würde Michaels Boot vor sich sehen, dem nur das Benzin ausgegangen und sonst nichts zugestoßen war.

Doch allmählich schwand seine Hoffnung; zwar setzte er die Suche fort, doch kam er sich ziemlich ausgepowert vor. Er hielt noch immer alle paar Meter an, schaltete den Motor aus und horchte nach dem fernen Tuckern eines anderen Boots, hörte jedoch wiederum nur das endlose Surren der Insekten, das er seit Jahren nicht mehr bewußt wahrgenommen hatte und erst wieder registrierte, als er Kellys Stimme oder Michaels Boot zu hören wünschte.

Er bog um eine weitere Ecke und stellte den Motor ein weiteres Mal ab. Etwa dreißig Meter entfernt konnte er das glühende, grüne Licht von Carl Andersons Steuerbordlampe erkennen, ein Stückchen dahinter das weiße Licht eines anderen Bootes, dessen Inhaber die Suche ebenfalls nicht aufgeben wollte, bis – wie versprochen – mit Sonnenaufgang Tim Kitteridges Ersatzmannschaft erschiene. Alle hier waren erschöpft. Hatten sie beim Summen der Motoren und ewigen Gezirpe der Insekten Kellys Stimme vielleicht überhört?

Das Wohnboot kam zum Stillstand. Craig saß lauschend hinter dem Steuer. Der hoch stehende Mond spiegelte sich im Wasser. Gelegentlich leuchteten die Augen eines Nachttieres, das auf der Jagd nach Nahrung war.

Einmal, vor eine halben Stunde, hatte ein Schrei die Nacht durchschnitten; da waren schlagartig alle Insekten verstummt. Craig war es eiskalt den Rücken heruntergelaufen. Nach dem Verstummen des Beutetieres hatte das Insektengesirre von neuem eingesetzt.

Doch nun erreichte ihn ein neuartiger Ton, kaum hörbar zunächst, dann zunehmend lauter – ein sich näherndes Boot.

Craig wartete, hielt unbewußt den Atem an, glaubte den ganz eigenen Laut dieses Motors zu erkennen, und aus einem der engen Bayous tauchte er endlich auf, ein Schatten, der einen weißen Schaumstreif hinter sich herzog.

Craig stand auf. Eine neue Hoffnungswelle durchströmte ihn. »Michael? Michael?«

Das Boot wendete, beschleunigte, tauchte neben ihm auf – in der Mitte des Skifs saß Kelly; Michael stand am Heck neben dem Motor. »Dad? Dad, ich habe sie gefunden!«

Craig flossen die Augen über vor Tränen. Ein Kloß saß ihm im Hals. »Alles in Ordnung?« Seine Stimme brach. »Seid ihr beide okay?«

»Uns geht's gut!« rief Michael zurück.

Craig sah seinen Sohn hilflos an; er wußte nicht – sollte er lachen oder weinen oder toben, weil Michael sich allein abgesetzt und ihm solche Angst eingejagt hatte? Jetzt zählte aber nur eins: Michael war wohlbehalten zurück. Und er hatte Kelly gefunden. Craig griff zum Armaturenbrett und blinkte mit den Navigationslampen. Alle Boote nahmen sofort Kurs auf ihn.

»Sie sind wieder da!« schrie er, als Carl Andersons Boot näherkam. »Michael hat Kelly gefunden.«

Carl brachte sein Boot bei und warf Michael ein Seil zu. Michael zog sich an Carls Boot heran.

»Kelly?« sagte Ted Anderson mit bebender Stimme. »Honey, ist alles gut?«

Kelly blickte zu ihrem Vater hoch. »Bist du noch böse auf mich?«

Ted seufzte schwer. »Wie könnte ich dir böse sein? Ich hatte nur Angst, du...« Er wollte den Gedanken nicht zu Ende denken. »Ich bin ja so froh, daß du wieder da bist. Wo bist du nur gewesen? Wir haben stundenlang gesucht.« Er streckte die Hand aus und half Kelly ins Boot seines Vaters.

»Ich habe mich verlaufen«, sagte Kelly. »Zuerst bin ich einfach nur weggerannt, dann hatte ich Angst zurückzukommen, und als ich zurückkommen wollte, habe ich nicht mehr gewußt, wo ich war. Wenn Michael mich nicht gefunden hätte...« Beim Gedanken an die Äußerung ihres Vaters über Michael – vor wenigen Stunden erst – verstummte sie.

Ted breitete die Arme aus und zog sie an sich.

»Ich habe unrecht gehabt«, sagte er. »Er ist vielleicht gar nicht übel. Hauptsache, ihr zwei seid heil zurück!«

Wir sind aber nicht heil, dachte Kelly, Michael nicht und ich auch nicht, und sie zitterte am ganzen Körper, als Clarey Lamberts Worte in ihrem Gedächtnis widerhallten.

Es ist Zeit, daß ihr euch eure Seelen zurückholt von denen, die sie euch gestohlen haben.

Dann erst würden sie heil sein.

»Horch«, sagte Barbara Sheffield. »Hörst du nichts?«

Doch Mary war längst aufgesprungen, und beim Aufschieben der Glastür drang vom Kanal her das Tuckern eines Schiffsmotors herüber.

»Das ist Craig!« sagte Barbara. Die Angst, die sie im Verlauf der Nacht immer ärger gequält hatte, wurde von einer großen Hoffnung weggeschwemmt. »Sie haben die Kinder gefunden!«

Mary sah Barbara besorgt an. »Bist du dir sicher?«

»Es kann nicht anders sein«, erklärte Barbara. »Ohne sie wäre Craig jetzt bestimmt nicht zurückgekehrt.«

Die beiden Frauen liefen über den Rasen und erreichten das Dock just in dem Moment, als die Boote anlegten.

»Sie sind wirklich heil zurückgekommen!« rief Barbara mit tränenerstickter Stimme. »Michael, was hast du dir bloß gedacht? Begreifst du überhaupt, was für Angst ich durchlebt habe? Du hattest fest versprochen, in Vaters Nähe zu bleiben!«

Doch angesichts von Michaels Grinsen verrauchte Barbaras Zorn im Nu. Sie nahm ihn in die Arme. Die beiden wären fast ins Wasser gefallen, weil das Boot in Bewegung geriet.

»Jessas, Mutter! Laß mich erst das Boot festmachen! Sonst ersaufen wir noch!«

Als alle im Haus beisammen waren, blieb Mary im hellen Licht der Küche beim Anblick Kellys der Mund offenstehen. Kelly war völlig verdreckt; die zerkratzten, blutenden Beine waren von Schlamm überzogen. »Liebling, was ist geschehen?«

Kelly warf einen betrübten Blick auf ihre ruinierten Sachen und blickte die Mutter an. »Ich... mitten in der Nacht ins Moor zu laufen war doch keine gute Idee, oder?«

Da löste sich urplötzlich Marys Verspannung, und sie konnte mit dem Lachen gar nicht mehr aufhören. »Da hast du völlig recht!« sagte sie, als sie sich endlich wieder im Griff hatte. »Und jetzt wirf die Sachen in die Waschmaschine und dusch dich. Ich hol dir einen Morgenmantel.« Mit ihrem Lieblingsstück kehrte sie in die Küche zurück. Kelly stand bereits in dem kleinen Bad, das Carl direkt hinter der Küche eingebaut hatte, damit er nach der Arbeit nicht den ganzen Dreck durchs Haus trug. Mary ließ sich Michael gegenüber auf einen Stuhl fallen.

»Wie hast du sie gefunden?«

Michael sagte kein Wort. Wie könnte er ihr und den anderen die merkwürdigen Erlebnisse dieser Nacht im Moor nur erklären? Er begriff sie ja selbst kaum – nicht einmal nach Clareys Mitteilungen.

»Es is' ganz egal, wie«, hatte ihm die Alte bedeutet. »Ich kann dir bloß eins sagen: Wo die Kinder sind un' was sie tun – das weiß ich immer. Un' – ich kann sie auch rufen, so wie ich heut' Jonas gerufen hab' und zu Kelly schickte. Un' mit dir hab' ich auch gesproch'n und dir gesagt, wohin du geh'n sollst, damit du Kelly find'st.« Und sie hatte ihn dabei ganz tief angesehen. »Du meinst, du kennst das Moor. Du weißt nich' mal die Hälfte von dem, was ich weiß. Denk also bloß nich', daß du immer machen kannst, was dir einfällt, verstanden? Ich werd' vielleicht nich' immer auf dich aufpassen könn'.«

»Ich... ich habe wahrscheinlich bloß Glück gehabt!« sagte er endlich. »Ich habe mir irgendwie ausgerechnet, an welcher Stelle Kelly in das Moor hineingegangen und wie sie von dort aus weitergekommen sein müßte. Ich meine... also, zu Fuß gibt's da nicht viele Möglichkeiten.«

Kelly setzte sich im Bademantel ihrer Mutter zu ihnen an den Tisch und versuchte, ihnen alles genau zu schildern. Bei der Erwähnung der Schlange brach sie mit einem Schaudern ab.

»Kelly?« fragte Mary. »Was ist denn?«

»Eine... eine Schlange«, stammelte Kelly. »Es war eine Mokassinschlange. Sie ist an meinem Bein hochgekrochen.«

Mary unterdrückte einen Schrei.

»Und was hast du da gemacht?« fragte Carl Anderson.

Kelly sah ihren Großvater an. »Gar nichts habe ich

gemacht«, sagte sie leise. »Ich habe mich einfach nicht bewegt, da ist die Schlange wieder verschwunden.«

Carl ließ Kelly nicht aus den Augen. Sie spürte eine Gänsehaut, nur ganz kurz, als seine Augen einen ganz merkwürdigen Ausdruck annahmen.

»Wieso hast du gewußt, daß man sich in der Situation genau so verhalten muß?« wollte er wissen.

Kellys Zögern dauerte nur den Bruchteil einer Sekunde. »Weil Michael mir das gesagt hat«, erklärte sie. »Als wir vor ein paar Tagen zusammen im Moor waren hat er mir gesagt, falls wir zufällig einer Schlange begegnen sollten, dürfte ich mich einfach nicht bewegen. Wenn ich ganz still hielte, könnte sie mich überhaupt nicht sehen, hat er mir gesagt.«

Carl ließ sie noch immer nicht aus seinem Blick. »Er hat recht. Sie spüren dich, greifen aber nur an, was sich bewegt. Alles Bewegungslose ist für sie tot. Sie lassen es in Ruhe.«

Und wieder kroch Kelly ein Schauer über die Haut, und sie spürte die gleiche Reaktion bei Michael. Beide schwiegen.

»Ich muß nach Hause«, verkündete Barbara. »Ich bezweifle zwar, daß ich schlafen kann, aber immerhin könnte ich ein bißchen ruhen. Ich gehe rasch nach oben und hole Jenny.«

Man begab sich aus der Küche ins Familienzimmer und wollte eben auf die Terrasse ins Freie, als mit aschfahlem Gesicht Barbara auf dem Treppenabsatz erschien.

»Sie ist nicht da«, sagte sie mit brechender Stimme. »Craig, Jenny ist fort!«

Die Konversation erstarb. Alle Anwesenden wandten sich entsetzt zu Barbara.

20

»Aufwachen!« Warren Phillips rüttelte den schlafenden Judd. »Los! Es dämmert bereits!«

Judd stöhnte und drehte sich um, doch als Phillips ihn noch einmal anstieß, öffnete er die Augen und setzte sich schläfrig auf.

Die Gelenkschmerzen waren verschwunden, die Leberflecken auf seinen Händen ebenfalls und die aufgesprungenen Nägel wieder weich. Die noch am Vorabend stark angeschwollenen Knöchel waren geschmeidig wie früher, wie bei einem Vierzigjährigen spannte sich die Haut um die Finger.

Er erhob sich, um sich im Spiegel wohlgefällig zu betrachten. Sein Gesicht war glatt; geblieben waren nur die leichten Krähenfüße um die Augen, die, statt wie noch vor wenigen Stunden in tiefen Höhlen trübe zu wirken, wieder ihren normalen Glanz hatten. Von seinem heiseren Röcheln bei der Ankunft in Phillips' Haus vor nur ein paar Stunden war nichts mehr zu hören. Sein Atem ging leicht. Judd seufzte erleichtert. »Sie hat gewirkt. Ich fühl' mich wunderbar.«

»Natürlich hat sie gewirkt«, erwiderte Phillips. »Sie wirkt nun schon seit zwanzig Jahren – warum sollte sie die Wirkung plötzlich verlieren?« Ohne auf Antwort zu warten, gab er dem Deputy Anweisungen. »Jenny Sheffield befindet sich im Badezimmer. Sie werden von Ihrem Wagen aus über Funk die Klinik benachrichtigen, Sie hätten sie im Kanal gefunden und würden sie hinbringen.«

Duval schüttelte den Kopf. »Werd' ich nich' machen. Ich werd' die Sanitäter rufen. So will's das Gesetz.«

Phillips verzog die Lippen zu einem dünnen Lächeln. »Auch bei einem Todesfall?«

Der Deputy starrte den Arzt ungläubig an. »Sie haben sie umgebracht?«

Der Arzt zeigte mit dem Kopf nach oben. »Warum schauen Sie nicht selbst nach und sagen mir dann Ihre Meinung?«

Duval verließ zögernd die Bibliothek. Auf dem Absatz der Treppe drehte er sich unsicher nach Phillips um.

»Zweite Tür links«, sagte Phillips.

Im Badezimmer sah Duval zunächst nichts, bis sein Blick auf die Wanne fiel. Sie war voll. Auf dem Wasser schwammen Eiswürfel, durch die er die Form eines menschlichen Körpers wahrnahm: Jenny, in Jeans und T-Shirt; das Haar schwamm in der Form eines grotesken Heiligenscheins um ihren Kopf.

»Großer Gott!« flüsterte Duval, den der Anblick des Gesichts unter der Oberfläche des Wassers wie ein Schock traf. Er kniete und schob die Eiswürfel beiseite.

Sie lag auf dem Rücken, mit leeren, weit geöffneten Augen im bleichen bläulichen Gesicht. Instinktiv wollte Duval den Körper aus dem Wasser heben.

»Noch nicht!« fuhr Phillips ihn an. »Erst, wenn Ihnen absolut klar ist, was Sie tun werden.«

Duval konnte den Blick nicht von dem kleinen Gesicht lösen. »Der Kanal«, sagte er wie betäubt, als ihm aufging, was Phillips angestellt hatte. Es war unrecht – Judd hatte Jenny Sheffield als Preis dafür hergeschafft, daß er seine Spritze bekam. Sie sollte doch nicht umkommen – Phillips brauchte sie! »Ich war auf'm Heimweg von der Arbeit, da fand ich sie im Kanal. Ich brauch' keine Ambulanz – sie ist bereits tot.«

»Genau so!« bestätigte Phillips. »Und sie bringen sie zum Leichenschauhaus, wie Sie es mit jeder anderen Leiche auch täten.«

Duval nickte.

»Gut«, fuhr Phillips fort. »Wir sind soweit.«

Duval griff ins eisige Wasser, hob Jennys steifen Körper

heraus, richtete sich auf und wiegte sie in den Armen. Phillips hielt ihm die Tür auf. Duval trug das Mädchen auf den Flur, die Treppe hinunter und durch den Hintereingang zu seinem Wagen, wo er sie in den Fond legte.

»Fahren Sie«, befahl Phillips mit unterdrückter Stimme, die keinen Widerstand duldete, »aber ohne Licht, und so schnell wie möglich, zum Kanal. Anschließend tätigen Sie Ihren Anruf, dann schalten Sie die Scheinwerfer und Ihre Sirene ein und jagen mit ihr zur Klinik. Und noch etwas, Judd.«

Judd drehte sich zu Phillips um. »Sagen Sie in der Klinik, man solle mich anrufen. Sagen Sie, um wen es sich bei der Leiche handelt und man solle mich anrufen.«

Duval begriff nicht. »Aber sie is' tot«, begann er. »Da müßt' die Klinik doch Hatfield anrufen.«

»Wird sie, Judd. Aber ich möchte ebenfalls angerufen werden. Schließlich bin ich«, und das kalte Lächeln verzerrte seine Lippen von neuem, »doch der Hausarzt, nicht wahr?«

Judd Duval konnte noch immer nicht fassen, was Phillips getan hatte. Er nickte. Ein paar Sekunden später verschwand er mit dem unbeleuchteten Streifenwagen in der Dunkelheit.

Phillips ließ das Telefon sechsmal läuten, ehe er den Hörer neben seinem Bett abhob, und als er sprach, klang er so verschlafen, als hätte man ihn eben aus tiefstem Schlummer geweckt.

»Phillips«, murmelte er.

»Dr. P.?« Jolenes Stimme klang total verkrampft. »Dr. P., hier ist Jolene. Sie müssen sofort kommen. Zur Klinik!«

»Jolene?« wiederholte Phillips, als verstünde er nicht ganz, wer da in der Leitung sprach. »Wie spät ist es? Es muß ja mitten in der...«

»Es dämmert bald, Dr. P. Es geht um Jenny Sheffield.

Judd Duval hat eben telefoniert. Er hat sie im Kanal entdeckt. Er sagt, sie ist tot.«

»Ich bin gleich da!« Phillips wußte, daß Jolenes Worte ihn in einem Ernstfall sofort voll geweckt hätten.

Er legte auf, zog sich um – Khakihosen und Polo-Shirt – und steckte die nackten Füße in ein Paar Tennisschuhe. Zwei Minuten nach Jolenes Anruf war er unterwegs und erreichte die Klinik in dem Moment, als Judd Duval Jolene und dem Krankenpfleger half, Jennys Körper auf eine Bahre zu heben.

Das Läuten des Telefons unterbrach die angespannte Stille im Wohnzimmer bei Carl Anderson. Mary Anderson und Barbara Sheffield schauten sich an. Erst als Michael – die Mutter hatte ihm verboten, die Männer auf der Suche nach Jenny zu begleiten – an den Apparat ging, fand Barbara Worte. »Nein!« sagte sie. »Laß Mary das Gespräch annehmen!«

Michael sank neben Kelly ins Sofa zurück und beobachtete Mary, die während des Telefonats plötzlich erbleichte. »Ich bringe Barbara sofort zu Ihnen. Die Männer sind noch auf der Suche ... Nein, ich weiß nicht, wo. Beginnen wollten sie am Kanal ... In Ordnung.« Sie legte auf, drehte sich um, zu Barbara. Sie weinte.

Barbara schloß die Augen, um sich zu wappnen für das, was Mary ihr mitteilen würde. Sie wußte, was jetzt kommen mußte.

Und es war ihre Schuld.

Was immer geschehen war – und da kam sicherlich eine böse Nachricht auf sie zu – war einzig und allein ihre Schuld.

Ihrer Schuld war sie sich seit dem Augenblick bewußt, als sie vor Jennys leerem Bett gestanden hatte. Im ersten Moment des Entsetzens hatten die eigenen Worte in ihrem Gedächtnis widergehallt.

Vielleicht hätten Jenny und ich mitkommen sollen.

Das waren ihre eigenen Worte gewesen.

Sie hatte sofort begriffen, was geschehen war.

Jenny hatte überhaupt nicht geschlafen. Sie hatte sich auf den Flur geschlichen und alles mitgehört.

Sie hatte Barbaras Worte gehört!

Und war Kelly suchen gegangen.

Wie lange mochte sie schon fort sein? Stunden.

Craig hatte Tim Kitteridge angerufen, ihm das Problem erläutert, und während Kitteridge umorganisierte, was er während der langen Nacht ausgearbeitet hatte, war Craig mit Ted und Carl Anderson noch einmal auf die Suche gegangen, ohne mit Schwierigkeiten zu rechnen, weil, wie er betonte, man diesmal ja nicht im Moor suchen müsse.

Jenny hatte das Moor selbst bei Tageslicht in Begleitung ihres Vaters gehaßt, in ihrer kindlichen Fantasie überall Alligatoren und Schlangen gesehen, alle Lebewesen dort als feindlich betrachtet, und wenn ihre Freunde ihr außerdem erzählten, daß im Moor noch ganz andere Geschöpfe hausten – Ungeheuer und Geister, Zombies und Hexen –, hatte sie danach manchmal die ganze Nacht über wachgelegen vor lauter Angst, daß sie vom Moor träumen könnte.

»Sie wird am Kanal bleiben«, hatte Ted betont. »Du kennst doch Jenny – ich hab' sie letztes Jahr persönlich zum Haus von Judd Duval begleiten müssen, um sie zu überzeugen, daß Judd kein böser Zauberer ist. Sie hat sich vermutlich nur drei Häuser weiter versteckt und traut sich vor lauter Furcht nicht wieder nach Hause.«

Barbara hatte den Worten ihres Mannes zu glauben versucht, doch seit seinem Fortgehen, gemeinsam mit Craig und Carl, schweigend dagesessen in der Überzeugung, daß ihrer Tochter etwas Schreckliches zugestoßen sein mußte und daß Jenny nur wegen ihrer Unachtsamkeit nach draußen gelaufen war.

Sie zwang sich schließlich dazu, Mary zu fragen. »Was ist?« fragte sie. »Was ist geschehen?«

Mary kam zu ihr herüber, beugte sich über sie und nahm

ihre Hand. »Es war Tim Kitteridge«, antwortete sie. »Er hat soeben einen Funkspruch von Judd Duval erhalten. Er... hat Jenny gefunden.«

Die Hoffnung, die Barbaras Herz füllte, verebbte so rasch, wie sie gekommen war, weil Marys traurige Stimme die Wahrheit verriet.

»Sie ist tot, nicht wahr?« Ihre Stimme versagte.

Mary biß sich auf die Lippe und betete innerlich, daß doch Kitteridge die Funkmeldung mißverstanden haben möchte; wenn Judd Jenny ins Krankenhaus brachte, müßte es doch noch Hoffnung geben. »Ich... weiß nicht. Anscheinend fand Judd sie in einem Kanal...«

Barbara hielt sich die Hand vor den Mund.

»Er bringt sie zum Krankenhaus«, fügte Mary noch schnell hinzu; sie war einfach zu feige, um Barbara die Mitteilung von Kitteridge im vollen Wortlaut zu berichten.

Barbara ergriff Marys Hand. »Ich muß hin«, sagte sie nur. »Mein Kind...«

»Ich fahr dich hin«, sagte Mary.

Michael war aufgesprungen und rannte zum Patio. »Ich suche Vater...«

»Nein!«

Das eine Wort drang durch den Raum wie ein Schuß. Michael blieb stehen. »Nein, Michael«, wiederholte Barbara. »Ich finde den Gedanken unerträglich, daß du wieder hinausfahren könntest. Ich möchte dich bei mir haben...« Sie begann zu schluchzen. Michael lief zu ihr und legte ihr plump den Arm um die Schulter.

»Laßt mich gehn!« sagte Kelly und kam dem Einspruch ihrer Mutter zuvor: »Ihr braucht euch keine Sorgen zu machen. Ich werde mich bestimmt nicht wieder in die Nähe des Moores wagen. Papa und Großvater haben gesagt, sie würden in der Nähe des Kanals suchen gehen. Wenn ich die beiden nicht finden kann, hole ich Hilfe. Bring du Mrs. Sheffield nur zum Krankenhaus. Ja?«

Mary wußte nicht so recht... doch die Zeit im Moor

schien Kelly nicht nur geschockt zu haben: Kelly wirkte plötzlich auf merkwürdige Weise erwachsen. »In Ordnung«, sagte Mary, und während Kelly über den Patio verschwand, begleitete Mary Barbara und Michael durch die Küche zur Garage.

Als Mary fünf Minuten später bei der Klinik vorfuhr, war Barbara bereits aus dem Wagen gesprungen, bevor er zum Stillstand kam, und zur Notfallstation gerannt, vor deren Eingang das Polizei-Auto von Judd Duval stand.

Drinnen suchte Barbara verzweifelt nach einer Schwester, sah aber nur Judd, der ganz allein auf einem Stuhl saß und Notizen machte. Seine Augen weiteten sich vor Erstaunen, als er Barbara bemerkte. Er stand auf.

»Miz Sheffield...«

»Wo ist sie?« rief Barbara. »Wo ist Jenny? Wo hat man sie hingebracht?«

Judd kam näher. »Miz Sheffield, Sie sollt'n sich besser setz'n.« Er wollte sie zu einem Stuhl führen, doch Barbara riß sich los, als sie Jolene Mayhew aus den hinteren Behandlungsräumen treten sah und Michael, mit Mary auf den Fersen, durch den Eingang gelaufen kam.

»Jolene?« fragte Barbara. »Wo ist...« sie schwieg, als ihr angesichts der Miene der Schwester die letzte Hoffnung schwand. »Nein«, schluchzte sie. »Bitte... nicht meine kleine Jenny. Nicht mein Baby...«

Michael blieb in der Tür stehen. Jolene lief im Flur auf sie zu. »Es tut mir so leid, Barbara. Dr. P. ist drinnen bei ihr, aber...«

»Nein«, schluchzte Barbara laut. »Sie darf nicht tot sein. Nicht Jenny! Ich muß zu ihr.« Jolene versuchte sie zurückzuhalten, dann auch Michael, den Mary aber daran hinderte.

»Laß sie gehen, Michael!« sagte sie. Er schien sie gar nicht zu hören und nickte erst, als seine Mutter bereits hinter den Türen verschwunden war. Mary begleitete ihn zu einem Stuhl. Er sank in sich zusammen. Dann sah er sich Judd Duval gegenüber.

»Meine Schwester!« flüsterte er. »Jenny... Ist sie...?«

Judds Kopf hob und senkte sich ganz langsam wieder. »Sie lag im Kanal«, sagte er. »Ganz in der Näh'. Ich mach' mich grad auf den Weg, will zur Arbeit, da...«

Aber Michael hörte ihm nicht mehr zu. Irgend etwas war mit Judd nicht in Ordnung, an seinem Blick stimmte doch etwas nicht!

Michael war überzeugt, daß der Deputy log.

Als Barbara eintrat, stand Warren Phillips über Jenny gebeugt; er hielt ihr das Stethoskop an die Brust. Jenny lag so still; ihre Haut war so schrecklich bleich.

»Nein!« schluchzte Barbara auf. Sie stürzte zum Tisch. »O nein...« Sie streckte die Hand aus und zog sie spontan zurück, als sie die Kälte von Jennys Körper spürte.

»Barbara«, sagte Warren Phillips und kam um den Tisch herum, um der unglücklichen Frau zu einem Stuhl zu helfen, »es tut mir leid, Barbara. Wir haben alles versucht. Da war nichts mehr zu machen. Als Judd sie fand, muß sie bereits eine Stunde lang im Wasser gelegen haben.«

Barbara hörte die Worte, weigerte sich jedoch, ihnen zu glauben. Sie saß reglos da, die Augen fest auf ihre Tochter gerichtet. Als sie sprach, war ihre Stimme kaum hörbar. »Aber das ist unmöglich – sie kann gar nicht tot sein. Nicht Jenny. Sie lag im Bett – ich habe sie doch selbst zu Bett gebracht.« Sie ließ ihren Blick langsam von Jenny zu Warren Phillips wandern. »Sie schläft. Sie ist nicht tot. Sie schläft bloß.«

Phillips legte Barbara die Hand auf die Schulter. »Wo ist Craig, Barbara? Ist er daheim?«

Barbara drehte den Kopf langsam zur Seite. »Er... er sucht nach ihr«, sagte sie mit hohler Stimme. »Im Moor.« Es war unfaßbar – sie konnte doch nicht hier sitzen und auf Jenny starren, während Craig in grauer Morgendämmerung draußen im Moor Jenny zu finden hoffte. Aber so war es.

Sie stand auf. Es bedurfte ihrer ganzen Willenskraft. Sie trat neben Jenny und streichelte ihr sanft über die Stirn. Dann beugte sie sich vor und berührte liebkosend ihre Lippen. Sie konnte die Augen einfach nicht von Jennys ausdruckslosem Gesicht lösen. Müde sank sie wieder auf den Stuhl. »Darf ich bleiben?« fragte sie. »Darf ich neben ihr sitzen, bis Craig kommt?«

»Selbstverständlich«, erwiderte Dr. Phillips. »Und ich werde Ihnen etwas...«

»Bitte – nein. Lassen Sie mich – ich werde es schon durchstehen. Bestimmt...« Phillips verließ den Raum. Barbara liefen Tränen über die Wangen.

Craig Sheffield traf eine halbe Stunde danach in Begleitung von Ted, Carl und Kelly Anderson ein, die bei Mary im Warteraum blieben. Craig sprach mit Jolene Mayhew und begab sich daraufhin in das Zimmer, wo Barbara noch immer neben Jenny saß. Er verharrte, um das Unfaßliche zu fassen. Er hörte Barbara mit gebrochener Stimme unentwegt murmeln: »Meine Schuld! Es ist nur meine Schuld!«

»Nein«, widersprach Craig. Er ließ sich neben ihr auf die Knie und nahm sie in die Arme. »Das darfst du nicht sagen, Liebling. Es war ein Unfall, Schatz, es war bloß ein schrecklicher Unfall.«

Barbara schüttelte den Kopf. »Wenn ich nicht so dumm gewesen wäre, Craig – wenn ich nur dran gedacht hätte, daß sie uns zuhören könnte!« Sie klammerte sich an ihn. »Bring mich nach Hause. Bitte!«

Craig half Barbara auf die Beine und führte sie durch den Flur ins Wartezimmer, wo Warren Phillips sich leise mit Michael und den Andersons unterhielt. Phillips stand auf.

»Ich fahre Barbara heim«, sagte Craig. Er klang benommen. »Anschließend komme ich wieder. Ich komme wieder und ...« Ihm versagte die Stimme. Und dann? Sie war tot – seine Tochter, sein Schatz, seine Prinzessin war tot. Phillips merkte sofort, was Craig durch den Sinn ging.

»Sie müssen nicht wieder herkommen«, sagte er. »Wir werden uns um alles kümmern. Die Formulare und Papiere können warten. Bringen Sie Barbara nach Hause, und falls ich Ihnen irgendwie helfen kann, rufen Sie mich an.« Er kritzelte ein Rezept und steckte es Barbara in die Tasche. »Nur für den Fall, daß Sie nicht schlafen können.«

Craig nickte. »Ich werde sie nach Hause bringen«, sagte Carl Anderson, der sich ebenfalls erhoben hatte, zu Ted. »Kümmere du dich um Mary und die Kinder. Ich glaube, wir sollten alle zu den Sheffields mitkommen. Wir dürfen sie jetzt nicht allein lassen.« Er warf Phillips einen Blick zu. »Wenn irgend etwas unternommen werden muß, lassen Sie es mich wissen. Craig ist ein guter, alter Freund von mir. Ich werde ihn jetzt nicht im Stich lassen.«

Phillips nickte. Als er mit Jolene und Judd Duval im Wartezimmer allein war, bat er die Schwester: »Rufen Sie Orrin Hatfield an. Er wird hier gebraucht. Ich kann den Todesschein unterschreiben, aber angesichts der Umstände ist die Stellungnahme des Leichenbeschauers erforderlich.«

»Ich habe ihn bereits angerufen«, bemerkte Jolene. »Er ist schon unterwegs.«

Phillips wandte sich an Judd Duval. »Kein Grund, daß Sie noch länger hierbleiben«, erklärte er dem Deputy. »Orrin wird sich Ihren Bericht abholen, wenn er die Untersuchung beendet hat.«

Judd schien erleichtert, das Krankenhaus verlassen zu können. »Ordern Sie Fred Childress her!« befahl Phillips Jolene. »Und er soll einen Sarg bringen.«

Orrin Hatfield traf mit verquollenen Augen ein, als Phillips eben ins Zimmer zurückgehen wollte, wo Jenny lag. »Was geht hier vor, Warren?« wollte er gähnend wissen. »Laut Jolene soll ein sechsjähriges Mädchen im Kanal ertrunken sein?«

Phillips winkte ihm zu folgen. »Die Sache eilt«, erklärte er ihm im Untersuchungsraum. »Jolene benachrichtigt Fred Childress. Wenn Childress mit dem Leichenwagen eintrifft, muß Ihr Bericht komplett sein.«

Der Leichenbeschauer runzelte unsicher die Stirn. »Ich weiß nicht, Warren. Nach dem, was mir Jolene berichtet hat, müßte eine Autopsie stattfinden. Und die kostet Zeit.«

Phillips' Blick wurde hart. »Es wird keine Autopsie geben, Orrin. Untersuchen Sie die Leiche, wenn's unbedingt sein muß! Aber berühren Sie mir den Körper des Mädchens nicht mit dem Skalpell. Wir brauchen das Mädchen, Orrin. Jeder von uns.«

Orrin Hatfield, der sich zur Untersuchung bereits über Jenny gebeugt hatte, richtete sich auf. Seine Müdigkeit war verschwunden, und plötzlich begann er zu begreifen.

»Ach so«, meinte er leise. »Wieviel Zeit haben wir?«

Phillips schaute auf die Uhr. »Überhaupt keine. Wenn wir nicht sofort anfangen, könnte sie tatsächlich sterben.«

Er trat zum Wandschrank, holte die Spritze, die er vor einer Stunde in die Klinik mitgebracht hatte, und legte sie behutsam beiseite, als er mit äußerster Vorsicht Wasser aus Jennys Lungen zu drücken begann.

Anschließend stach er Jenny die Nadel in den Arm und gab ihr eine Dosis Naxolone, als Gegenmittel zum Morphium, mit dem er Jenny, bevor er sie in die Wanne mit eiskaltem Wasser legte, in ein Koma versetzt hatte.

Das Morphium hatte ihren Stoffwechsel beinahe bis zum Stillstand verringert und Jenny so bei der künstlichen Unterkühlung im Eiswasser während der letzten Stunden gerade noch am Leben erhalten. Mit ein bißchen Glück würde sie ohne Gehirnschaden davonkommen.

Was Warren Phillips allerdings nicht übermäßig wichtig war, da ihn nicht Jennys geistige Verfassung interessierte, sondern ihr Thymus, die große, geheimnisvolle Drüse oberhalb der Lungen, deren Nützlichkeit er vor vielen Jahren entdeckt hatte. Die wertvolle Thymus-Absonderung von Jenny Sheffield würde reichen, um wenigstens drei seiner Patienten am Leben zu erhalten. Und Jenny war jung genug, um ihm auf jeden Fall noch ein Jahr lang nützlich zu sein.

Es mußte nur verhindert werden, daß der Tod einträte, bevor sie in Fred Childress' Bestattungsunternehmen geschafft worden war.

21

Das Haus war unbeleuchtet. Sie wußte aber, daß drinnen jemand auf sie wartete. Obwohl das Haus im nächtlichen Dunkel kaum zu sehen war, konnte sie es deutlich erkennen: Die verwitterten, splitternden Balken der Seitenwandung glühten auf ungewöhnliche Weise, als wären sie lebendige Wesen. Ranken krochen an den Mauern hoch, und obwohl sich kein Lüftchen regte, bewegten diese Ranken sich wie Schlangen, wanden sich um die Fenster und krochen zum Dach hoch.

Sie wollte wegrennen, aber irgend etwas hielt sie fest, und als sie sich losreißen wollte, versagten die Beine ihr den Gehorsam und trugen sie immer näher zum Haus.

Sie erreichte die Veranda. Sie spürte, wie die Ranken nach ihr griffen; eine Ranke berührte ihre Haut. Sie wollte zurückweichen; wieder schien ihr Körper ihr nicht gehorchen zu wollen. Als die Ranken sie umfaßten und ihr die Arme am Leib fesselten, wurde die Angst unerträglich.

Sie öffnete den Mund und wollte schreien. Sie brachte jedoch keinen Laut hervor.

Die Tür öffnete sich. Im Dunkel erschien eine Gestalt.

Ein Mann, so alt, daß er kaum mehr am Leben schien. Er hatte nur noch wenige dünne Haarbüschel, die mit blutenden Wunden bedeckte Kopfhaut hing lose über dem Schädel. Seine Augen – blaßblau und mit roten Äderchen durchschossen – fixierten sie gierig, und als seine Lippen sich zu einem bösen Grinsen verzerrten, konnte sie die faulenden Zahnstummel erkennen, die fast aus dem Zahnfleisch fielen.

Er streckte die Hand nach ihr aus. Die krallenartigen Finger mit den aufgesprungenen Nägeln berührten ihre Haut.

»Nein!« Der Schrei blieb ihr im Hals stecken. Sie wollte sich tapfer dem gespenstischen Griff entreißen, sich aus den Fangarmen der Zweige lösen.

Es war die Anstrengung dieses Ringens, bevor der Mann sie packte, die Jenny schließlich weckte, und nun schrie sie wirklich, wie ein Mensch, der aus einem bösen Traum erwacht.

Sie riß die Augen auf. Sie versuchte sich aufzusetzen, doch die dicken Riemen, die sie an das Bett fesselten, gaben nicht nach, so daß sie am Ende tränenüberströmt aufgab.

Sie hatte keine Ahnung, wie spät es war oder wie lang sie hier schon gefesselt war.

Der Raum hatte keine Fenster. Es war hier andererseits aber nie dunkel. Wenn sie aus dem Schlaf mit seinen gräßlichen Alpträumen aufwachte, war immer Licht.

Sie war nicht allein. Ringsum standen Krippen; in vier Krippen lagen Babys. Ein Baby konnte sie erkennen, wenn sie den Kopf drehte, und als der Traum sie gänzlich aus seinen Fängen entließ, schaute sie genauer hin.

Auch das Baby war aufgewacht und blickte sie aus kleinen Augen an, als verstünde es ihre Angst.

»Es wird schon gut, Baby«, flüsterte Jenny leise und spürte den Trost der eigenen Stimme. »Es war nur ein Traum. Meine Mami sagt, Träume tun einem nicht schaden.«

Ihre Mami.

Warum kam ihre Mami nicht?

Sie hatte Dr. Phillips immer und immer wieder um den Besuch der Eltern gebeten, aber er hatte stets geantwortet: »Wenn es dir besser geht! Du willst doch nicht, daß deine Mami und dein Papi auch krank werden, nicht wahr?«

Sie hörte eine Tür aufgehen und drehte den Kopf zur anderen Seite. Manchmal kam die Frau herein, die nie ein Wort sagte, ganz gleich, wie sehr Jenny sie anbettelte.

Diesmal war es jedoch Dr. Phillips, und als er zu ihr ans

Bett trat und lächelnd auf sie herabblickte, begann sie zu weinen.

»Ich habe schon wieder geträumt«, sagte sie. »Von dem Mann – vom alten Mann, der aussieht wie tot.«

»Es war nur ein böser Traum, Jenny. Du mußt deswegen keine Angst haben«, hörte sie den Arzt sagen.

»Er macht mir aber angst«, klagte Jenny. »Ich will zu meiner Mami. Warum kann ich nicht zu meiner Mami?«

»Weil du krank bist«, erläuterte Phillips. »Deshalb bin ich ja bei dir. Damit ich mich um dich kümmere. Habe ich mich als Arzt nicht schon immer um dich gekümmert?«

Jenny nickte. Sie kannte Dr. Phillips, solange sie sich erinnern konnte, und er hatte ihr noch nie weh getan, nicht richtig weh. Bei Impfungen hatte es ein bißchen gestochen, doch wenn er die Nadel herauszog, gab er ihr einen Lutscher, und dann hatte sie sich gleich wieder besser gefühlt.

Diesmal ging es ihr allerdings bei jedem Aufwachen schlechter.

Es war ein komisches Gefühl. Beim Einschlafen erhoffte sie sich jedesmal, sich mit dem nächsten Aufwachen wohler zu fühlen. Aber stattdessen kam sie sich dann wie leer vor, als ob in ihr etwas vertrocknete. Sie fühlte eine innere Kälte; beim Gedanken an Vater und Mutter oder auch an Michael empfand sie nicht mehr das gleiche wie früher.

Sie wünschte zwar noch immer, von ihnen besucht und nach Hause geholt zu werden, aber mit jedem Aufwachen wurde das Verlangen nach ihnen schwächer.

Statt der schmerzlichen Sehnsucht schien der komische eisige Klumpen in ihrem Innern wieder ein bißchen größer zu werden. Sie war wie betäubt.

Lag sie etwa im Sterben? Jenny fragte sich, wie das sein mochte – tot zu sein. Sie hatte nur Angst, es könnte sein wie in dem Traum, wenn der Mann sie verfolgte, nach ihr griff und von ihr irgend etwas wollte.

Doch nach dem Tod würde sie nicht mehr erwachen; dann wäre der furchtbare Traum nie mehr zu Ende.

Bei dem Gedanken schrak sie zusammen.

Dr. Phillips musterte sie streng. Sein Blick senkte sich von der Flasche am oberen Ständer, aus der eine klare Flüssigkeit tröpfelte – künstliche Ernährung, die in den Arm eingeführt wurde, wie er Jenny erklärt hatte.

Es gab noch ein zweites Röhrchen, an einer großen Nadel, die durch einen Klebestreifen an ihrer Brust gehalten wurde. Diese Nadel tat weh, und das Band juckte. Sie konnte sich aber nicht kratzen, weil ihre Arme ans Bett gefesselt waren, und die Fesseln wurden ihr nur abgenommen, wenn sie ins Bad gehen mußte.

»Alles okay? Oder tut dir etwas weh?« fragte Dr. Phillips.

Jenny schüttelte den Kopf. »Was machen Sie dort?«

»Ich gebe dir nur ein Mittel in die Nahrung.«

»Was für ein Mittel?«

Phillips lächelte ihr zu. »Etwas zum Einschlafen«, sagte er. »Du hast Lavinia doch erzählt, daß du nicht schlafen kannst.«

Lavinia. So hieß also die Frau, die sie zum Badezimmer brachte und den Babys die Windeln wechselte und manchmal an ihrem Bett saß und sogar freundlich die Hand hielt, obwohl sie nie ein Wort sprach. »Ich will aber gar nicht schlafen«, protestierte sie. »Wenn ich schlafe, kommt doch wieder der Traum.«

»Nein, das wird er nicht«, versprach Dr. Phillips. »Ich gebe dir ein Mittel, damit der Traum aufhört. Du wirst den Traum während des Schlafens nicht mehr erleben.«

Jenny sah ihn ängstlich an. »Versprochen?«

»Ich verspreche es dir«, bekräftigte Phillips. Er brachte die Morphiumphiole an dem IV-Stab an und stellte die Zufuhr um, von der Glukoselösung zum Narkosemittel. »Nun schlaf schön, Jenny«, sagte er. »Wehr' dich nicht dagegen.«

Er blieb bei ihr, bis die Wirkung der Narkose einsetzte. Die Fesseln löste er erst, als sie in ein todesähnliches Koma versunken war; dann entfernte er auch die Nadeln aus ihrem Körper. Schließlich hob er sie aus der Krippe und trug sie aus dem Raum ins Erdgeschoß seines abgelegenen Hauses. Er trat aus der Dunkelheit und schaute gen Osten. Noch war vom Sonnenaufgang nichts zu sehen.

Seit nunmehr drei Tagen brachte er Jenny für die Nacht in seine unterirdischen Kammern und vor Anbruch der Dämmerung wieder nach Villejeune, wo sie tagsüber im narkosebedingten Koma aufgebahrt lag – dem Anschein nach ohne Leben. Nachts hatte er sie in seinem unterirdischen Labor wieder aus dem todesähnlichen Schlaf geweckt und jedesmal mehr von der kostbaren Thymus-Absonderung abgezapft.

Ihr die Jugend gestohlen, um die eigene zu verlängern.

Ihr die Seele gestohlen, um seine Sterblichkeit zu verdrängen.

Nun würde er sie zum letztenmal nach Villejeune zurückbringen. Heute war für Jenny Sheffield ein besonderer Tag – der Tag ihrer Beerdigung.

Nur noch ein paar Minuten, sagte sich Barbara. Nur ein paar Minuten noch, dann bin ich mit Michael und Craig allein und muß mich nicht mehr zusammenreißen.

Sie saß in dem kleinen, abgedunkelten Alkoven zur Rechten des Altars in der Kapelle des Bestattungsheims von Fred Childress. Obwohl sie mit ihrem Mann und ihrem Sohn durch einen Schleiervorhang von der restlichen Trauergemeinde abgetrennt war, konnte sie die Gesichter recht gut erkennen und die Bestürzung spüren, die bei der Lobrede auf das kleine Mädchen, dessen Leichnam im Sarg vor dem Altar lag, alle erfaßte.

Hier wurde ein Kind begraben.

Es war nicht recht – Kinder werden doch nicht beerdigt, für Kinder gibt es Partys: Geburtstagsfeiern, festliche Anlässe wie den Schulabschluß, die Ballnacht auf der High School und zu guter Letzt die Hochzeit.

Aber doch keine Begräbnisse.

Wie sollten die Menschen sie hinterher trösten? Beim Tode eines alten Vaters oder einer alten, kranken Mutter fanden sich leicht Worte des Trostes.

»Es ist ein Segen für sie, Barbara.«

»Ich weiß, wie schwer das ist, Barbara, aber jetzt muß deine Mutter wenigstens nicht mehr leiden.«

»Es ist für alle besser so, Barbara.«

Sie hatte es gehört – zuerst, vor zehn Jahren, nach dem Tode des Vaters, und zwei Jahre später, als ihre Mutter gestorben war.

Im Verlust einer sechsjährigen Tochter konnte jedoch kein Segen liegen.

Jenny hatte nicht gelitten, war in ihrem Leben fast keinen Tag krank gewesen und hatte nicht sterben wollen.

Während der vergangenen Tage hatte Barbara immer wieder versucht, die Vorstellung von dem kleinen Mädchen, das auf der schlüpfrigen Böschung des Kanals ausrutschte und – sich abkämpfend, hilferufend, von niemandem gehört – nicht wieder nach oben kam, aus dem Bewußtsein zu verdrängen.

Sie hatte die Hände im Schoß gefaltet. Sie klammerten sich um ein Taschentuch, das naß war von ihren Tränen. Sie schob das Bild des ertrinkenden Kindes von sich weg. Es ändert ja doch nichts, sagte sie sich. Dadurch kommt sie auch nicht zurück.

Sie zwang sich zu einem letzten Blick durch den Schleier, vermochte den Anblick des Sargs aber nicht zu ertragen. Sie nahm die Gesichter der Freunde und Nachbarn wahr – Menschen, die sie seit Jahren kannte – und fragte sich erneut, was sie ihr hinterher wohl sagen würden.

Würden sie – *könnten* sie – Worte des Trostes finden?

Die Orgel setzte ein. Die Trauernden erhoben sich bei den ersten Klängen von Jennys Lieblingschoral.

»Vom Himmel hoch.«

Barbara konnte Jennys piepsendes Stimmchen neben sich hören, als sie ebenfalls aufstand – letzte Weihnacht in der Kirche hatte sie in dem Kleidchen, das Barbara ihr speziell dafür genäht hatte, wie ein kleiner Engel ausgesehen.

In diesem Kleidchen wurde sie heute begraben.

Barbara versuchte sich auszumalen, wie Jenny in ihrem Engelskleidchen in den Himmel kam.

Sie hob das Taschentuch an die Augen, denn sie konnte die Tränen nicht länger zurückhalten

Die letzten Klänge des Chorals, die letzten Worte des Gebets, das der Pfarrer sprach, der Jenny nur sechs Jahre zuvor getauft hatte, verhallten. Der Vorhang hob sich. Barbara fühlte Craigs Hand auf ihrem Arm. Er führte sie zu dem Sarg, wo sie das Gesicht ihrer Tochter zum letztenmal sehen würden.

Sie schläft, dachte Barbara, als sie in Jennys sanftes Gesicht schaute.

Es sieht wirklich aus, als ob sie schliefe.

Als Craigs Hand sie fester am Ellbogen faßte, wandte sie sich ab und ließ sich von ihm aus der Kapelle führen.

Vor dem Sarg seiner Schwester blieb Michael stehen. Obwohl sie in der Aufbahrungshalle an jedem Tag gleich ausgesehen hatte, suchte er jetzt in ihrem Gesicht nach einem Zeichen von Leben.

Er beugte sich zuletzt vor, um sie zu berühren, legte seine Hand auf ihre um so viel kleineren, über der Brust zusammengefalteten Hände, die eine Blume hielten.

Er wollte nach einem zärtlichen Druck seine Finger schon zurückziehen, als er eine Regung zu spüren meinte.

Er erstarrte. Er ließ seine Hand ruhen, wo sie lag, um zu warten, ob die Regung sich wiederholte.

Aber nein.

Es war nur Einbildung gewesen.

Trotzdem war es ihm unmöglich, an ihren Tod zu glauben, als er sich vom Sarg abwandte. In seinem tiefsten Inneren hielt sich, für ihn unbegreiflich, ein stilles Wissen, daß Jenny doch noch lebte.

»Mir geht es genauso«, hatte ihm in der vergangenen Nacht sein Vater gestanden, als Michael ihm, nach einiger Überwindung, von diesem merkwürdigen Gefühl berichtet hatte. »Und den anderen auch. Die Endgültigkeit des Todes zu akzeptieren – das fällt uns schwer, vor allem bei einem jungen Menschen wie Jenny. Ich rechne irgendwie immer noch damit, daß sie plötzlich hereinstürzt und mir auf den Schoß springt und einen Kuß auf die Backe schmatzt. Ich wache nachts auf, weil ich meine, sie weinen zu hören. Aber so ist das beim Trauern, Michael. Und so unvorstellbar ihr Tod für uns ist – er bleibt ein Faktum, das wir langsam akzeptieren lernen.«

Nur erlebte Michael es anders: Mit jedem Erwachen morgens war sein Gefühl, daß Jenny lebte, noch stärker.

Er gewann den Eindruck, als riefe sie ihn um Hilfe.

Er lief durch den mittleren Gang und entdeckte Kelly nach einigem Suchen in der Gruppe neben Eltern und Großvater. Sie nickte, als ihre Blicke sich trafen, doch nicht zum Gruß, sondern wie zur Bestätigung, daß sie mit ihm ein Geheimmis teilte.

Er verstand.

Sie empfand wie er.

Und sie wußte auch, daß er wie sie empfand.

Barbara sah schweigend mit an, wie Jennys Sarg in die Gruft gestellt wurde. Ihr wurde kalt, als die Grabtür sich schloß und der Leichnam ihrer Tochter in der Steinkammer versiegelt wurde. Fast unwissentlich glitt ihr Blick auf das nächste Grab und die Inschrift an der Tür:

SHARON SHEFFIELD
26. JULI 1973
AM GLEICHEN TAGE HEIMGEHOLT VON UNSEREM HERRN

Für Sharon hatte es keine Begräbnisfeier gegeben. Ihr winziger Körper war von der Klinik zu Childress gebracht und sofort begraben worden. Am ersten Sonntag, an dem Barbara sich stark genug gefühlt hatte, war für Sharon in der Kirche ein Gebet gesprochen worden.

Weiter nichts.

Sie hatte Sharon nie gesehen, nicht ein einziges Mal in den Armen gehalten.

Barbara spürte plötzlich eine Bewegung hinter ihrem Rücken. Sie drehte sich um. Amelie Coulton drängte sich durch die kleine Menschengruppe auf dem Friedhof. Ihr ungewaschenes stumpf blondes Haar hing ihr schlaff ins Gesicht. Sie trug ein formloses Kleid, das längst die Farbe verloren hatte.

Aber ihr Blick nahm Barbara sofort gefangen. Wie im Fieber glänzten Amelies Augen von einem inneren Feuer, das auf Barbara übergriff.

»Sie is' nich' tot!« sagte Amelie mit bebender Stimme. »Sie is' genausowenig tot wie mein klein' Baby tot is'!«

Barbaras Herz tat einen Satz. Was redete Amelie da? Von *wem* redete sie?

Von Jenny?

Oder meinte sie Sharon?

»Frag'n Sie Clarey Lambert!« fuhr Amelie fort. »Sie weiß es! Sie weiß alles!«

Amelie wurde von zwei Männern gefaßt. Sie versuchte sie abzuschütteln, aber die Männer hielten sie fest, damit sie Barbara nicht näherkommen konnte.

»Ich lüg' bestimmt nich'!« rief Amelie. »Sie müss'n mir glaub'n, Miz Sheffield. Sie war'n so nett zu mir – ich würd' Sie doch nie belüg'n!«

Barbara drehte den Kopf.
»Ist schon gut, Barbara«, hörte sie eine Männerstimme. »Wir schaffen sie fort...«
»Nein!« Barbara hatte ihre Stimme wiedergefunden. »Lassen Sie sie los! Bitte! Sie ist in Ordnung!«
Die Männer zögerten, gaben Amelie dann aber frei, die nach kurzem Zögern auf Barbara zutrat und ihr zärtlich die Hand auf den Arm legte. »Ich täusch' mich nich'«, sagte sie. »Wenn Ihr Baby tot wär', würd'n Sie's wiss'n. So was weiß 'ne Mutter.« Sie wollte offenbar noch etwas sagen, sprach es dann aber doch nicht aus, sondern verschwand so rasch wie sie gekommen war.
Ihre Worte aber ließen Barbara keine Ruhe.
Könnten sie wahr sein?
Nein!
Nach der Trauerfreier ruhten Barbaras Augen auf Kelly Anderson, die ihrer Nichte Tisha so ähnlich sah.
Wenn Sharon lebte, wäre sie genau in dem gleichen Alter wie Kelly.
Kelly war von ihren Eltern adoptiert worden...
Kelly kam näher. Sie war ernst. Trotz des leichten Make-ups, das sie trug, wirkte sie blaß.
»Es tut mir ja so leid, Mrs. Sheffield«, sagte sie. »Ich weiß nicht, was ich...«
Barbara legte den Arm um die Schulter des Mädchens. »Du mußt gar nichts sagen, Kelly«, flüsterte sie. »Ich bin so froh, daß du da bist. Bei deinem Anblick ist mir manchmal, als ob ich meine beiden Mädchen gar nicht verloren hätte. Dann kommt es mir fast so vor, daß Sharon überhaupt nicht gestorben ist. Als ob du meine große Sharon wärst.« Kelly reagierte verkrampft. Barbara bereute ihre eigenen Worte sofort. »Entschuldige«, sagte sie und wischte sich die Augen. »Das hätte ich nicht sagen dürfen...«
Doch bevor sie weiterreden konnte, schnitt Kelly ihr das Wort ab. »Ist schon gut, Mrs. Sheffield«, sagte sie so

leise, daß Barbara es kaum hören konnte. »Ich *wünsche* mir doch, daß Sie es wären..., falls ich meine richtige Mutter je wiederfände.«

Ihre Blicke trafen sich. Keine sprach. Kelly wandte sich ab. Barbaras Blicke folgten ihr, als sie sich wieder neben ihre Eltern und den Großvater stellte.

Wer ist sie wirklich? fragte sie sich. Woher mag sie stammen?

Und mit einer gänzlich ungewohnten Intensität empfand sie auf einmal die Notwendigkeit, eine Antwort zu finden.

Kelly und Michael saßen am Dock hinter dem Haus der Sheffields. Sie hörten die Gespräche weiter oben, auf dem Rasen, wo sich jetzt, nach einer Stunde, die ersten Trauergäste verabschiedeten. Die engsten Freunde der Eltern würden aber gewiß bis in den Abend bleiben, um der Mutter Beistand zu leisten.

»Warum gehen sie nicht endlich weg«, sagte Michael mit einem Blick über die Schulter. »Sie können ja doch nichts tun.«

»Ich weiß«, sagte Kelly. »Aber so sind die Leute nun mal nach Beerdigungen.« Sie sah ihn nicht an, als sie fragte: »Hältst du Jenny denn wirklich für tot?«

Michael wußte sofort, was sie meinte. »Nein. Ich habe Judd Duval nicht geglaubt, als er mir erzählte, er hätte Jenny gefunden.« Michael rutschte nachdenklich auf der Bank hin und her. »Irgendein Instinkt sagt mir: Sie ist nicht tot. Es ist ganz komisch – ich habe das Gefühl, daß sie mich braucht.«

Da schaute Kelly ihn an. »Mir geht es genauso. In der vergangenen Nacht habe ich von Jenny geträumt. In dem Traum habe ich auch diesen alten Mann wieder gesehen. Nur war er diesmal hinter Jenny her, und nicht hinter mir.«

»Aber...«

»Wir müssen es herausfinden, Michael. Es geht nicht nur um Jenny. Denk an Amelie Coultons Worte.«

Michaels Gesicht verdüsterte sich. »Sie hat gesagt, wir müßten Clarey fragen. Clarey wüßte alles.«

Sie versanken in tiefes Schweigen, bis Kelly meinte: »Ich wüßte, auf welche Weise wir es herauskriegen könnten.«

Ihre Blicke begegneten sich. »Ich habe an das gleiche gedacht.« Er zögerte. »Heute nacht?«

Kelly nickte.

22

Fred Childress nahm den großen Schlüsselbund, den er am Nachmittag von der Leichenhalle mit nach Hause gebracht hatte, in die Hand und sah auf die Uhr. Noch zehn Minuten.

Um Mitternacht, hatte Warren Phillips gesagt.

Mit Phillips zu streiten war zwecklos, wie Childress nur zu gut wußte. Er hatte es, vor Jahren, einmal versucht, ohne sich etwas dabei zu denken; als er ihn in der folgenden Woche wegen seiner Spritze aufsuchte, hatte Phillips sie ihm verweigert, und die Angst, die ihm der eigene Anblick im Spiegel am Morgen zwei Tage danach eingejagt hatte, wollte Childress nicht noch einmal erleben. Über Nacht war er um drei Jahrzehnte gealtert, und als er Phillips angerufen und um die Spritze gebettelt hatte, war ihm beschieden worden, er habe wohl die Regeln vergessen. »Ich werde Ihnen die Spritze geben«, hatte Phillips gesagt, »aber unter einer Voraussetzung: Sie werden mir nie mehr widersprechen. Ist das klar?« Und beim Gedanken an den eigenen Tod, der ihn im Spiegel verspottet hatte, hatte Fred Childress sich sofort einverstanden erklärt.

Jetzt stieg er wenige Minuten vor Mitternacht in seinen Cadillac und fuhr zu Judd Duvals Hütte am Rand des Moores.

Judd saß mit einem Bier in der Hand vor dem Fernseher. Auf dem Tisch neben ihm standen zwei leere Bierdosen.

»Sind Sie betrunken?« wollte der Bestatter wissen.

Duval sah ihn mit blutunterlaufenen Augen an. »Sie müssen ja auch nich' jede Nacht nach Kindern such'n«, brummte er, leerte das Bier in einem Zug, stand auf, ließ den Fernseher weiterlaufen und folgte Childress zum Wagen.

Während der Fahrt zum Friedhof sprach Childress kaum. Er blickte alle paar Sekunden nervös in den Rückspiegel, als ob er sich verfolgt fühlte.

Der Deputy lachte düster. »Gibt's 'n Problem, Fred? Man müßt' meinen, Sie wär'n im Leb'n noch nie auf'm Friedhof gewes'n.« Das Lachen wurde geradezu häßlich, als Childress ihn anstarrte, doch er schwieg, bis der Bestatter seinen dunkelblauen Cadillac im tiefen Schatten des Feldwegs geparkt hatte, der zum Hintereingang des Friedhofs führte. »Scheiße, Fred, nun beruhig'n Sie sich doch. Es hat überhaupt kein' Verkehr gegeb'n. Jetzt woll'n wir's mal hinter uns bringen, damit Sie wieder zu Hause sein können, wenn ich den miesen Teil des Jobs erledigen muß. Ich kapier' manchmal wirklich nich', warum Phillips sich mit'm Angsthasen wie Ihnen einläßt.«

Fred Childress platzte der Kragen. »Aus dem gleichen Grund, warum er sich mit einer dummen Sumpfratte wie Ihnen abgibt«, gab er zurück. »Er braucht uns.«

Duval kräuselte verächtlich die Lippen. »Ach ja?« fragte er gedehnt. »Also, ich weiß ja nich', was mit Ihnen is', aber mir scheint, verdammt, wir brauch'n ihn viel mehr als er uns. Oder freu'n Sie sich etwa auf's Altwerden?«

Auf Childress' Stirn schwoll vor Zorn eine Ader. »Hören Sie auf, Duval«, sagte er, stieg aus, schritt zum Tor an der rückwärtigen Friedhofsmauer und schloß es auf.

Er zögerte kurz, bevor er eintrat. Er ließ einen Blick über die Steinmausoleen gleiten, die im bleichen Mondlicht schimmerten. In ihnen ruhten die Toten von Villejeune.

»Mir gefällt das nicht, Judd«, sagte Fred Childress. »Ganz und gar nicht.« Er reckte den Kopf ins Dunkel. »Wenn uns jemand sieht...«

»Uns wird aber keiner seh'n«, brummte Duval. »Wenn Sie bloß Ihr Maul hielt'n und voranmachten, könnt'n Sie in 'ner Viertelstund' wieder daheim sein.«

Childress straffte sich und betrat den Friedhof, wo er sich rasch zum Mausoleum begab, in das Jenny Sheffield erst am Nachmittag zur letzten Ruhe gebettet worden war. Er hantierte mit dem Bund, bis endlich ein Schlüssel in das Loch paßte. Dann öffnete er die Tür und zog den Sarg zur Hälfte heraus. »Würden Sie mir bitte helfen!« sagte er.

Die beiden Männer zerrten den Sarg aus der Gruft und setzten ihn auf dem Boden ab. Fred Childress öffnete den Deckel. Beide schauten einen Moment lang wie gebannt auf Jennys lebloses Gesicht. Duval hob sie aus dem Sarg und machte sie auf den Weg zum Tor.

Fred Childress verschloß den Sarg, hob ihn wieder in die Gruft und schob ihn hinein.

Er hatte sie eben verschlossen, als er ein Geräusch vernahm.

Ein Knacken, als ob da jemand auf einen Ast getreten wäre.

Childress blieb stehen. Er brach in Schweiß aus.

Er horchte, doch das Geräusch wiederholte sich nicht, so daß er schließlich den Schlüssel in der Grabtür drehte und zu Duval eilte, der im Auto schon auf ihn wartete.

»Warum hab'n Sie denn solang gebraucht?« wollte der Deputy wissen.

Fred Childress drehte sich zum Friedhof um. »Ich habe etwas gehört.«

Duval kniff die Augen zusammen. »Ehrlich?«

Childress nickte. Daraufhin spähte Duval zum Friedhof hinüber. »Ich weiß nicht...«

Er brach mitten im Satz ab.

Fast hätte er es nicht gemerkt; er war sich auch nicht völlig sicher, ob er wirklich etwas gesehen hatte. Es war nur der Schatten einer Bewegung im Dunkel gewesen. »Wart'n Sie hier«, flüsterte er. »Ich seh' mich mal um.«

»Er hat mich gehört«, flüsterte Kelly. Michael legte den Finger an die Lippen, winkte ihr zu folgen, lief zum Haupteingang des Friedhofs und bewegte sich lautlos wie eine Katze durch die tiefen Schatten der Grabkapellen. Die beiden lugten um die Ecke eines Grabsteins, der ihnen Deckung bot, und sahen zunächst gar nichts – dann trat etwa fünfzig Meter weiter eine dunkle Gestalt auf den Gang, lief darüber weg und verschwand. Michael richtete sich auf, blickte sich erneut um und ging neben Kelly in die Hocke.

»Wir befinden uns nur zwanzig Schritte vom Tor entfernt. Er sucht in der falschen Richtung. Wir können fort. Folge mir!«

Er lugte noch einmal um die Ecke – nichts! – und rannte geduckt zum Tor, um sich dort hinter die Mauer zu kauern.

»Wir sollten heim«, flüsterte Kelly, als sie sich neben ihm duckte, doch Michael schüttelte den Kopf.

»Ich will wissen, wer das ist. Komm schon.«

Er hielt sich im Schutz der Friedhofsmauer, bis er den ungepflasterten Weg auf der hinteren Seite erreichte, den dichtstehende Fichten säumten. In deren Schatten tauchte er unter.

»Was wollen wir machen?« fragte Kelly.

»Warten!« antwortete Michael.

Judd Duval lief stumm durch die Friedhofsgänge. Er suchte in den Schatten nach irgendeinem Zeichen von Leben. Plötzlich sah er eine Bewegung, doch bevor er einen Schritt tun konnte, war die geschmeidige Form einer Katze schon vom Dach eines Steinmausoleums gesprungen und im Dunkel untergetaucht. Judd lachte über seine Nervosität und lief zurück zum Auto, in dem Fred Childress wartete.

»Nix«, sagte er, als er neben dem Bestattungsunternehmer Platz nahm.

»Doch, da war etwas«, widersprach Childress, als er den Wagen startete. »Es war nicht nur das Geräusch. Ich habe gespürt, wie ich beobachtet wurde.«

Duval verzog spöttisch die Lippen. »Ihr Grabschaufler habt wohl Angst vor Gespenstern, was?«

Childress wurde böse. Er legte den Gang ein, fuhr bis zur Hauptstraße, doch ohne Licht. Vor dem Einbiegen vergewisserte er sich nochmals nach beiden Richtungen.

Nichts.

Er schaltete die Scheinwerfer ein und gab Gas. Der starke Motor des Cadillac zog an. Der Wagen jagte ins Dunkel.

Mit jedem Meter, den sie sich vom Friedhof entfernten, war Childress wohler.

Vielleicht hatte er am Ende doch nichts gehört.

»Hast du ihn erkannt?« fragte Kelly, als der Wagen am anderen Ende der Straße verschwand und sie aus dem Schutz der Fichten heraustraten.

Michael nickte. Seine Gedanken rasten. »Mr. Childress«, sagte er. »Der Leichenbestatter. Er war aber nicht allein. Den andern Mann habe ich nicht identifizieren können.«

»Was haben die bloß mitten in der Nacht hier gewollt?«

»Und wieso fahren sie ohne Licht?«

Sie liefen zurück zum Friedhof und durch die Gänge zwischen den Gräbern bis zu dem Mausoleum der Sheffields. Die Tür zur Gruft ließ sich nicht öffnen.

Michael trat einen Schritt zurück, bückte sich ganz tief, um das kurzgeschnittene Gras zu untersuchen und bemerkte – ganz schwach, kaum sichtbar, aber ihm war, als müßte dort eben etwas gestanden haben – tatsächlich einen Umriß.

Die Form eines Sarges.

»Schau mal!« flüsterte er Kelly zu. »Siehst du's? Dort – das niedergedrückte Gras!?«

Kelly ließ sich neben Michael auf den Boden nieder und suchte den Rasen vor der Grabstätte ab. »Hier?« fragte sie.

Michaels Blick folgte ihrer Hand. »Dort muß vor kurzem etwas abgesetzt worden sein. Schau!« Er drückte seinen Handteller kurz auf die Rasenfläche daneben, und die Gräser richteten sich allmählich wieder auf und ließen den zunächst deutlich erkennbaren Abdruck der Hand langsam verschwinden.

Kelly schaute auf. »Sie haben sie geholt, nicht wahr?«

Michael nickte.

»Was sollen wir jetzt machen?« Kelly begann trotz der warmen Nacht am ganzen Leib zu zittern.

»Sie töten.« Die Worte kamen ihm fast wie selbstverständlich über die Lippen. »Wir werden jeden von ihnen töten.«

Und er überlegte, mit einem Gefühl von Selbstbeobachtung wie aus weiter Ferne, warum er beim Aussprechen der Worte eigentlich nichts empfand.

Aber dann erinnerte er sich: Er empfand deshalb nichts, weil er ohne Seele war.

Sie war ihm unmittelbar nach der Geburt gestohlen worden.

Es war Zeit, sie sich zurückzuholen.

Barbara Sheffield betrachtete die Silbersichel des Mondes hinter dem Fenster. Der Schlaf wollte nicht kommen. Sie schien bereits stundenlang wachzuliegen. Ihr Körper war nach den Anstrengungen des Tages total erschöpft. Ihr Verstand kam nicht zur Ruhe.

Kellys Worte wollten ihr nicht aus dem Kopf. *Ich wünsche mir doch, daß Sie es wären – falls ich meine richtige Mutter je wiederfände.*

Und Amelie Coultons Ausspruch konnte sie auch nicht mehr vergessen: *Sie ist genausowenig tot wie mein kleines Baby!*

Aber das war doch unmöglich! Es *konnte* nicht möglich

sein! Sie durfte Jenny nicht durch Kelly zu ersetzen versuchen!

Der Gedanke ließ sie jedoch nicht los. Barbara stand auf. Sie ging zu Jennys Zimmer. In der Tür blieb sie stehen, ihr Blick trübte sich beim Anblick von Jennys Habseligkeiten vor lauter Tränen.

Die Stofftiere, die gegen das Bett lehnten, so wie Jenny sie immer aufgestellt hatte, sahen sie traurig an.

Im Schrank, dessen Tür offenstand, bemerkte sie Jennys Kleider und die hübsch aneinandergereihten Schühchen.

Die Wände hingen voller Bilder, bunte Strichzeichnungen, auf die Jenny so stolz gewesen war – neue kämen nicht mehr hinzu.

Ihr saß ein Kloß im Hals. Sie machte das Licht aus und setzte unten in der Küche Wasser auf, um sich eine Tasse Kaffee zu machen.

Als sie ins Wohnzimmer ging und aus der untersten Schublade der antiken Kommode, die sie von ihrer Mutter geerbt hatte, das Familienalbum holte, tat sie es mit der Absicht, sich Jennys Fotos anzuschauen, vor allem ein Foto, das Jenny glücklich und voller Lebensfreude zeigte.

Doch als sie ein paar Minuten später beim Kaffee am Küchentisch saß, brachte sie es nicht fertig, diese Fotos zu betrachten – die Wunde war noch zu frisch, der Schmerz zu heftig. Sie blätterte weiter. Bei Fotos von Tisha hielt sie inne.

Sie verglich die Fotos ihrer Nichte im Album mit ihren Erinnerungsbildern von Kelly.

Die Ähnlichkeit war unbestreitbar.

Die gleichen vollen, geschwungenen Lippen, die gleichen hohen Wangenknochen und Linien der Brauen.

Es gab allerdings auch Unterschiede.

Tisha war pummeliger als Kelly; aber Tishas Mutter war auch molliger gewesen als Barbara. Und Tisha war von kleiner Statur – wie ihr Vater.

Trotzdem...

Nein! Das alles bildete sie sich nur ein.

Sie blätterte wieder zurück. Bevor sie das Album schloß, fiel ihr Blick auf das erste Bild.

Es war die Vergrößerung eines Fotos, das vor sechzehn Jahren auf einem Picknick am vierten Juli aufgenommen worden war. Sie hatte darunter gesetzt – ›Die letzten Tage der Freiheit – ich kann kaum mehr laufen!‹ Sie lächelte bei dem Gedanken an die letzten Tage ihrer Schwangerschaft mit Sharon. Sie saß auf dem Picknick-Tisch. Craig stand neben ihr.

Wie jung sie damals alle ausgesehen hatten!

Sie sah sich die Menschen auf dem Foto genauer an, einen nach dem andern. Manche hatten sich inzwischen so verändert, daß Barbara sie kaum mehr wiedererkannte.

Da war Arlette Delong, mit der gleichen Wabenfrisur, die sie auch heute noch trug, nur daß sie nicht so verzweifelt krampfhaft wirkte wie seit kurzem. Arlette war damals eine recht junge Frau gewesen – sechzehn Jahre später war sie füllig geworden, ihr Gesicht hatte sich durch die lange tägliche Arbeitszeit im Café verhärtet. Doch das Haar war das gleiche – nach hinten gekämmt, toupiert, mit Spray in Form gehalten; auf dem Bild fehlte nur der Bleistift, den Arlette inzwischen stets in der platinblonden Frisur stecken hatte.

Und da waren auch Billy-Joe und Myrtle Hawkins, die mit Buddy schwanger gewesen war. Billy-Joes damals so hübsches Gesicht war inzwischen aufgeschwemmt, seine Nase nach all den Jahren des starken Alkoholgenusses aufgedunsen, und er hatte seither einen Bierbauch bekommen.

Angesichts von Warren Phillips runzelte Barbara plötzlich die Stirn. Er stand mit ein paar anderen Männern unter einer Fichte zur Linken des Picknick-Tisches, an dem Barbara saß.

Der Arzt hatte sich nämlich kein bißchen verändert.

Sein kräftiges Kinn war markant geblieben, und auch das Haar war das gleiche.

Barbara wurde nachdenklich.

Damals hatte sie Dr. Phillips als viel älter empfunden. Jetzt, sechzehn Jahre später, schien er eher gleichaltrig zu sein.

Wie alt war Phillips eigentlich?

Sie holte die Lupe aus der Küche und betrachtete das Bild genau: Sie schätzte ihn auf fünfundvierzig, höchstens auf fünfzig.

Somit müßte er heute einundsechzig sein. Oder älter.

Er sah jedoch immer noch aus wie fünfundvierzig.

Sie begann sich die Männer neben Phillips anzusehen.

Carl Anderson war sofort erkennbar. Wie Phillips hatte auch er sich seither nicht verändert.

Genausowenig wie Fred Childress oder Orrin Hatfield.

Sie entdeckte Judd Duval, der sich auf einer Decke flezte – auch er sah heute aus wie damals.

Sie suchte nach weiteren Gesichtern, die nicht gealtert waren, als ein Schatten auf das Album fiel.

Craig musterte sie besorgt. »Mein Schatz? Ist etwas?«

Barbara lächelte schwach. »Ich konnte nicht schlafen«, sagte sie. »Am Ende habe ich's einfach nicht mehr versucht. Möchtest du auch einen Kaffee?«

Craig schüttelte den Kopf. »Suchst du etwas Bestimmtes?«

»Bilder«, erwiderte Barbara. »Ich wollte mir noch einmal Jenny ansehen. Ich habe es allerdings nicht ertragen.«

Craig griff ihr über die Schulter, klappte das Album zu und zog sie an sich. »Es wird alles gut werden, Liebling«, flüsterte er ihr ins Ohr. »Ich weiß: uns kommt es vor, als ob der Schmerz nie aufhören würde. Aber er wird aufhören. Ich schwöre es dir.«

Barbara begab sich wieder ins Schlafzimmer. Beim neuerlichen Versuch einzuschlafen wurde ihr bewußt, daß Craig sich irrte.

Der Schmerz des Verlustes würde zunehmen.

Mit dem Schlaf kamen die Träume, Träume des Suchens nach ihren Töchtern, die aus dem Dunkel nach ihr riefen.

Sie konnte beide deutlich vernehmen, Sharon wie Jenny.

Sie folgte den Stimmen durch die Finsternis und fand sie schließlich mit einem strahlenden Lächeln in einem hellen Lichtkreis beisammen.

Doch als sie auf sie zurannte, sie in die Arme nehmen und ihnen ins Gesicht sehen wollte, hatte sich etwas geändert.

Jenny war die gleiche, wie immer. Sharon war nicht Sharon.

Sharon war Kelly Anderson.

Carl Anderson lag mit einem Buch auf dem Schoß wach im Bett. Er hörte ein Geräusch – wie eine Tür, die geschlossen wurde –, überlegte, schob das Buch weg und stand auf. Ohne sich einen Morgenrock anzuziehen und Licht anzumachen, ging er ins Wohnzimmer.

Er prüfte den Hauseingang, die Schiebetür zum Patio – sie waren abgeschlossen. Die Küchentür auch. Der Ausgang zur Garage ebenfalls.

Carl ging nach oben, horchte an Kellys Tür und öffnete sie, als er nichts hörte, einen Spalt breit.

Kelly lag – mit dem Gesicht zur Tür – im Bett und schlief.

Carl zog die Stirn in Falten.

Schlief sie wirklich, oder *war* es die Tür ihres Zimmers gewesen, die er gehört hatte?

Er schlich sich neben ihr Bett.

Ihr Atem ging gleichmäßig.

»Kelly?« flüsterte er.

Als seine Finger ihre Haut berührten, schlug sie die Augen auf. »Großvater?« Sie hatte Angst. Im schwachen

Schein des Mondes sah er so anders aus, viel älter. »Ich... habe geschlafen«, sagte sie rasch und wich vor der Berührung zurück, gab sich dann aber Mühe, ihren Schrecken vor ihm zu verbergen.

Carl richtete sich auf. »Ich dachte, ich hätte eine Tür gehört«, gab er ihr zu verstehen. »Ich wollte dich nicht erschrecken.«

Kelly rang sich ein Lächeln ab. »Ist ja gut. Ich habe nur geträumt.« Sie drehte sich auf die andere Seite, als wollte sie schlafen, und hörte den Großvater gleich darauf das Zimmer verlassen.

Aber die Augen – die Augen des Mannes aus ihren Träumen! – blieben ihr im Gedächtnis haften.

Unterwegs zu seinem Zimmer erleichterte Carl sich im Bad und wollte das Licht schon wieder ausschalten, als sein Blick in den Spiegel fiel.

Seine Augen lagen tief in den Höhlen. Seine Haut hatte starke Falten gebildet.

An seinen Fingern begannen die verräterischen Leberflecke deutlich hervorzutreten.

Er überlegte: Wann hatte er die letzte Spritze erhalten?

Vor wenigen Tagen erst!

Wieso konnte dann...?

Er eilte auf sein Zimmer, verschloß die Tür, nahm den Hörer ab und rief Warren Phillips privat an. Nach dem siebten Läuten meldete sich der Anruf-Beantworter mit der Bitte, eine Nachricht zu hinterlassen.

Carl fluchte leise. »Hier Carl Anderson. Ich brauche sofort eine weitere Spritze. Rufen Sie mich bitte nach Ihrer Rückkehr sofort an.« Er korrigierte sich. »Nein, nicht anrufen! Es würde die andern im Haus wecken, und mich darf keiner sehen, bis ich die Spritze bekommen habe. Ich werde vor Tagesbeginn zu Ihnen kommen.«

Er legte auf und ging schlafen.

Er sah auf die Uhr.

Halb zwei.

Noch viereinhalb Stunden bis zum Besuch bei Phillips.

Er wählte die gleiche Nummer noch einmal. »Ich fürchte, so lange kann ich nicht mehr warten«, sprach er auf den Automaten. »Ich werde jede halbe Stunde anrufen, bis ich Sie erreiche.«

Er legte sich in die Kissen, obwohl er nicht mehr mit Schlaf rechnete.

23

Im ersten Schimmer der Morgendämmerung griff Carl Anderson mit zitternden Händen noch einmal zum Hörer. Er war mehrmals eingedöst; es war ein unruhiger Schlaf gewesen. Sein körperlicher Verfall hatte ihn immer wieder geweckt.

Seine Gelenke waren gichtig und steif geworden. Seine Lungen schienen verstopft: Das Atmen wurde zum Röcheln. Die Finger griffen nicht: Der Hörer fiel klappernd zu Boden. Er wollte sich bücken und ihn aufheben, doch ein jäher Schmerz in der Wirbelsäule zwang ihn, sich wieder in die Kissen zu legen. Kalter Schweiß trat ihm auf die Stirn. Er wartete, bis der Schmerz vorüber war, dann tastete er nach der Schnur, und am Ende konnte er den Hörer zu sich emporziehen. Unter größten Mühen gelang es ihm, die Nummer von Warren Phillips zu drücken – wieder nur der Anrufbeantworter!

»Ich kann nicht mehr warten«, stieß Carl hervor. »Ich komme sofort zu Ihnen.«

Er setzte sich, vor Schmerz stöhnend, auf und bugsierte die Beine an den Bettrand. Die Knie wollten sich nicht biegen lassen. Er zwang sich auf die Beine. Beim Stehen drehte sich ihm der Kopf. Er mußte sich am Nachttisch festhalten. Er hörte das Herz in der Brust klopfen. Schon das Aufstehen hatte ihn völlig erschöpft.

Er versuchte, tiefer zu atmen. Mit jedem Atemzug empfand er Nadelstiche in der Brust. Er kämpfte gegen den Schmerz an. Unter größter Willensanstrengung gelangte er bis zum Badezimmer, und mit panischem Schrecken starrte er auf das Gesicht im Spiegel, das er nicht wiedererkannte.

Ein alter Mensch. Viel älter als Carl Anderson. Es war,

als ob die Jahre, die Phillips seit anderthalb Jahrzehnten mit seinen Spritzen zurückgedämmt hatte, nun auf einmal auf ihn herabstürzten.

Die Haut hing ihm ledern und lose an den Kiefern. Die über Nacht ausgetretenen Bartstoppeln waren grau durchschossen. Durch das schüttere Haar sah er überall Kopfhaut. Die tief eingesunkenen Augen waren blutumrändert.

Instinktiv griff er mit der Hand nach dem Spiegel, wie um das Bild fortzuwischen – die Nägel waren gebrochen, ihre Ränder schorfig; die vor wenigen Stunden kaum sichtbaren Leberflecken, die unheimlichen Verfärbungen des Alters, verunzierten seine Hände, und die Finger waren verknöchert und geschwollen. Die Angst stieg in ihm hoch. Carl wandte sich ab. Im Schlafzimmer zog er sich an wie am Vortag.

Die Sachen hingen ihm lose um die Knochen; er schien die Hosen zu verlieren; das Hemd fiel faltig von den Hängeschultern.

Sein Blick wanderte zum Kopfkissen – es war kaum zu sehen unter den Haaren, die ihm über Nacht ausgefallen waren.

Der Tod begann nach ihm zu greifen – er konnte es spüren, an der Schwäche, die sich über seinen Körper ausbreitete.

Er nahm die Schlüssel vom Ankleidetisch neben der Tür, verließ das Schlafzimmer, stolperte durch das Wohnzimmer zur Küche und weiter zur Garage. Als er in den Truck kletterte und zum Öffnen des Garagentors nach der Fernbedienung tastete, war er sich nicht einmal sicher, ob seine Schwäche körperlicher Natur war oder der Angst vor dem Tode entsprang, die seinen Geist lähmte.

Phillips.

Er mußte Phillips erreichen, bevor es zu spät war.

Das Garagentor hinter ihm ging entsetzlich langsam hoch. Es schien eine Ewigkeit zu dauern, bis er den Pick

Up endlich auf die Straße manövriert hatte. Er legte den Vorwärtsgang ein und fuhr der Morgendämmerung entgegen.

Der Großvater war schon lange fortgefahren, aber Kelly stand immer noch wie gebannt am Fenster ihres Schlafzimmers.

Sie war die ganze Nacht über wach geblieben. Sie hatte das Telefon im Auge behalten, darauf gewartet, daß das rote Lämpchen im Dunkel wieder aufblinkte – ein Zeichen, daß ihr Großvater schon wieder bei Dr. Phillips anrief. Wann immer das Lämpchen aufgeleuchtet hatte, hatte sie den Hörer in ihrem Zimmer abgenommen und die Nachricht mitgehört, die er dem Arzt hinterließ.

Die Stimme war von Anruf zu Anruf schwächer geworden und beim letzten Telefonat vor nur wenigen Minuten kaum mehr vernehmbar gewesen.

Er war bestimmt krank, und seine Krankheit hatte sich im Laufe der Nacht verschlimmert. Vor drei Stunden hatte sie einmal kurz überlegt, ob sie zu ihm gehen und sich nach seinem Befinden erkundigen sollte, es dann aber unterlassen, wegen ihres früheren Eindrucks, daß er irgendwie teilhatte an dem Bösen, welches im Inneren des Moores geschah.

Als sie ihn schließlich sein Zimmer verlassen hörte, hatte sie die Tür weit genug aufgemacht, um durch den Spalt unten in die Halle lugen zu können.

Ihr hatte der Atem gestockt, als sie ihn auf dem Weg zur Küche sah, tief gebeugt, sich mühsam über den Steinfußboden schleppend, mit einer Vorsicht, als fürchte er jeden Moment das Gleichgewicht zu verlieren. Vollkommen bestürzt aber hatte sie sein Gesicht, das sie klar und deutlich erkennen konnte, als er auf der Einfahrt seinen Wagen zurücksetzte – es war, ohne jeden Zweifel, das Gesicht gewesen, das sie in ihren Träumen verfolgt hatte, das ihr auch im Spiegel erschienen war.

Vor eben den Händen, die das Steuer umklammerten, war sie in ihren Alpträumen zurückgeschreckt – krallenförmige Hände, die nach ihr gegriffen hatten.

Sie hatten ihr gar nicht das Leben nehmen wollen.

Die Jugend wollten sie ihr entreißen.

Der scheußliche Greis wollte die Widerstandskraft ihres jungen Körpers, die Behendigkeit ihrer Muskeln, die Stärke ihrer Knochen, die Frische ihrer Haut, den Glanz ihrer Augen und die Fülle ihres Haars an sich bringen.

Wußte er – wußten seinesgleichen –, überhaupt, was ihr sonst noch gestohlen wurde?

In Kellys Herz ballte sich solcher Haß, daß sie plötzlich begriff, was Michael empfunden haben mußte, als er gegen Mitternacht erkannt hatte, daß seine Schwester aus der Grabstätte weggebracht worden war.

Michael und sie mußten einen Weg finden, für sich und die anderen Kinder zurückzugewinnen, was ihnen entwendet worden war, und dem Bösen ein Ende zu machen.

Als Kelly, von der Erschöpfung der langen Nacht übermannt, in ihrem Bett endlich eindöste, kehrte der Alptraum wieder, doch das uralte Gesicht, das aus dem Finstern drohte, war ihr nicht mehr fremd.

Es war das Gesicht ihres Großvaters.

Die Sonne hob sich über den Horizont, als Carl Anderson den Hinterhof des Hauses von Warren Phillips erreichte, und vor ihren ersten Strahlen zuckte er zurück, als ob sie ihn und sein langjähriges Geheimnis entlarven könnten.

Er ließ den Schlüssel im Anlasser stecken. Mit zitternder Hand drückte er am hinteren Hauseingang die Klingel. Er hörte das Klingeln durchs Haus hallen – das Haus klang wie leer. Eine tiefe Niedergeschlagenheit ergriff ihn. Er rang nach Atem und brach auf den Stufen zusammen.

Erst beim Geräusch eines Motors rappelte er sich wieder auf. Als er dann den bekannten Buick die Einfahrt hochfahren sah, empfand er einen Hauch von Hoffnung. Warren Phillips hielt beim Anblick Carls an, stürzte aus dem Wagen, half ihm auf die Beine und führte ihn ins Haus.

»Ich habe Sie die ganze Nacht zu erreichen versucht«, röchelte Carl auf dem Weg zur Bibliothek. »Wo zum Teufel...«

»Ich war in der Klinik«, erklärte Phillips brüsk. »Nun mal langsam!«

»Eine Spritze!« bettelte Carl. »Ich sterbe...«

Phillips kehrte nach kurzem Verschwinden mit dem Gewünschten zurück. Carl rollte sich schon die Ärmel hoch, als der Anblick der Spritze, die er gierig fixierte, ihm Zweifel einflößte.

»Sie ist ja halbleer. Wieso bekomme ich keine volle Dosis?«

Phillips tupfte Carls Arm mit Alkohol ab und steckte die Nadel ein. »Sie haben Glück, daß ich überhaupt etwas habe«, meinte er beim Impfen. »Wenn es nicht Jenny Sheffield gäbe...«

Carl spürte den Beginn der Wiederherstellung durch die Flüssigkeit im ganzen Körper. Eine wunderbare Wärme schien seine Schmerzen wegzuspülen. Nach wenigen Sekunden schlug sein Puls bereits ein wenig kräftiger und gleichmäßiger. Als das Panikgefühl nachließ, das ihn eben noch geschüttelt hatte, ging ihm die Bedeutung der Worte von Phillips allmählich auf. »Jenny Sheffield?« wiederholte er. »Aber sie...«

»Nun stellen Sie sich nicht dumm, Carl! Sie ist nicht tot. Sie befindet sich in meinem Labor. Und wenn Sie Glück haben, wird Jenny Sie am Leben halten, bis Sie mir ein anderes Kind finden.«

Die Angst kehrte wieder. »Das kann ich nicht zulassen«, murmelte Carl Anderson. »Ich zahle. Ich zahle viel...«

»Wieviel Sie zahlen, ist belanglos, wenn ich nichts

habe, was ich Ihnen verkaufen könnte«, bemerkte Phillips düster. »Und an Ihrer Stelle würde ich mich ein Weilchen unsichtbar machen, Carl. Sie sehen furchtbar aus.«

Bei dem grausamen Unterton lief es Carl kalt über den Rücken. »Aber Sie haben doch gesagt...«

Warren Phillips schnitt ihm das Wort ab. »... was Sie zu tun haben, wenn Sie am Leben bleiben wollen.«

Ted Anderson kam in die Küche. Als er dort nur seine Frau entdeckte, blieb er überrascht stehen. »Wo ist Vater?«

Mary zuckte mit den Schultern. »Er muß sehr früh aufgestanden sein. Er war schon fort, als ich nach unten kam.«

Ted ging zum Ausgang, der in die Garage führte. Bis auf seinen alten Chrysler stand sie leer. Ted kam zurück und goß sich am Herd eine Tasse Kaffee ein. »Wo könnte er bloß so früh hingefahren sein?«

Mary sah ihren Mann an und sagte: »Tut mir leid, aber er hat mir keine Nachricht hinterlassen. Würdest du bitte Kelly zum Frühstück herunterrufen?«

Ted schritt zum Treppenaufgang und rief: »Kelly? Zeit zum Aufstehen!«

Er ließ sich am Küchentisch nieder, wo Mary ihm Eier mit Speck servierte; gleich darauf erschien Kelly im Morgenmantel, bleich, mit tiefen Ringen um die Augen. »Schatz? Ist dir nicht wohl?«

Er war sich nicht einmal sicher, daß Kelly ihn überhaupt gehört hatte. Sie starrte ins Leere, sie schien wie in einer anderen Welt. Dann änderte sich ihre Miene – als sei ihr ein Schleier von den Augen gefallen.

»Ich habe letzte Nacht wohl nicht gut geschlafen«, sagte sie tonlos.

Mary bemerkte den seltsam leeren Klang der Stimme sofort. »Na, wo liegt das Problem?« fragte sie aufmunternd.

Kelly schwieg. Was würden die Eltern wohl sagen,

wenn sie ihnen erzählte, was sie in der Nacht erlebt und früh am Morgen gesehen hatte? Wie würden sie auf die Behauptung reagieren, Großvater habe ihr die Seele gestohlen?

Sie würden sie für verrückt erklären.

Aber sie war nicht verrückt. Ihre Erlebnisse im Moor und die Aussagen von Clarey Lambert waren, und das wußte sie ganz genau, völlig real.

Und am Morgen hatte sie Großvater tatsächlich beobachtet und die Realität der fürchterlichen Visionen, die sie seit frühester Kindheit gequält hatte, endlich begriffen.

Jetzt *wußte* sie, daß sie nicht unter Halluzinationen und Hirngespinsten gelitten hatte. Sie kannte die Wahrheit.

Eine Wahrheit, über die sie nur mit Michael Sheffield sprechen konnte, weil ihr sonst niemand glauben würde.

»Ich... Mir geht's gut«, murmelte sie.

Es ging ihr jedoch gar nicht gut.

Sie hätte sich im strahlenden Licht dieses vollkommenen Sommermorgens ihres Lebens freuen sollen und empfand nur Angst und Schrecken.

Einen furchtbaren Schrecken, dem sie vielleicht nie entkommen würde.

Ted bog auf das Gelände der *Villejeune Golfplätze Grundstücke,* und mit einem Gefühl der Erleichterung entdeckte er den Pick Up seines Vaters vor dem Wohnwagen, der als Baubüro diente. Auch Ted traf früher ein als üblich. Die Baustelle war noch menschenleer. Er parkte seinen Chrysler neben dem Pick Up seines Vaters, schaltete den Motor aus und trat ein.

»Vater?« rief er. »Vater, ich bin's!«

Die Bürotür am Ende des Wohnwagens war geschlossen. Ted drehte sich um und begab sich zu der kleinen Küche, wo er mit seinem Vater und dem Vorarbeiter gewöhnlich bei Coca Cola die Tagesprobleme diskutierte. Hier fühlten sie sich entspannter als bei Kaffee im Büro.

»Vater!« rief Ted noch einmal und rechnete damit, ihn über Bauplänen am Tisch sitzen zu sehen.

In der Küche war niemand.

Er schaute aus dem Fenster über den Golfplatz, der sich in der ersten Bauphase befand.

Nichts.

Er lief durch den Wohnwagen zum hinteren Büro.

Als Carl Anderson den schweren Schritt seines Sohnes hörte, wurde ihm klar: Es war ein Fehler gewesen, herzukommen. Er hätte bis zu einem Motel weiterfahren und in einer dieser anonymen Touristenherbergen am Highway absteigen sollen, um außer Sichtweite zu bleiben, bis die Spritze von Phillips ihre Wirkung getan hatte.

Doch es war früh am Morgen gewesen und die Baustelle menschenleer, und so hatte er sich entschlossen, kurz zu halten, um ein paar Anweisungen für Ted aufzuschreiben.

Und nun war Ted plötzlich da.

»G...geh weg, Ted. Ich muß jetzt allein sein.« Die eigene Stimme lag ihm heiser und krächzend im Ohr wie die Stimme eines alten Mannes.

»Vater?« rief Ted durch die Tür. »Was ist los?«

»Nichts! Wirst du bitte...«

Da ging schon die Tür auf, und er sah Ted eintreten und wie angewurzelt stehenbleiben.

»Jessas, Vater!« flüsterte Ted. Er erkannte seinen alten Herrn kaum wieder. Dessen sonst so markante Gesichtszüge waren unter lose sitzenden Hautfalten verschwunden, seine Gestalt war gebeugt, die Augen steckten tief und fiebrig in ihren Höhlen – Ted meinte, ein Gespenst des Todes vor sich zu haben.

»Ich habe gesagt, du sollst nicht hereinkommen«, keuchte Carl.

»Vater, wir müssen dich sofort zur Klinik...«

»Nein!« bellte Carl und trat hinter den Schreibtisch.

»Vater, du bist krank...«

»Ich war heut' morgen schon bei Phillips. Es wird wieder.« Er krallte die Finger der rechten Hand um den Griff der Schublade, zog sie auf und sah den vertrauten Revolver vor sich. »Hau ab, Ted. Laß mich allein!«

Ted schüttelte den Kopf. »Ich darf dich jetzt nicht alleinlassen, Vater. Die Spritze wirkt nicht.«

»Phillips geht der Stoff aus«, sagte Carl unbedacht.

Teds Blick bohre sich förmlich in ihn hinein. »Es handelt sich dabei also doch um keine Vitamine«, sagte er. »Was *ist* in der Spritze enthalten, Vater?«

Carl zog das Kinn an. »Ein Stoff, den er selbst herstellt.«

»Dann wird er eben mehr davon produzieren müssen«, erklärte Ted mit dem Ton der Verzweiflung. »Was immer es sein mag – er *wird* doch mehr herstellen können, nicht wahr, Vater? Aber was ist mit dir? Da stimmt doch etwas nicht. Wenn wir dich nicht gleich in die Klinik bringen, wirst du sterben!«

Er trat auf seinen Vater zu und blieb plötzlich stehen. Carl nahm den Revolver aus der Schublade.

»Ich will, daß du gehst, Ted«, keuchte Carl verbissen. »Hau jetzt ab! Und vergiß, was du gesehen hast! Ich werde für ein paar Stunden verschwinden. Wenn ich zurückkomme, bin ich wieder in Ordnung.«

Ted schüttelte ungläubig den Kopf. »Du würdest sterben, Vater.«

»Nein, verdammt noch mal!« brüllte Carl. Der Zorn, den die Worte seines Sohnes in ihm auslösten, überdeckte die Angst, die ihn lähmte, seit er Phillips verlassen hatte. »Ich sterbe nicht! Ich werde nie sterben!«

Er hob den Revolver. Er hielt ihn jetzt mit beiden Händen und zielte auf Ted. Seine Hände zitterten heftig, doch er stand Ted so nah, daß er ihn gar nicht verfehlen könnte.

Ted wußte das auch. Er hob langsam die Hände hoch und bewegte sich rückwärts zur Tür. »Immer mit der

Ruhe, Vater!« sagte er. »Wenn du nicht in die Klinik willst, werde ich dich nicht dazu zwingen.«

»Laß mich allein!« röchelte Carl. »Verschwinde!«

Ted erreichte die Tür. Im nächsten Moment sah Carl ihn vom Wohnwagen zum Wagen rennen, nein, nicht zum Chrysler – Ted riß die Tür des Trucks auf und zog die Schlüssel aus dem Zündschloß, die Carl wie immer stekkengelassen hatte, steckte sie sich in seine Tasche und fuhr in seinem eigenen Wagen davon.

Carls Gedanken überstürzten sich.

Die Bauleute mußten bald kommen. Dann käme auch Ted bestimmt wieder.

Ted glaubte, sein Vater habe den Verstand verloren – er würde also nicht allein zurückkommen.

Carl steckte sich die Pistole in den Gürtel und verließ den Wohnwagen ebenfalls. Allmählich begann die Spritze zu wirken; seine Beine wurden kräftiger; die Schmerzen in den Gelenken ließen nach.

Carl lief auf den Kanal zu.

Ted und seine Helfer würden ihn nicht finden, überlegte Carl. Bis zu ihrem Eintreffen wäre er längst weit fort.

Am Kanal ließ er sich die Böschung hinuntergleiten, ins Wasser hinein, bis seine Füße Boden fanden. Dann watete er zum anderen Ufer. Als ihm das Wasser bis an die Hüften reichte, zog er den Revolver aus dem Gürtel. Schließlich kroch er an der gegenüberliegenden Böschung hoch.

Er würde finden, was Phillips brauchte – irgendwo im Moor würde er schon ein Kind finden.

Denn ansonsten müßte er sterben. Carl Anderson hatte jedoch keineswegs die Absicht, zu sterben.

24

Es war ein heißer Morgen, und Kelly hatte kurz überlegt, ob sie bis zum Nachmittag, bis zu seinem Arbeitsschluß warten sollte, um mit Michael zu reden. Doch das Leichengesicht ihres Großvaters ließ sie nicht los, und deshalb ging sie gleich nach dem Frühstück zu Stubbs' Touristenzentrum. Im Dorf hatte Buddy Hawkins mit ein paar Freunden vor Arlettes Café gesessen und sie beobachtet, doch Kelly beachtete die Jungen nicht einmal, als sie sie tuscheln zu hören meinte. Sie widerstand auch der Versuchung, auf die andere Straßenseite zu wechseln. Sie ging einfach wortlos an ihnen vorbei.

Als hinter dem Dorf auf der Straße durch das Marschland die Sonne auf sie herniederknallte und die Feuchtigkeit sie wie ein stickiges Grabtuch umfing, hätte Kelly sich am liebsten in die klimatisierten Räume des großväterlichen Hauses gewünscht. Aber endlich erreichte sie die offenen Tore des Moor-Besichtigungszentrums. Einen Moment lang blieb sie in der wohltuenden, relativen Kühle im Schatten von Fichten und Zypressen stehen. Sie sah sich suchend nach Michael um und entdeckte ihn inmitten von Touristen an dem Gehege der Alligatoren. Sie wollte sich anschließen.

Michael warf ein totes Huhn in die Einzäunung. Die bereits aufmerksam gewordenen Alligatoren stürzten dem Huhn entgegen; einer fing es, bevor es zu Boden fiel und zermalmte es mit seinen großen Kiefern zu einer formlosen Masse. Kelly fröstelte bei dem Gedanken an den Alligator im Moor, der sie fast getötet hätte. Sie drehte sich weg, als Michael den wartenden Reptilien zwei weitere Hühner zuwarf.

»Warum hast du nicht angerufen?« fragte Michael, als

er sie vor dem Biberratten-Gehege entdeckte. »Ich hätte dich mit dem Motorrad abgeholt.«

Kelly sah sich heimlich um, ob jemand in der Nähe war, bevor sie kaum hörbar antwortete. »Es betrifft Großvater«, sagte sie bebend. »Er... Michael, er ist einer von denen!«

Michael war erschüttert. »Bist du dir ganz sicher?«

Kelly nickte. »Ich lag die ganze Nacht über wach. Er hat immer wieder bei Dr. Phillips angerufen. In aller Frühe ist er dann fortgefahren...« Ihr wurde ganz schwach; sie mußte sich stützen. »Ich habe ihn gesehen, Michael. Er ist alt. Ich meine, wirklich alt – wie vor dem Sterben.« Sie erschauerte. »Er... er sah genauso aus wie der Mann, den wir im Spiegel sehen«, schloß sie.

»Weiß er, daß du ihn beobachtet hast?« fragte Michael.

Kelly schüttelte den Kopf. »Und Mum und Dad habe ich es auch nicht mitgeteilt.« Sie sah Michael unsicher an. »Was sollen wir nur machen?«

Bevor Michael antworten konnte, trat Phil Stubbs aus dem Büro. Seine Stimme drang laut über die Lichtung. »Michael?« rief er und kam eilig zu den beiden herüber. »Bobby Carter hat sich soeben krank gemeldet. Du mußt eine Tour für ihn übernehmen.«

Michael fiel das Kinn herunter. »Ich? Aber das habe ich doch noch nie gemacht.«

Stubbs zuckte mit den Schultern. »Du kennst das Moor. Du brauchst die Leute nur ein paar Stunden herumfahren und ihnen erzählen, was es im Moor alles gibt.« Er lächelte breit. »Warum nimmst du deine Freundin nicht mit? Aber gib acht!« warnte er. »Daß du mir nicht wieder das Zeitbewußtsein verlierst und die Leute den ganzen Tag festhältst. Die Moorbesichtigung dauert nur zwei Stunden! Kapiert?«

Michael nickte und lief mit Kelly zur Anlegestelle. Zwei Boote waren bereits unterwegs; angetaut war ein langes, schmales Boot mit zwei Bänken, Rücken an Rücken, in der

Mitte und dem Sitz für Steuermann und Mikrofonanlage im Vorderteil. Michael ließ den Blick über die wartende Gruppe von Touristen schweifen – sie bestand aus rund fünfzehn Frauen in den Zwanzigern und frühen Dreißigern mit einer Bande von Kindern vom Baby in der Tragetasche bis zu Zehnjährigen.

»Jessas!« flüsterte er. »Wird das eine Fahrt werden!« Er konnte sich die endlosen Fragen seitens der Kinder schon denken. Und wie ließe es sich am sichersten verhindern, daß ein Kind über Bord ginge?

Er half ihnen ins Boot, experimentierte mit dem Mikrofon, das zunächst einmal furchtbar krachte, und begann mit einer Ansprache.

»Willkommen zur weltberühmten Sumpfbesichtigung von Phil Stubbs. Ich bin Michael Sheffield und werde an diesem Morgen Ihr Führer sein. Eins muß ich Ihnen vorweg sagen, und das dürfen Sie nicht eine Sekunde vergessen: Das Moor ist gefährlich. Es gibt Alligatoren und Krokodile und vieles andere mehr. Also – die Hände nie aus dem Boot strecken!« Er fixierte einen älteren Jungen mit tunlichst strengem Blick. »Und auch nicht über den Rand lehnen!« warnte er. »Sonst schießen die Alligatoren direkt aus dem Wasser und ziehen euch raus!« Die Augen des Jungen weiteten sich vor Schreck; andere Kinder zogen sich sofort vom Bootsrand zurück, um sich brav zu setzen. Michael zwinkerte Kelly verstohlen zu, lief zum Heck, löste die Leine, ging wieder nach vorn und warf auch die Bulin. Er legte den Gang ein, gab ein bißchen Gas – und das Boot glitt aus dem Dock hinaus in den Kanal.

Während der nächsten Stunde kreuzte Michael gemächlich im Moor, erläuterte den Touristen die geologische Entstehung, das Ökosystem, die dort vorkommenden einzelnen Tierarten, Bäume und Pflanzen und unterbrach die Weiterfahrt, wann immer es etwas Interessantes zu sehen gab.

Die Kinder stellten, wie erwartet, endlos Fragen, die Michael jedoch allesamt beantworten konnte, und deshalb begann er die Tour bald nicht weniger zu genießen als seine Kunden. Er verließ die Zonen, an die man sich auf solchen Fahrten gewöhnlich hielt, führte tiefer ins Moor hinein, zeigte Stellen, die er selbst vor Jahren entdeckt, die sonst aber kaum jemand je gesehen hatte.

Als er um das Ende einer Insel bog, kamen sie aus dem Halbdunkel herabhängender Zweige heraus in offeneres Marschland. Michael hielt im Gras Ausschau nach Anzeichen von einem Wildschwein und entdeckte tatsächlich eins, das sich durch den Morast bewegte. Michael manövrierte das längliche Boot durch die engen Bayous, ohne das für seine Gäste noch unsichtbare Tier auch nur einen Moment lang aus den Augen zu verlieren, bis er schließlich bei ausgeschaltetem Motor im Flüsterton um absolute Stille bat.

Die Kinderstimmen verstummten. Fünf Minuten lang verharrte die Gruppe; außer Tausenden von Vögeln, die im Schilf und Gras nisteten, war nichts zu hören.

Endlich – ein leises Schnüffeln: Michael zeigte nach vorn. Die Gräser wurden beiseitegeschoben, und eine riesige Wildsau trat aus dem Grün hervor, den Rüssel auf Futtersuche an den Boden gedrückt, und danach sechs winzige Junge, die ihrem Beispiel genauestens folgten.

»Wau!« rief ein Junge. »Seht euch das an! Wildschweine!«

Sofort stellten sich die Ohren des Tieres auf; es hob den Kopf und spähte in Richtung des Bootes. Eine Sekunde später war das Wildschwein auf und davon; die Schweinchen verschwanden noch schneller. »Wirklich toll, Terry«, schimpfte ein anderer Junge. »Warum kannst du nie dein Maul halten?«

Die Jungen begannen sich zu zanken. Michael ließ den Motor wieder an und ging auf Heimwärtskurs – wenn er keine weiteren Abstecher machte, wäre er rechtzeitig zurück. Beim Zuschauen von zwei Müttern, die einen Streit zwischen ihren Buben zu schlichten versuchten, mußte er grinsen. »Was ist deine Meinung?« fragte er Kelly, nachdem er das Mikrofon kurz abgestellt hatte. »Findest du mich gut?«

»Du machst das einfach prima«, erwiderte Kelly.

In dem Moment fragte aus dem hinteren Teil des Boots eine Stimme: »Ist es wahr, daß im Moor auch Menschen leben?«

Es war eine Frau, die einen höchstens dreijährigen Jungen auf dem Schoß hielt und in der Tragetasche auf dem Sitz daneben noch ein Kleinkind bei sich hatte. Nach einem Kopfnicken erzählte Michael von den Sumpfratten und ihrer Lebensweise. Ein Junge meldete sich mit Winken der Hand und redete, bevor ihn Michael dazu aufforderte.

»Was ist mit Zombies?« wollte er wissen.

Michael wurde unsicher. »Zombies?« fragte er zurück. »Ich verstehe nicht recht, was du meinst.«

Der Junge fixierte ihn. »Meine Kusine hat mir gesagt, es gibt hier im Moor Zombies. Tote Menschen. Aber sie sind nicht richtig tot.« Als die Mädchen aufkreischten, legte er erst richtig los. »Meine Kusine sagt, daß es hier Kinder gibt. Tote Kinder, die nach Menschen suchen, die sie umbringen können. Sie sagt, die sind wie Vampire, und wenn sie dich kriegen, saugen sie dein Blut aus!«

»Bobby!« rief die Mutter. »Was für eine schreckliche Geschichte! Das hat Jody dir bestimmt nicht erzählt.«

»Hat Jody aber doch!« trumpfte Bobby auf, mit Blick auf Michael. »Hat Jody recht?«

Michael spürte Kellys Blick. Sie war bleich geworden. Er wußte zum erstenmal keine Antwort. Sein Mund war wie ausgetrocknet, als er sprechen wollte.

Nun sag etwas! ermahnte er sich. Irgend etwas. Sag ihnen: Das ist bloß ein Märchen!

Es war aber im Grunde kein Märchen. Die Sache verhielt sich zwar nicht so, wie Bobby sich das vorstellte, trotzdem...

Und als sie ganz langsam durch einen Bayou fuhren, der kaum breit genug war für das Boot, hielt eine Frau hörbar entsetzt den Atem an.

Gleich darauf folgte ein zweiter Laut des Erschreckens. Kinder begannen zu schreien und nach vorn zu deuten.

Michael drehte sich um.

Vom Ufer aus, nur wenige Meter entfernt, beobachtete sie ein Mann.

Ein alter Mann.

Ein Mann, dessen Augen, kaum mehr sichtbar, in ihren Höhlen versunken waren, aber irgendwie bösartig wirkten.

Kelly hatte sich gleichzeitig umgedreht. Sie griff nach Michaels Arm. Er sah das Entsetzten in ihrem aschfahlen Gesicht, wußte jedoch ohnehin, wer der Mann war. Er hatte ihn sofort wiedererkannt.

Die gräßlich gierigen Augen.

Den bösen Blick, der ihm häufig gedroht hatte.

Die Augen des Gesichts im Spiegel.

Das Boot glitt langsam an dieser scheußlichen Gestalt vorbei. Michael vermochte noch immer nicht zu sprechen, konnte sich angesichts des Alptraums, der Realität geworden war, nicht vom Fleck rühren.

Die Frauen und Kinder im Boot, die Carl Anderson am nächsten standen, wichen zurück. Als ob sie Michaels Entsetzen spürten.

Das Boot begann sich eben von ihm zu entfernen, als Carl Anderson zupackte, mit Fingern wie den Krallen eines Raubvogels, und sich das Baby im Tragkorb auf dem Sitz im Heck schnappte.

Es geschah so rasch, daß Michael sich nicht einmal sicher war, daß es überhaupt geschehen war.

Der Alte war wie verschluckt vom dschungelartigen Laubdickicht. Michael dachte schon, die böse Erscheinung sei wieder einmal nur ein Trugbild der eigenen Fantasie gewesen.

Von *der* Illusion befreite ihn jedoch das Schreien der Mutter.

Sie stand im Bootsheck, und die anderen Frauen mußten sie zurückhalten, damit sie dem Alten nicht hinterherstürzte.

»Mein Baby!« schrie die Mutter. »Er hat mir mein Baby gestohlen!«

»Bleiben Sie im Boot!« schrie Michael in einer spontanen Reaktion die Frau an. Er schaltete den Motor aus und instruierte Kelly. »Halt sie hier im Boot! Mach, was du willst, aber laß sie nicht heraus! Sonst sind alle verloren!«

Und ohne Kellys Antwort abzuwarten, sprang er über das Dollbord hinweg ins seichte Wasser und watete ans Ufer.

»Michael!« rief Kelly. »Michael! Nein!«

Aber da war es schon zu spät.

Nun verschwand auch Michael im Sumpf.

Ein stechender Schmerz in der Brust zwang Carl Anderson stehenzubleiben. Er bekam keine Luft. Ihm versagten die Beine. Er ließ sich zu Boden sinken und lehnte sich an den Stamm einer Fichte, die von so dichtem Buschwerk umwachsen war, daß er sich, vor dem Blick eventueller Verfolger geschützt, ausruhen konnte.

Er hielt das Baby fest und wartete auf das Nachlassen des Schmerzes und eine Normalisierung des Atmens. Doch er war völlig erschöpft. Er wußte nicht, wie lange er noch durchhalten würde.

Er mußte aber durchhalten, denn sonst würde er sterben.

Diesmal wirkte die Spritze nicht, die ihn eigentlich hätte verjüngen sollen; die Dosis war nicht stark genug gewesen. Frühmorgens hatte er sich eine zeitlang besser gefühlt und angenommen, daß er bis zum Nachmittag wieder in alter Frische seinen Mann stehen würde. In der Hoffnung, so lange unterzutauchen, bis die lebenserneuernden Kräfte der Injektion sich voll ausgewirkt hätten, war er ins Moor entwichen; bald aber hatte die zunehmende Schwächung des Alters ihn erneut angegriffen.

Das Wissen um die Notwendigkeit, ein Kind auftreiben zu müssen, hatte ihn in Panik versetzt.

Er müßte es noch an diesem Tage finden, am besten sofort.

Morgen wäre es schon zu spät.

Aber wo finden?

Wenn Ted nicht die Wagenschlüssel an sich genommen hätte, wäre er nach Orlando zu einem Einkaufszentrum gefahren, wo es stets Kinder unachtsamer Mütter gab. In Einkaufszentren verschwanden täglich Kinder. Er hätte vielleicht sogar in Villejeune bei Warren Phillips zurück sein können, bevor die Entführung eines Kindes dort überhaupt aufgefallen wäre; eines Kindes zur Erneuerung seiner Jugendkraft, für die ewige Jugend, von der die meisten Menschen nur träumen können.

Ted hatte ihn jedoch entdeckt, und Carl hatte sich nur mit der Drohung der Waffe ein wenig Zeit verschaffen können.

Es war eine Dummheit gewesen, das Baby aus dem Boot der Touristen zu stehlen, doch als es zufällig vorbeigekommen war und Carl die Kinder im Boot gesehen hatte, hatte ihn die kalte Wut denkunfähig gemacht.

Warum durften sie jung sein und er nicht?

Warum sollten sie ein ganzes Leben vor sich haben und er außer Erinnerungen zum Trost im schmerzlichen Altern nichts besitzen?

Phillips brachte ja die Kinder auch keineswegs um.

Phillips hatte es ihm erklärt, damals, beim Angebot der Behandlung, und seine Behauptung anhand von Carls eigener Enkelin bewiesen.

»Es tut den Kindern nicht weh. Ich brauche nur die

Absonderung ihrer Thymusdrüsen«, hatte ihm Phillips versichert. »Später wachsen sie völlig normal auf.«

Aber Carl hätte warten sollen, weiterpirschen sollen, bis er ein Kind der Sumpfratten gefunden hätte, ein Kind, um das sich niemand sorgte, das sowieso keine Zukunft hatte.

Statt dessen hatte er sich von seiner Wut hinreißen lassen und das Baby aus dem Boot an sich gebracht.

Er wiegte das schreiende Kind in den Armen und hielt ihm den Mund zu, damit es ihn nicht verraten konnte.

25

Kelly wußte: Sie mußte etwas tun. Eine gespannte Atmosphäre herrschte im Boot. Die Frauen hatten ihre Kinder um sich geschart, starrten schweigend aufs Moor, warteten auf ein Lebenszeichen von Michael. Doch es war, als hätte die Marsch ihn geschluckt. Seit zwanzig Minuten – nichts.

Die Nervosität stieg mit jeder Sekunde.

Im Heck schluchzte die Mutter des Babys leise vor sich hin. Zwei Frauen, die sie zu trösten versuchten, richteten den Blick vorwurfsvoll auf Kelly. Kelly überlegte verzweifelt, *was* sie tun könnte.

»Bringen Sie uns zurück!« verlangte eine Frau. »Wir müssen Hilfe holen!«

»Ich... ich weiß nicht, wo wir sind«, sagte Kelly.

Die zwei Frauen, die ihr am nächsten standen, wechselten einen Blick. »Aber Sie müssen doch wissen, an welcher Stelle im Moor wir uns befinden!« sagte eine Mutter, und die Angst in ihrer Stimme war nicht zu überhören. »Das gehört doch zu Ihrem Beruf. Sie arbeiten hier!«

Kelly schüttelte den Kopf. »Nein...« Doch in dem Moment regte sich eine Erinnerung – die Erinnerung, daß sie schon einmal im Moor gewesen war, ganz allein, und sich nicht verirrt hatte.

Nicht in der Nacht ihrer Flucht vor dem Zorn des Vaters.

Nein, in der ersten Nacht, als sie ins Moor gewandert war, um nach dem Jungen auf der anderen Seite des Kanals zu suchen; in der Nacht, als sie ihr Zeitgefühl verloren hatte; als sie, Clarey Lamberts Anweisungen folgend, wieder zu ihrem Ausgangspunkt zurückgefunden hatte.

Sie konzentrierte sich ganz auf die Suche nach innerer Führung.

»Ich kann's«, sagte sie zuversichtlich. »Ich kann uns zurückbringen.«

Sie schaute aufs Armaturenbrett, beugte sich vor, um die Finger über die fremdartigen Instrumente gleiten zu lassen, faßte den Schlüssel, drehte ihn herum – ein Warnsummen ertönte, doch nach kurzem Zögern verließ Kelly sich auf die Impulse, die sie leiteten, und drückte einen Knopf.

Der Motor sprang an.

Als sie den Vorwärtsgang einlegte und das Boot durchs Wasser zu gleiten begann, schrie die Frau im Heck auf. »Nein! Wir dürfen nicht fort! Der Mann hat mein Baby!«

Kelly hörte die Worte wie aus großer Entfernung, sie nahm sie kaum wahr; denn ihr Bewußtsein war inzwischen ganz nach innen gekehrt und folgte der unsichtbaren Führung, der sie sich voll und ganz anvertraute.

Langsam bewegte sich das Boot durch das Labyrinth der Bayous, und obwohl sie selbst einen nicht vom andern unterscheiden konnte, überließ sie sich der inneren Führung, bog sie von einem Bayou in den nächsten, ohne bewußt auf die Richtung zu achten, ohne sich darum zu kümmern, ob der Wasserarm auch breit genug war für das Boot.

Als der Bayou sich nach vorn hin verengte, wurden die zwei Frauen unmittelbar hinter Kelly nervös.

»Wir kommen hier nie wieder 'raus!« sagte die eine. »Sie hat nicht die leiseste Ahnung, wo wir uns befinden. Sie macht alles nur noch schlimmer.«

Die andere Frau schwieg, weil sie Kellys Gesicht sehen konnte, die Augen, die unbeirrt geradeaus blickten.

Laubwerk umfing das Boot, schnürte den Bayou ein, und die letzten Gespräche erstarben, als klamme Blicke das Ufer abtasteten in der Furcht, die schreckliche Gestalt könnte wieder auftauchen und noch ein Kind packen.

Mütter hielten ihre Kinder fester; die Kinder hielten sich enger an ihre Mütter.

Da plötzlich stieß der Bug durch die ineinander verschlungenen Äste, Zweige und Ranken, und der Wasserarm öffnete sich in eine breite Lagune.

Vor ihnen, direkt gegenüber, lag die Anlegestelle des Moorbesichtigungszentrums.

Die unsichtbare Hand, die Kellys Bewußtsein gesteuert hatte, entließ sie aus ihrem Griff. Kelly seufzte, in der Erwartung, versagt zu haben, aus Sorge, nicht weitergekommen zu sein – doch als sie sich umsah, lag Stubbs' Zentrum nur noch ein paar Meter entfernt. »Ich hab's geschafft«, sagte sie kaum hörbar, »ich habe uns heimgebracht!«

Als Kelly das Boot unbeholfen ins Dock manövrierte, sah sie Phil Stubbs mit vor Zorn gerötetem Gesicht auf sich herabblicken.

»Was geht hier verdammt noch mal vor!« wollte er wissen. »Wo ist Michael? Ihr hättet schon vor einer Stunde wieder da sein sollen!«

»Michael ist nicht bei uns«, erwiderte Kelly mit entrückter Stimme, als habe sie die Frage gar nicht gehört. Da erst bemerkte Stubbs den seltsamen Blick ihrer Augen. Und schon brach ein Stimmengewirr über ihm zusammen.

»Mein Baby!« kreischte die Frau im Heck. »Mir ist mein Baby gestohlen worden!«

Stubbs starrte die Frau völlig verwirrt an. »Was ...«

»Es war ein Mann«, sagte eine andere Frau. »Ein fürchterlicher Alter. Er sah wie ein Wahnsinniger aus und hat ihr das Baby geraubt.« Sie steigerte sich. »Er kam aus dem Moor und hat es sich geschnappt! Unser Bootsführer ist hinter ihm her. Um Gottes willen, rufen Sie die Polizei!«

Stubbs verschlug es die Sprache. Ein alter Mann? Wovon redeten die eigentlich? Inzwischen schrien alle auf ihn ein.

»Nun beruhigen Sie sich doch!« versuchte Stubbs sie zu übertönen. Er wandte sich an Kelly, die mit gesenktem Kopf und finsterer Miene ins Moor hinaus starrte. »Sag mir, was geschehen ist!«

Kelly drehte sich ganz langsam um. Ihre Stimme klang fremd und leer, als wüßte sie kaum, was sie sprach. »Wir fuhren durch einen Bayou. Am Ufer stand ein Mann, und als wir an ihm vorbeifuhren, griff er plötzlich ins Boot hinein und raubte ein Baby. Er brauchte es. Er brauchte ein Baby.«

Phil Stubbs kniff die Augen zusammen. »Wer?« wollte er wissen. »Wer war das? Haben Sie ihn erkannt?«

Es dauerte ein Weilchen, aber dann nickte Kelly.

»Es war mein Großvater!«

Michael fluchte laut: Er stürzte der Länge nach in den weichen Schlamm, der die Insel umgab, als sein Fuß sich unter einer Mangrovenwurzel festklemmte.

Carl Anderson schien einfach verschwunden. Und doch hatte Michael unmittelbar vor seinem Sturz das Weinen eines Babys gehört; nur für den Bruchteil einer Sekunde – als ob jemand das Baby sofort zum Schweigen gebracht hätte.

Michael schaute sich um. Er konnte im Dickicht ringsumher nichts erkennen: Überall sah er nur Knäuel von Mangrovenwurzeln und die merkwürdigen Zypressenknoten, die wie tote Baumstümpfe aus dem Wasser ragten, und Fichtenholz.

Doch er fühlte Carl Andersons Nähe.

Clarey.

Der Name kam ihm ganz von selbst in den Sinn, und plötzlich sah er sie innerlich vor sich auf der Veranda ihrer Hütte sitzen und aufs Moor hinausschauen, in dem sie weiter über das Blickfeld der Augen hinaus Fühlung aufnehmen konnte.

Er schloß die Augen und rief innerlich nach ihr. Er

stellte sich mit angestrengtem Willen bewußt auf ihre Führung zum Versteck Carl Andersons ein.

Allmählich nahm ein Bild Form an – das Bild einer einzeln stehenden, alles überragenden Fichte inmitten von dichtem Unterholz.

Er öffnete die Augen und spähte.

Die Fichte stand keine fünfzig Schritte von ihm entfernt.

Er ging ihr entgegen, blieb innerlich jedoch voll und ganz konzentriert auf das Bild, das sein Rufen nach Clarey Lambert heraufbeschworen hatte.

Und in diesem Bild sah er Carl Anderson deutlich vor sich – im Buschwerk zusammengekrümmt, mit dem Rükken am Baum, das Baby an sich gedrückt.

Er sah die lose hängenden Faltensäcke im Gesicht, den fiebrigen Blick aus den tiefen Augenhöhlen, die brechenden Fingernägel.

Michael drückte das hohe Gras auseinander, preschte vorwärts – und sah vor sich, was eben noch bloße Vision war.

Carl lehnte tatsächlich mit dem Baby im linken Arm an dem Baum. In der rechten Hand hielt er mit zitternden Fingern eine Schußwaffe.

Die Waffe zielte auf Michaels Herz.

Michael stand der Realität des Traumbilds gegenüber, das ihn lange gequält hatte; seine Angst war verflogen.

»Verschwinde!« krächzte Carl Anderson. »Ich bringe dich um!«

Michael ließ ihn nicht aus den Augen. »Sie können mich gar nicht umbringen«, hörte er sich sagen, ohne die Worte bewußt formuliert zu haben oder zu verstehen. »Sie wissen doch: Sie können mich nicht töten. Ich bin bereits tot.«

Carl Anderson verschlug es die Sprache. Der unbeirrte Blick des Jungen machte ihm angst.

»Nein!« sagte er. Seine Stimme klang flehentlich. »Laß

mich in Ruhe! Ich habe dir nie etwas getan. Keiner von uns hat euch je wehgetan.«

»Unsere Seelen!« sagte Michael. »Ihr habt uns die Seele gestohlen.«

Carls Augen weiteten sich. Die Waffe zitterte heftig in seiner Hand, als Michael näherkam. Er versuchte, den Revolver stillzuhalten, abzudrücken, aber er war vom Blick des Jungen gelähmt. Der Revolver begann seinen Fingern zu entgleiten. »Nein«, murmelte er und griff nach der Waffe, als sein Herz rasend zu schlagen begann, mit einem erschreckend unregelmäßigen Klopfen.

Als Michael nach ihm griff, schlug Carls Angst um in blinde Panik. Ein irrer Schmerz schnitt ihm durch die Brust und fuhr durch Arm und Bein. Die Waffe fiel Carl aus der Hand, seine Hand sank zu Boden.

Das Baby rollte auf den dichten Fichtennadelteppich, als Carls Linke erschlaffte.

Und als die Agonie Carl das Bewußtsein raubte, sah er Dämonen aus der Unterwelt aufsteigen und mit Heugabeln und Fackeln näherstürzen, um ihn auf ewig zu peinigen.

Er schrie verzweifelt auf, als die Dämonen über ihn herfielen, und schlug wie wild um sich, als sie ihn in viele tausend Stücke rissen. Aber es war kein wirkliches Ringen. Es waren die letzten Zuckungen eines Sterbenden.

In der Stille nach Carl Andersons Tod betrachtete Michael die Leiche wie einen fremdartigen Gegenstand.

Dann vernahm er eine innere Stimme.

Nimm dir, was dein ist.

Und als er dies getan hatte, war die ganze Leere seines Lebens wie vergangen. Er fühlte sich heil, und zum erstenmal in seinem Leben begann er zu weinen. Die Tränen liefen ihm über das Gesicht, und er ließ sie hemmungslos fließen, als sie die Qualen von sechzehn Jahren abspülten.

Als die Tränen endlich versiegten, hob er das Baby vom Boden und wiegte das wimmernde Kind in den Armen. »Es ist alles gut«, flüsterte er. »Jetzt wird dir niemand wehtun.« Als das Schluchzen aufhörte, trat Michael aus dem Dickicht heraus und lief zum Bayou.

Er wußte, was Kelly und er zu tun hatten, sobald das Baby in Sicherheit war.

26

In ihrem Schlafzimmer betrachtete Mary Anderson den letzten noch unausgepackten Karton aus Atlanta. Sie kannte den Inhalt – alte Alben, Ordner mit den Unterlagen über Teds gescheiterten Versuch einer Firmengründung vor drei Jahren, die eigenen Schulzeugnisse; all die Sachen, die ein Mensch aufhebt, doch nur selten anschaut. Sie spielte kurz mit dem Gedanken, die Dinge zu ordnen, kam jedoch zu dem Schluß, daß sie die Sachen am Ende doch bloß wieder wegpacken würde. Sie wollte den Karton in die Garage tragen, wo auf den Metallregalen an der Südwand schon haufenweise Erinnerungsstücke ihres Schwiegervaters ausgelagert waren. Beim Durchqueren des Wohnzimmers hörte sie die Türglocke. Sie setzte den Karton auf dem Sofa ab. Vor der Tür stand Barbara Sheffield, mit einem Ausdruck solcher Angst, daß Mary das Willkommenslächeln verging. »Barbara? Was ist geschehen?«

Barbara überlegte rasch, ob sie sich nicht doch einfach umdrehen und wieder heimgehen sollte. Aber sie sah keine Alternative: Die Vermutungen, die ihr nach Jennys Begräbnis gekommen waren, hatten sich in der Nacht und am frühen Morgen zur festen Überzeugung verdichtet: Sie mußte mit Mary Anderson sprechen. Sie mußte die Wahrheit über Kellys Herkunft erfahren.

Weil sie Mary den Grund des Besuchs am Telefon nicht nennen wollte, hatte sie vorher nicht angerufen. Wie hätte sie selbst wohl reagiert, wenn eine Freundin *sie* mit der Nachricht angerufen hätte, Michaels *richtige* Mutter zu sein?

Es war eine Sache, falls eine völlig fremde Person mit einer solchen Nachricht anriefe – mit der Möglichkeit hatten Craig und sie seit Michaels Adoption immer gerechnet. Damit wäre sie fertiggeworden; auch deshalb, weil in solchem Fall Michael keine persönliche Beziehung zu seiner natürlichen Mutter gehabt hätte.

Aber hier lag die Sache anders. Barbara hatte eine persönliche Beziehung zu Kelly. Mary könnte eventuell annehmen, daß Barbara Kelly als Tochter beanspruchte. Und was dann?

Doch Barbara *mußte* die Zweifel aus dem Weg räumen.

»Ich muß einfach mit dir reden, Mary«, sagte sie schließlich. »Ich weiß, es klingt völlig irre, aber mich haben fürchterliche Gedanken geplagt. Irgendwie komme ich nicht von der Idee los, daß Kelly mein Kind sein könnte – daß Sharon bei der Geburt möglicherweise gar nicht gestorben ist.«

Die Absurdität des Gedankens wurde ihr erst wirklich klar, als sie ihn laut aussprach. »Ich verstehe ja, daß es irrwitzig klingt«, sagte sie und kam ins Stottern. »Es ist nur – ich meine, die vielen Details... Ihr Aussehen... Und Amelie Coulton... Du weißt doch, was Amelie auf der Beerdigung gesagt hat...« Sie begann zu schluchzen. »Ach Mary, ich weiß einfach nicht mehr weiter. Es ist alles so furchtbar. Mir gleitet alles aus den Händen. Was soll ich nur machen...«

Mary zog Barbara ins Haus, schloß die Tür – und führte sie ins Wohnzimmer. »Ist ja gut, Barbara. Ich verstehe, wie dir zumute sein muß.« Sie schenkte eine Tasse Kaffee ein und setzte sich Barbara gegenüber. »Könnte ich etwas für dich tun? Sag's mir.«

Barbara atmete schwer. Sie hatte Mühe zu sprechen. »Ich – ich dachte, vielleicht könntest du mir sagen, woher du Kelly bekommen hast...«

»Von einer Adoptions-Agentur in Atlanta«, erwiderte Mary. »Ted und ich mußten nach unserer Bewerbung fast ein Jahr warten.«

»Atlanta?« wiederholte Barbara enttäuscht.

Mary fiel der Karton im Wohnzimmer ein. »Bin gleich wieder da«, sagte sie und leerte den Inhalt des Kartons dann auf dem Küchentisch aus, bis sie ein Fotoalbum fand, das sie Barbara reichte. »Blätter das einmal durch«, meinte sie. »Es enthält viele Bilder von Kelly seit dem Tag, als wir sie bei der Agentur abholten. In den letzten ein bis zwei Jahren«, sie wurde melancholisch, »haben wir leider nicht viel fotografiert. Ted hatte geschäftlich Probleme und...« Ihre Stimme wurde leise. »In den vergangenen zwei Jahren hat es nicht viel gegeben, an das wir uns erinnern wollten.«

Barbara schlug das Album auf. Die frühen Fotos von Kelly als Kleinkind sagten ihr nichts. Doch als Kelly größer wurde und ihr Gesicht feste Züge annahm, fiel Barbara die verblüffende Ähnlichkeit mit ihrer Nichte Tisha erneut auf; vom vierten Lebensjahr an war sie deutlich erkennbar, ab dem sechsten Geburtstag war die Ähnlichkeit mit Tisha und, noch deutlicher, mit Barbaras Schwester geradezu unheimlich. Die beiden Mädchen wirkten manchmal wie Schwestern. Mit Jenny dagegen verband Kelly äußerlich nichts.

»Ich hab's!« rief Mary plötzlich. Barbara löste sich aus ihren Träumen. Mary hielt ein gefaltetes Dokument in der Hand. »Kellys Geburtsurkunde!« sagte sie leise. »Also, das Schriftstück müßte die gewünschte Information eigentlich enthalten!«

Barbara nahm die Urkunde mit zitternder Hand entgegen, und beim Lesen wurden ihr die Augen feucht.

Kelly war in einem Krankenhaus in Orlando geboren, von dem Barbara noch nie gehört hatte.

Die Urkunde bezeugte die Geburt eines Mädchens eine Woche nach der Geburt Sharons.

Einen Vornamen hatte das Kind nicht; es war unpersönlich als ›Kleinkind Richardson‹, als Tochter einer gewissen Irene Richardson angegeben.

Vater unbekannt.

Barbara sank das Herz. Als ihr Blick auf die Unterschrift des Arztes fiel, wurde sie jedoch aufmerksam.

Philip Waring.

Den Namen hatte sie nie gehört. Aber die Unterschrift kam ihr irgendwie bekannt vor.

Und dann fiel es ihr ein. Sie suchte in ihrer Handtasche, bis sie das Rezept fand, das ihr Warren Phillips nach Jennys Tod ausgestellt hatte. Sie hatte das Rezept nicht gebraucht. Jetzt strich sie das Formular glatt und legte es neben die Geburtsurkunde.

Der Kritzel des Vornamens vom verantwortlichen Arzt in Orlando glich dem Kritzel des Familiennamens ihres Hausarztes.

Und die ersten drei Buchstaben des Familiennamens vom Krankenhausarzt in Orlando paßten zum Kritzel der ersten Silbe des Vornamens von Warren Phillips.

Sie überlegte: Das war doch nicht möglich, es mußte sich um einen komischen Zufall handeln. Außerdem waren die beiden Unterschriften im Grunde nicht zu entziffern.

»Hier stimmt etwas nicht«, sagte sie dennoch. »Ich glaube, die Geburtsurkunde ist eine Fälschung.«

Marys Gesicht umdüsterte sich. »Barbara, die Urkunde ist uns von der Agentur ausgehändigt worden. Warum sollte sie...«

»Laß uns beim Krankenhaus anrufen, Mary!« bat Barbara. »Bitte!«

Zehn Minuten später war Barbara am ganzen Körper wie gelähmt.

Das Krankenhaus in Orlando war echt; die Geburtsurkunde nicht.

Eine Irene Richardson, die eine Tochter zur Welt gebracht hatte, war in diesem Krankenhaus nie registriert worden.

Es gab dort auch sonst keinen Vermerk über ein ›Kleinkind Richardson‹.

Kein Dr. Philip Waring war in diesem Krankenhaus je tätig gewesen.

Nach dem Telefonat sahen die beiden Frauen sich nur an. Mary Anderson war nicht weniger benommen als Barbara Sheffield. »Was machen wir nun?« fragte Mary, die plötzlich von dem gleichen brennenden Wunsch beseelt war, die Wahrheit zu erfahren.

Barbara hörte die Frage kaum. Sie wußte bereits, was geschehen mußte.

Sie fragte sich nur, ob sie es ertragen könnte, den Friedhof noch einmal zu betreten und den Sarg ihres ersten Kindes vor sich zu sehen.

Sie fragte sich, ob sie es durchstehen würde, wenn das Grab geöffnet würde.

Doch vor allem war sie unsicher, ob sie die Wahrheit ertragen könnte, wenn das Grab leer wäre.

Tim Kitteridge seufzte. Er breitete in einer Geste der Hilflosigkeit die Hände auf dem Schreibtisch aus und sah Ted Anderson an. »Ich verstehe noch immer nicht, was Sie von mir erwarten. Wenn ihr Vater krank ist...«

»Mehr als das!« Ted explodierte. »Er ist todkrank. Ein Sterbender ist irgendwo im Moor verschwunden!«

»Also, das können Sie nicht mit Sicherheit behaupten«, widersprach Kitteridge. »Sie wissen bloß, daß er sich nicht in seinem Büro aufhält. Vielleicht befindet er sich irgendwo auf dem Baugelände. Das Areal ist riesig...«

»Ich habe ihn überall gesucht«, erklärte Ted mindestens zum fünftenmal. Ihm kam die Galle hoch. Er hatte Mühe, sich zu beherrschen. Nachdem er seinen Vater am Morgen im Wohnwagen allein zurückgelassen hatte, war er zum Wohnsitz von Warren Phillips und anschließend zur Klinik gefahren.

Phillips war nirgends gewesen; keiner hatte gewußt, wo er war. »Ich rufe ihn über Funk«, hatte Jolene Mayhew gemeint; als Phillips fünf Minuten später noch immer nicht geantwortet hatte, war Ted nach dem Anfordern einer Ambulanz zur Baustelle zurückgekehrt – dort war sein Vater aber nicht mehr gewesen.

Ted hatte mit den Sanitätern jedes Gebäude auf dem Gelände durchsucht, jeden Ort, wo sein Vater sich hätte verstecken können. Als die Bauleute eintrafen, schickte er auch sie auf die Suche. Auf den hundert Morgen der *Villejeune Golfplätze Grundstücke* mußte sein Vater sich doch irgendwo aufhalten, wie er meinte.

Nirgends.

Bis einer der Männer an der Böschung des Kanals Spuren entdeckte und Ted daraufhin zur Polizei gefahren war, um bei Tim Kitteridge Hilfe anzufordern. Er hatte ihm alles berichtet, die skeptische Miene des Polizeichefs jedoch recht bald bemerkt.

»Ich bitte Sie, Anderson!« hatte Kitteridge bei der Schilderung des schlagartigen Alterungsprozesses von Carl gerufen. »Ein derart rasanter Körperverfall ist bei keinem Menschen möglich. Und ihr Vater ist bärenstark und kräftiger als die meisten Männer um dreißig.«

»Sein Alter kann man ihm nicht ansehen!« hatte Ted gekontert. »Er bekommt Spritzen von Phillips. Ich weiß nicht, was sie enthalten, aber ihre Wirkung habe ich vor einer Woche mit eigenen Augen beobachten können. Wie ein Jungbrunnen! Es ging ihm wirklich mies, und eine Stunde später war er putzmunter! Aber heute früh sah er todkrank aus.«

Kitteridge hob die Augen zur Decke. »Ich wüßte nicht, wieso er zum Sterben ausgerechnet im Moor verschwinden sollte. Im übrigen kann ich nicht jedesmal eine Suchaktion starten, wenn sich in Villejeune ein Mensch ins Moor begibt. Und schon gar nicht für jemanden, der sein ganzes Leben hier verbracht hat. Wenn Ihr Vater sich ein Weilchen verkriechen will, ist das seine Angelegenheit. In dem Fall kann ich Ihnen nicht helfen.«

Ted warf dem Polizeichef einen wütenden Blick zu.

»Und was ist mit Phillips? Vater hat ihn heute morgen aufgesucht – ich weiß es von ihm selber. Der ist ebenfalls verschwunden. Er ist weder zu Hause noch in der Klinik. Wo ist er?«

Allmählich wurde es Kitteridge zuviel. »Hören Sie, Mr. Anderson«, sagte er scharf. »Ich weiß nicht, wie Sie sich meinen Job vorstellen, aber ich versichere Ihnen: Es kann nicht meine Aufgabe sein, nach Leuten zu suchen, die friedlich ihren eigenen Geschäften nachgehen. Sie haben selbst gesagt, daß Phillips das Arzneimittel ausgegangen ist, welches er Ihrem Vater verabreicht. Könnte er nicht verreist sein, um sich neue Vorräte zu beschaffen? Haben Sie daran schon gedacht?«

»Herrgottnochmal!« Ted gab sich keine Mühe mehr, seinen Zorn zu verheimlichen. »Wenn Phillips das, was er meinem Vater eingespritzt hat, problemlos in Orlando bekommen könnte, wäre es ihm ja wohl nicht ausgegangen, oder? Vater behauptet, daß Phillips das Zeug persönlich herstellt. Interessiert Sie denn nicht einmal, was Phillips den Menschen hier verschreibt? Es handelt sich um Drogen, verdammt! Und das kümmert *Sie* einen Scheiß!«

Kitteridge stand auf. Er wollte schon sprechen. In dem Moment läutete das Telefon auf dem Schreibtisch. Er riß den Hörer hoch. »Ja?« schrie er. Beim Zuhören schwand der Ausdruck des Unmuts gegen Ted Anderson von seinem Gesicht. »In Ordnung«, sagte er. »Ich komme sofort. Und Ted Anderson bringe ich mit.« Er legte auf. Er war unsicher geworden. »Das war Phil Stubbs«, erklärte er. »Aus dem Moor ist soeben eins der Touristenboote zurückgekommen. Es hat ein Kidnapping gegeben. Laut Stubbs ist mitten im Sumpf ein alter Kerl aufgetaucht und hat ein Baby aus dem Boot geraubt.«

Ted schwieg. Die Angst schnürte ihm die Kehle zu.

»Ihre Tochter hat es miterlebt«, fuhr Kitteridge fort. »Sie hat alles gesehen. Sie behauptet, den Mann zu kennen.«

»Vater!« flüsterte Ted. »Es war mein Vater, nicht wahr?«

Kitteridge nickte.

Sie verließen die Polizeistation.

Barbara Sheffield schenkte der Sekretärin ihres Mannes kaum ein Kopfnicken, als sie durch das kleine Eingangsbüro der zweiräumigen Kanzlei über der Eisenhandlung in das große Zimmer ging, wo Craig arbeitete. Er telefonierte, als sie in die Tür trat, brach jedoch das Gespräch sofort ab, als er ihren Gesichtsausdruck sah.

»Barbara? Was ist geschehen?«

Sie kam schweigend durchs Zimmer und ließ ein gefaltetes Blatt schweren, vergilbten Pergaments auf seinen Schreibtisch fallen. Er betrachtete es kurz und wandte sich neugierig seiner Frau zu. »Was ist das?«

Der hohle Klang der eigenen Stimme fiel Barbara sogar selbst auf. »Die Geburtsurkunde von Kelly Anderson. Nur daß auf dieser Urkunde nichts stimmt. Und die Unterschrift, da bin ich mir sicher, hat Warren Phillips gefälscht.« Sie konnte die Emotionen, die sie durch schiere Willensanstrengung bisher verdrängt hatte, nicht länger zurückhalten. Tränenüberströmt sank sie auf einem Stuhl vor Craigs Schreibtisch zusammen. Craig kniete neben ihr und legte den Arm um sie.

»Mein Schatz, was ist denn? Was tust du dir an?«

Tu ich mir etwas an? fragte sich Barbara. Aus Angst wurde Zorn. Sie riß sich von ihrem Mann los. »*Ich* tu mir nichts an!« schrie sie. »Ich will nur herausfinden, was *andere* mir angetan haben! Mir und unserem kleinen Mädchen! Sie ist nicht tot, Craig! Begreifst du denn nicht?«

»Barbara, Liebling...«, begann Craig, der sich wieder erhoben hatte, doch Barbara ließ ihn nicht zu Wort kommen.

»Es betrifft Sharon«, berichtete Barbara. »Da stimmt etwas nicht, Craig! Sie ist gar nicht tot. Dr. Phillips hat uns

Sharon nach der Geburt weggenommen und irgend etwas mit ihr angestellt. Anschließend hat er es so arrangiert, daß sie von Ted und Mary Anderson adoptiert wurde.«

Craig sah sie entsetzt an. Was redete seine Frau da nur? Das war doch eine total verrückte Geschichte...

»Ich weiß«, fuhr Barbara fort, als ob sie Gedanken lesen könnte. »Aber hör mir zu! Nur fünf Minuten!«

Sie berichtete von den Fotos im eigenen und in Mary Andersons Album. Doch der Ausdruck des Unglaubens in Craigs Gesicht verflüchtigte sich erst, als Barbara von ihrem Telefonat mit dem Krankenhaus in Orlando erzählte. »Du kannst ja selbst anrufen!« meinte sie und schob die Geburtsurkunde wieder zu Craig hin. »Ich wäre dir sogar dankbar. Meine Gesprächspartnerin dort könnte einen Irrtum begangen haben. Vielleicht...« Sie verlor den Faden, suchte ihre widersprüchlichen Gefühle zu ordnen; doch am Ende gab sie auf und lehnte sich auf ihrem Stuhl ganz erschöpft zurück. »Ich weiß selbst nicht mehr, was ich denken soll.«

Craig nahm den Hörer ab, und während seines Telefonats mit Orlando ruhte sein Blick auf der Geburtsurkunde. Die Unterschrift Warren Phillips' hatte er im Laufe der Jahre Hunderte von Malen gesehen; er mußte Barbara recht geben. Trotz des anderen Namens handelte es sich letztlich um eine Variante des typischen Namenskritzels von Phillips. Aber nach dem Telefonat suchte er dennoch nach einer anderen Erklärung für die Anomalie. »Es *muß* nicht bedeuten, daß Sharon wirklich Kelly ist«, sagte er. »Es gibt Zufälle...«

Barbara unterbrach ihn. »Daran habe ich auch gedacht«, meinte sie. »Ich habe alle Möglichkeiten erwogen. Aber wir haben Sharon nie gesehen, Craig. Keiner von uns. Seit ihrer Geburt nicht. Auch nicht aufgebahrt bei der Beerdigung. Wir haben einfach geglaubt, was man uns erzählt hat.« Da schwang ein Ton der Selbstverurteilung mit, der Craig fast das Herz zerriß.

»Was soll ich tun?« fragte er, und diesmal lag keinerlei Widerspruchsgeist in seiner Stimme.

»Wir müssen die Grabstätte öffnen«, sagte Barbara. »Wir müssen herausfinden, ob Sharon tatsächlich tot ist. Sonst werde ich noch wahnsinnig. Ich halte es nicht mehr aus, Craig. Seit ich Kelly gesehen habe, werde ich das Gefühl nicht mehr los, daß sie Sharon ist. Ich kann es auch nicht erklären. Mir ist durchaus klar, daß die Ähnlichkeit mit Tisha purer Zufall sein könnte. Ich kann mich dennoch nicht des Eindrucks erwehren, daß Kelly unsere Tochter ist.«

Craig kam sich vor, als stünde er an einem gähnenden Abgrund: Wenn er nicht mit äußerster Behutsamkeit vorginge, könnte er jetzt abrutschen und in die Tiefe stürzen. Wenn das Baby, das sie beide sich so sehr gewünscht und dann, ohne es noch gesehen zu haben, verloren hatten – wenn dieses Kind noch am Leben sein sollte...

Er vollendete den Gedanken nicht. Die finstere Wut, die in ihm emporstieg, drohte ihm den Verstand zu rauben.

»Und Mary«, sagte er, nur um abzulenken, »was sagt denn Mary dazu?«

Barbara schloß die Augen. Wenn sie doch nur Marys Aussage umgehen könnte! »Sie... sie sagt, sie wolle es ebenfalls wissen. Kelly sei ihr irgendwie immer unbegreiflich gewesen, irgendwie unvollständig – als ob ihr etwas fehlte.« Barbara zögerte, bevor sie fortfuhr. »Mary hat dafür immer sich selbst die Schuld gegeben, sich im Hinblick auf Kelly Versagen vorgeworfen. Wenn Phillips jedoch etwas mit Kelly angestellt haben sollte...«

Craig griff nach diesem Strohhalm. »Was denn?« wollte er wissen. »Welches Motiv könnte Phillips haben? Mein Gott, er ist *Arzt*. Ärzte nehmen doch einer Mutter nicht ihr Kind weg.«

»Ich habe noch etwas entdeckt«, sagte Barbara, und ihre Stimme jagte Craig einen Schauer über den Rücken.

Sie holte ein Foto aus der Handtasche und reichte es ihrem Mann. »Erinnerst du dich? Es entstand kurz vor Sharons Geburt.«

Beim Anblick des Bildes nickte Craig. »Ich verstehe nicht, was...«

»Schau dir mal ein paar von den Männern auf dem Bild genau an, Craig. Warren Phillips und Carl Anderson, Orrin Hatfield und Fred Childress. Judd Duval.«

Craig musterte das Foto. »Sie haben sich seither nicht sehr verändert, nicht wahr?« meinte er. Barbara gab keine Antwort. Er spürte ihren bohrenden Blick.

»Sie haben sich überhaupt nicht verändert, Craig«, betonte sie schließlich. »In den letzten sechzehn Jahren ist keiner von ihnen auch nur um einen Tag gealtert. Und das will mir nicht aus dem Kopf. Orrin Hatfield ist der offizielle Leichenbeschauer des County: Er hat die Sterbeurkunde für Sharon und für Jenny unterschrieben. Fred Childress hat beide begraben. Judd Duval fand Jenny im Moor. Und Carl Anderson ist Kellys Großvater.«

Craig wollte den aufkeimenden Gedanken nicht wahrhaben, wollte nicht akzeptieren, was seine Frau ihm da klarzumachen versuchte. An den genannten Fakten war allerdings nicht zu rütteln.

»Da gibt es bestimmt einen Zusammenhang«, sagte Barbara. »Sie tun etwas mit unseren Kindern, was sie selbst jung hält. Sie nehmen ihnen etwas weg, Craig. Ich verstehe das auch nicht und kann es nicht beweisen, aber ich bin mir absolut sicher, daß da ein Zusammenhang besteht. Diese Männer haben unsere Töchter gestohlen, Craig.«

Craig fürchtete, ins Bodenlose zu stürzen. »Das wissen wir nicht«, sagte er verzweifelt.

»Und was ist mit Michael?« fragte ihn Barbara.

Craig sah sie benommen an, begriff aber blitzschnell, was sie meinte. Er stand auf, ging zum Safe und fand das Gesuchte sofort. Nach der Überprüfung von Michaels

Geburtsurkunde zog sich ihm der Magen zusammen. Er reichte sie Barbara.

Barbara war merkwürdig gefaßt – als ob die Urkunde für sie nur etwas längst Bekanntes bestätigte.

Das gleiche Krankenhaus.

Die gleiche Unterschrift.

»Barbara, es handelt sich nur um eine Vermutung...« begann Craig.

»Meinst du etwa, das wüßte ich nicht? Glaubst du etwa, ich wünschte mir, recht zu behalten? Meinst du, ich weigere mich bloß, Jennys Tod als Tatsache zu akzeptieren? Aber andererseits, Craig – was wäre, wenn sie nicht tot ist? Wenn ich doch recht hätte? Uns bleibt nur eine Möglichkeit, um das herauszufinden.«

Craig schwieg lange. Dann atmete er einmal tief durch. Sie wechselten einen Blick. »In Ordnung!« sagte er. »Dann wollen wir mal sehen, was wir tun können.«

27

Kelly sah Tim Kitteridge verängstigt an. »Daran hat niemand Schuld«, betonte sie. Sie hatte sich alle Mühe gegeben, die Ereignisse zu erklären, doch unter dem Blick ihres Vaters fühlte sie sich trotzdem merkwürdig schuldbewußt – als ob sie ihn schon wieder enttäuscht hätte.

»Und du hast Phil Stubbs erzählt, der Mann, der das Baby genommen hat, sei dein Großvater?« wollte Kitteridge wissen.

Kelly sah wiederum unruhig zu ihrem Vater hinüber. Seine Augen durchbohrten sie förmlich. Wenn sie jetzt etwas Falsches sagte... Aber lügen durfte sie nicht.

Denn sie hatte sich nicht getäuscht. Der Mann im Moor *war* ihr Großvater gewesen, auch wenn er noch viel schlimmer ausgesehen hatte als morgens beim Verlassen des Hauses. Sie nickte. »Er ist es gewesen«, flüsterte sie. »Er... er sah anders aus als sonst, aber er war es trotzdem.«

Ted Anderson wollte sprechen, doch mit einem Blick brachte Kitteridge ihn zum Schweigen. »Wie denn, Kelly?« fragte er. »Inwiefern hatte er sich verändert?«

Kelly zögerte. Wenn sie die Wahrheit sagte, würde man sie für verrückt erklären. Aber andere Leute hatten Großvater ebenfalls gesehen. Sie kannten vielleicht nicht seinen Namen, aber beschreiben könnten sie ihn. »Er sah krank aus«, bekannte sie schließlich mit zitternder Stimme. »Ich meine... also, es war, als ob er auf einmal alt geworden wäre. Ich meine, richtig alt, wie vor dem Sterben oder so ähnlich.« Sie rechnete schon damit, daß ihr Vater sie wieder des Lügens bezichtigen würde; als der Vorwurf ausblieb, fuhr sie fort: »Es war wirklich irre. Ich habe ihn am Morgen zur Arbeit wegfahren gesehen; da hat er schon so komisch ausgesehen. Aber im Moor war seine äußere Erscheinung noch schlimmer. Er hatte kaum noch Haare auf dem Kopf und schreckliche Falten im Gesicht. Die Augen waren völlig eingesunken.«

Sie bemerkte den Blick, den ihr Vater mit dem Polizeichef tauschte, und schwieg von neuem. Ihr Vater stellte ihre Aussagen aber gar nicht in Frage.

»Genauso, wie ich es Ihnen auch gesagt habe«, erklärte Ted. »Irgend etwas ist mit ihm nicht in Ordnung, und es muß etwas mit den Spritzen von Phillips zu tun haben. Die Spritzen haben ihm auf irgendeine Weise den Verstand geraubt.«

Kitteridge nickte knapp. Er überlegte blitzschnell. »Zuallererst müssen wir ihn finden und das Baby retten.« Er zog sein Funkgerät aus der Gürteltasche und schaltete es ein. Als sich Marty Templar meldete, gab Kitteridge eine Reihe von Anweisungen. »Carl Anderson befindet sich im Moor und hat ein Baby bei sich. Wir brauchen Männer – bewaffnete Männer. Anderson hat einen Revolver, und wir müssen davon ausgehen, daß er ihn benutzen wird. Und Marty«, fügte er hinzu, »der junge Sheffield hält sich auch im Moor auf. Er verfolgt Anderson. Gebt also acht, daß ihr nicht auf den Falschen schießt. Verstanden?« Er hörte. »Wir setzen beim Dock von Phil Stubbs an. Kelly Anderson kann uns zeigen, wo der alte Kerl sich das Baby geschnappt hat. Vielleicht können wir ihn von dort aus aufspüren.« Er stellte den Funk ab und wandte sich an Kelly. »Kannst du wieder hinfinden?«

Kelly leckte sich nervös die Lippe. »Ich... Ich weiß nicht«, gab sie endlich zu.

Kitteridge reagierte verärgert. »Du hast doch die Gruppe wieder aus dem Moor zurückgebracht?«

Kelly blieb stumm. Wie sollte sie das alles erklären? Wie könnte sie ihm klarmachen, daß sie überhaupt nicht gewußt hatte, wo sie sich befand und wortlosen, geheimnisvollen inneren Anweisungen gefolgt war? »V-i-e-l-leicht kann ich's doch«, stammelte sie. »Ich bin mir nur nicht sicher. Ich habe das Boot einfach immer nur in die Richtung gesteuert, die mir plausibel schien.«

Doch Kitteridge hörte ihr schon nicht mehr zu. Er hatte seine Aufmerksamkeit auf die junge Mutter gerichtet, die mit anderen Frauen ein paar Meter weiter saß und erneut weinte.

»Daddy, was stimmt eigentlich nicht mit mir?« Kelly sah ihren Vater besorgt an, als sie allein waren.

Der Ton ihrer Stimme zerriß ihm fast das Herz. Er legte ihr zärtlich den Arm um die Schulter. »Honey, mit dir ist alles in Ordnung. Du bist eine Heldin... Du hast all diese Menschen aus dem Moor gerettet...«

Sie ließ ihn nicht aussprechen. »Das war gar nicht ich, Daddy«, sagte sie. »Ich kann mich nicht einmal genau erinnern. Es war, als ob mir eine innere Stimme sagte, was ich zu tun hätte.«

Ted legte den Arm fester um seine Tochter. Er wollte ihr versichern, daß alles in Ordnung war, daß, was auch immer im einzelnen an diesem Morgen im Moor geschehen sein mochte, *sie* das Boot zurückgebracht hatte, und daß er stolz auf sie war – doch bevor er es sagen konnte, spürte er ihre plötzliche Verkrampfung.

»Schau!« sagte sie. »Daddy, schau! Da kommt Michael! Und er hat das Baby!«

Michael trat mit dem Baby auf dem Arm in den seichten Kanal, der die Insel von dem Hauptland und dem touristischen Betrieb trennte.

»Warte!« rief ihm jemand von der anderen Seite zu. »Wir kommen mit dem Boot rüber!«

Michael blieb stehen und gab mit einem Wink zu verstehen, daß er den Ruf gehört hatte. Und während des Wartens auf das Boot überlegte er, was er bloß sagen könnte. Daß es Fragen geben würde, war ihm klar – in dem Boot saß der Polizeichef.

Man würde wissen wollen, wo Carl Anderson sich befand und wie er ihm das Baby hatte wegnehmen können.

Das konnte er beantworten.

Wie könnte er ihnen jedoch Carl Andersons Tod und seine eigene anschließende Veränderung erklären?

Überhaupt nicht.

Seit dem Moment, als die erste Welle von Gefühl ihn durchströmt hatte, drehte sich ihm der Kopf. Ihm kam die ganze Welt anders vor. Und er wußte auch warum.

Mit dem Tod Carl Andersons hatte er irgendwie seine Seele wiedergefunden.

Er wußte, was er nun zu tun hatte.

Er reichte der Mutter in dem herankommenden Boot ihr Baby und ließ sich danach von Tim Kitteridge aus dem Wasser helfen. Aber er sagte kein Wort.

Und er gab auch keinen Ton von sich, als von allen Seiten Fragen gestellt wurden – von der Mutter des Kindes, danach vom Polizeichef. Erst als das Boot sicher im Dock lag, erzählte er, was vorgefallen war.

»Ich bin ihm gefolgt, und am Ende habe ich ihn eingeholt. Er bekam einen Herzanfall oder so ähnlich. Er hat nicht versucht, mich oder das Baby zu verletzen. Auch sonst nichts. Er ist einfach nur gelaufen, solange er konnte, und dann zusammengebrochen.«

»Zusammengebrochen?« fragte Kitteridge.

Michael nickte. »Unter einem Baum. Einer hohen Fichte – dem höchsten Baum weit und breit. Er wollte sich im Gebüsch vor mir verstecken, ich habe ihn aber gesehen, und er hat mich ebenfalls bemerkt.« Michaels Stimme bekam einen hohlen Klang. »Dann starb er. Er ist einfach gestorben.«

Kitteridge machte ein immer nachdenklicheres Gesicht. »Und du hast ihn dort liegen lassen?«

Michael nickte zerstreut, als hätte Mühe, sich an die Fakten zu erinnern. »Ich mußte das Baby herbringen«, sagte er. »Ich mußte doch das Baby der Mutter zurückbringen.«

Kitteridge war sicher, daß Michael damit nicht die ganze Geschichte erzählt hatte, beschloß jedoch, weitere Fragen bis später aufzuheben. Der Junge war blaß; seine Augen wirkten glasig. »In Ordnung«, sagte Kitteridge. »Ruh dich ein wenig aus. Vielleicht kannst du uns dann hinbringen. Wärst du dazu in der Lage?«

Michael bewegte zustimmend den Kopf. Der Polizeichef richtete seine Aufmerksamkeit auf Marty Templar, der soeben mit vier weiteren Männern eingetroffen war, und während die beiden sich unterhielten, lief Michael zu Kelly, die am Dock nervös aufs Moor hinausschaute. »Geht's dir gut?«

Kelly schüttelte den Kopf. »Mr. Kitteridge bat mich, seine Leute zu der Stelle zu führen, wo Großvater das Baby gestohlen hat. Aber ich hielt das nicht für möglich.« Sie sah Michael voll in die Augen. »Ich weiß ja überhaupt nicht, wie ich zurückgekommen bin.«

Michael faßte ihre Hand. »Das macht überhaupt nichts. Ich soll sie zu der Stelle bringen, wo ich deinen Großvater verlassen habe. Das werde ich aber nicht tun.« Kelly runzelte die Stirn, doch Michael fuhr mit seinem Bericht fort, und da fiel ihr die Veränderung zum erstenmal auf. Seine Augen leuchteten vor Empörung. »Ich weiß, was mit uns los ist, Kelly«, sagte er zum Schluß so leise, daß selbst sie ihn kaum mehr hören konnte. »Ich weiß, was mit uns allen nicht in Ordnung ist. Und ich weiß auch, wie es wieder in Ordnung kommt.«

Als Tim Kitteridge zehn Minuten später nach ihm suchte, war er verschwunden.

Und Kelly Anderson auch.

Clarey Lambert öffnete die Augen. Sie blinzelte ins helle Sonnenlicht. Sie saß in ihrem Schaukelstuhl auf der Veranda ihrer Hütte und fühlte sich erschöpft nach der

Anstrengung, zuerst Kelly und dann Michael Sheffield zu orten. Aber das war nun vorbei, und sie konnte das leise Tuckern des Motors hören, in dem die Teenager sich näherten. Sie drehte sich um. Die Muskeln taten ihr weh. Sie schenkte Jonas Cox ein Lächeln. »Sie komm'. Hörst du?«

Jonas blieb stumm. Seine Augen suchten in der Richtung, aus welcher der leise Ton kam. Er entspannte sich erst, als er das Boot um das Ende der nächstgelegenen Insel biegen sah und im Heck Michael und Kelly erkannte. Er hatte das Kommen des Schwarzen Mannes befürchtet, der ihn holen würde.

Als das Boot gegen die Pfähle unter der Hütte anstieß, langte Jonas nach unten und faßte das Tau, das Michael emporreckte und band es am Geländer fest. Michael und Kelly kletterten die kurze Leiter hoch. Sie blieben stehen, als sie Clareys Blick auf sich ruhen spürten.

»Das Baby?« fragte die alte Frau.

»Es ist in Sicherheit«, berichtete Michael. »Ich habe es seiner Mutter wiedergebracht.«

»Es war mein Großvater, der es gestohlen hat«, erklärte Kelly. »Warum hat er...«

Sie konnte ihre Frage nicht zu Ende bringen, weil Clarey sie mit vor Zorn brechender Stimme unterbrach. »Nich' dein Großvater«, erklärte die alte Frau. »Denk bloß nich', daß der dein Großvater war. Nun is' es egal – er is' tot.«

Jonas erbleichte. »Hat Michael ihn getötet?« fragte er zitternd.

»Nein!« erwiderte Clarey. »Michael hat Carl Anderson nich' umgebracht. Carl Anderson is' schon lang tot. Von dem war nur noch der Körper am Leb'n.« Ihr durchdringender Blick galt Kelly. »Du hast ihn geseh'n – in deinen Träumen. Un' in dei'm Spiegel. Ihr beide habt ihn geseh'n. Ihr habt aber nich' nur ihn geseh'n. Alle habt ihr geseh'n – all die alten Männer, der'n Seelen gestorb'n und der'n Körper am Leb'n geblieb'n war'n un' den Kindern das Leb'n un' die Seel'n wegnahm'.« Clarey wandte sich an Michael. Sie bemerkte den Unterschied in seinen Augen.

Der typische leere Blick der Kinder des Zirkels war verschwunden. In Michaels Blick schwelte Zorn.

»Zu dem Zweck braucht'n sie das Baby im Moor«, fuhr Clarey fort. »Sie wollt'n 's zum Schwarzen Mann bring'n, damit er die Lebenskraft bekam. *Das* hatten se mit ihm vor.« Nun lächelte sie wieder und lachte in sich hinein. »Aber das has' du nich' zugelass'n, nich' wahr? Du hast ihm das Baby wieder weggenomm'. Un' deine Seel' has' du dir auch wiedergenomm', nich' wahr?«

Kelly schluckte. Sie bekam große Augen. »Aber wenn du ihn nicht umgebracht hast...«

»Das war gar nicht nötig«, sagte Michael. Er begriff, was Kelly dachte. Er sah die Szene unter der Fichte noch einmal vor sich, als Carl Anderson ihn kommen sah und ganz genau wußte, was Michael vorhatte.

Carl Anderson hatte es gewußt und nicht verhindern können.

»Wenn er nicht gestorben wäre«, sagte er schließlich leise, doch mit Bestimmtheit, »hätte ich ihn getötet.« Seine Augen glänzten vor Tränen, die er vor Kelly nicht zu verbergen suchte.

»Jetzt bin ich frei«, fuhr er fort. »Ich weiß, was mit dir und mit Jonas und mit allen nicht in Ordnung ist. Und ich weiß, wie wir alle heil werden können.«

Jonas beäugte ihn mißtrauisch. »An 'n Schwarzen Mann kommste nich' 'ran«, sagte er. »Keiner weiß, wo man ihn finden kann. Aber wenn *er* dich will, gibt's für dich kein Versteck.«

Michael schüttelte den Kopf. »Sein Spiel ist aus«, sagte er dem verängstigten Jungen. »Er kann uns nichts mehr anhaben. Zusammen sind wir jetzt stärker als er.«

Er sprach Clarey an. Ihre Blicke trafen sich. »Ruf sie, Clarey!« bat er. »Ruf alle zusammen!«

Clarey begab sich ins Innere der Hütte. Die drei Kinder folgten. »Ich hab' gewußt, die Zeit würd' komm'«, murmelte sie leise wie zu sich selbst. »Jetzt wird nix Böses mehr passier'n, nach heut nacht nie mehr.«

Sie ging zu ihrem verschlissenen Sessel, ließ sich hineinfallen und machte die Augen zu. Schweigen senkte sich über den Raum. Und da nahm Kelly innerlich wieder die seltsame Melodie wahr – als ob unsichtbare Fäden sich um sie legten. Mit fragendem Blick drehte sie sich zu Michael um.

»Sie ruft den Zirkel zusammen«, sagte er. »Sie ruft uns alle zum letzten Mal her.«

Als Kelly sich den magischen Tönen überließ, die plötzlich wieder aus dem Nichts ertönten, empfand sie Angst.

Und wenn sie nicht stark genug wäre?

Wenn sie den Willen nicht aufbringen könnte zu tun, was Michael getan hatte?

Sie schob den Zweifel beiseite.

Sie würde alles tun, was notwendig wäre, um sich von dem entsetzlichen Terror ihrer Alpträume zu befreien und von der eisigen inneren Leere, die ihr Leben von Anbeginn an zu verschlingen gedroht hatte.

28

Craig und Barbara Sheffield saßen im Auto und schauten auf die friedliche Fassade des kleinen, weißen Gebäudes im Kolonialstil mit den grünen Läden, wo sich die Leichenhalle von Villeneuve befand. Keiner der beiden wollte hinein; keiner war innerlich auf alles, was sich dort herausstellen könnte, gefaßt. Schließlich öffnete Craig seufzend die Tür und stieg doch aus. Als Barbara ihm auf den Bürgersteig folgte, drückte er ihr zur Ermutigung den Arm. »Bist du soweit?«

Wortlos stieß Barbara die Eingangstür auf und trat in die unnatürliche Stille. Gleich zur Linken vorn lag der Aufbahrungsraum, wo vor nur wenigen Tagen Jenny gelegen hatte. Die Tür stand offen; der Raum war leer. Zur Rechten befand sich ein kleines Büro, in dem Fred Childress bei ihrem Eintreten besorgt reagierte, als er die beiden erkannte und Barbaras ernste Miene sah.

»Barbara? Craig? Ist etwas nicht in Ordnung?«

»Ja«, sagte Craig kalt. »*Hier* ist etwas nicht in Ordnung. Gib mir die Schlüssel zu unserem Mausoleum, Fred.«

Die Augen des Bestattungsunternehmers weiteten sich vor Entsetzen. »Das Mausol...«

»Für *unser* Mausoleum. Wo meine Kinder begraben sind. *Falls* sie begraben wurden!«

Fred Childress erhob sich empört. »Ich weiß nicht, was Sie damit sagen wollen, Craig...«, begann er, doch Craig schnitt ihm erneut das Wort ab.

»Die Schlüssel, Fred!« sagte er. »Sonst werde ich die Gruft aufbrechen, und wenn ich entdecke, was ich vermute, werden Sie viele, viele Jahre im Gefängnis verbringen.«

Childress' Gedanken überschlugen sich. Das war eine

ganz und gar unvorhergesehene Entwicklung. »Sie wissen genau: Die Öffnung eines Grabes bedarf einer gerichtlichen Genehmigung, Craig...« begann er. Er war völlig durcheinander.

»Dazu ist keine Zeit, Fred«, unterbrach Craig. »Entscheiden Sie sich. Bekomme ich die Schlüssel? Oder muß ich das Grab aufbrechen?«

Childress zögerte noch immer, doch dann fiel ihm eine Lösung ein: Gib ihnen die Schlüssel! Laß sie doch die Gräber öffnen! sagte er sich. Ihre Schlußfolgerungen könnte er hinterher bestreiten, und sie würden sicherlich nicht ihn beschuldigen, wenn er jetzt kooperierte.

Er verschwand und kehrte mit einem schweren Schlüsselbund zurück. »Es ist wirklich außergewöhnlich, Craig«, beharrte er. »Laut Gesetz...«

»Die Gesetze sind mir bekannt«, sagte Craig, als er die Schlüssel nahm. »Komm, Barbara!«

Die beiden hatten sein Büro kaum verlassen, da wählte Childress die Nummer von Warren Phillips.

Steif und verkrampft stand Barbara vor dem Mausoleum. Sie nahm die reichverzierte Fassade des Steins kaum wahr, während Craig nach dem passenden Schlüssel suchte. Auf einmal war sie voller Zweifel. Wollte sie die Wahrheit wirklich wissen? Was würde ein leeres Grab bedeuten? Für sie persönlich? Für Kelly? Falls Warren Phillips Kelly damals bei der Geburt entwendet und eine Woche später den Andersons gegeben hatte – welche Folgen würde das *jetzt* haben?

Was war damals geschehen?

Wie könnte man es nach sechzehn Jahren ändern?

Es war ein heißer Nachmittag, doch Barbara fröstelte. Sie wollte Craig schon mitteilen, sie hätte es sich anders überlegt, da hörte sie seine Stimme. »Ich habe ihn gefunden!«

Ihr Blick wurde auf einmal klar. Sie sah den großen

Bronzeschlüssel in der Grabtür stecken, noch lag Craigs Hand am Griff, und Craig fragte, als ob er ihre Zweifel ahnte, ein letztesmal: »Bist du dir völlig sicher?«

Barbara nickte entschlossen. Craig drehte den Schlüssel im Schloß. Sie konnte es hören, als der Riegel sich bewegte.

Craig zog die schwere Tür auf. Sie quietschte wie aus Protest gegen die Eindringlinge. Zum erstenmal seit sechzehn Jahren fiel Tageslicht auf den kleinen Mahagoni-Sarg, in dem Sharons winziger Leichnam begraben worden war.

Das Holz hatte mit den Jahren seinen Glanz verloren, und als Craig den Sarg aus der Nische hob und behutsam auf dem Boden abstellte, fühlte Barbara eine tiefe Traurigkeit. Sie wandte sich ab, als Craig den Sargdeckel öffnete. Sie wollte nicht sehen... Erst ein erleichtertes Seufzen Craigs gab ihr wieder Mut.

Der Inhalt des Sarges hatte keinerlei Ähnlichkeit mit einem menschlichen Wesen. Auf dem vergilbten, zersetzten Satintuch, mit dem der Sarg ausgelegt war, ruhten die Überreste des vertrockneten Körpers einer Katze – ein paar Stückchen längst verhärteter Haut; Knochen, die in makaber natürlicher Stellung lagen, wie wenn das Tier friedlich im Schlafe gestorben wäre.

Barbara drehte sich der Magen um. Sie sah weg. »Stell ihn zurück!« flüsterte sie. »Um Gottes willen!«

Craig hob den Sarg in seine Nische und verschloß die Tür, um gleich darauf, nun selbst mit klopfendem Herzen, den Schlüssel zu Jennys Grab zu suchen, das sich dann ohne jede Mühe und ohne Quietschen öffnen ließ.

Ihm zitterten die Hände, als er das Sargende berührte. Er zog ihn gerade soweit aus der Nische, um den Teil des Deckels heben zu können, der erst vor wenigen Tagen über ihrem Gesicht geschlossen worden war.

Er warf einen Blick hinein. Der Sarg war leer. Craig glaubte, den Verstand zu verlieren.

»Ich habe recht gehabt, nicht wahr?« flüsterte Barbara, als sie die seelische Qual ihres Mannes bemerkte. »Sie befindet sich gar nicht im Sarg, nicht wahr?«

Craig schluckte. Er brachte kein Wort heraus, sondern nickte lediglich.

»O Gott!« stöhnte Barbara. »Was ist mit unseren beiden Kindern geschehen?«

Craig ließ den Deckel fallen und drehte sich um, ohne den Sarg wieder in die Nische zu schieben. Er legte den Arm um seine Frau und geleitete sie ins Freie.

Warren Phillips schaute auf die Armbanduhr.

In wenigen Stunden würde der Extrakt der Thymusdrüse aufbereitet sein, dann könnte er fort, und wenn er verschwunden war, gäbe es niemanden, der die Fragen von Tim Kitteridge beantworten könnte.

Judd Duval würde innerhalb von Tagen tot sein.

Orrin Hatfield ebenso.

Und Fred Childress.

Doch er selbst wäre mit seinen Forschungsergebnissen und den wenigen noch übrigen Phiolen der kostbaren Flüssigkeit auf und davon. Zurück blieben nur sein Labor im Keller und die leere Kinderpflegestätte.

Er mußte fast laut auflachen bei dem Gedanken an seine Beteuerungen gegenüber dem Bestatter, der vor nur einer Stunde angerufen hatte. »Machen Sie sich keine Sorgen, Fred – die werden nichts beweisen können. Grabplünderungen sind keine Seltenheit. Und keine Spur führt von dort zu uns.«

Bis auf die Geburtsurkunden – aber von denen hatte er weder Fred noch irgendwem sonst je etwas gesagt. Aber selbst wenn die Sheffields die Fälschung entdeckt haben sollten – Craig würde die Behörden nicht im Handumdrehen überzeugen können, gegen ihn einen Haftbefehl auszustellen; nicht vor dem nächsten Morgen, und am nächsten Morgen wäre es zu spät.

Die fünf Bände mit den minutiös eingetragenen Notizen, die er im Laufe der Jahre angesammelt hatte über die Details der Forschungen und Experimente bis zur Entdekkung des Wirkstoffes, der den physischen Alterungsprozeß stoppte, befanden sich bereits im Kofferraum seines Wagens.

Die Thymusdrüse, das geheimnisvolle Organ, das – bei einem Neugeborenen so groß – während der Pubertät und Jugend stetig schrumpfte und bei Erwachsenen kaum mehr vorhanden war, hätte seine Aufmerksamkeit gleich anziehen sollen, als er vor nunmehr vierzig Jahren seine Forschungen begonnen hatte. Doch selbst als er bereits überzeugt war, daß der Thymus den Schlüssel zu dem Geheimnis barg, hatte es Jahre gedauert, bis er eine Methode fand, die Absonderung der Drüse zu extrahieren und aufzubereiten, ohne das darin enthaltene Hormon zu zerstören.

Im nachhinein schien auch die Antwort auf dieses Problem so einfach. Rückblickend war ihm klar, daß sich aus Totem kein Leben gewinnen lassen konnte. Die Drüsen, die er Leichen entnommen hatte, waren unbrauchbar gewesen. Erst Versuche mit lebenden Tieren – zunächst mit Mäusen, später mit Hunden und Katzen – hatten ihm den Weg gezeigt.

Als er sich seiner Methoden absolut sicher gewesen war, hatte er mit Kindern zu experimentieren begonnen – vorerst mit den unerwünschten Babys von Frauen im Moor, mit Babys, die keine Überlebenschancen hatten.

Doch mit fortschreitender Arbeit und vervollkommneter Technik war ihm bewußt geworfen, daß er mehr Kinder brauchte; denn für ihn verringerte sich der Nutzeffekt der Kinder mit dem Wachstum und bei entsprechend kleinerem Thymus.

Die lange vor dem Beginn normalen Wachstums durch seine Eingriffe entstehenden Veränderungen hatte er bald erkannt. Diese Kinder wurden seltsam und still; sie lachten und weinten nie. Sie wirkten öde und leer, als ob ihnen etwas – etwas Geistiges – fehlte. Sie schienen ohne Interesse und Faszination für sich selbst oder irgend etwas sonst.

Sie hatten jedoch offenbar als Kompensation für den Verlust ihrer jugendlichen Lebenskraft eine ganz eigenartige Kommunikationsform entwickelt, einen hochgradigen, neuen Spürsinn, den er zwar letzten Endes nicht verstand, aber für seine Zwecke nutzte.

Um die Kinder zu beherrschen, hatte er einen besonderen Kult für sie geschaffen, um sie herum mit den Jahren eine Aura aufgebaut und ihren Unterschied von gewöhnlichen Kindern ausgebeutet.

Er hatte sie gelehrt, dank dem Schwarzen Mann seien sie ganz besondere Menschen.

Der Schwarze Mann, den er für sie fast zu einem Gott hochstilisiert hatte, den sie achten, dem sie gehorchen und dem sie neue Kinder zeugen und gebären und schenken mußten.

Phillips hatte sich ihnen nie ohne die Maske gezeigt, die sein Gesicht verbarg, hatte sie nie wissen lassen, wer er wirklich war.

Und vor sechzehn Jahren hatte er den eigenen Sohn in sein Projekt gesteckt. Aber für seinen Sohn änderte er die Bedingungen.

Sein Sohn sollte nicht im Moor aufwachsen, nicht Teil des Kults werden, sondern in der Stadt Villejeune aufwachsen, wo Phillips ihn jederzeit beobachten konnte.

Für seinen Sohn hatte er ganz bewußt Craig und Barbara Sheffield als Eltern ausgesucht, weil sie ihm jeden Vorteil zu bieten hatten.

Deshalb hatte er ihnen ihr Baby weggenommen und durch das eigene ersetzt, doch aufgrund seiner eigenen seltsamen Moralvorstellungen – und vielleicht auch im instinktiven Wissen, daß der Kreis der Kinder sich nie vollständig schließen dürfte –, hatte er Sorge getragen, daß auch das Mädchen der Sheffields nicht im Moor aufwuchs.

Sie sollte in Atlanta großwerden, und wenngleich er sie dort nicht optimal verfolgen könnte, würde er doch das für ihn Entscheidende in Erfahrung bringen.

Diese zwei Kinder, die unter normalen Menschen heranreiften, sollten sein Wissen noch weiter mehren.

Doch dann hatte Anderson seinen Sohn Ted mit Frau und adoptierter Sheffield-Tochter nach Villejeune zurückgeholt.

Und nun brach alles zusammen.

Mit dem kompletten Zirkel kam die Wahrheit ans Licht.

Selbst vor dem Anruf von Fred Childress mit der Nachricht vom Besuch der Sheffields hatte er gewußt, daß jetzt für ihn die Zeit gekommen war, die Stadt für immer zu verlassen.

Und das war für ihn durchaus kein Problem – es gab andere Ortschaften, wo er Babys finden würde und alles von neuem beginnen könnte. Bis dahin brauchte er nur genügend Hormonstoff, um die Verwüstungen seiner eigenen Sterblichkeit zu hemmen.

Er begab sich in den Krippenraum, schenkte Lavinia Carter keine Beachtung und nahm die Flasche vom IV-Stab über der Krippe des Babys von Amelie Coulton. Dann trat er an Jenny Sheffields Bett. Auch Jenny lag wach und starrte ihn mit weit geöffneten Augen an, als begriffe sie, was da vorging. Sie zuckte vor seiner Berührung zurück.

»Ich will nach Hause!« sagte sie. »Ich bin nicht krank. Ich will meine Mutter wiederhaben.«

Phillips ersetzte die Flasche, die am Röhrchen befestigt war, und schaute kalt auf das kleine Mädchen hinab.

»Du wirst nicht nach Hause gehen, Jenny«, sagte er. »Du bist krank. Du bist sogar sehr krank und wirst in dieser Nacht leider sterben.«

Er ließ Jenny mit vor Schreck aufgerissenen Augen allein und verließ den Raum.

Wie betäubt hörten Barbara und Craig Ted Andersons Bericht. »Ich weiß nicht, was mit den Kindern geschehen ist«, sagte er zum Schluß. »Kelly kam mit dem Boot und den Touristen zurück. Kurz darauf tauchte Michael mit dem Baby auf. Aber dann sind sie einfach verschwunden. Wir wissen weder ihr Ziel noch ihren Beweggrund. Niemand hat sie fortgehen gesehen.«

Barbara sank auf der Holzbank zusammen, neben Mary Anderson, die vor einer Stunde zu Phil Stubbs bestellt worden war. Barbara wollte sich erheben, als Tim Kitteridge sich einen Weg durch die Menge bahnte. Ihr fehlte die Kraft.

»Es tut mir wirklich leid, Craig«, sagte er und wandte sich sofort an Barbara. »Ich bin sicher, daß die Kinder wohlauf sind«, fuhr er fort. »Weiß Gott, sie scheinen das Moor besser zu kennen als wir. Wir werden sie bestimmt finden.«

»Sie sollten vor allem Warren Phillips ausfindig machen«, unterbrach ihn Craig. »Wir sind nicht wegen des Kidnapping hier, Tim. Wir kommen soeben vom Friedhof und müssen Sie über etwas absolut Ungewöhnliches informieren. Die Leichen unserer beiden Töchter liegen nicht in den Särgen.«

Kitteridge sah ihn ungläubig an. »Was zum Teufel...«

»Es ist Warren Phillips!« stieß Barbara hervor. Sie klang beinahe hysterisch. »Er hat uns Sharon geraubt! Er hat uns auch Jenny genommen. Sie sind nicht tot! Sie sind niemals gestorben! Phillips stellt etwas mit den Kindern an! Zu dem Zweck hat Carl Anderson auch das arme Baby im Moor gestohlen!«

Mary Anderson verlor die Farbe. »Sie meinen, Kelly...«

Barbara nickte. »Nur so ergibt alles einen Sinn. Auch Michaels Geburtsurkunde ist eine Fälschung. Aus irgendeinem Grund beschafft Warren Phillips sich Babys – schon seit Jahren!« Sie wurde von ihren Gefühlen überwältigt und sank neben Mary Anderson in sich zusammen. »Was sollen wir nur tun?« schluchzte sie. »Was hat er mit unseren Kindern gemacht?«

Kitteridge verstand noch immer nicht. Er wandte sich an Craig. »Können Sie mir sagen, worum es geht?«

Craig versuchte, dem Polizeichef zu erläutern, was zuerst Barbara und dann sie beide zusammen morgens entdeckt hatten. »Einzelheiten wissen wir nicht«, schloß er. »Doch eins steht fest: In Villejeune leben mehrere Männer, die wesentlich jünger aussehen als sie sind. Ich meine damit Männer, die während der letzten fünfzehn oder zwanzig Jahre auch nicht um einen einzigen Tag gealtert zu sein scheinen.« Er nannte ein halbes Dutzend Namen. Bei der Erwähnung Carl Andersons schnitt ihm Kitteridge das Wort ab.

»Carl *war* heute morgen verändert. Laut Ted ist er über Nacht alt geworden. Ich meine richtig alt. Als Ted ihn heute morgen sah, schien er dem Tode nahe.«

Und plötzlich, zum erstenmal seit Wochen, kam ihm George Coulton in den Sinn, Coulton, dessen Leiche – falls es seine Leiche war – sogar Amelie nicht hatte identifizieren können.

Er war nicht so alt, hatte Amelie gesagt. *Er war gar nich' viel älter als ich.*

»Was steckt bloß dahinter?« sagte Kitteridge mit unterdrückter Stimme. »Das klingt ja fast so, als ob Phillips den Jungbrunnen entdeckt hätte.«

Für Craig fügten sich alle Steinchen des Rätsels zusammen. »Nein«, widersprach er. »Schlimmer: Er hat entdeckt, wie er unseren Kindern ihre Jugendkraft nehmen und seinen Freunden verkaufen kann. Zu dem Zweck braucht er die Kinder.« Plötzlich fiel ihm ein Name ein, den er bei der Erwähnung der fraglichen Männer völlig vergessen hatte.

»Wo ist Judd Duval?«

Kitteridge sah ihn nur an. »Im Moor«, sagte er. »Er sucht nach Carl Anderson und den Kindern.«

Craig schwieg einen Moment. Dann sagte er mit leerer Stimme: »Da können wir nur beten, daß er sie nicht findet.«

29

Als die Dämmerung sich über das Moor senkte, spürte Judd Duval die eiskalten Finger der Angst. Ihm sträubten sich die Haare. Seine Haut zog sich zusammen, als wolle sie die Poren gegen das Eindringen winziger Insekten schützen. Er war fast den ganzen Nachmittag über im Sumpfgebiet gewesen, und mit der Zeit hatte sich seiner ein Gefühl drohenden Unheils bemächtigt. Solch ein Empfinden hatte, wie er sehr wohl wußte, teilweise ganz einfach mit dem Moor zu tun; und diese Angst stieg, obwohl er sein Leben hier verbracht hatte, mit den Jahren stetig; heute war ihm, als ob tausend Augen ihm folgten.

Aber er konnte sich umsehen, soviel er wollte: Er sah nichts – nur moosüberhangene Bäume, Zweiggirlanden, das schwarze, undurchsichtige Wasser. Und die Tiere.

Mokassinschlangen schlüpften lautlos durch die Bayous und hinterließen kaum ein Kräuseln auf der Oberfläche des Wassers. Die allgegenwärtigen Alligatoren und Krokodile badeten im Schlamm und schienen ihn gierig zu fixieren.

Vor einer Stunde hatte er selbst in der Ansiedlung der Sumpfratten eine Veränderung gespürt.

Die Häuser wirkten verlassen. Nirgends eine Frau mit spielenden Kindern auf der Veranda; nirgends Männer beim Flicken von Fischnetzen oder beim Ausbessern von Booten. Er fühlte sich jedoch aus den Häusern heraus beobachtet.

Es war ganz so, als ob die Sumpfratten irgend etwas wüßten und sich vor einer fremden Gefahr verbargen, die, obwohl unsichtbar, an diesem Nachmittag wie eine unheimliche Macht über dem Marschland zu liegen schien.

In der beginnenden Dämmerung faszinierte Judd plötzlich auf ganz merkwürdige Weise eine kleine Insel. Aus dichtem Unterholz ragte dort eine einsame, sterbende Fichte, deren Äste sich wie winkende Arme gegen den rötlich verfärbenden Himmel reckten. Judd drosselte den Motor und ließ das Boot mit der langsamen Strömung treiben, bis der Boden am Untergrund aufkratzte.

Judd spähte das Ufer ab.

Gebrochene Schilfgräser. Deutliche Fußspuren im Schlamm, die zum Dickicht um die einsame Fichte führten.

Sein Puls ging schneller. Angst hüllte ihn ein, wie das Dunkel der Nacht, die nun über das Moor fiel. Judd stieg aus dem Boot und folgte den Spuren.

Er drückte die Äste zur Seite, zwängte sich durch das Gebüsch und sah vor sich Carl Anderson auf dem Rücken liegen. Auf Carls Leiche schwärmten bereits die Insekten. Auf seinem Gesicht hockte ein Raubvogel, der sich mit lautem Kreischen über die Störung seiner Mahlzeit empörte und dann in die Lüfte schwang. Entsetzt starrte Judd auf die blutige Masse der aufgerissenen Brust, auf das zerstörte, augenlose Gesicht, wo an den Knochen nur noch Fetzen von Haut hingen.

Da wußte er um die Realität der Gefahr, die er bis dahin nur geahnt hatte, wich zurück, drehte sich auf dem Absatz um und rannte zum sicheren Boot. Aber das Bild des toten Carl Anderson ließ ihn nicht mehr los.

Er wollte heim, wollte nur noch seine Hütte erreichen, wo er vielleicht Türen und Fenster gegen die ihn anfallende, schreckliche Furcht versperren könnte. Doch schon beim Verlassen der Insel packte ihn die Panik.

Durch die zunehmende Dunkelheit glitten Boote. Keine Boote mit den Männern, die mit ihm zusammen auf der Suche nach Carl Anderson ausgefahren waren, sondern Boote voller Kinder, seltsamen, stummen Kindern mit stur geradeaus gerichtetem Blick, als ob sie sich an einem

Leuchtturm orientierten, dessen Signal nur für sie sichtbar war.

Als sie an ihm vorüberglitten, schlug Judd Duval das Herz bis zum Hals, und die Angst drohte ihn zu lähmen.

Er ließ den Motor erst nach dem Verschwinden des letzten Bootes an und wendete in die entgegengesetzte Richtung. Ihm war nur noch eins wichtig – diesen stummen, bedrohlichen Kindern mit dem leeren Blick zu entkommen.

Barbara Sheffield ließ ihrer Enttäuschung freien Lauf. Den ganzen Nachmittag lang hatte sie Tim Kitteridge für eine Durchsuchung der Praxis und des Hauses von Warren Phillips zu gewinnen versucht, wo sich möglicherweise Beweise finden ließen.

Aber der Polizeichef war hart geblieben. »Das geht nicht, Mrs. Sheffield«, hatte er ihr noch vor einer halben Stunde gesagt, mit einem Ton von herablassender Geduld, so daß Barbara ihn am liebsten geohrfeigt hätte. »Und im Moment habe ich andere Sorgen. Laut Angaben Ihres Sohnes liegt im Moor eine Leiche, und außerdem sind die beiden Kids noch vermißt. Um Warren Phillips werde ich mich kümmern, wenn ich diese Probleme gelöst habe.«

Was er ihr nicht gesagt hatte – daß ihm für eine Hausdurchsuchung bei Warren Phillips die Handhabe fehlte. Bis Fachleute die angebliche Fälschung der Geburtsurkunden bestätigt hatten, die vielleicht auch Hinweise dafür geben könnten, daß Phillips der Fälscher war, würde er keinen Richter zur Ausstellung eines Hausdurchsuchungsbefehls veranlassen können. Und zu einer illegalen Aktion war er trotz aller Bitten der Sheffields nicht bereit. Dies würde ihm, da war er sicher, ein Verfahren einbringen, das seine restlichen Dienstjahre verbittern würde.

Nach dem Auffinden der Leiche Carl Andersons könnte die Sache völlig anders aussehen. Denn wenn Carls Aussehen tatsächlich den Beschreibungen von Kelly, Michael und seinem eigenen Sohn entsprach, so hätte man einen handfesten Grund, Phillips zu verhören, mit welcher Methode und welchen Mitteln er Carl behandelt hatte. Erst dann hätte man einen stichhaltigen Anhaltspunkt.

»Meint Kitteridge ernsthaft, er könnte uns hier einfach warten lassen?« fragte Barbara, als sich die Nacht über das Moor senkte.

Craig, der nicht weniger frustriert war als seine Frau, seufzte nur. »Ich wünschte, ich könnte dir etwas anderes sagen, aber er hat recht. Was wir zu wissen glauben, spielt keine Rolle, Liebling. Nicht vor dem Gesetz. Er schützt sich nur selbst, und wenn es nicht unsere eigenen Kinder beträfe, müßte ich ihm zustimmen. Zwei leere Gräber und ein paar Geburtsurkunden, die *wir* für gefälscht halten, reichen nicht aus. Doch wenn Carl Andersons Leiche erst einmal aufgefunden worden ist...«

»*Falls* sie auftaucht!« unterbrach ihn Barbara. Ihr zitterte die Stimme. »Und was ist mit Michael und Kelly? Wohin können sie gegangen sein? Und mit welcher Absicht?«

Craig Sheffield konnte nur hilflos mit den Achseln zucken. Wenn die Sucher nach einer weiteren Stunde keine Spur von den beiden entdeckt hätten, wollten Ted Anderson und er dann allerdings selbst die Initiative ergreifen. Was immer Tim Kitteridge dagegen einzuwenden hätte!

Nicht, daß Craig große Hoffnungen hegte – die Erinnerung an seine letzte Suchaktion im Moor war ihm noch allzu frisch im Gedächtnis, um Illusionen aufkommen zu lassen. Aber er würde wenigstens etwas unternehmen.

Und etwas zu unternehmen wäre erträglicher als Warten.

Warten und Grübeln.

Michael erhob sich von dem durchhängenden Sofa und ging zur Tür.

Draußen war es dunkel. Er konnte sich nicht erinnern, daß die Sonne untergegangen war. Der ganze Nachmittag schien spurlos vorübergegangen zu sein. Clareys geheimnisvoller Gesang hatte sein Bewußtsein erfüllt.

Doch im Unterschied zu den Tagen und Nächten im Moor, als er das Zeitgefühl verloren und am Ende nur leere Stunden als Lücken im Leben vorzuweisen hatte, wußte er diesmal ganz genau, was geschehen war.

Die Erinnerungen waren gestochen scharf.

Er hatte noch einmal den Mann gesehen, der ihm bisher nur in seinen Träumen erschienen oder ihn beim Betrachten des eigenen Ebenbilds im Spiegel verhext hatte.

Nur wußte er inzwischen auch, daß er nicht einen, sondern viele Männer gesehen hatte.

In seinen Träumen hatte er all jene Männer gesehen, die an seiner Jugendkraft gezehrt hatten; aber ohne die Maske gestohlener Jugend, sondern in ihrem wahren Zustand.

Alte Männer, verwüstet nicht nur von der Zeit, sondern durch das Böse, das ihre Körper erhielt, während es ihnen die Seele zerfraß.

Am Nachmittag hatte er sie wiedergesehen, und diesmal hatte er ihre Verderbnis erkannt.

Nur hatte er heute keine Angst verspürt, wohl aber ihr angstvolles Erschrecken; sie hatten sich in dem Wissen um seine Präsenz und seinen Plan vor ihm geduckt.

Sie hatten gewußt, daß sie in sich selbst nichts zur eigenen Verteidigung besaßen.

In jedem von ihnen hatte er winzige Elemente seiner eigenen Existenz wiedererkannt, Elemente, die seit Jahren ihnen innewohnten und nur darauf gewartet hatten, daß er sie wieder beanspruchte.

Michael wandte sich ab von der Dunkelheit draußen und trat wieder in Clareys Hütte.

Es war inzwischen völlig dunkel. Die Augen der alten Frau waren geöffnet, als sie sich aus ihrem Stuhl hochstemmte. Sie spürte die Steifheit ihrer Jahre in den Knochen. Mit zitternden Händen zündete sie ein Streichholz an und entfachte den Docht der Öllampe auf dem Tisch. Ein weicher Schein vertrieb die Dunkelheit im Zimmer. Jonas Cox, der neben Kelly Anderson auf dem Sofa döste, wurde von der plötzlichen Helligkeit wach. Clarey trat an den Herd und öffnete die Ofentür, um die Glut drinnen zu schüren. Sie legte Holzscheite nach und stellte den Kessel auf die Platte. Während das Wasser sich erhitzte und sie Kaffeemehl in den Topf gab, wandte sie sich den Kindern zu, die ihr verunsichert zuschauten.

Kelly saß immer noch auf dem Sofa. Ihr Gesicht wirkte selbst im Schein der Öllampe blaß, ihr Blick ausdruckslos.

Jonas neben ihr war inzwischen hellwach und auf dem Sprung wie ein wildes Kaninchen, das beim ersten Zeichen von Gefahr davonstürzt.

Michael stand neben der Tür, und als Clareys uralte Augen auf ihm ruhten, merkte sie die Veränderung, die in ihm stattgefunden hatte.

»Sie komm' jetzt«, sagte sie. Sie wußte, daß er sie verstehen würde. »Die Kinder komm' jetzt. Sie sind ganz nah.«

Sie kehrte zum Herd zurück, goß die dampfende Brühe in vier Tassen und gab allen zu trinken. Als ob sie wüßten, daß sie eine lange Nacht vor sich hatten, tranken sie die dicken großen Becher mit der bitteren Flüssigkeit leer und fühlten gleich darauf die wohltuende Wärme im Körper.

Clarey drehte die Lampe, so daß die niedrige Flamme nur noch einen schwachen Schimmer warf.

»Es is' Zeit«, sagte sie.

Sie ging auf die Veranda und wartete. Nach Kelly kletterte Jonas ins wartende Boot, dann half Michael Clarey die Leiter herunter, und Clarey nahm vorsichtig Platz.

Als Jonas die Ruder ins Wasser tauchte, band Michael

die Leine los und kam nach. Das Boot glitt hinaus auf die stille Lagune, und als es in die sich windenden Wasserarme verschwand und zu der kleinen Flotte stieß, die auf die kleine Insel mit dem Altar auf der Lichtung zusteuerte, wurde am Himmel der Mond sichtbar.

Clarey Lambert sah die Kerzen auf dem Altar. Sie brannten hell und ruhig in der windstillen Nacht. Clarey war jetzt allein. Der Zirkel der Kinder fort, die Kinder waren Michael gefolgt, der sie durch die Dunkelheit führte.

Sie wußte, wohin sie gingen und was sie tun würden, doch daran wollte sie nicht denken. Sie blieb mit ihren Gedanken lieber in der Nähe der glühenden Scheite, um die Wärme in ihren alten Knochen zu spüren.

In dieser Nacht, sie wußte es, würde sie sterben.

Aber noch war es nicht soweit.

Nicht, bis die letzte Kerze verglommen war, nicht, bis die Augen aller Puppen auf dem Altar sich mit Tränen füllten und Clarey wüßte, daß alle Kinder wieder heil wären.

Erst dann würde sie vom Leben lassen, von diesem Leben, an dem sie mit ihrer ganzen Willenskraft festgehalten hatte, um dem Schwarzen Mann zu trotzen, der sich ewiges Leben geschworen hatte.

Clarey Lambert würde ihn überleben und ihn auslachen, wenn sie ihn jenseits des Grabes wiedersähe.

Dies war die Nacht, der sie seit langem entgegensah, um die sie seit langem gebetet hatte. In ihren Träumen hatte sie stets darauf gewartet, den Schwarzen Mann sterben, ihn leiden zu sehen, so wie er die Kinder hatte leiden lassen. Doch jetzt, da die Zeit gekommen war, spürte sie ihren Haß schwinden und statt dessen ein unbegreifliches Mitleid.

Und so war sie allein auf der Insel, um das Feuer zu hüten, in der Gewißheit, daß sie den Tod des Schwarzen Mannes bald erfahren würde.

So wie sie auch erfahren würde, wann sämtliche Kinder ihre Seele wiedergefunden hätten.

Ein schwacher Laut drang in Clareys Ohr und weckte sie aus ihren Träumen.

Kaum hörbar zunächst, hob er sich dann über das monotone Surren der winzigen Nachtkreaturen, bis er die Nacht mit einem Schrei lang aufgestauter Wut füllte, einer wachsenden Geräuschmauer, die über das Moor stürzte und schließlich in einem jähen Heulen der Angst endete, das Clarey traf wie ein Schlag.

Das Ende, Clarey wußte es, hatte endlich begonnen.

30

Fred Childress hatte das Leichenschauhaus gleich nach seinem Anruf bei Warren Phillips verlassen und das Haus aufgesucht, wo er seit dem Tod seiner Frau, seit fünfzehn Jahren, allein wohnte. Er war während des ganzen Nachmittags rastlos durch die Zimmer geirrt. Sein Instinkt riet ihm, rasch ein paar Sachen zu packen und von Villejeune fortzufahren.

Das war jedoch, wie er sehr wohl wußte, unmöglich; denn Villejeune verlassen hieß Warren Phillips und die magischen Injektionen aufgeben, die ihn seit zwanzig Jahren jung hielten. Ohne diese Injektionen...

Ihm kam die Erinnerung an den Anblick, als er George Coulton zur Bestattung auf den Friedhof überführt hatte.

»Das sind *Sie*, Fred«, hatte ihm Warren Phillips bedeutet. »So sind *Sie* – ohne die Wirkung der Spritzen.«

Fred Childress hatte darauf nicht reagiert, aber zum erstenmal voll begriffen, was ihm ohne Warren Phillips bevorstünde. Er würde sich genau so verhalten, wie Phillips ihm geraten hatte, nichts sagen, und auf alle Fragen und Vorwürfe nichts zugeben – bis auf die leeren Gräber im Mausoleum der Sheffields.

Warren Phillips würde sich um ihn kümmern, um ihn, Orrin Hatfield und Judd Duval, um sie alle, wie er es schon seit zwei Jahrzehnten tat.

Doch der Anbruch der Nacht hatte Childress zunehmend nervös werden lassen. Seine Haut begann zu jukken, als krabbelten tausend Ameisen über seinen Leib, und er begann draußen Laute zu vernehmen.

Von Kindern, die im Dunkel aus den Tiefen des Sumpfs herüberkamen, das Haus umzingelten und durch die Fenster ohne Vorhänge ihn beobachteten.

Er lief durch das Haus, machte überall das Licht aus, saß im Finstern und redete sich ein, das alles sei doch nur Einbildung – bis er das Heulen vor der Haustür hörte.

Er erstarrte vor Schreck.

Das Geheul wiederholte sich, stieg von den Sümpfen her auf, rief nach ihm, und Fred Childress konnte dem Lockruf der Nacht nicht widerstehen und ging zur Tür, die er gegen den eigenen Willen öffnete.

Für den Bruchteil einer Sekunde sah er nichts, aber dann Bewegung im Dunkel, Schatten, die sich von den Fichten her näherten.

Als er Kinder von den Bäumen herüberkommen sah, schlug ihm das Herz bis zum Hals.

Sie waren zu fünft. Zwei von ihnen erkannte Fred wieder.

Quint und Tammy-Jo Millard, die sich bei der Hand hielten und an den Eingangsstufen stehenblieben und hochblickten.

Ihre leeren Augen glänzten im Mondschein.

Als die anderen drei Kinder sich neben sie stellten und die Angst im Herzen von Fred Childress umschlug in Panik, spürte er einen Adrenalinstoß.

Denn er wußte genau, was sie von ihm wollten.

Sie wollten zurückhaben, was ihnen gehörte, die Jugendkraft, die er gestohlen hatte, und aus seiner Angst wurde Entsetzen, als er den Schatten des Todes fühlte.

Er spürte, wie ihr Bewußtsein sich zu ihm vortastete, in ihn eindrang, wie sie jede Ecke seines Seins prüften und dann tief in ihn hineingriffen, etwas faßten und loszerrten.

Fred schrie, als ein reißender Schmerz ihm durch die Brust fuhr wie ein glühendheißes Messer, und er merkte, wie die Hitze seinen Leib allmählich zerstörte.

Er hob die Hände vor das Gesicht und spürte die schuppige Haut. Vor wenigen Sekunden, vor dem Öffnen der Tür, war sie noch faltenlos gewesen.

Die Kinder drängten näher heran. Fred Childress wollte in den Schutz des Hauses zurückweichen, doch seine Glieder versagten ihm den Dienst.

Er fühlte die Hände der Kinder, die ihn von der Vorhalle herunterzerrten, ihn emporhoben und ihn, der sich vor Schwäche nicht mehr wehren konnte, in die Nacht hinaus trugen, bis an den Rand des Moores, wo sie ihn zu Boden warfen und Quint Millard seiner Brust den Thymus entriß. Quint gab das kleine Gewebe an die wartenden Kinderhände weiter.

Als Fred Childress starb, empfanden die fünf Kinder eine völlig unbekannte Wärme. Tränen traten ihnen in die Augen. Tammy-Jo Millard legte die Arme um Quint. »Ich hab' Angst«, flüsterte sie. »Ich hab' im Leben noch nie so 'ne Angst gehabt. Es ist, als ob ich vielleicht stürb'.«

Quint drückte seine Frau an sich. »Nicht sterb'n«, flüsterte er. »Nein, wir leben. Wir leben, wir sind frei.«

Auf der Insel, wo Clarey Lambert wartete, gingen auf einmal fünf Kerzen aus, obwohl sich kein Lüftchen bewegt hatte.

Und aus den Augen von fünf Puppen flossen Tränen.

»Nichts«, sagte Marty Templar, der bei Phil Stubbs' Anlegestelle aus dem Boot stieg und zwischen die wartenden Menschen trat. »Nur eine Gruppe von Sumpfratten habe ich gefunden – und Sie wissen ja, wie die sind: Sobald man sie anschaut, reden sie kein Wort mehr.«

Tim Kitteridge nickte grimmig. Er begriff nicht, warum die Sumpfratten so stur an ihrem Schweigen festhielten. Aber wenn sie nicht reden wollten, war eben nichts zu machen. »Was ist mit Judd Duval?« fragte er. »Haben Sie den irgendwo gesehen?«

Templar schüttelte den Kopf. »Nicht die Spur. Ich habe sogar bei seinem Haus vorbeigeschaut, 's war aber niemand da. Wenn Sie mich fragen, haben wir jetzt noch eine Person auf unserer Suchliste.«

Ein gedämpfter Schrei drang durch die Nacht, der sich zu einem solchen Wutkonzert steigerte, daß Kitteridge das Blut in den Adern gefror. Er suchte das Dunkel ab. »Großer Gott!« flüsterte er. »Was ist denn das?«

Templar sagte kein Wort. Er bekam eine Gänsehaut.

»Hunde«, stieß Ted Anderson hervor, »wie Höllenhunde klingt das.«

Der Laut erstarb so rasch wie er gekommen war. Eine todesähnliche Stille lag über dem Moor, und dann erhob sich neuerlich ein Schrei, ein Todesschrei diesmal, der durch die Nacht schnitt wie ein Messer.

Und mit dem wachsenden Schrei kam das Moor zum Leben, mit dem Flügelschlag von Vögeln, die aus den Bäumen aufflogen, und mit dem Schwärmen von Insekten, die von der Oberfläche des Wassers aufstiegen.

Und das Wasser begann zu schäumen, als Alligatoren und Krokodile den ersten schwachen Geruch von Blut in den Bayous und im Wind wahrnahmen. Sie krochen von den schlammigen Böschungen und rasten mit wild um sich schlagenden Schwänzen dem Geruch entgegen.

Weitere Schreie drangen durch die Nacht.

»Mein Gott!« hauchte Barbara Sheffield. »Was geht nur dort draußen vor?«

Aber darauf wußte niemand zu antworten. Alle horchten nur nach den immer lauter werdenden Angstschreien.

Judd Duval wußte weder, wo er sich befand, noch wie spät es war; denn seit Anbruch der Dunkelheit und der Flucht zu seinem schützenden Haus war etwas mit ihm geschehen, etwas, das er nicht begriff.

Sein Verstand ließ ihn im Stich.

Er war durch die Bayous gefahren und sicher gewesen, nach der nächsten Biegung seine Hütte zu erreichen, doch das Moor schien sich vor seinen Augen zu ändern, und statt seiner Hütte sah er nur ein weiteres Kind, eins dieser stumm und leer vor sich hinstarrenden Kinder des Moores, die auf ihn zu warten schienen.

Zuerst brachte er sein Boot jedesmal zum Halten und erwiderte herausfordernd ihren Blick. Doch als das Kind jedesmal nur noch näher kam, verlor er die Nerven. Er drehte den Motor auf Hochtouren und schoß in einen engen Bayou, ohne mehr auf die Richtung zu achten, um nur von diesen toten, hypnotischen Augen loszukommen.

Zuletzt erreichte er seine Hütte doch, und die Angst begann ihn schon zu verlassen angesichts dieser sicheren Zuflucht, als er die Nähe der Kinder von neuem spürte. Und dann begann das Heulen, das unheimliche Gewinsel, das den letzten ihm noch verbliebenen Rest von Mut vertrieb. Von überallher schien es zu kommen, und als er ins Dunkel spähte, konnte er sie wieder erkennen – wohin er auch schaute, überall diese heulenden Furien!

Seine Blicke jagten von einem Kind zum nächsten, wie ein wildes Tier war die Angst, die ihn befiel und ihn seiner Kraft beraubte. Und dann sah er Jonas Cox in der Dunkelheit auf sich zukommen, nur daß Jonas ganz andere Augen hatte als sonst, statt des ausdruckslosen Blicks eine rasende Wut, die Judd durchbohrte, ihn angriff, ihn verurteilte.

Judd wollte wegschauen, aber es half nichts. Jonas schien überall. Schließlich schloß Judd Duval die Augen, um nichts mehr zu sehen. Aber das Bild blieb.

Und dann – Judd zog sich die Haut zusammen – faßte Jonas ihn an. Judd versuchte der Berührung auszuweichen, doch die Finger des Jungen griffen irgendwie in ihn hinein, drehten und wendeten alles, als ob sie nach etwas in ihm suchten, und schließlich empfand er in der Brust einen ungeheuren Schmerz, der ihn lähmte und seine Muskeln zu Knoten verhärtete, die ihm jeden Knochen im Leib zu brechen drohten.

Gleich darauf fühlte er die anderen Kinder, die sich auf ihn stürzten, ihn förmlich zerrissen. Er spürte den Verfall des eigenen Körpers, das Absterben der Zellen.

In seinem Bewußtsein stieg das Bild des toten Carl Anderson unter der hohen Fichte hoch.

Da begriff er den Grund für sein schreckliches Sterben, und sein Widerstand brach.

Als die sechs Kinder, die Jonas anführte, von dem sterbenden Judd ihre Seele wiedergewannen, wurde ihr Schreien leiser. Ihre Augen füllten sich angesichts ihrer Tat, vor der sie nun entsetzt zurückwichen, mit Tränen. Doch mit dem Weinen fühlten sie sich zum erstenmal in ihrem Leben heil.

Auf der Insel, wo Clarey Lambert ausharrte, erloschen sechs weitere Kerzen; weitere sechs Puppen weinten...

31

Warren Phillips hatte durchgearbeitet und den letzten Teil der Flüssigkeit, die er aus den Thymusdrüsen der Kinder im Pflegeraum extrahiert hatte, zum lebensspendenden Element verfeinert, das seinen Leib jung und aktiv erhalten würde. Mit den drei kleinen Phiolen, die er nunmehr in seine Arzttasche steckte, würde er mehrere Wochen lang versorgt sein, Wochen, die er nutzen konnte, um eine neue Stätte für sein Wirken zu finden, wo ihn niemand kannte.

Ja, die Zukunft war rosig; denn Leute, die für den Zauber, den er in Neugeborenen entdeckt hatte, zu zahlen bereit wären, gab es überall in der Welt.

Und es gab Gegenden, wie er wußte, wo Babys billig waren, wo Tag für Tag Kinder geboren wurden, die man für ein paar Dollar kaufen konnte, ohne daß nach dem Käufer oder seinen Motiven gefragt wurde. Am nächsten Ort würde er sich nicht mehr die Mühe machen, die Kinder am Leben zu erhalten, sondern sie nach ein bis zwei Jahren umkommen lassen – soviel hatte er hier in Villejeune jedenfalls gelernt: Wenn man sie am Leben ließ, gab es Probleme. Aber in Villejeune würden es nach dieser Nacht nicht mehr seine Probleme sein.

Er dachte, völlig emotionslos, über die Kinder nach und fragte sich, wie es ihnen wohl nach seiner Abreise ergehen könnte, wenn es für ihr leeres Leben nicht mehr den Mittelpunkt des Schwarzen Mannes geben würde. Er nahm an, daß sie den Verstand verlieren würden, so wie vor nur einem Monat Kelly Andersons Verstand ausgerastet war. Und dann...

Er hielt inne, als ein tierischer Wutschrei in die unterirdischen Kammern seines Hauses drang.

Beim zweiten Heulen rannte er aus dem Labor zum Fuß der Treppe, die nach oben führte.

Dort stand Lavinia Carter, mit bleichem Gesicht und am ganzen Körper zitternd, und schaute hoch. Phillips schob sie beiseite. »Die Kinder im Pflegeraum!« stieß er hervor. »Schaff sie fort!«

Ohne abzuwarten, ob seine Anweisung befolgt würde, lief Phillips die Stufen hoch und blieb in der schwach erleuchteten Halle stehen. Die Nacht draußen war voll von einem Heulen wie dem Geheul von Wölfen. Phillips wußte, daß es kein Wolfsgeheul war.

Es waren die Kinder – die Kinder, die ihm gehörten.

Zorn wallte in ihm auf. *Er* beherrschte sie; *er* befahl ihnen. In seiner glühenden Wut riß er die Eingangstür des Hauses auf.

Was er sah, ließ ihm das Blut in den Adern gefrieren.

Die Kinder standen Hand in Hand im Halbkreis und hielten den Blick auf ihn gerichtet.

Im Zentrum des Halbkreises stand Michael Sheffield.

Sein eigener Sohn.

Das fürchterliche Geheul der Kinder ließ nach, als sie den Schwarzen Mann vor sich sahen.

Heute nacht trug er jedoch keine Maske; sie konnten ihn erkennen.

Sie bewegten sich auf ihn zu, und an Stelle der Angst, die sie stets vor ihm empfunden hatten, war etwas anderes getreten.

Gier.

Gier und Haß.

Der Halbkreis wurde erweitert und ließ ihm keinen Ausweg, nur rückwärts ins Haus. Doch als Phillips über die Schulter schaute, sah er im Foyer des Hauses weitere stumm drohende Kinder, die ihm auch diesen Fluchtweg abschnitten. Sie drängten nach vorn, zwangen ihn hinaus in die dunkle Nacht, bildeten mit den anderen zusammen einen Kreis. Der Kreis war geschlossen.

Im Zentrum des Kreises stand angsterfüllt Warren Phillips.

Der Schwarze Mann.

Michael Sheffield trat ihm entgegen und blieb unmittelbar vor ihm stehen.

Die Blicke von Vater und Sohn trafen sich.

»Wir wollen, was unser ist«, sagte Michael leise.

Als Warren Phillips von einer alles verzehrenden Furcht erfaßt wurde, zog Michael ein Messer aus dem Gürtel.

Er hielt es hoch; die blanke Klinge glänzte hell im Mondschein. Und gerade als sie sich zur Kehle des Schwarzen Mannes senkte, hielt Michael inne.

»Mach schon!« sagte Phillips. Er war wie betäubt, und seine Stimme wurde heiser, als er den Grund für Michaels Zögern begriff. Die Angst, die ihn vor einigen wenigen Minuten gepackt hatte, hatte seinem Körper die Hormone entzogen, welche ihn so viele Jahre jung erhalten hatten.

Er konnte bereits die schleichenden Schmerzen in seinen Gelenken und das Ziehen in den Lungen spüren. Und mit der Erkenntnis dessen, was in seinem Innern vorging, wuchs die Angst und beschleunigte seinen körperlichen Verfall noch. Er starb von innen her. Er wußte, wie schmerzvoll es sein würde; denn er hatte es seit langem so eingerichtet, daß bei ihm von allen künstlich erhaltenen Organen Herz und Lungen erst ganz zuletzt aussetzen würden. Und das Hirn. Wenn also sein Knochengerüst brüchig würde und in sich zusammenfiele, würde er dies mit vollem Bewußtsein erleben. Wenn Leber und Nieren versagten, würden die Schmerzen ihn zerreißen; und selbst das stärkste Mittel würde seine Agonie nicht lindern können. Wenn er Glück hätte, würde er einen Schock erleben, würde sein Gehirn sich weigern, den Schmerz zu akzeptieren, der in seinem Leib wütete. Und wenn er kein solches Glück hätte...

»Bitte!« flehte er. »Nicht auf die Weise! Töte mich! Töte mich gleich!«

Doch Michael Sheffield wandte sich ab, und in der Stille der Nacht sahen er und Kelly und all die anderen Kinder ihn langsam sterben, und als sein Gesicht sich zu der Fratze des Todes verzerrte, die Kelly so lange verfolgt hatte, begann eine ganz neuartige Wärme ihren Körper zu durchströmen. Als er zu Boden sank, füllten sich Kellys Augen, die seit den ersten Tagen ihres Lebens trocken geblieben waren, übervoll mit Tränen. Und im Gefühl neuen Lebens ließ Kelly Anderson ihnen freien Lauf.

Amelie Coulton schlich nach draußen auf die Veranda ihrer Hütte. Der Mond stand hoch oben am Himmel. Der Sumpf war von einem schwachsilbrigen Licht erhellt, unter dem das Wasser flimmerte und die Schatten wie schwarze Derwische tanzten, die jemand verschlingen könnten, der ihnen zu nah käme.

Doch in dieser Nacht empfand Amelie vor den Schatten keinerlei Angst. Diese Nacht war anders als die Nächte, in denen jeder Mensch im Moor die Gefahr gespürt hatte und im Haus geblieben war.

Das waren die Nächte des Schwarzen Mannes gewesen, die Nächte, wenn seine schwarzgewandete Gestalt sich im Moor aufgehalten hatte und seinen Zauber über die Kinder warf, die ihm dienten.

In dieser Nacht aber hatte sie seine Nähe nicht gespürt, selbst dann nicht, als sie aus dem Fenster geschaut und Boote still an ihrem Haus vorbeigleiten gesehen hatte, Boote, in denen Kinder des Schwarzen Mannes ruderten, die ihren Weg durch das Dunkel zu einem unbekannten Ort nahmen.

Und dann hatte sie das Heulen gehört, das die Nacht zerrissen hatte, immer wieder, einmal hier, einmal dort. Amelie klang es wie das Schreien von Dämonen, doch aus einem ihr unerklärlichen Grund hatten diese Laute, die ihr doch Schrecken hätten einjagen müssen, sie auf seltsame Weise getröstet.

Der Teufel – das war, wie man Amelie gelehrt hatte, der Schwarze Mann. Auch jetzt, in der Stille nach dem unheimlichen Heulen, konnte sie ihre Mutter hören: »Er is' drauß'n im Moor, Amelie. Er nimmt sie sich, wenn sie Babys sind und verhext sie. Bleib im Haus, hörst du? Geh nich' nach draußen, sonst nimmt er dich auch!«

Doch Amelie glaubte nicht länger an den Schwarzen Mann. Sie wußte, daß er gar nicht der Teufel war.

Er war Dr. Phillips.

In jener Nacht, als sie das Gespräche zwischen Clarey Lambert und Michael Sheffield und Kelly Anderson belauschte, hatte sie erfahren, was mit ihrem Baby geschah. Dr. Phillips hatte ihren Sohn aus dem gleichen Grund weggenommen wie die anderen auch.

Doch Amelie ahnte, was die Kinder in dieser Nacht dagegen unternehmen würden, und wartete in der Stille, bis sie in der Ferne das Tuckern eines Außenbordmotors vernahm. Sie strengte die Augen an, als aus einem engen Bayou ein Boot auftauchte.

Das Herz schlug ihr bis zum Hals, als das Boot gegen die verfaulenden Pfähle stieß, die ihre Hütte trugen, und Michael Sheffield ausstieg.

Er nahm ihren winzigen Kleinen in einer blauen Decke aus Lavinia Carters Armen und reichte ihn Amelie. »Wir bringen ihn heim«, sagte Michael, als Amelie ihr Kind entgegennahm. Ihr traten die Tränen in die Augen. »Geht's ihm auch gut?« fragte sie mit erstickter Stimme.

Von der Mitte des Boots, wo sie neben ihrer Schwester Kelly saß, die schützend den Arm um sie gelegt hatte, antwortete Jenny Sheffield: »Ihm geht's gut«, sagte sie. »Er ist ein braves Baby. Bis heute abend hat er nicht einmal geweint.«

Amelie stockte der Atem. Ihr Blick wanderte zu Lavinia Carter. »Du hast nach ihm geschaut?«

Lavinia nickte schweigend, und ihr Gesicht spiegelte das Elend, das sie wegen der Dienste empfand, die sie dem Schwarzen Mann hatte leisten müssen.

Amelie zögerte kurz, bevor sie weitersprach. »Dann bleibst du am best'n bei mir«, schlug sie vor. »Hier ist's einsam, und ich weiß doch nich', wie ich mit ihm umgeh'n soll.«

Lavinia strahlte. Sie ergriff freudig Amelies ausgestreckte Hand. Und als das Boot sich von Amelie Coultons kleiner Hütte entfernte, bewegten sich ihre Lippen und formten Worte, die sie aber nie würde aussprechen können.

»Danke schön...«

Michael und Kelly, die ihre kleine Schwester umarmt hielt, winkten, als sie in der Nacht verschwanden.

Barbara Sheffield stand schweigend am Dock. Craig hatte den Arm um sie gelegt. Wenige Schritte entfernt lagen sich Ted und Mary Anderson in den Armen.

Beide Ehepaare warteten in der Stille, die sich über das Moor gesenkt hatte.

Nun waren sie endlich allein. Tim Kitteridge und all die anderen Menschen, die sich bei Phil Stubbs eingefunden hatten, waren seit einer halben Stunde fort, auf der Suche nach der Herkunft der unheimlichen Schreie, die ihnen Schrecken eingejagt hatten.

Sie hatten weder gewußt, wonach sie da eigentlich suchten, noch wo sie es finden könnten. Nur eines waren sie sich gewiß gewesen: In dieser Nacht hatte etwas Böses, vor dem alle sich fürchteten, sein Ende gefunden.

Aber die Andersons und die Sheffields hatten sie nicht begleiten wollen.

»Sie kommen hierher zurück«, hatte Barbara gemeint und damit für alle gesprochen. »Ich weiß, daß unsere Kinder hierher zurückkommen werden, und wir möchten hier auf sie warten.«

Jetzt, endlich, hörten sie ein Boot näherkommen. Sie hielten den Atem an.

Zuerst war es nur ein Schatten, der sich über die Lagune bewegte, eine dunkle Form, die in der Nacht kaum zu erkennen war.

Sie begann Gestalt anzunehmen, trat schließlich heraus aus der Dunkelheit in das glänzende Mondlicht, und sie erkannten sofort die drei Kinder im Boot.

Ihre Kinder.

Doch als das Boot näherkam, spürten beide Elternpaare die Veränderung, die mit ihren Kindern vorgegangen war.

Auf irgendeine unerklärliche Weise waren Michael und Kelly nicht mehr dieselben wie noch am Morgen.

Es war, als ob sie, so wie das Boot, in dem sie kamen, aus dem Dunkel ins Leben heraustrāten.

Als Mary Anderson und Barbara Sheffield ihre Kinder in die Arme nahmen, hörten sie sie zum erstenmal im Leben weinen.

Und die Tränen der Kinder erfüllten ihre Herzen mit Freude.

EPILOG

Auf der Insel am äußersten Ende des Moores erloschen die letzten Kerzen auf dem Altar, begannen die letzten Puppen zu weinen.

Clarey Lambert behielt sie einen Moment lang im Blick. Ein frohes, schwaches Lächeln erhellte ihre verwitterten Züge. Und als der Mond im Zenith stand und die Nacht abnahm, legte Clarey sich auf dem Boden nieder und gönnte sich Ruhe.

Nach all den Jahren des Kampfes schloß sie die Augen zum letztenmal und überließ sich dem willkommenen Dunkel.